Tim LaHaye · Jerry B. Jenkins

Das Zeichen

Die letzten Tage der Erde

Über die Autoren

Der Autor und Pfarrer *Tim LaHaye* ist Experte auf dem Gebiet der alttestamentlichen Prophetie und liefert für die „Finale"-Bücher die biblisch fundierten Informationen zum Thema „Endzeit".

Jerry B. Jenkins ist der literarische Kopf des Autoren-Duos. Er hat bereits unzählige Ehe- und Familienbücher geschrieben, aber auch an zahlreichen Biografien mitgewirkt (so z.B. an der Biografie von Billy Graham). In erster Linie ist er jedoch Roman-Autor und sein Talent als solcher stellt er mit den „Finale"-Büchern brillant unter Beweis.

Tim LaHaye · Jerry B. Jenkins

Das Zeichen

Die letzten Tage der Erde

Roman

GerthMedien

FSC
Mix
Produktgruppe aus vorbildlich
bewirtschafteten Wäldern und
anderen kontrollierten Herkünften

Zert.-Nr. SGS-COC-1940
www.fsc.org
© 1996 Forest Stewardship Council

Verlagsgruppe Random House FSC-DEU-0100
Das für dieses Buch verwendete FSC-zertifizierte Papier
Holmen Book Cream liefert Mochenwangen

Die amerikanische Originalausgabe
erschien im Verlag Tyndale House Publishers, Inc., Wheaton, Illinois, USA,
unter dem Titel „The Mark".

Aus dem Englischen übersetzt von Eva Weyandt mit Genehmigung
von Tyndale House Publishers, Inc.

1. Auflage 2009
Bestell-Nr. 816 277
ISBN 978-3-86591-277-0
Umschlaggestaltung: Michael Wenserit, Julie Chen
Umschlagfoto: Julie Chen
Satz: Die Feder GmbH, Wetzlar
Druck und Verarbeitung: GGP Media GmbH, Pößneck

Printed in Germany

Für Linda und Rennie

42 Monate nach Beginn der Trübsalszeit – drei Tage nach Beginn der Großen Trübsalszeit

Die Christen

Rayford Steele, Mitte 40, flog als Flugkapitän für die Fluglinie *Pan-Continental* und verlor bei der Entrückung Frau und Sohn. Nach den dramatischen Ereignissen wurde er Flugkapitän der Weltgemeinschaft und gehörte zu den ersten Mitgliedern der *Tribulation Force*. Mittlerweile ist er ein international gesuchter Flüchtling. Er wird verdächtigt, das Attentat auf Nicolai Carpathia begangen zu haben, und hält sich im neuen Versteck der *Tribulation Force*, im Strong-Gebäude in Chicago, verborgen.

Cameron „Buck" Williams, Anfang 30, ehemaliger Chefreporter des *Global Weekly* und früherer Herausgeber des *Global Community Weekly*, gehörte zu den ersten Mitgliedern der *Tribulation Force.* Mittlerweile ist er Herausgeber einer Internet-Zeitung mit dem Namen „Die Wahrheit". Augenblicklich ist er ein international gesuchter Flüchtling und hält sich zusammen mit den anderen Mitgliedern der *Tribulation Force* im Strong-Gebäude in Chicago auf.

Chloe Steele Williams, Anfang 20, war vor den Ereignissen Studentin an der Stanford-Universität und hat Mutter und Bruder bei der Entrückung verloren. Sie ist die Tochter von Rayford, Ehefrau von Buck und Mutter des 14 Monate alten Kenny Bruce. Darüber hinaus ist sie Leiterin und Initiatorin der „Internationalen Handelsgesellschaft", einem Untergrundnetzwerk von Christen. Auch sie gehörte zu den ersten Mitgliedern der *Tri-*

bulation Force und hat im Strong-Gebäude in Chicago Unterschlupf gefunden.

Tsion Ben-Judah, Ende 40, ist Rabbi und ehemaliger israelischer Staatsmann. Er sprach im israelischen Fernsehen öffentlich über seinen Glauben an Jesus als den Messias, woraufhin seine Frau und seine beiden Kinder ermordet wurden. Danach floh er in die USA und wurde zum geistlichen Führer der *Tribulation Force*. Über das Internet kommuniziert er täglich mit mehr als einer Milliarde Menschen. Auch er hält sich zusammen mit den anderen Mitgliedern der *Tribulation Force* im Strong-Gebäude in Chicago verborgen.

Dr. Chaim Rosenzweig, Ende 60, ist israelischer Botaniker und Staatsmann. Darüber hinaus ist er der Entdecker einer Formel, die Israels Wüste zum Blühen brachte, und wurde vom *Global Weekly* zum „Mann des Jahres" gekürt. Er hat das Attentat auf Carpathia verübt und lebt ebenfalls im Strong-Gebäude.

Mac McCullum, Ende 50, ist der Pilot Carpathias und wohnt in Neu-Babylon, Vereinigte Carpathiatische Staaten.

David Hassid, Mitte 20, ist hochrangiger Angestellter der Weltgemeinschaft in Neu-Babylon.

Annie Christopher, Anfang 20, ist Offizier der Weltgemeinschaft und Leiterin der Transportabteilung für die Phoenix 216. Sie liebt David Hassid und wohnt in Neu-Babylon.

Lea Rose, Ende 30, war bis vor kurzem Oberschwester im *Arthur Young Memorial Hospital* in Palatine. Sie hat zusammen mit den anderen Mitgliedern der *Tribulation Force* im Strong-Gebäude in Chicago Zuflucht gesucht.

Mr und Mrs Lukas „Laslo" Miklos, Mitte 50, sind die Besitzer einer Lignitmine in Griechenland, Vereinigte Carpathiatische Staaten.

Abdullah Smith, Anfang 30, war früher jordanischer Kampfflieger und ist heute Erster Offizier der Phoenix 216. Er wohnt in Neu-Babylon.

Ming Toy, 22, Witwe, Wachoffizier in einem Brüsseler Frauengefängnis, hält sich auf Anweisung zur Beisetzung Carpathias in Neu-Babylon auf.

Chang Wong, 17, Ming Toys Bruder, wohnt in China, Vereinigte Asiatische Staaten. Er ist zusammen mit seinen Eltern zur Beisetzung Carpathias nach Neu-Babylon gekommen. Seine Eltern wissen nicht, dass er zum Glauben gekommen ist.

Christen nach eigenem Bekenntnis

Al B. (Albie), Ende 40, Nachname unbekannt, gebürtig aus Al Basrah im Norden Kuwaits. Er war Leiter des Towers am Flughafen von Al Basrah und ist heute ein international tätiger Schwarzmarkthändler. Buck Williams erzählte er, er habe sich dem christlichen Glauben zugewandt, nachdem er die Lehren von Tsion Ben-Judah im Internet studiert habe. Auf seiner Stirn ist das Zeichen der Christen zu sehen. Er unterstützt die Mitglieder der *Tribulation Force* im Norden Illinois, Vereinigte Nordamerikanische Staaten.

Die Feinde

Nicolai Jetty Carpathia, Mitte 30, war während der dramatischen Ereignisse Präsident von Rumänien und wurde dann Generalsekretär der Vereinten Nationen. Carpathia war bis zu seiner Ermordung in Jerusalem selbst ernannter Potentat der Weltgemeinschaft. Drei Tage später kehrt er auf dem Palastgelände der Weltgemeinschaft in Neu-Babylon ins Leben zurück.

Leon Fortunato, Anfang 50, ist Carpathias rechte Hand. Augenblicklich ist er Supreme Commander der Weltgemeinschaft und wohnt im Hauptquartier der Weltgemeinschaft in Neu-Babylon.

Die Unentschlossenen

Hattie Durham, Anfang 30, war Flugbegleiterin der *Pan-Continental*. Nach der Entrückung wurde sie Assistentin und Geliebte von Carpathia. Später wohnte Hattie eine Zeit lang im Versteck der *Tribulation Force*, bevor sie von dort floh und von den Truppen der Weltgemeinschaft in Belgien inhaftiert wurde. Zuletzt wurde sie in den Vereinigten Nordamerikanischen Staaten gesehen.

„Weh aber der Erde und dem Meer. Denn der Teufel kommt zu euch hinab und hat einen großen Zorn und weiß, dass er wenig Zeit hat."

Offenbarung 12,12

Prolog

„Meine Damen und Herren der Weltgemeinschaft, Ihr Supreme Potentat, Seine Exzellenz Nicolai Carpathia", kündigte der Sprecher den nun Folgenden an.

Nicolai trat einen Schritt näher an die Kamera heran und zwang sie damit zu einer Neueinstellung. Er blickte direkt in das Objektiv.

„Meine lieben Untertanen", begann er. „Zusammen haben wir eine ereignisreiche Woche hinter uns gebracht. Ich bin tief gerührt von Ihrer großen Anteilnahme und dass Millionen von Menschen zu einem Ereignis nach Neu-Babylon gekommen sind, das nun glücklicherweise doch nicht meine Beisetzung geworden ist. Ihr Mitgefühl hat mich tief bewegt.

Wie Sie wissen und wie ich bereits gesagt habe, gibt es noch immer kleine Widerstandszellen, die unseren Frieden und unsere Harmonie stören. Bestimmte Gruppen verbreiten sogar sehr verletzende, verleumderische und falsche Dinge über mich.

Ich glaube, Sie werden mir zustimmen, wenn ich sage, dass ich heute bewiesen habe, wer ich bin. Sie werden gut daran tun, mir zu folgen. Sie wissen, was Sie gesehen haben, und Ihre Augen lügen nicht. Ich bin gerne bereit, ehemalige Anhänger des radikalen Flügels in unserer Gemeinschaft willkommen zu heißen, die sich davon haben überzeugen lassen, dass ich nicht der Feind bin. Im Gegenteil, ich bin vielleicht sogar derjenige, den sie in ihrer Religion anbeten und lieben, und ich bete, dass sie vor dieser Möglichkeit nicht die Augen verschließen werden.

Zum Schluss möchte ich noch ein paar Worte direkt an die Opposition richten. Ich habe immer unterschiedliche Ansichten toleriert. Es gibt jedoch Menschen unter Ihnen, die mich öffentlich als Antichristen und diese Phase der Geschichte als die Trübsalszeit bezeichnen. Lassen Sie mich Ihnen eines sagen:

Wenn Sie mit Ihren subversiven Angriffen auf mich und auf die Harmonie in der Welt, die herzustellen ich mir so große Mühe gegeben habe, weitermachen, dann kann das Wort Trübsal *gar nicht umschreiben, was auf Sie wartet. Wenn die letzten dreieinhalb Jahre Ihre Vorstellung von der Trübsalszeit sind, dann warten Sie ab, bis Sie die Große Trübsal erleben."*

1

In Neu-Babylon war es Nachmittag.

David Hassid war außer sich. Annie war nirgends zu finden. Er hatte noch nichts von ihr gehört, konnte aber dennoch seinen Blick kaum von den riesigen Leinwänden im Palasthof abwenden. Das Bild des unverwüstlichen Nicolai Carpathia, der nach drei Tagen von den Toten auferstanden war, füllte die Leinwand vollständig aus. Er strotzte vor Energie. David hatte Angst, seine dämonische Ausstrahlung würde ihn töten können, wenn er sich in der Nähe dieses Mannes aufhielte.

Das Verschwinden von Annie beunruhigte ihn schließlich so sehr, dass er den Blick doch von den Leinwänden losriss und sich zu den Absperrungen durchdrängte, hinter denen noch wenige Stunden zuvor der tote Körper des Königs der Welt aufgebahrt gewesen war.

Konnte David tatsächlich Beweise dafür sehen, dass nun der Satan von diesem Mann Besitz ergriffen hatte? Der Körper, das Haar, die Erscheinung, das Aussehen – scheinbar hatte sich nichts verändert. Aber seine Augen strahlten eine ungewöhnliche Ruhelosigkeit und Wachsamkeit aus. Obwohl er lächelte und mit leiser und sanfter Stimme sprach, war es, als ob Nicolai das Ungeheuer in sich kaum im Zaum halten könne. Kontrollierter Zorn, unterschwellige Gewalt, Rachegefühle ließen die Muskeln an seinem Hals und den Schultern ständig in Bewegung sein. David erwartete beinahe, dass er aus seinem Anzug springen, seine Haut ablegen und sich der Welt als die widerliche Schlange zeigen würde, die er war.

Davids Aufmerksamkeit wurde kurz von dem Mann an Carpathias Seite abgelenkt, doch als sein Blick wieder zu dem noch immer ungewöhnlich gut aussehenden Gesicht zurückwanderte, war er nicht darauf vorbereitet, von seinem Feind direkt angesehen zu werden. Natürlich kannte Nicolai ihn, aber in seinem Blick lagen nicht wie sonst freundliche Anerkennung und Akzeptanz. Dieser wohlwollende Blick hatte ihn immer beunruhigt, doch er zog ihn dem Blick vor, der ihn nun ansah. Er schien durch David hindurchzugehen. Beinahe fühlte er sich veranlasst, vorzutreten und seinen Verrat und den aller seiner Freunde aus der *Tribulation Force* zu bekennen.

David rief sich in Erinnerung, dass Satan nicht allwissend war, und doch fiel es ihm schwer zu glauben, dass dieser nicht all seine Geheimnisse kannte. Er verspürte den Wunsch davonzurennen, doch er wagte es nicht, und er war sehr dankbar, als Carpathia sich wieder seiner Aufgabe zuwandte: die Anbetung der Weltöffentlichkeit entgegenzunehmen.

David eilte zurück an seinen Posten, doch jemand hatte seinen Wagen genommen. Er wurde wütend und holte sein Handy hervor. Nur mit Mühe konnte er sich beherrschen. Zornig fuhr er den Leiter des Fuhrparks an: „Sie sorgen besser dafür, dass ich hier innerhalb von zwei Minuten ein Fahrzeug habe, sonst wird jemand –"

„Ein Elektrocart, Sir?", erwiderte der Mann. Sein Akzent verriet seine australische Herkunft.

„Natürlich!"

„Die sind knapp, Direktor, aber –"

„Das muss wohl so sein, weil sich jemand meinen geholt hat!"

„Aber, wollte ich sagen, ich würde Ihnen unter den gegebenen Umständen gern meinen überlassen."

„Unter den gegebenen Umständen?"

„Die Auferstehung natürlich! Um ehrlich zu sein, Direktor Hassid, ich würde das gern mit eigenen Augen sehen."

„Bringen Sie nur –"

„Denken Sie, das ginge, Sir? Ich meine, in Uniform? Ich weiß, die Zivilisten, die sich nicht innerhalb des Parks aufgehalten haben, wurden abgewiesen, und sie sind bestimmt nicht besonders glücklich darüber, aber als Angestellter –"

„Ich weiß es nicht! Ich brauche einen Wagen, und zwar sofort!"

„Würden Sie mich denn zu dem Empfang bringen, bevor Sie mit dem Wagen weiterfahren?"

„Ja! Beeilen Sie sich!"
„Freuen Sie sich so, Direktor, oder was ist los?"
„Wie bitte?"
Der Mann sprach langsam und herablassend. „Über die Auferstehung!"
„Sitzen Sie in Ihrem Fahrzeug?", fragte David.
„Ja, Sir."
„Darüber freue ich mich."
Der Mann sprach noch immer, als David die Verbindung einfach unterbrach und die Nummer des Offiziers wählte, der für die Einteilung der Aufsichtsbeamten zuständig war.
„Ich suche Annie Christopher", erklärte er.
„Sektor?"
„Fünf-drei."
„Sektor 53 ist geräumt worden, Herr Direktor. Sie ist vielleicht einem anderen Sektor zugeteilt worden. Vielleicht wurde sie aber auch freigestellt."
„Wenn sie einem neuen Sektor zugeteilt worden wäre, dann wüssten Sie doch darüber Bescheid, oder?"
„Einen Augenblick, ich sehe nach."
Der Leiter des Fuhrparks kam strahlend in seinem Elektrocart angefahren. David stieg ein, das Handy noch immer fest an sein Ohr gepresst.
„Ich werde Gott sehen!", freute sich der Mann.
„Ja", erwiderte David. „Einen Augenblick, bitte."
„Ist das zu glauben? Er muss Gott sein. Wer sonst könnte er sein? Ich habe es mit eigenen Augen gesehen, na ja, wenn auch nur im Fernsehen. Er ist von den Toten auferstanden. Ich habe gesehen, dass er tot war; das weiß ich genau. Wenn ich ihn jetzt persönlich sehe, gibt es keinen Zweifel mehr, oder? Oder?"
David nickte und steckte einen Finger in sein freies Ohr.
„Ich sagte, es gibt keinen Zweifel mehr."
„Keinen Zweifel mehr!", rief David. „Jetzt geben Sie mir eine Minute!"
„Wo fahren wir hin, Sportsfreund?"
David sah den Mann ungläubig an. Er sprach noch immer mit ihm!

„Ich sagte, wo fahren wir hin? Werde ich Sie absetzen oder Sie mich?"

„Ich werde Sie absetzen! Fahren Sie hin, wohin Sie wollen, und dann steigen Sie endlich aus!"

„Entschuldigung!"

Gewöhnlich behandelte David seine Mitarbeiter nicht so, nicht einmal solche Tölpel. Aber er wollte unbedingt erfahren, ob Annie einem neuen Sektor zugeteilt worden war, und wenn ja, welchem.

„Nichts", meldete sich der Mann am Telefon.

„Dann hat sie dienstfrei?", fragte er erleichtert.

„Vermutlich. Wir haben nichts über sie in unserem System."

David überlegte, ob er sich beim Sanitätsdienst erkundigen sollte, doch er verwarf den Gedanken wieder, weil er nicht überängstlich erscheinen wollte.

Der Leiter des Fuhrparks fuhr im Schritttempo durch die Menschenmenge, die sich nur langsam und widerstrebend teilte. Die Menschen wirkten schockiert. Einige waren zornig. Sie hatten Stunden gewartet, um den Leichnam zu sehen, und nun, da Carpathia auferstanden war, würden sie ihn überhaupt nicht sehen, weil sie zufällig am falschen Ort standen.

„So, näher werde ich wohl nicht rankommen", sagte der Mann und bremste so abrupt ab, dass David sich festhalten musste. „Sie bringen ihn dann wieder zurück, oder, Sir?"

„Natürlich", erwiderte David. Er nahm sich so weit zusammen, dass er dem Mann wenigstens dankte. Als er auf den Fahrersitz rutschte, sagte er: „Sind Sie seit der Reorganisation mal wieder in Australien gewesen?"

Der Mann runzelte die Stirn und deutete mahnend mit dem Finger auf David. „Ein Mann Ihrer Stellung sollte doch den Unterschied zwischen einem Australier und einem Neuseeländer erkennen können."

„Mein Fehler", entschuldigte sich David. „Vielen Dank für den fahrbaren Untersatz."

Als er losfuhr, rief der Mann ihm nach: „Natürlich sind wir jetzt sowieso alle stolze Bürger der Vereinigten Pazifischen Staaten!"

David bemühte sich, den Blickkontakt mit den zahlreichen

verärgerten Zuschauern zu meiden, die versuchten, ihn anzuhalten – nicht, weil sie mitfahren, sondern weil sie Informationen von ihm haben wollten. Manchmal war er gezwungen, scharf abzubremsen, damit er niemanden umfuhr. Die Frage war immer dieselbe. Die Menschen sprachen zwar mit unterschiedlichen Akzenten, doch sie wollten alle dasselbe wissen. „Gibt es einen Weg, hineinzukommen und Seine Exzellenz zu sehen?"

„Ich kann Ihnen nicht helfen", erwiderte David. „Treten Sie bitte zur Seite. Das ist eine offizielle Angelegenheit."

„Das ist nicht fair! Wir warten die ganze Nacht und den halben Tag in der brütenden Sonne, und wofür?"

Doch andere tanzten auf den Straßen, reimten Lieder und Verse über Carpathia, ihren neuen Gott. David sah erneut zu den riesigen Monitoren, auf denen Carpathia zu sehen war, der unzähligen Menschen die Hand schüttelte. Links von David hatte das Aufsichtspersonal alle Mühe, die Unermüdlichen von ihrem Versuch abzuhalten, sich in den Garten zu schmuggeln. „Die Schlange ist geschlossen!", riefen sie immer und immer wieder.

Auf der Leinwand war zu sehen, wie die Pilger, nachdem sie Nicolai in seiner Herrlichkeit bewundert hatten, reihenweise in Ohnmacht fielen. Viele taumelten, wenn sie auch nur in seine Nähe kamen. Die Aufsichtsbeamten stützten sie, schoben sie vorwärts, doch wenn Seine Exzellenz leise mit ihnen sprach und sie berührte, sanken ein paar von ihnen ohnmächtig in den Armen der Leute zusammen.

Über Nicolais Säuseln hinweg – „Schön, Sie zu sehen. Vielen Dank für Ihr Kommen. Alles Gute. Alles Gute" – hörte David Leon Fortunato. „Betet euren König an", sagte er mit eindringlicher Stimme. „Verbeugt euch vor Seiner Majestät. Betet den Herrn, euren Gott, an."

Missmutig versuchten die Wachen, die zitternde, aufgebrachte Menschenmenge weiterzuschieben. Immer wieder mussten sie vor Ekstase ohnmächtig gewordene Zuschauer auffangen. „Lächerlich!", brummten sie vor sich hin. Die Mikrofone übertrugen die Worte von Fortunato, Carpathia und dem Ordnungspersonal über den ganzen Platz. „Gehen Sie weiter. Kommen Sie! So geht es! Stehen Sie auf! Gehen Sie endlich weiter!"

Endlich erreichte David Sektor 53, der, genau wie man ihm gesagt hatte, verlassen dalag. Die aufgestellten Zäune waren umgefallen und das riesige Plakat war niedergetrampelt worden. David blieb stehen, die Arme auf das Lenkrad gelegt. Er schob seine Uniformmütze nach hinten. Die Sonne knallte vom Himmel herab. Seine Hände waren krebsrot, und ihm war klar, dass er diese Stunden in der prallen Sonne teuer würde bezahlen müssen. Aber bevor er Annie nicht gefunden hatte, konnte er sich nicht wieder in den Schatten zurückziehen.

Während die Massen sich langsam durch und um ihren Sektor herumschoben, sah David auf den Boden. Der Asphalt war von der Sonne aufgeweicht. Neben den Bonbonpapierchen, Eisstielen und Trinkbechern auf dem geteerten Boden entdeckte er die Überreste von Medikamenten oder Verbandsmaterial. Er wollte gerade den Wagen verlassen, um sich dies näher anzusehen, als ein älteres Ehepaar einstieg und zu dem Sektor gefahren werden wollte, in dem die Shuttle zum Flughafen abfuhren.

„Dieses Fahrzeug befördert keine Personen", erklärte er zerstreut. Allerdings war er so geistesgegenwärtig, vor dem Aussteigen die Schlüssel abzuziehen.

„Wie unhöflich!", beschwerte sich die Frau.

„Komm", meinte der Mann.

David ging zu Sektor 53 hinüber und kniete sich hin. Die Hitze war wirklich unerträglich und lähmend. Im Schatten der Vorübergehenden untersuchte er die Plastikbanderolen des Verbandsmaterials. Auch Gaze, Salbe und Röhrchen fand er. Ganz eindeutig war hier jemand verarztet worden. Das hieß nicht zwangsläufig, dass dies Annie gewesen war. Jeder hätte es gewesen sein können. Trotzdem musste er Klarheit haben. Er kehrte zu seinem Fahrzeug zurück, in dem mittlerweile jeder Platz außer seinem besetzt war.

„Wenn Sie nicht zur Sanitätsstation wollen", sagte er und tippte eine Nummer in sein Handy ein, „dann sitzen Sie im falschen Wagen."

In Chicago sah sich Rayford Steele im Strong-Gebäude um. Das neunte Stockwerk war eine Goldgrube und er konnte sogar seine düsteren Gedanken in Bezug auf Albie für den Augenblick verdrängen. Die Wahrheit über seinen kleinen, dunkelhaarigen Freund aus dem Mittleren Osten würde sehr bald ans Licht kommen. Albie sollte ein Kampfflugzeug von Palwaukee nach Kankakee bringen, wo Rayford ihn später mit einem Helikopter der Weltgemeinschaft abholen würde.

Im neunten Stock entdeckte er nicht nur einen Raum, der mit den neuesten Computern und Minicomputern voll gestellt war, die alle noch originalverpackt waren. Dort befand sich auch ein kleines privates Schlafzimmer neben einem großen Büro, das scheinbar für einen Manager gedacht gewesen und wie ein luxuriöses Hotelzimmer ausgestattet war. In jedem Stockwerk fand er neben mindestens vier Büros ein ähnlich ausgestattetes Schlafzimmer.

„Dieses Haus bietet mehr Annehmlichkeiten, als wir uns je hätten träumen lassen“, erzählte er den erschöpften Mitgliedern der *Tribulation Force*. „Bis die Fenster geschwärzt sind, werden wir ein paar der Betten in die Korridore neben die Aufzüge stellen. Dort können sie von außen nicht gesehen werden.“

„Ich dachte, niemand käme je hierher?“, wandte Chloe ein. Kenny schlief auf ihrem Schoß und Buck döste an ihrer Schulter.

„Man kann nie wissen, was auf den Satellitenbildern zu sehen ist“, erklärte Rayford. „Es könnte durchaus sein, dass wir tief und fest schlafen, während die Sicherheitskräfte und der Geheimdienst der Weltgemeinschaft uns aus der Stratosphäre fotografieren.“

„Lass uns diese beiden hier ins Bett stecken“, sagte sie, „bevor ich noch zusammenbreche.“

„Ich habe früher öfter Möbel gerückt“, meinte Lea und erhob sich langsam von ihrem Stuhl. „Wo stehen diese Betten und wohin wollen wir sie rücken?“

„Ich wünschte, ich könnte auch helfen“, meinte Chaim durch zusammengebissene Zähne. Sein Kiefer war noch immer verdrahtet.

Rayford winkte ab. „Wir sind so froh, Sie bei uns zu haben. Sie und Buck müssen so schnell wie möglich wieder gesund werden. Das ist jetzt erst mal das Wichtigste.“

„Genau, Sie sollten aufnahmebereit sein“, meldete sich Tsion zu Wort. „Sie haben mich für genügend Examina lernen lassen. Jetzt werden *Sie* den Crashkurs Ihres Lebens durchlaufen.“

Rayford, Chloe, Lea und Tsion benötigten eine halbe Stunde, um die Betten zum Aufzug zu schieben und in einem innenliegenden Korridor des 24. Stockwerks ein provisorisches Lager einzurichten. Als Rayford endlich in den Hubschrauber stieg, den er kunstvoll auf den Betonboden des 25. Stockwerks aufgesetzt hatte, der das neue Dach des Gebäudes bildete, lagen alle außer Tsion in tiefem Schlaf. Der Rabbi schien neue Energie bekommen zu haben, und Rayford wusste nicht so genau, warum.

Rayford ließ die Lichter des Instrumentenbords und nachher auch die Scheinwerfer ausgeschaltet. Er stellte die Rotoren an, wartete aber mit dem Abheben, bis sich seine Augen an die Dunkelheit gewöhnt hatten. Auf beiden Seiten des Hubschraubers waren nur etwa drei Meter Platz. Ein schwieriger Start, vor allem für Rayford, der erst vor kurzem gelernt hatte, einen Hubschrauber zu fliegen. Nichts war gefährlicher als die Luftströme in einem solchen Trichter. Rayford hatte erlebt, wie Hubschrauber über freien Flächen abgeschmiert waren, nur weil sie zu lange auf einer Stelle in der Luft verharrt hatten. Mac McCullum hatte versucht, ihm die physikalische Erklärung dafür zu geben, aber Rayford hatte nicht so genau zugehört. Es ging darum, dass die Rotoren die Luft unter dem Hubschrauber aussaugten und sie deshalb keine Tragkraft mehr hatte. Wenn der Pilot dann merkte, dass er durch eigene Schuld abstürzte, war es schon zu spät.

Rayford brauchte genauso dringend wie jeder seiner Schutzbefohlenen Schlaf, aber er musste Albie abholen. Doch natürlich war es nicht nur das. Er hätte seinen Freund anrufen und ihm sagen können, er solle sich bis zum nächsten Abend versteckt halten. Aber Albie war neu im Land und hätte sich entweder ein Versteck suchen oder sich unter falschem Namen in einem Hotel einmieten müssen. Da Carpathia aber auferstanden war und in der Weltgemeinschaft natürlich erhöhte Wachsamkeit herrschte, hätte er die Wachen vermutlich nicht lange mit seiner Rolle als Offizier der Weltgemeinschaft getäuscht. Außerdem musste Rayford unbedingt wissen, ob Albie nun „für ihn oder gegen ihn" war, wie sein Vater immer sagte. Er hatte sich sehr gefreut, als er das Zeichen auf Albies Stirn entdeckte, aber vieles, was dieser Mann in den frühen Morgenstunden getan hatte, verwirrte Rayford und ließ ihn zweifeln. Ein so gerissener Mann wie Albie, der schon so viele Dinge unter höchster Gefahr für seine Person beschafft hatte, wäre ein besonders übler Gegner. Rayford hatte Angst, dem Wolf im Schafspelz Zutritt zur *Tribulation Force* ermöglicht zu haben.

Während der Hubschrauber durch den Schacht des Gebäudes aufstieg, hielt Rayford die Luft an. Er hatte versucht, den Hubschrauber möglichst genau in der Mitte des Stockwerks zu landen, sodass er nun beim Aufstieg eine Ecke als Orientierungspunkt nehmen konnte. Wenn er die schwirrenden Rotoren im gleichen Abstand von den Wänden in der einen Ecke hielt, durfte er im Grunde keine Probleme haben.

Wie verletzlich und ausgeliefert konnte sich ein Mensch eigentlich fühlen? Er stellte sich vor, David Hassid hätte sich verrechnet oder sich auf alte Informationen verlassen und wüsste nichts von den Informationen der Weltgemeinschaft, dass Chicago sicher und nicht radioaktiv verseucht war. Rayford selbst hatte gehört, wie Carpathia gesagt hatte, er habe bei der Bombardierung der Stadt keine Nuklearwaffen eingesetzt, zumindest anfangs nicht. Er fragte sich, ob die Weltgemeinschaft solche Informationen ausgestreut hatte, um Rebellen wie sie genau dorthin zu locken, wo sie sie haben wollten – an einen Ort, an dem sie leicht zu fangen waren.

Nachdem sein Helikopter das Gebäude unter sich gelassen hatte, wagte Rayford noch immer nicht, die Scheinwerfer einzuschalten. Er würde niedrig fliegen und hoffentlich unterhalb des Radars bleiben. Vor der Satellitenüberwachung war er nicht geschützt, denn die Hitzesensoren waren mittlerweile so empfindlich, dass sein dunkler Schwirrvogel auf dem Monitor orangefarben glühen würde.

Ein Schauder rann ihm über den Rücken, als er seiner Fantasie freien Lauf ließ. Wurde er vielleicht bereits von einem halben Dutzend Hubschrauber wie seinem eigenen verfolgt? Er würde sie weder sehen noch hören. Sie konnten in der Nähe gewartet haben, sogar auf dem Boden. Woher sollte er dies wissen?

Seit wann litt er unter solchen Wahnvorstellungen? Die reale Gefahr war schon groß genug, auch ohne dass er sich noch etwas einbildete.

Rayford schaltete das Licht am Instrumentenbord ein und erkannte sofort, dass er vom Kurs abgekommen war. Das ließ sich leicht korrigieren, aber so viel zu seinem Orientierungssinn. Mac hatte ihm einmal gesagt, einen Helikopter zu fliegen sei im Vergleich zu einer 747 etwa so schwer, wie einen Sportwagen zu fahren, wenn man an ein Fahrrad gewöhnt war. Daher nahm er an, dass er höllisch würde aufpassen müssen. Aber er hatte ja nicht vorgehabt, im Dunkeln einen Blindflug über eine so riesige Geisterstadt zu unternehmen. Er musste unbedingt nach Kankakee, Albie abholen und vor Sonnenaufgang wieder im Wolkenkratzer gelandet sein. Es blieb ihm keine Zeit. Auf keinen Fall wollte er am helllichten Tag über Sperrgebiet entdeckt werden. Eine Entdeckung im Schutz der Nacht war eine Sache. Dann könnte er alles auf eine Karte setzen und seinem Instinkt vertrauen. Aber tagsüber hätte er keine Chance, und lieber würde er sterben, als irgendjemanden in die Nähe ihres neuen Verstecks zu führen.

In Neu-Babylon hatten Tausende frustrierter Bittsteller vor dem Palast der Weltgemeinschaft eine neue Warteschlange gebildet. Die Sicherheitskräfte der Weltgemeinschaft fuhren an den Reihen entlang und teilten den Leuten mit, der auferstandene Potentat werde sich nicht mehr lange dort aufhalten können. Er hatte nur mit denen gesprochen, die zufällig zum richtigen Zeitpunkt am richtigen Ort gestanden hatten.

David fuhr auf dem Weg zur Sanitätsstation an den Menschenschlangen vorbei. Sie rührten sich nicht, gingen nicht auseinander. Die Sicherheitskräfte hörten schließlich auf, noch weitere

Erklärungen zu geben, nachdem ihre über Megafon verbreiteten Mitteilungen ignoriert wurden. David blieb hinter einem der Jeeps stehen und einer der Beamten zuckte genauso verwirrt wie David die Achseln.

Der Mann mit dem Megafon sagte schließlich resignierend: „Wie Sie meinen, aber es wird Ihnen nichts bringen, wenn Sie hier noch länger stehen bleiben!"

„Wir haben eine andere Idee!", rief ein Mann mit spanischem Akzent.

„Ich höre", erwiderte der Beamte, während die Menschenmenge in seiner Nähe still wurde.

„Wir werden die Statue anbeten!", rief er und Hunderte von Menschen in seinem Umfeld jubelten.

„Was will er? Was hat er gesagt?", fragten die Leute.

„Hat nicht der Supreme Commander Fortunato genau das vorgeschlagen?", fragte der Mann.

„Woher kommen Sie, mein Freund?", fragte der Beamte bewundernd.

„Méjico!", rief der Mann in seiner Muttersprache und viele jubelten.

„Sie haben das Herz eines Torreros!", meinte der Beamte. „Ich werde nachfragen!"

Während der Beamte in sein Telefon sprach, verbreitete sich die Nachricht wie ein Lauffeuer. Plötzlich erhob er sich und zeigte dem Mann die erhobenen Daumen. „Sie haben die Erlaubnis, das Bild Seiner Exzellenz, des auferstandenen Potentaten, anzubeten!"

Die Menge jubelte.

„Ihre Führer halten dies sogar für eine wundervolle Idee!"

Die Menge begann, zu singen und zu jubeln, und drängte sich immer näher an den Hof heran.

„Bitte bleiben Sie ruhig!", forderte der Beamte sie auf. „Es wird noch mehr als eine Stunde dauern, bis Sie eingelassen werden können. Aber Ihr Wunsch wird erfüllt werden!"

Kopfschüttelnd wendete David den Wagen und fuhr zum Hof zurück. Die Menschen, an denen er vorbeikam, riefen ihm zu: „Stimmt das? Dürfen wir endlich die Statue anbeten?"

David ignorierte die meisten von ihnen. Eine Gruppe von Menschen sammelte sich vor seinem Fahrzeug, und er war gezwungen abzubremsen, um ihnen auszuweichen. Manchmal nickte er, sehr zu ihrer Freude. Sie rannten zurück an ihren Platz in der Schlange, die sich bereits über mehr als eine Viertelmeile erstreckte. Würde dieser Tag jemals zu Ende gehen?

2

Rayford hätte sich in den Hintern treten können. Er hatte sich vollkommen in der Zeit verschätzt. Es war unmöglich, Albie abzuholen, die Unterbringung des Kampfflugzeugs und der Gulfstream zu arrangieren und zum neuen Versteck der *Tribulation Force* zurückzukehren, bevor es hell wurde. Die ersten hellen Streifen zeigten sich bereits am Horizont. Er klopfte seine Hosentaschen nach seinem Handy ab, tastete dann in seiner Fliegertasche, in seiner Jacke und auf dem Boden danach.

Am liebsten hätte er geflucht, aber seit er vor ein paar Tagen wieder zu Verstand gekommen war, hatte sich vieles geändert. Von einem alten Freund im College hatte er etwas gelernt, das er damals als zu esoterisch und viel zu gefühlsbetont abgelehnt hatte. Sein Freund hatte es den Modus des „gegenteiligen Auslösers" genannt. Er reagierte genau entgegengesetzt zu seinen Gefühlen. Wenn er schreien wollte, flüsterte er. Wenn er jemanden ins Gesicht schlagen wollte, tätschelte er sanft seine Schulter.

Rayford hatte auf diesem einsamen, sehr aufwühlenden Flug vom Mittleren Osten nach Griechenland und schließlich zu den Vereinigten Nordamerikanischen Staaten nicht an diesen alten Freund oder seine verrückte Idee gedacht. Doch nun beschloss er, es einmal damit zu versuchen. Er wollte sich selbst verfluchen, weil er so kurzsichtig gewesen war und sein Telefon verloren hatte. Stattdessen überlegte er sich eine andere Reaktion. Das Gegenteil von Fluchen war Segnen, aber wen sollte er segnen? Beten war auch eine Möglichkeit.

„Herr“, begann er, „wieder einmal brauche ich Hilfe. Ich bin wütend auf mich selbst und habe nur wenige Möglichkeiten. Ich bin müde und muss unbedingt wissen, was ich tun soll.“

Im selben Augenblick fiel ihm ein, dass er sein Telefon Albie überlassen hatte. Natürlich hatte dieser auch selbst ein Handy, aber in der ganzen Verwirrung hatte Rayford seines an seinen Freund weitergegeben. Schon bald würde er jemanden damit beauftragen, im Versteck eine Funkstation mit einer sicheren Leitung zum Hubschrauber einzurichten, damit er direkt kommunizieren konnte. In der Zwischenzeit jedoch konnte er den anderen Mitgliedern der *Tribulation Force* nicht mitteilen, wo er sich befand oder dass er erst später zurückkommen würde.

Auch wusste er nicht, ob mit Albie alles in Ordnung war. Er würde einfach landen, sich unter seiner falschen Identität beim Tower melden und hoffen müssen, dass Albie auf ihn wartete.

David hinterließ eine Nachricht auf Annies Mailbox und rief alle Stellen an, die eventuell etwas über ihren Verbleib wussten. Im Sanitätsbereich herrschte zu viel Betrieb, sodass die Leute dort nicht im Computer nachsehen konnten. „Außerdem wäre sie noch nicht erfasst“, wurde ihm gesagt, „selbst wenn sie hier wäre.“

„Werden die Angestellten denn bei ihrer Einlieferung nicht erfasst?“

„Eigentlich nicht, Direktor. Hier geht alles drunter und drüber. Die Lebenden werden behandelt und bei den Toten wird der Tod festgestellt. Ihre Daten zu erfassen hat im Augenblick nicht die oberste Priorität, aber irgendwann werden wir schon alle Namen eingegeben haben.“

„Wie kann ich erfahren, ob sie da ist?“

„Sie können gerne herkommen und nachsehen, aber Sie dürfen sich nicht einmischen und nicht im Weg stehen.“

„Wo ist das Aufnahmezelt?“

„Östlich von unserem Hauptzelt. Wir versuchen, die Patienten im Schatten von drei Zelten zu behandeln, aber wir haben keinen Platz mehr, und sobald sie versorgt wurden, werden sie verlegt.“

„Die meisten haben vermutlich einen Sonnenstich?“, fragte David.

„Sie wurden wohl eher vom Blitz getroffen, Direktor.“

„Tower an Hubschrauber der Weltgemeinschaft! Hören Sie?“

„Hier spricht der Hubschrauber der Weltgemeinschaft, Kankakee“, meldete sich Rayford. Er nahm sich zusammen. „Ich bitte um Verzeihung. Bin am Steuer eingeschlafen.“

„Hoffentlich nicht wörtlich.“

„Nein, Sir.“

„Erklären Sie den Zweck Ihres Besuchs.“

„Äh, ja, Zivilist unter dem Befehl von Deputy Commander Marcus Elbaz.“

„Mr Berry?“

„Roger.“

„Sie haben Landeerlaubnis für den Süden. Sie treffen sich in Hangar 2. Sie können sich sicher vorstellen, dass wir hier unter Personalmangel leiden. Die Sicherung und das Auftanken bleiben Ihnen überlassen.“

Zehn Minuten später fragte Rayford Albie, wie lange er seiner Meinung nach vor der Weltgemeinschaft noch die Maskerade aufrechterhalten könne. „Solange Ihr Kamerad Hassid im Palast im Sattel sitzt. Er ist ein bemerkenswerter junger Mann, Rayford. Ich gestehe, ich musste hier mehr als einmal die Luft anhalten. Das waren harte Brocken, vor allem angesichts des herrschenden Personalmangels. Ich musste zwei Checks durchlaufen.“

Rayford blinzelte. „Mich haben die ohne Weiteres hereingelassen, obwohl ich mich nicht einmal beim Tower gemeldet hatte.“

„Der Grund dafür ist, dass Sie mit mir zusammen und außerdem Zivilist sind.“

„Aha, Sie haben sie überzeugt, oder?“

„Voll und ganz. Aber das habe ich Ihrem Freund zu verdanken. Er hat mich nicht nur in der internationalen Datenbank der Weltgemeinschaft mit Namen, Rang und Personalnummer eingetragen, er hat mich auch diesem Teil der Vereinigten Nordamerikanischen Staaten zugewiesen. Ich bin hier, weil ich hier sein soll. Ich bin besser legitimiert als die meisten Angestellten der Weltgemeinschaft."

„David ist wirklich gut", meinte Rayford.

„Der Beste. Ich habe mich aufgeblasen, den Ungeduldigen gespielt und angedeutet, es würde großen Ärger geben, wenn sie mich zu lange aufhielten. Aber sie ließen sich davon nicht beeindrucken, bis sie meinen Namen bei der zweiten Überprüfungsstelle in den Computer eingaben und Davids Datenbank aufriefen. Eines Tages muss er mir mal erzählen, wie er das gemacht hat. Er hat alle meine Informationen eingegeben, und als meine Papiere mit dem übereinstimmten, was sie auf dem Bildschirm sahen, war ich aus dem Schneider. Dann begann ich, Befehle herumzubrüllen. Ich habe ihnen gesagt, sie sollten Ihnen alle Steine aus dem Weg räumen, wir hätten eine dringende Angelegenheit zu erledigen und müssten unbedingt sofort aufbrechen."

Rayford informierte Albie darüber, dass sie unmöglich noch vor Sonnenaufgang zum Versteck zurückkehren konnten. Er würde ihn gern nach Palwaukee bringen, um die Gulfstream nach Kankakee zu überführen.

„Möchten Sie sich nicht lieber etwas amüsieren?", fragte Albie. „Wollen Sie nicht nachsehen, ob die Weltgemeinschaft Ihr altes Versteck bereits abgefackelt hat, und ihnen diese Arbeit abnehmen, falls es noch nicht geschehen ist?"

„Keine schlechte Idee", meinte Rayford. „Wenn sie es bereits niedergebrannt haben, in Ordnung, aber wenn sie anfangen, dort nach Beweisen zu suchen, dann werden sie bestimmt auch etwas finden."

„Dafür haben sie gar nicht genügend Leute", wandte Albie ein. Er ging auf den Helikopter zu. „Ist er schon aufgetankt?"

Rayford nickte.

„Der Jäger auch. Er steht bereit, wann immer wir ihn brauchen." Albie hängte sich seine Tasche über die Schulter, suchte darin nach Rayfords Telefon und warf es ihm zu.

„Drei Anrufe", murmelte Rayford, als sie in den Hubschrauber stiegen. „Ich hoffe, in Chicago ist alles in Ordnung. Wann sind die Anrufe gekommen?"

„Alle drei vor etwa einer halben Stunde, direkt nacheinander. Aber es waren keine Nummern zu sehen, darum hielt ich es für besser, sie nicht zu beantworten.“

Obwohl sie bereits angeschnallt waren, meinte Rayford: „Ich rufe besser mal im Versteck an.“

Wenig später meldete sich Tsion mit verschlafener Stimme.

„Es tut mir leid, dass ich Sie aufgeweckt habe, Doktor“, begann Rayford.

„Oh, Captain Steele, das ist doch nicht schlimm. Ich bin gerade erst eingeschlafen. Chloes Telefon läutete und läutete und sie schlief tief und fest. Niemand ist aufgewacht; sie sind alle so erschöpft. Ich schaffte es nicht rechtzeitig, das Telefon zu nehmen, aber als es wieder zu läuten begann, habe ich mich beeilt und ging damit in eine ruhige Ecke. Rayford, es war Miss Durham.“

„Sind Sie sicher?“

„Ja, und sie klang ziemlich verzweifelt. Ich flehte sie an, mir zu sagen, wo sie sich aufhält, und erinnerte sie daran, dass wir alle sie lieben und für sie beten. Aber sie wollte nur mit Ihnen sprechen. Sie sagte, sie hätte versucht, Sie zu erreichen, und ich versicherte ihr, ich würde es auch versuchen. Ich habe zweimal vergeblich durchgeklingelt. Aber Sie haben ja ihre Nummer.“

„Ich werde sie anrufen.“

„Und dann sagen Sie mir Bescheid.“

„Tsion, ruhen Sie sich aus. Sie haben so viel damit zu tun, Ihren Computerbereich aufzubauen, Chaim zu unterweisen …“

„Oh Rayford, ich freue mich so darüber, dass ich kaum weiß, was ich tun soll. Und ich habe meinen Lesern am Computer so viel zu sagen. Aber Sie müssen Miss Durham anrufen, und ja, Sie haben recht. Wenn nichts anliegt, das wir unbedingt wissen sollten, dann können Sie es uns erzählen, wenn Sie zurückkommen. Um ehrlich zu sein, ich hatte gedacht, dass Sie mittlerweile schon da wären.“

„Ich habe mich verkalkuliert, Tsion. Ich kann erst heute Abend zurückkommen, wenn es wieder dunkel ist. Aber ich bin jetzt telefonisch erreichbar.“

„Und Sie haben sich mit Ihrem Freund aus dem Mittleren Osten getroffen?“

„Ja."
„Und geht es ihm gut, Rayford? Verzeihen Sie, aber er wirkte ziemlich besorgt."
„Alles ist in Ordnung, Doktor."
„Er ist jetzt Christ, richtig?"
„Ja."
„Und er wird bei uns bleiben?"
„Damit ist zu rechnen."
„Dann freue ich mich darauf, auch ihn zu unterweisen."

David war entsetzt. Er hatte die Hauptsanitätsstation mehrmals besucht, die trotz ihrer immer größer werdenden Personalknappheit immer tipptopp in Ordnung gewesen war. Doch mittlerweile hatte sich die Erste-Hilfe-Station beinahe zu einer mobilen Armeechirurgie ausgeweitet.

Die anderen Sanitätsstationen waren abgebaut und die übrigen Verletzten entweder zum Verbandsplatz im Palasthof oder ins Palastgebäude gebracht worden.

Reihe um Reihe standen die provisorischen Pritschen über den Hof verteilt. „Warum bringen Sie diese Leute denn nicht hinein?", fragte David, während er an seinem Kragen zupfte.

„Warum kümmern Sie sich nicht um Ihre Angelegenheiten und lassen uns unsere Arbeit tun?", erwiderte ein Arzt und wandte sich kurz von einem totenblassen Hitzeopfer ab.

„Ich wollte Sie ja nicht kritisieren. Es ist nur, dass –"

„Es ist nur, dass alle jetzt hier sind", erklärte der Arzt. „Zumindest die meisten von uns. Die Mehrheit der behandelbaren Fälle sind auf Hitzschlag und Dehydrierung zurückzuführen und die meisten Verletzten sind Opfer des Blitzschlags geworden."

„Ich suche nach –"

„Tut mir leid, Direktor, aber wen immer Sie auch suchen, Sie werden sich allein auf die Suche nach ihm machen müssen. Wir kümmern uns nicht um Namen oder Nationalitäten. Wir versuchen nur, sie am Leben zu erhalten. Um den Papierkram werden wir uns später kümmern."

„Eine meiner Angestellten war stationiert in –"

„Es tut mir leid! Nicht, dass es mir egal wäre, aber ich kann Ihnen nicht helfen! Verstanden?"

„Sie hätte sich bestimmt vor einem Sonnenstich oder Hitzschlag zu schützen gewusst."

„Gut. Und jetzt auf Wiedersehen."

„Sie war im Sektor 53."

„Also, Sie wollen bestimmt nicht hören, was in Fünf-drei passiert ist", meinte der Arzt und wandte sich wieder seinem Patienten zu.

„Was war denn?"

„Sehr viele Blitzschlagopfer. Dort hat es mächtig gekracht."

„Wo sind die Opfer hingebracht worden?"

Der Arzt wollte nicht weiter mit David sprechen. Er nickte einem Assistenten zu. „Sagen Sie es ihm."

Der junge Mann sprach mit einem französischen Akzent. „Kein besonderer Platz. Einige wurden hierhergebracht. Andere wurden in diesem Sektor behandelt. Ein paar im Gebäude."

David wollte wieder zu seinem Fahrzeug zurückgehen, doch dann überlegte er es sich anders. Er ließ es stehen und schritt die Reihe der Opfer ab. Das war ein hoffnungsloses Unterfangen. Wie sollte er die Leute erkennen? Annie trug eine Uniform. Doch die Patienten waren mit feuchten Laken abgedeckt, die sie kühl halten sollten. Er würde jedes Laken anheben müssen. Und er würde bei der medizinischen Behandlung stören.

Während er in der Hitze die Reihen abschritt, griff David nach seiner Wasserflasche. Doch sie war leer. Seine Kehle war wie ausgedörrt, und er wusste, dass er dringend Wasser brauchte. Wann hatte er zum letzten Mal etwas getrunken? Wann hatte er zuletzt gegessen? Wann geschlafen?

Auf den riesigen Monitoren waren Viv Ivins, Leon Fortunato und Nicolai Carpathia zu sehen. Noch immer zogen die Pilger an ihnen vorüber. Sie sprachen mit ihnen, segneten sie, berührten sie. Davids Uniform war vollkommen durchgeschwitzt und hing wie ein nasser Sack an ihm herunter. Er blieb stehen, um tief durchzuatmen, doch er hatte das Gefühl, als sei seine Kehle geschwollen, sein Mund nicht mehr in der Lage, Speichel zu produzieren, seine Luftröhre wie zugeschnürt. *Schwindelig. Annie. Verschwommen. Heiß. Annie. Alles dreht sich. Durst. Rote Hände.*

David taumelte. Seine Uniformkappe rutschte von seinem Kopf und rollte davon. Sein Verstand befahl ihm, danach zu greifen, doch seine Hände rührten sich nicht. *Halt deinen Sturz auf! Halt deinen Sturz auf!* Aber er schaffte es nicht. Seine Arme wollten sich nicht bewegen. Er würde mit dem Gesicht voran auf dem Boden aufschlagen. Nein, er konnte sein Kinn nicht einziehen.

Er schlug mit dem Kopf auf dem Asphalt auf. Die raue Oberfläche verletzte durch sein Haar seine Kopfhaut. Er schloss die Augen in Erwartung des Schmerzes und weiße Blitze zuckten vor seinen Augen vorbei. Die Hände noch immer an seine Knie gelegt, sein Hinterteil in die Luft gestreckt, rollte er ganz langsam zur Seite und schlug auf der Hüfte auf. Er öffnete die Augen und sah, wie langsam Blut an seinem Gesicht herunterlief und sich in einer kleinen Pfütze auf dem glühend heißen Asphalt sammelte. Er versuchte, sich zu bewegen, zu sprechen. Er drohte das Bewusstsein zu verlieren, und er konnte nichts anderes denken, als dass er der Nächste in einer langen Reihe von Opfern sein würde.

„Soll ich das Steuer übernehmen, während Sie telefonieren?“, fragte Albie.

„Das wäre gar nicht schlecht“, erwiderte Rayford. Sie tauschten die Plätze, während er Hatties Nummer eintippte. Die junge Frau meldete sich mit einem heiseren, verängstigten Flüstern beim ersten Läuten.

„Rayford, wo sind Sie?“

„Das möchte ich nicht sagen, Hattie. Sprechen Sie mit mir. Wo sind Sie?“

„In Colorado.“

„Genauer.“

„Pueblo, im Norden, glaube ich.“

„Und die Weltgemeinschaft hat Sie geschnappt?“

„Ja. Und sie wollen mich zurück ins ‚Buffer‘ schicken.“ Rayford schwieg. „Lassen Sie mich nicht hängen, Rayford. Wir haben zusammen schon zu viel durchgemacht."

„Hattie, ich weiß nicht, was ich sagen soll."

„Was?!"

„Was soll ich denn tun?"

„Kommen Sie und holen Sie mich! Ich will nicht zurück nach Belgien! Ich werde dort sterben."

„Und was erwarten Sie von mir?"

„Dass Sie das Richtige tun."

„Mit anderen Worten, mein Leben und das der ‚Tribulation Force' in Gefahr bringen, um –"

Klick.

Rayford konnte nicht sagen, ob sie aufgelegt hatte, weil sie beleidigt war oder weil sie jemanden hatte kommen hören. Er erzählte Albie von dem Gespräch.

„Was wollen Sie tun, mein Freund?"

Rayford starrte Albie im Licht der anbrechenden Dämmerung an und schüttelte den Kopf. „Diese Frau hat uns nur Ärger gemacht."

„Aber sie ist Ihnen wichtig. Das haben Sie mir erzählt."

„Tatsächlich?"

„So nach und nach. Vielleicht hat es mir auch Mac erzählt."

„Mac kennt sie gar nicht."

„Aber er kennt Sie, und Sie reden doch miteinander, oder?"

Rayford nickte. „Wir wissen, dass sie aus dem ‚Buffer' entlassen wurde, damit sie –"

„‚Buffer'?"

„‚Belgium Facility for Female Rehabilitation' [dt. Belgische Einrichtung für die Rehabilitation von Frauen; Anm. d. Übers.]."

„Aha, das kann ich mir besser merken."

„Wie auch immer, die Weltgemeinschaft hoffte, sie würde uns zur Gala nach Jerusalem locken, aber sie –"

„Entschuldigen Sie, Rayford, soll ich nun Kurs auf das ehemalige Versteck nehmen oder direkt nach Palwaukee fliegen?"

„Das hängt davon ab, ob ich beschließe, nach Colorado zu fliegen."

„Das ist Ihre Entscheidung, aber ich hatte Sie für entscheidungsfreudiger gehalten, wenn ich das mal so sagen darf. Ihre Leute bewundern und respektieren Sie, das ist offensichtlich."

„Das sollten sie nicht. Ich –"

„Sie haben sich mit ihnen versöhnt, Rayford. Sie haben Ihnen vergeben. Und jetzt werden Sie wieder ihr Führer. Was werden Sie wegen dieser Hattie Durham unternehmen? Entscheiden Sie. Sagen Sie es mir, sagen Sie es den Leuten im Strong-Gebäude, und dann tun Sie es."

„Ich weiß es nicht, Albie."

„Sie werden es nie genau wissen. Wägen Sie Ihre Möglichkeiten gegeneinander ab und dann handeln Sie. Auf jeden Fall sind wir knapp zehn Minuten von dem ehemaligen Versteck entfernt. Fangen Sie mit einer kleinen Entscheidung an."

„Also gut, werfen wir einen Blick darauf."

„Gut gemacht, Rayford."

„Seien Sie nicht so schulmeisterlich, Albie. Wir sitzen in einem Hubschrauber der Weltgemeinschaft. Wir werden kein Misstrauen erregen."

„Aber Sie haben eine Entscheidung getroffen. Und jetzt denken Sie laut über die wichtigere nach. Werden wir nach Colorado fliegen?"

„Ich wollte noch sagen, dass sie die Weltgemeinschaft nicht zu uns geführt hat, sondern geradewegs dorthin gefahren ist. Ihre Familie ist tot, aber vielleicht dachte sie, sie könnte sich mit Freunden in Colorado in Verbindung setzen. Wer weiß? Ich könnte nicht einmal sagen, ob die Irreführung der Weltgemeinschaft ein Geniestreich oder einfach nur Glück war, aber ich würde sagen, Letzteres."

„Dann hat Hattie Sie also nicht auffliegen lassen?"

Rayford wandte sich von Albie ab und sah aus dem Fenster. Er betete im Stillen. Es war noch gar nicht so lange her, seit er ein Auge auf Hattie Durham geworfen und beinahe seine Ehe aufs Spiel gesetzt hatte. Die Schuld daran lag bei ihm, aber seither hatte sie ihm nichts als Ärger gemacht. Er und die anderen Mitglieder der *Tribulation Force* hatten sie geliebt, sie beraten, für sie gesorgt, sie angefleht, ihre Beziehung zu Christus in Ordnung zu bringen. Aber sie hatte sich nicht überzeugen lassen.

Immer wieder hatte sie durch ihren Egoismus die *Tribulation Force* in Gefahr gebracht. Soweit er wusste, trug sie die Schuld daran, dass die Weltgemeinschaft das Versteck schließlich entdeckt hatte.

Rayfords Telefon läutete. „Hattie?"

„Ich habe Schritte gehört. Sie haben mich in einen kleinen Raum in einem Bunker etwa eine Stunde südlich von Colorado Springs gesperrt."

„Das ist ein weiter Weg."

„Oh, vielen Dank, Rayford. Ich wusste, dass ich auf Sie zählen kann –"

„Ich habe noch nicht entschieden, was ich tun werde, Hattie."

„Natürlich haben Sie das. Sie werden mich doch nicht einfach im Stich lassen, damit ich ins Gefängnis zurückgeschickt werde oder Schlimmeres. Was muss ich tun, Ihnen versprechen, dass ich Christ werde?"

„Nicht, wenn Sie es nicht wirklich ernst meinen."

„Na ja, wenn Sie nicht kommen, um mich zu holen, können Sie sich auf jeden Fall von dieser Idee verabschieden."

Rayford klappte sein Handy zu und seufzte. „Was für ein Dummkopf!"

„Hattie?", fragte Albie. „Oder Sie, weil Sie in Erwägung ziehen, ihren Wunsch zu erfüllen?"

„Sie! Es ist doch ganz offensichtlich, dass es sich bei der ganzen Aktion um einen Versuch der Weltgemeinschaft handelt, einen von uns dorthin zu locken. Wenn sie mich erst mal haben, halten sie mich als Geisel, bis ich Informationen über die anderen Mitglieder der ‚Tribulation Force' preisgebe. Denn eigentlich suchen sie Tsion. Wir anderen sind nur lästig. Er ist der Feind."

„Also müssen Sie zwischen Miss Durham und Tsion Ben-Judah entscheiden? Wollen Sie meine Meinung hören?"

„So einfach ist das nicht. Immerhin wollen wir ja, dass sie zum Glauben kommt, Albie. Ich meine, wir alle wünschen uns das sehr."

„Und Sie denken, wenn Sie sie jetzt im Stich lassen, wird sie niemals zum Glauben kommen?"

„Das hat sie gesagt."

„Es mag vielleicht hartherzig klingen, und ich räume ein, dass ich auf diesem Gebiet noch ein Neuling bin, aber es ist doch Hatties Entscheidung, oder? Sie können ihr diese Entscheidung nicht abnehmen."

„Nach Colorado zu fliegen wäre das Dümmste, was ich machen könnte. Sie wurde geschnappt, eingesperrt, man hat ihr gedroht, sie wieder ins Gefängnis zu bringen, und doch haben sie ihr das Telefon gelassen? Ich meine, für wie blöd halten die mich eigentlich?"

Albie suchte den Horizont ab. „Dann ist Ihre Entscheidung doch einfach."

„Ich wünschte, es wäre so."

„So ist es. Entweder Sie fliegen nicht oder Sie greifen auf alle Ihre Hilfsmittel zurück."

„Was meinen Sie damit?"

„Es gibt eine Möglichkeit, die Sie anscheinend vergessen haben. Vielleicht sogar zwei."

„Ich höre."

„Bitten Sie David Hassid herauszufinden, wo genau sie gefangen gehalten wird. Er soll eine Anweisung von einem Kommandanten schicken, sie bis auf Weiteres dort festzuhalten. Sie rufen Hattie an und sagen ihr, Sie würden nicht kommen. Machen Sie es ihr und demjenigen, der mithört, wer immer das sein mag, glaubhaft. Dann tauchen Sie einfach auf, als Überraschungsangriff sozusagen, wenn Hattie und die Leute von der Weltgemeinschaft denken, Sie hätten Ihre Freundin im Stich gelassen."

Rayford kräuselte die Lippen. „Vielleicht sollten Sie die Leitung der ‚Tribulation Force' übernehmen. Ich könnte getötet oder gefangen genommen werden."

„Aber Sie haben eine weitere Möglichkeit nicht in Betracht gezogen."

„Ich bin ganz Ohr."

„Sir? Direktor? Sind Sie in Ordnung?"

„Er ist bewusstlos."

„Seine Augen sind offen, Doktor."

„Er ist auf den Kopf gefallen, Medizinfrau."

„Ich habe Sie gebeten, mich nicht so zu ne–"

„Tut mir leid. Ich weiß nicht, wie Sie mit den gefallenen Kriegern im Reservat umgegangen sind, aber der hier konnte seinen Sturz nicht einmal abfangen. Er könnte die Augen nicht schließen, selbst wenn er es wollte."

„Helfen Sie mir, ihn –"

„Sie machen es schon wieder, Süße. Ich bin kein Pfleger."

„Und Sie machen es auch schon wieder, *Doktor*! Wir können ihn natürlich liegen und verbluten lassen. Ich kann Sie aber auch daran erinnern, dass die Zahl unserer Patienten weit größer ist als die Zahl der Helfer."

Davids Zunge war geschwollen, und es gelang ihm einfach nicht, das Wort auszusprechen. Er wollte nichts weiter als Wasser, aber er wusste, dass auch sein Kopf versorgt werden musste.

„Spray!", rief die Schwester, die augenscheinlich indianischer Abstammung war. Jemand warf ihr eine Flasche zu. Sie sprühte ihm dreimal lauwarmes Wasser ins Gesicht, aber er konnte nicht einmal blinzeln. Verglichen mit der Hitze des Asphalts war das Wasser eiskalt. Ein paar Tropfen fielen in seinen Mund. Er keuchte bei dem Versuch, sie zu schlucken.

Der Arzt und die Schwester drehten ihn vorsichtig auf den Rücken und im Geiste blinzelte er vor der grellen Sonne. Doch er wusste, dass seine Augen weit aufgerissen waren und brannten. Er wollte sie bitten, ihn noch einmal nass zu sprühen, aber er fühlte sich wie gelähmt. Die Schwester legte ihm seine Kappe über das Gesicht, und als das Gefühl zurückkehrte, versuchte er, sich nicht zu bewegen, damit die Kappe nicht verrutschte.

Wenn er nur seine Stimme wiederfinden könnte, dann würde er nach Annie fragen, aber er war hilflos. Vermutlich war sie bereits auf der Suche nach ihm.

Als David auf eine der Pritschen gehoben wurde, rutschte ihm die Kappe vom Gesicht, aber er konnte blinzeln und wurde schon bald in den Schatten eines überfüllten Zeltes gebracht. Ihm wurde der letzte Streifen Schatten zugewiesen. „Kritisch?", fragte jemand.

„Nein", erwiderte der Arzt. „Aber die Kopfwunde muss so schnell wie möglich genäht werden."

Die erste Nadel, die sich in seine Kopfhaut bohrte, ließ ihn zusammenzucken, aber noch immer brachte er kein Wort heraus. Sekunden später war seine Kopfhaut taub.

„Können Sie das übernehmen?", fragte der Arzt.

„Dann wird es nicht gerade eine Schönheitsoperation, oder?", erwiderte die Schwester.

„Nehmen Sie Fäden wie bei einem Fußball – mir ist es egal. Er kann ja einen Hut tragen."

David war im Grunde egal, wie sein Kopf aussah, und das war gut, weil die Schwester schnell einen Zentimeter Kopfhaut an jeder Seite der Wunde rasierte, ihn mit noch mehr Flüssigkeit besprühte und eine große Nadel herausnahm.

„Wie schlimm?", brachte David mühsam und mit schwerer Zunge heraus.

„Sie werden am Leben bleiben", erwiderte sie. „Das ist nur eine oberflächliche Wunde. Sie haben einen harten Schädel. Aber Ihnen wurde das Fleisch buchstäblich vom Knochen gerissen. Mindestens fünf Zentimeter tief, oben auf dem Kopf."

„Wasser?"

„Tut mir leid."

„Bisschen?"

Schnell schraubte sie den Verschluss der Sprühflasche ab. Es war noch ein wenig Wasser darin. „Aufmachen."

Das meiste lief an Davids Hals entlang, aber es löste seine Zunge. „Suche Chief Christopher", sagte er.

„Kenne ihn nicht", erwiderte sie. „Und jetzt halten Sie still."

„Sie. Annie Christopher."

„Direktor, ich habe etwa fünf Minuten Zeit für Sie, und wenn Sie Glück haben, finde ich eine Infusion, um Ihnen Flüssigkeit zuzuführen. Aber während ich Sie nähe, werden Sie den Mund halten müssen und sich nicht bewegen dürfen, wenn Sie nicht noch schlimmer aussehen wollen."

„Sehen Sie, was ich sehe?" Albie blinzelte in die Ferne.

Rayford folgte seinem Blick. Seine Gefühle erstaunten ihn. Eine schwarze Rauchsäule schraubte sich hundert Meter in die Luft. „Meinen Sie?", fragte er.

Albie nickte. „Muss es sein."

„Fliegen Sie so dicht heran wie möglich", forderte Rayford ihn auf. „Das war für lange Zeit mein Zuhause."

„Mach ich. Also, werden Sie nun alle Möglichkeiten ausschöpfen? Oder habe ich mein Geld an diese Uniform und alle Auszeichnungen vergeudet?"

3

Buck erwachte gegen Mittag Chicagoer Zeit. Er fühlte sich doppelt so alt, wie er war. Wie an jedem Tag seit der Entrückung wusste er genau, wo er sich befand. In der Vergangenheit war es häufig vorgekommen, dass er beim Aufwachen in einer fremden Stadt erst einmal überlegen musste, wer er war, wo er sich genau befand und was er in dieser Stadt zu tun hatte. Aber jetzt nicht mehr. Selbst wenn er erschöpft, verletzt und kaum in der Lage war zu funktionieren, drehte sich das Selbsterhaltungsrad seines sonst passiven Verstandes.

Er hatte tief und fest geschlafen, aber sobald er die Augen geöffnet und auf seine Uhr gesehen hatte, wusste er Bescheid. Das alles machte auf eine lächerliche Weise Sinn. Buck starrte die Wand neben einem Aufzug in einem ausgebombten Wolkenkratzer in Chicago an. Er vernahm gedämpfte Stimmen. Kaffeeduft stieg ihm in die Nase und der Geruch eines Babys. Kenny duftete nach Frische und Puder, und wenn Buck unterwegs war, rief er sich diesen Geruch häufig ins Gedächtnis.

Aber Kenny war hier. Chloe hatte eine Barriere errichtet, damit er nicht zu den äußeren Fluren lief, in deren Fenster die Mittagssonne hereinschien. Buck drehte sich auf den Rücken und stützte sich auf den Ellbogen ab. Offensichtlich hatte Kenny den Versuch aufgegeben, über die Absperrung zu klettern. Er saß zufrieden auf dem Boden und spielte mit einem seiner Schnürsenkel.

„Hey, Kenny Bruce", flüsterte Buck. „Komm zu Daddy."

Kennys Kopf fuhr hoch. Er krabbelte auf allen vieren los, dann rappelte er sich hoch und kam zu Bucks Bett. „Pa-pa."

Buck griff nach ihm und der kleine Kerl kletterte auf ihn und legte sich auf seinen Bauch. Buck ließ sich zurücksinken und schloss die Arme um Kenny. Nur selten brachte der Junge die Geduld auf, still in den Armen seines Vaters zu liegen. Als Buck den Herzschlag des kleinen Jungen spürte, wünschte er, er könnte immer so liegen bleiben.

„Pa-pa da-da?", fragte Kenny und Buck konnte die Tränen kaum noch zurückhalten.

Rayford hatte eine Entscheidung getroffen, mehrere, um genau zu sein. Nachdem er gesehen hatte, dass das ehemalige Versteck bis auf die Grundmauern niedergebrannt worden war, wies er Albie an, nach Kankakee zurückzukehren. Von dort aus würden sie mit dem Jagdflugzeug der Weltgemeinschaft nach Colorado fliegen.

„So gefallen Sie mir, Captain", lobte Albie.

„Ja, das denke ich mir", brummte Rayford. „Vermutlich werde ich uns allen den sicheren Tod bringen."

Da er David in Neu-Babylon nicht erreichen konnte, hinterließ er ihm eine Nachricht. Er bat ihn, den genauen Aufenthaltsort von Hattie Durham zu ermitteln und ihm diesen mitzuteilen. David sollte die Sicherheitsbeamten, die sie gefangen hielten, darüber informieren, dass Hattie, sollte die gegenwärtige Operation fehlschlagen, festgehalten werde, bis jemand mit dem Auftrag kam, sie abzuholen.

David überlistete häufig die Computersysteme der Weltgemeinschaft, indem er Anweisungen solchen Inhalts auf den Weg gab, die nicht zu ihm zurückverfolgt werden konnten. Er war der Einzige, der die Sicherheitscodes verteilte, um solche Mitteilungen vor den „Feinden der Weltgemeinschaft" zu schützen. Aus diesem Grund konnte er die Kanäle auch benutzen, ohne entdeckt zu werden.

„Rufen Sie, sobald Sie können, Albie oder mich an, um uns zu bestätigen, dass Sie uns den Weg geebnet haben", hinterließ Rayford auf Davids Mailbox.

Schon bald würde Rayford dem jungen Israeli sein neuestes Foto mit dem neuen Namen schicken müssen, damit David Hassid ihn in die Friedenstruppen der Weltgemeinschaft „aufnehmen“ konnte. Doch zuerst einmal würden er und Albie auf der ehemaligen *Peterson Air Force Base* landen und in einem Jeep der Weltgemeinschaft, den David für sie bereitstellen lassen würde, seinen Anweisungen folgend zu dem Bunker fahren, falls es tatsächlich einer war, um die Gefangene abzuholen.

Albie hatte die Landung verzögert, bis der Treibstoff knapp wurde. Rayford hatte mehr als zwei Stunden geschlafen. Der Pilot weckte ihn mit der Nachricht, dass sie noch nichts von David gehört hatten.

„Das ist nicht gut“, erwiderte Rayford und wählte noch einmal die Nummer von Neu-Babylon. Keine Antwort. „Haben Sie einen Computer, Albie?“

„Ein kleines Notebook, aber es läuft über Satellit.“

„Ist es darauf programmiert, mit David Verbindung aufzunehmen?“

„Wenn Sie seine Koordinaten haben, kann ich das bewerkstelligen.“

Rayford holte das Notebook aus Albies Tasche. „Die Batterien sind schwach“, meinte er.

„Wir können es hier im Flugzeug anschließen“, schlug Albie vor. „Ich vermeide es möglichst, größere Vorgänge über Batterie laufen zu lassen.“

„Lassen Sie den Motor nach der Landung laufen“, riet Rayford. „Das könnte eine Weile dauern.“

Albie nickte und meldete sich über Funk bei dem Außenposten der Weltgemeinschaft. „GC NB4047 an Peterson Tower.“

„Sie sollten eigentlich wissen, dass wir jetzt Carpathia Memorial GC sind“, ertönte die Antwort.

„Mein Fehler, Tower“, entschuldigte sich Albie. „Ich bin das erste Mal seit langer Zeit wieder hier.“ Er blinzelte Rayford zu. Albie war noch nie in den Staaten gewesen.

„Jetzt können wir das Wort ‚Memorial‘ ja aus unserem Namen streichen, nicht wahr, 4047?“

„Wie bitte?“

„Er ist doch auferstanden."

Albie verdrehte die Augen. „Ja, das habe ich gehört. Das ist ein Ding, oder?"

„Sie sollten antworten mit: ‚Er ist wahrhaftig auferstanden.'"

Rayford tat so, als würde er den Finger in den Hals stecken. Albie schüttelte den Kopf. „Na, das glaube ich, Tower", erwiderte er. Er sah zu Rayford hinüber und deutete nach oben.

„Haben Sie hier etwas zu erledigen?"

„Deputy Commander in vertraulicher Mission."

„Name?"

„Marcus Elbaz."

„Einen Augenblick."

„Mein Treibstoff wird knapp, Tower."

„Wir haben nur wenig Leute hier, Commander Elbaz. Geben Sie mir eine Minute."

„Wir werden auf jeden Fall landen", sagte Albie zu Rayford, der gerade eifrig damit beschäftigt war, die nötigen Angaben einzugeben, um Albies Computer auf einen Satelliten auszurichten, der ihn direkt mit Davids Computer verbinden würde.

„Da haben wir Sie, Sir", antwortete der Tower. „Ich sehe Sie auf dem Schirm."

„Roger."

„Allerdings sind Sie nicht angekündigt. Sie waren in Kankakee?"

„Von da komme ich."

„Und Ihre Aufgabe hier?"

„Wiederhole, vertrauliche Angelegenheit."

„Oh ja, tut mir leid. Können wir Ihnen irgendwie helfen?"

„Auftanken. Außerdem sollte eigentlich ein Bodenfahrzeug für uns bereitstehen."

„Wie ich schon sagte, Sir, Sie sind uns nicht angekündigt worden. Wir können Sie auftanken, das ist kein Problem, wenn Sie den richtigen Befugniscode haben. Allerdings sind wir knapp an Fahrzeugen."

„Ich vertraue darauf, dass Sie sich etwas einfallen lassen."

„Wir sind sehr knapp an Personal und –"

„Das sagten Sie bereits."

„– und offen gesagt, Sir, hier ist niemand, der auch nur annähernd Ihren Rang hat."

„Dann erwarte ich, dass, wer immer das Kommando hat, meinen Anweisungen Folge leistet."

Eine lange Pause.

„Ich, äh, ich werde das weitergeben, Sir."

„Danke."

„Und Sie haben Landeerlaubnis."

David erwachte im Krankenhaus des Palastes. Sein Kopf schmerzte so sehr, dass er kaum die Augen öffnen konnte. Er teilte sich das Zimmer mit zwei schlafenden Patienten. Man hatte ihm die Kleider ausgezogen, und er lag, mit einem leichten Hemd bekleidet, an eine Infusion angeschlossen, im Bett. Seine Uhr lag auf dem Nachttisch neben ihm. Unter Aufbietung aller Kräfte hielt er sie sich vor die verschwollenen Augen. 21 Uhr. Das konnte doch nicht wahr sein!

Er versuchte, sich aufzusetzen. Sein Kopf war bis über die Ohren verbunden. Er hörte seinen eigenen Pulsschlag und mit jedem Schlag spürte er den Schmerz in seinem Kopf. Draußen war es bereits dunkel, aber auf einem leise gestellten Fernsehbildschirm waren die Pilger zu sehen, die sich noch immer im Hof aufhielten und langsam an der riesigen Statue von Nicolai vorbeizogen. Sie knieten davor nieder, verneigten sich, beteten die Statue an.

Auf Davids anderer Seite lag die Fernbedienung. Er wollte die anderen Patienten nicht aufwecken, aber die Bildunterschriften waren in arabischer Sprache. Er suchte auf der Fernbedienung herum, bis er sie in Englisch umgeändert hatte, doch auf den Untertiteln war nur der Text der Lieder zu sehen, die im Hof gespielt wurden, während die Leute langsam an dem Standbild vorüberzogen. Mit aufgerissenen Augen betrachtete er die riesige Menschenmenge, die genauso groß zu sein schien wie die Menge, die zur Beerdigung gekommen war.

David geriet in Panik. Er war viel zu lange telefonisch und über Computer nicht zu erreichen gewesen. Auf der Suche nach einem Telefon verrenkte er sich den Hals, und der

Schmerz veranlasste ihn sehr schnell, sich wieder in die Kissen sinken zu lassen. Er zog an der Schnur, über die er offensichtlich eine der Schwestern herbeirufen konnte, aber niemand kam. Die Schwestern waren mit den zahllosen Patienten natürlich vollkommen überlastet, aber bestimmt wussten sie doch, dass er ein Direktor war. Das zählte doch noch etwas.

Ihm wurde Flüssigkeit zugeführt, das merkte er, weil er dringend zur Toilette musste. Es gab keine Bettpfanne. Er spielte mit den Schaltern neben dem Bett, bis eines der Gitter herunterfuhr. Als er die Beine über den Bettrand schwang, verzog er vor Schmerzen das Gesicht. Er hielt inne, bis der Schmerz nachließ und er wieder Luft bekam.

Endlich gelang es ihm, sich mit beiden Händen auf der Matratze abzustützen und die Füße auf den Boden zu stellen. Der Marmor war ungewöhnlich kalt für ein so heißes Land, aber die Kälte tat ihm gut. Er erhob sich, schwankte, ihm wurde schwindelig, und es dauerte eine Weile, bis er das Gleichgewicht wiedergefunden hatte. Nachdem er nicht mehr schwankte, ging er auf das Badezimmer zu, doch ein Ziehen an seinem Handgelenk erinnerte ihn daran, dass er noch immer an die Infusion angeschlossen war. Er trat einen Schritt zurück und zog den Metallständer auf Rädern von der Wand fort. Doch dieser ließ sich nicht bewegen.

Ein Monitorkabel war in die Wand eingestöpselt. Er versuchte, es herauszuziehen, doch auch dies rührte sich nicht. Es musste irgendeinen einfachen Trick geben. Vielleicht musste man gegen den Uhrzeigersinn drehen oder drücken, anstatt zu ziehen oder so irgendetwas. Auf jeden Fall musste er jetzt zur Toilette. Trotz des zu erwartenden Schmerzes riss er das Pflaster von seiner Hand ab und zog die Nadel mit einem Ruck heraus. Der Schmerz trieb ihm die Tränen in die Augen. Während die Flüssigkeit auf den Boden tröpfelte, unternahm er einen schwachen Versuch, den Stopper herunterzudrücken, dann hängte er den Schlauch einfach an dem Ständer auf und ging zur Toilette.

Bereits nach wenigen Sekunden hörte er den Alarm, der den Schwestern mitteilte, dass sich eine Infusion gelockert hatte. Auf dem Weg zum Bett öffnete er den Schrank, und obwohl seine

Kleider darin hingen, konnte er sein Handy nicht finden. Vor Angst und Schmerz setzte sein Verstand aus. War das das Ende? Konnte jemand die Nummern der Mitglieder der *Tribulation Force* zurückverfolgen, die vielleicht versucht hatten, ihn zu erreichen? Vielleicht war er bereits entlarvt worden. Sollte er sich schnell auf die Suche nach Annie machen und dann von hier verschwinden? Und wenn sie bereits tot war? Sie würde wollen, dass er floh und nicht sein Leben aufs Spiel setzte in einem vergeblichen Versuch, Gewissheit über ihren Verbleib zu bekommen.

Auf keinen Fall. Er würde nicht ohne sie gehen oder ohne sicher zu wissen, ob sie tot war.

„Was tun Sie hier außerhalb des Bettes?" Es war keine Schwester, sondern eine weibliche Hilfskraft.

„Toilette", erklärte er.

„Zurück ins Bett", befahl sie. „Was haben Sie mit Ihrer Infusion gemacht?"

„Mir geht es gut", sagte er.

„Wir haben Bettpfannen und –"

„Ich bin bereits gewesen, aber jetzt –"

„Sir! Schsch! Ich höre Sie und alle anderen auf diesem Flur auch. Ihre Zimmergenossen schlafen."

„Ich brauche nur –"

„Sir, muss ich jemanden holen, der Sie bändigt? Jetzt seien Sie doch endlich still!"

„Ich bin doch still! Aber –" Auf einmal wurde David klar, der Verband über seinen Ohren war dafür verantwortlich, dass er lauter sprach.

„Tut mir leid", entschuldigte er sich. „Ich bin Direktor Hassid. Ich muss –"

„Ach, Sie sind der Direktor. Haben Sie beim Blitzschlag etwas abbekommen?"

„Ja, der Blitz hat mich direkt oben am Kopf getroffen, aber hier bin ich."

„Sie brauchen nicht –"

„Tut mir leid. Nein, ich bin in der Hitze nur ohnmächtig geworden und mir geht es wieder gut."

„Sie hatten einen Eingriff."

„Einen kleineren, aber jetzt –"

„Sir, wenn Sie der Direktor sind, dann muss ich jemandem Bescheid sagen, dass Sie aufgewacht sind."

„Warum?" Und warum hatte sie nach dem Blitzschlag gefragt? War Annie eines der Todesopfer und hatten sie ihn irgendwie mit ihr in Verbindung gebracht? Er wollte nicht, dass seine Gedanken sich selbstständig machten.

„Ich weiß es nicht. Ich tue nur, was man mir aufgetragen hat. Sechs Schwestern und zwei Hilfskräfte sind für diesen ganzen Flur verantwortlich, und auf einigen Stationen gibt es noch weniger Leute, darum –"

„Ich muss wissen, wo mein Telefon ist. Ich trage es immer bei mir, aber es steckt nicht in meiner Uniform. Ich weiß, Sie werden mir sagen, ich solle von meiner Uniform wegbleiben, aber –"

„Im Gegenteil, Sir. Sie wurden versorgt und sind nur ambulant hier. Sie sollten sich jetzt wieder anziehen."

„Wirklich?" Das konnte nicht wahr sein. Irgendetwas stimmte hier nicht. David war sicher gewesen, dass er sich würde fortschleichen müssen, und jetzt wurde er sogar entlassen?

„Ich hole die Oberschwester, aber Sie können schon mal anfangen, sich anzuziehen. Schaffen Sie das allein?"

„Natürlich, aber –"

„Dann fangen Sie an. Ich bin gleich wieder da. Oder die Oberschwester."

David hatte seine Kräfte überschätzt. Er holte seine Sachen aus dem Schrank und setzte sich auf einen Stuhl, um sich anzuziehen, aber schon bald war er kurzatmig und ihm wurde schwindelig. Sein ganzer Kopf schien in Flammen zu stehen, und er hatte das Gefühl, als würde irgendetwas aus seiner Wunde über dem Ohr tropfen, aber als er unter den Verband griff, spürte er nichts. Er wollte gar nicht daran denken, wie er aussehen würde, nachdem der Verband abgenommen worden war.

Nachdem er seine Uniform angezogen hatte und nur noch in Socken und Schuhe schlüpfen musste, öffnete David die Tür etwas weiter, damit Licht vom Flur hereinfiel. Er blickte in den Spiegel und erschauderte. Er war erst Mitte 20 und mit seiner glatten, klaren, dunklen Haut und seinen fast schwarzen Haaren und Augen war er oft für einen Teenager gehalten worden. Aber jetzt bestimmt nicht mehr. Wann war er so gealtert?

Sein Gesicht wirkte dünn und ausgemergelt und ja, seine Hautfarbe war heller geworden. Er senkte den Kopf und betrachtete den Verband, durch den Blut und Eiter gesickert waren. Der äußere Verband ging über beide Ohren und unter seinem Kinn her und erinnerte ihn an einen Patienten mit Zahnschmerzen, wie sie in alten Filmen gezeigt wurden. Davids Kopf war ebenfalls vermummt. Vorsichtig versuchte er, seine Uniformkappe aufzusetzen, doch das gelang ihm nicht. Der Verband schien sehr dick zu sein, denn seine Kappe passte ihm nicht mehr. Jeder Gedanke daran, seine Verletzung zu verbergen, um keine Aufmerksamkeit zu erregen, war zwecklos. Vielleicht konnte er eine größere – viel größere – Kappe auftreiben, aber auch dann wäre der Verband unter seinem Kinn noch immer zu sehen.

Die Oberschwester klopfte leise und trat ein, als David gerade seine Socken anzog. Sie war blond, groß und dünn, etwa doppelt so alt wie er. Schnell richtete er sich auf und atmete tief durch, damit der Schmerz abklingen konnte.

„Kommen Sie, ich helfe Ihnen", sagte sie mit eindeutig skandinavischem Akzent. Sie kniete vor ihm nieder und zog ihm Strümpfe und Schuhe an und band die Schnürsenkel. David war so aufgewühlt, dass ihm beinahe die Tränen kamen. War sie vielleicht Christ? Er wollte sie fragen. Jeder mit einem solchen dienenden Geist war entweder ein Christ oder stand dicht vor einer Entscheidung.

„Madam", sagte er so leise er konnte. Sie sah zu ihm auf, und er betrachtete ihre Stirn, suchte hoffnungsvoll nach dem Zeichen des Gläubigen. Nichts. „Vielen Dank."

„Gern geschehen", erwiderte sie schnell. „Ich helfe gern und wünschte, ich könnte noch mehr behilflich sein. Wenn es nach mir ginge, würden Sie noch ein paar Tage bei uns bleiben."

„Mir ist es lieber, dass ich gehen kann. Ich –"

„Oh, das glaube ich. Niemand möchte bleiben und wer kann Ihnen das verübeln? Die ganze Aufregung, die Auferstehung und alles. Aber der Potentat hat für 22 Uhr eine Besprechung mit den Direktoren in seinem Büro angesetzt. Sie werden erwartet."

„Tatsächlich?"

„Als man seinem Büro mitteilte, Sie hätten einen Hitzschlag erlitten und seien verletzt, wurden wir darüber in Kenntnis gesetzt, dass Sie, falls Sie am Leben seien und nicht zwingend hier bleiben müssten, daran teilnehmen sollten."

„Ich verstehe."

„Ich bin froh, dass wenigstens einer hier das versteht. Sie, Sir, sollten Patient sein. Ich würde nicht so bald schon wieder herumlaufen –"

„Man sagte mir, dies sei nur ein oberflächlicher Eingriff gewesen."

„Sicher, es war keine große Sache. Das hat man Ihnen gesagt, da bin ich sicher. Wissen Sie, eine Schwester hat Sie genäht, und so gut sie auch war, sie wurde zum Dienst gezwungen –"

„Wissen Sie, wer sie war? Ich bin ziemlich sicher, sie war indianischer Abstammung –"

„Hannah Palemoon", antwortete sie.

„Ich frage mich, ob sie mein Telefon hat. Es steckte in meiner –"

„Das bezweifle ich, Direktor. Sie werden Ihre Brieftasche, die Schlüssel und Ihren Ausweis unbeschädigt vorfinden. Wir würden niemals das Eigentum von jemandem Ihres Ranges an uns nehmen."

„Das weiß ich zu schätzen, aber –"

„Niemand hat Ihr Handy genommen, Sir. Vielleicht haben Sie es bei Ihrem Sturz fallen lassen oder in Ihrem Fahrzeug zurückgelassen?"

David legte den Kopf zur Seite. Möglich, aber unwahrscheinlich. Soweit er sich erinnern konnte, hatte er bei seinem Sturz nicht telefoniert, also musste es in seiner Tasche gesteckt haben. „Wo kann ich denn Schwester Palem–"

„Ich habe es Ihnen doch gesagt, Direktor. Ihr Telefon hat sie bestimmt nicht, und ich werde Ihnen nicht sagen, wo sie zu erreichen ist. Wir arbeiten 24 Stunden und haben dann 24 Stunden frei. Wenn sie es so macht wie ich, dann schläft sie die ersten 12 dieser freien Zeit, und das sollte ihr auch gestattet sein."

David nickte, aber er konnte es kaum erwarten, wieder an seinen Computer zu kommen und ihren Namen im Angestelltenverzeichnis aufzurufen. „Madam, ich muss eine meiner Angestellten finden. Ich mache mir große Sorgen um sie. Ihr Name ist Annie Christopher. Sie ist Leiterin der Transportabteilung der Phoenix, doch heute war sie dem Wachpersonal im Sektor 53 zugeteilt."

„Das ist nicht gut."

„Das habe ich gehört. Dort gab es Blitzeinschläge?"

„Sehr schlimm. Mehrere Tote und Verletzte. Ich kann nachsehen, ob sie in unserem System erfasst ist. Aber vielleicht sollten Sie auch in der Leichenhalle nachsehen."

David zuckte zusammen. „Ich würde es zu schätzen wissen, wenn Sie in Ihrer Liste nachsehen würden."

„Das werde ich, Sir. Und dann begeben Sie sich am besten in Ihr Quartier und ruhen sich vor der Besprechung noch etwas aus. Sie wissen genauso gut wie ich, dass Sie keinesfalls in der Lage sind, an einer Besprechung teilzunehmen, so aufregend das Treffen mit einem Menschen, der noch heute Morgen tot war und heute Abend lebendig ist, auch sein mag. Kommen Sie mit." Sie führte ihn ins Schwesternzimmer, wo sie Annies Namen in den Computer eingab. „Keine Christopher", sagte sie, „aber wir hängen mit unseren Einträgen auch hoffnungslos hinterher."

„Sie hatte ein Angestelltenabzeichen", wandte er ein.

„Und das kann genauso gut verschwunden sein."

„Also die Leichenhalle?", fragte er mühsam beherrscht.

„Sehen Sie es doch positiv", meinte sie. „Vielleicht war sie ja gar kein Opfer."

Das wäre beinahe noch schlimmer, fand David. Warum konnte er sie nicht erreichen und warum hatte sie nicht versucht, ihn zu erreichen? Na ja, vielleicht hatte sie das ja. Er musste unbedingt sein Handy noch vor der Besprechung finden.

„Nichts", sagte Rayford. „David ist seit Stunden nicht an seinem Computer gewesen und telefonisch erreiche ich ihn auch nicht. Jetzt kann ich nicht einmal mehr eine Nachricht hinterlassen. Vielleicht hat er es abgestellt."

„Seltsam", meinte Albie. „Pueblo hat also keine Ahnung, dass wir kommen."

„Und wir können nichts unternehmen, bevor wir nicht wissen, wo sich der Bunker befindet."

„Das werden wir herausfinden."

„Sie sind ein sehr findiger Mensch, Albie, aber –"

„Ich liebe das Unmögliche. Aber Sie sind der Boss. Ich brauche Ihre Erlaubnis."

„Wie sieht Ihr Plan aus?"

„Wir werden herausfinden, ob Ihr neues Aussehen und Ihre Identität funktionieren."

„Oh Mann."

„Kommen Sie schon. Seien Sie doch zuversichtlicher."

„Den Plan, Albie."

„Ich werde der ranghöchste Offizier hier sein. Der Computer ist schuld an der Verzögerung oder vielleicht auch die Inkompetenz der Leute in Neu-Babylon. Wer kann dem widersprechen? Sie sind bei mir. Wenn die einen Ausweis verlangen, Sie haben einen. Sie sind nicht mehr einfach ein Zivilist, der aushilft. Sie sind ein Rekrut, ein Auszubildender."

„Aha."

„Ich werde nicht nur auf einem Wagen bestehen, ich werde von ihnen auch den Standort des Bunkers erfahren."

„Das will ich sehen."

„Ich liebe solche Vorstellungen."

Rayford klappte Albies Computer zu. „Erzählen Sie mir davon."

Kenny Bruce versuchte, Buck zu der Barriere zu zerren, als wisse er, dass sein Vater ihm helfen konnte, sie zu überwinden. Aber Buck konnte sich nicht rühren. Er hatte das Gefühl, einen Flugzeugabsturz überlebt zu haben. Oder eben nicht. Es war, als sei seine Wirbelsäule gestaucht, als würde jeder Muskel, jeder

Knochen, jedes Gelenk und jede Sehne schmerzen. Er saß da und versuchte, die Kraft aufzubringen, sich zu erheben, sich zu strecken und zu seiner Frau und den anderen zu gehen.

Kenny, der seinen Versuch wieder aufgab, kletterte auf den Schoß seines Vaters und legte ihm die Hände ans Gesicht. Er sah Buck in die Augen und fragte: „Mama?"

„Wir gehen gleich zu Mama, Schätzchen", erwiderte Buck. Mit seinen knubbeligen Fingern fuhr Kenny über Bucks tiefe Narben im Gesicht. „Das macht dir nichts aus, oder?"

„Pa-pa", plapperte Kenny. „Mama."

Buck erhob sich und nahm Kenny auf den Arm. Der Junge spreizte die Beine und setzte sich auf Bucks Hüfte, die Arme um ihn gelegt, sein Kopf ruhte an Bucks Brust. „Ich wünschte, ich könnte dich überallhin mitnehmen", sagte Buck und humpelte steifbeinig zu den anderen.

„Mama, Pa-pa."

„Ja. Wir sind schon unterwegs, Kleiner."

Buck bereitete sich auf die peinliche Begrüßung vor, die für Langschläfer reserviert war, doch als er erschien, wurde er von den anderen buchstäblich ignoriert. Lea saß in einen Morgenrock gegen die Wand gelehnt auf dem Boden, ihr gebleichtes Haar, das an den Haarwurzeln rot nachwuchs, in ein Handtuch gewickelt. Chaim starrte auf den Laptop vor sich, den Kopf in die Hände gestützt. In seiner Kaffeetasse steckte ein Strohhalm. Tsion stand neben einem Fenster, aber so, dass man ihn nicht von außen sehen konnte, den Kopf geneigt und leise betend.

Chloe ging, das Handy ans Ohr gedrückt, herum. Tränen liefen ihr über das Gesicht. Sie sah Buck direkt in die Augen, um ihm zu zeigen, dass sie ihn bemerkt hatte, und als Kenny versuchte, sich von Bucks Arm zu winden, um zu ihr zu laufen, flüsterte Buck: „Bleib noch eine Minute bei Daddy, ja?"

Chloe sagte gerade: „Ich verstehe, Zeke … Ich weiß, mein Lieber, ich weiß. Gott weiß es … Es wird alles in Ordnung kommen. Wir werden dich holen, keine Sorge … Zeke … Es wird nach Einbruch der Dunkelheit sein, aber du schaffst das, ja?"

Endlich unterbrach sie die Verbindung und alle sahen sie an. „Big Zeke wurde geschnappt", erklärte sie.

„Zeke senior?", fragte Tsion. Zeke jr. war viel größer als sein Vater, aber trotzdem kannte man die beiden unter den Namen Big Zeke und Little Zeke.

Sie nickte. „Die Weltgemeinschaft hat ihn heute Morgen in Handschellen abgeführt. Man wirft ihm subversives Handeln vor. Sie haben ihn weggebracht."

„Wie kommt es, dass sie Zeke jr. nicht gefunden haben?", fragte Buck, der Kenny endlich herunterließ.

„Zeke!", wiederholte Kenny kichernd.

Chloe zuckte die Achseln. „Ihr Versteck war besser als unseres, und ich glaube nicht, dass Little Zeke jemals draußen sein Gesicht gezeigt hat."

„Zeke!", plapperte Kenny.

„Kommt er her?", fragte Lea.

„Wohin sonst sollte er gehen? Er sagt, die Weltgemeinschaft würde die Tankstelle beobachten. Sie nehmen die Leute mit, die dort tanken wollen."

„Woher weiß er das?"

„Er hat sich wohl eine Art Monitor gebaut, über den er die Vorgänge draußen beobachten kann. Daher weiß er auch, dass Big Zeke verhaftet wurde. Er weiß, dass sein Dad ihn niemals aufgeben würde, aber ihm ist auch klar, dass er nicht dort bleiben kann. Er packt schon seine Sachen."

„Ja", sagte Buck, „das wäre noch was, wenn die Weltgemeinschaft seine Akten und die Fälscherutensilien finden würde."

„Es wird schön sein, ihn hier zu haben", meinte Tsion. „Er wird in Sicherheit sein und kann doch viel für die anderen tun. Cameron, wie geht es Ihnen?"

„Anscheinend besser als Chaim."

Der alte Mann hob den Kopf und versuchte zu lächeln. „Ich komme schon in Ordnung", sagte er mit zusammengebissenen Zähnen. „Macht meinetwegen keine Umstände. Ich kann es kaum erwarten, zu studieren und zu lernen."

Tsion trat vom Fenster zurück. „Ich und ein Student, der nicht reden kann. Sie müssen zuhören und lesen. Bevor Sie wissen, wie Ihnen geschieht, werden Sie ein Experte auf dem Gebiet Ihres eigenen Volkes sein. Gottes erwähltes Volk. Was für eine

Freude, das weiterzugeben. Ich werde dasselbe Material verwenden wie für das Internet, das, worin ich Carpathia als den Antichristen entlarve."

„Jetzt sprechen Sie es offen aus, nicht?", fragte Buck.

„Aber natürlich", erwiderte der Rabbi. „Die Masken sind gefallen, wie man so schön sagt. Jetzt steht seine Identität nicht mehr infrage. Ich bin überzeugt, dass Leon sein falscher Prophet ist, und damit werde ich nicht hinter dem Berg halten. Diejenigen, die Ohren haben, werden nicht getäuscht werden. Es wird nicht lange dauern, bis das vom Satan besessene Ungeheuer seinem Zorn auf die Juden freien Lauf lassen wird."

Chaim hob die Hand. Buck konnte die mühsam herausgebrachte Frage kaum verstehen. „Und was sollen wir tun? Wir können doch gar nichts gegen ihn ausrichten."

„Sie werden sehen, mein Freund", erwiderte Tsion. „Heute werden Sie nicht nur von der Geschichte der Juden erfahren, sondern auch von ihrer Zukunft. Gott wird sein Volk schützen, jetzt und in Ewigkeit."

„Mir gefällt es, dass ich endlich zum Glauben gefunden habe", murmelte Chaim.

„Buck", sagte Chloe und trat näher an ihn heran, um ihn zu umarmen, „wir müssen Zekes Rettung planen."

„Noch so eine Rettungsaktion ist genau das, was ich heute brauche."

„Du hast doch geschlafen, oder?"

„Wie ein Toter."

„Sag so etwas nicht."

„Na ja …"

„Entweder du oder ich, mein Schatz", sagte Chloe. „Wenn du noch einen Tag brauchst, um dich zu erhol–"

„Ich bin bereit", unterbrach Buck sie.

„Ich kann helfen", meldete sich Lea. „Ich bin fit."

„Dann vielleicht ihr beide", entschied Chloe. „Ich muss mich um die Handelsgesellschaft kümmern und die Zusammenarbeit koordinieren."

„Wir werden einen Piloten brauchen", sagte Buck. „Wir landen mit dem Hubschrauber der Weltgemeinschaft auf dem Gelände, machen großes Theater, weil sie den Verdächtigen nicht aufgespürt haben, verhaften Zeke jr. und bringen ihn hierher. Was? Wie seht ihr mich denn an?"

„Wir haben heute keinen Hubschrauber, Liebling", erklärte Chloe. „Vermutlich nicht vor morgen Abend, und wir dürfen es nicht riskieren, Zeke so lange warten zu lassen."

„Okay, also, wo sind der Helikopter und dein Dad? Und wo steckt Albie?"

4

David eilte in sein Büro und wählte Annies Nummer. Keine Antwort. Dann rief er beim Fuhrpark an. Der Mann, der ihm den Wagen zur Verfügung gestellt hatte, hatte dienstfrei. David sprach mit einem anderen, der ihm jedoch mitteilte: „Kein Telefon, Sir, nein. Es ist nichts liegen geblieben. Wir haben den Wagen gefunden, von Ihnen war jedoch keine Spur zu sehen. Mein Boss war ziemlich sauer auf Sie, bis er erfuhr, dass Sie im Krankenhaus liegen. Sind Sie okay?"

„Ja."

„Brauchen Sie den Wagen?"

„Nein."

„Wenn ich irgendetwas für Sie –"

Doch David hatte bereits aufgelegt. Er klappte seinen Computer auf und entdeckte die kodierten dringenden Nachrichten. Er kannte die Nummern; sie gehörten seinen Kameraden von der *Tribulation Force*. Wenn er Zeit hatte, würde er sich darum kümmern, doch im Augenblick musste er unbedingt sein Telefon wiederbekommen und herausfinden, wo Annie steckte.

Seine Uhr zeigte 21.35. Er suchte in der Datenbank der Weltgemeinschaft nach „Angestellte", „medizinischer Bereich", „Schwester". Da war sie: „Palemoon, Hannah L., Zimmer und Anschluss 4223." Beim fünften Läuten meldete sie sich mit einem verschlafenen „Hallo".

„Schwester Palemoon?“
„Ja, wer spricht?“
„Es tut mir leid, dass ich Sie so spät noch störe und Sie aufgeweckt habe, aber –“
„Hassid?“
„Ja, verzeihen Sie mir, aber –“
„Ich habe Ihr Handy.“
„Oh, Dank sei G–, was für ein Glück! Ist es eingeschaltet?“
„Nein, Sir, ich habe es abgestellt. Kommen Sie jetzt rüber, um es abzuholen, damit ich weiterschlafen kann?“
„Geht das denn? Wenn Sie nichts dagegen haben, ich –“
„Ich muss Ihnen sowieso noch etwas zeigen.“
Was war los? War er vielleicht aufgeflogen? Warum ließ sie ihn das Gerät so bereitwillig bei sich abholen? Und warum hatte sie es überhaupt an sich genommen? Um sicherzugehen, kehrte er an seinen Computer zurück und rief die Aufzeichnung ihrer Gespräche im Flur vor ihrem Zimmer auf.

Nachdem er diese überprüft hatte, sah er erneut die blinkenden Lichter. Es waren dringende Nachrichten. Scheinbar hatten Rayford und Albie versucht, ihn zu erreichen. Er hatte keine Zeit, sich jetzt um sie zu kümmern, aber wenn sie vielleicht etwas von Annie gehört hatten? Er musste nachsehen.

Die Bitten verblüfften ihn. Es war viel zu spät, um Albie und Rayford in Colorado noch zu helfen, aber seine Finger flogen trotzdem über die Tasten. Sein Kopf schmerzte, seine Wunde nässte und er blinzelte zornig. In Windeseile gab er die Zahlenkombination ein, mit der er die Sicherheitscodes der Friedenstruppen überlisten konnte. Schnell erteilte er dem hochrangigen Kommandeur aus Neu-Babylon Marcus Elbaz die Erlaubnis, auf dem „Carpathia Memorial“-Flugplatz in Colorado Springs zu landen. Darüber hinaus autorisierte er ihn, ein Fahrzeug zu benutzen, das er brauchte, um eine aus einem belgischen Gefängnis entflohene Strafgefangene in Haft zu nehmen, die im Augenblick in einem Bunker im Norden von Pueblo gefangen gehalten wurde. Noch ein paar Tastengriffe und er kannte den genauen Standort dieser Einrichtung und den Namen des verantwortlichen Direktors: Pinkerton Stephens. Zum

Glück hatte Stephens einen niedrigeren Rang als Deputy Commander Elbaz.

Um Namen, Rang und Personalnummer für Rayford würde er sich später kümmern. Er hoffte, die beiden würden sich in der Zwischenzeit dem Zugriff der Weltgemeinschaft entziehen können. Es war 21:50 Uhr, Hannah Palemoon wartete und keinesfalls durfte er zu der angesetzten Besprechung zu spät kommen. Gesund und topfit wäre es eine Herausforderung für ihn gewesen, zu ihrem Zimmer zu rennen, sein Telefon abzuholen und noch rechtzeitig in Carpathias Büro zu erscheinen. Aber so angeschlagen, wie er war, konnte er sich das nicht vorstellen.

Er konnte Fortunato ja im letzten Augenblick anrufen und erklären, er würde sich ein paar Minuten verspäten, da er gerade erst von der Krankenstation komme. Aber auf keinen Fall wollte er irgendetwas von dieser Besprechung verpassen. Nachdem er seine Tür verschlossen hatte, ging er eiligen Schrittes zum Aufzug. Ihm wurde schwindelig und er musste sich an der Wand festhalten. *Jetzt komm erst mal zu Atem*, redete er sich gut zu. *Zu spät ist besser als gar nicht.*

„Geben Sie mir meinen Rasierapparat", bat Albie. „Mit meinem augenblicklichen Aussehen werde ich das nur schwerlich durchziehen können."

„Wir werden in weniger als einer Minute landen", wandte Rayford ein.

„Ich habe doch einen Kopiloten, oder?"

Rayford holte Albies elektrischen Rasierer aus seiner Tasche und übernahm die Landung, während Albie sich rasierte und seine Krawatte band. Als der Tower die Landung bestätigte, antwortete Albie. Dann zog er sich die Kopfhörer vom Kopf und setzte seine Uniformkappe auf. Beim Aussteigen fiel Rayford erneut auf, dass der kleine Mann aus dem Mittleren Osten in seiner Uniform viel größer wirkte und mehr Autorität ausstrahlte.

„Ich weise Sie zum Auftanken ein, dann können Sie das schon erledigen, Commander Elbaz."

„Können Sie das nicht übernehmen, während ich mich um meinen Auftrag kümmere?"

„Tut mir leid, Sir, wir sind knapp an Personal –"

„Ich weiß. Fahren Sie fort."

Auf dem Weg zu den Büros blieb Rayford einen Schritt hinter Albie. Er hoffte, dass David ihm, wenn er ihn erst einmal in die Friedenstruppen der Weltgemeinschaft eingeschleust hatte, einen noch höheren Rang geben würde. Wie sollte er die Aufsicht über einen Mann führen, der bei dieser Maskerade einen höheren Rang bekleidete als er?

Der Offizier am Schreibtisch salutierte und meldete: „Ich habe meinem Vorgesetzten gesagt, wir hätten im Computer keine Anordnung bezüglich Ihres Auftrags finden können, darum müssen Sie sich selbst um ein Fahrzeug bemühen. Wenn Sie mir Ihre Auftankanordnung geben, kann ich die Genehmigung für Sie besorgen, während Sie –"

„Wie bitte?", fragte Albie.

„Sie werden sich selbst um das Auftanken kümmern müssen, da –"

„Das weiß ich. Ich brauche für einen wichtigen Auftrag ein Fahrzeug, und zwar sofort. Sie erwarten, dass ich einen Wagen miete?"

„Ich gebe nur das weiter, was mein Vorgesetzter gesagt hat. Ich –"

„Holen Sie ihn."

„Es ist eine Sie, Sir."

„Das ist mir egal, und wenn es ein Gorilla wäre! Holen Sie ihn oder sie her."

Die Leiterin des Flugplatzes erschien, bevor der Mann sie holen konnte. Sie salutierte, lächelte aber nicht. „Judy Hamilton, zu Ihren Diensten, Commander."

„Nicht genug zu meinen Diensten, fürchte ich."

„Meine Möglichkeiten sind begrenzt, Sir, aber ich bin für Vorschläge immer offen."

„Haben Sie einen Wagen?"

„Es steht keiner zur Verfügung, Sir."

„Ich brauche ihn für einen halben Tag."

„Ich habe keinen, Sir."

„Sie persönlich?"

„Ich?"

Albie seufzte hörbar. „Sie verstehen doch Englisch, Hamilton? Besitzen Sie einen Wagen?"

„Ich fahre keinen Dienstwagen der Weltgemeinschaft, Sir."

„Das habe ich Sie nicht gefragt. Wie kommen Sie zur Arbeit?"

„Mit dem Auto."

„Dann müssen Sie doch einen Wagen haben."

„Ja, ich habe ein eigenes Auto."

„Das sage ich doch, Hamilton. Ich werde mir Ihren eigenen Wagen für heute Nachmittag ausleihen und die Weltgemeinschaft wird tief in Ihrer Schuld stehen. Um genau zu sein, sie wird um einen Dollar pro Meile in Ihrer Schuld stehen."

Sie zog die Augenbrauen hoch. „Üblich ist ein halber Dollar, Sir."

„Das weiß ich", erwiderte Albie. „Ich werde das aufgrund Ihrer Kooperation veranlassen."

„Keine Abzüge für Dummheit, Sir?"

„Nur für Insubordination, Hamilton, ein anderer Name für Sarkasmus."

„Sie zahlen mir also einen Dollar pro Meile dafür, dass Sie meinen Wagen benutzen?"

„Sie begreifen schnell."

„Nein."

„Nein?"

„Nein, Sie werden meinen Wagen nicht benutzen."

„Verzeihung?"

„In zwei Stunden habe ich eine Besprechung in Monument und die C-25 ist erst seit einer Woche wieder offen. Ich muss sofort aufbrechen."

„Und Sie denken, Ihre Besprechung hätte Vorrang vor dem Auftrag eines Deputy Commanders?"

„Heute schon, Sir, wegen Ihrer Haltung."

„Sie verweigern mir Ihren Wagen?"

„Sie begreifen schnell."

Albie blinzelte sie an. Sein Gesicht wurde puterrot. „Das werde ich melden, Hamilton. Sie werden mit einer Disziplinarstrafe rechnen müssen."

„Aber bestimmt nicht für heute Nachmittag. Und Sie werden auch eine Disziplinarstrafe bekommen."

„Ich?", fragte Albie.

„Wie viel Zeit ist seit der Auferstehung des Potentaten vergangen und doch haben Sie weder meinen Mann am Empfang noch mich mit der neuen Begrüßungsformel gegrüßt."

„Ich bin beschäftigt und seit Stunden unterwegs."

„Sie wissen nicht, dass wir uns jetzt mit der Formel: ‚Er ist auferstanden' begrüßen, worauf geantwortet wird: ‚Er ist wahrhaftig auferstanden'?"

„Natürlich, aber, Madam, ich muss auch den genauen Standort der Einrichtung im Norden von Pueblo wissen, wo –"

„Sie haben gar keinen umfassenden Befehl, Sir?"

„Anscheinend nicht."

„Korporal, sehen Sie noch einmal im Computer nach. Ich möchte sehen, was wir über Deputy Commander Elbaz haben und ob wir seine Personalakte nicht noch durch Prahlerei und Anmaßung ergänzen können."

„Hamilton, ich –"

Sie brachte ihn mit einer Geste zum Schweigen.

„Hey", sagte der Mann am Schreibtisch, „das war vorher noch nicht da. Geradewegs von den Bossen in Neu-Babylon. Sehen Sie nur."

Hamilton warf einen Blick auf den Bildschirm und erbleichte. Rayford atmete erleichtert auf. Die Frau räusperte sich. „Wie es scheint, hat alles seine Ordnung, Commander. Ich, äh, würde gern einen Waffenstillstand vereinbaren."

„Ich höre."

„Ihnen soll auch ein Fahrzeug zugeteilt werden, und wir werden eines für Sie auftreiben, obwohl ich gern den Jeep nehme, wenn Sie mit meinem Wagen fahren wollen."

„Und Sie würden ihn mir überlassen?"

„Ich werde Ihnen nicht nur den Wagen überlassen, ich werde auch bereit sein, Ihren Bruch des Protokolls nicht zu melden, wenn Sie Ihre Meinung zu meiner Insubordination für sich behalten."

Buck und Chloe ließen das Kind in Leas Obhut, während Tsion und Chaim sich an ihre Studien machten. Die beiden stiegen in die Tiefgarage des Wolkenkratzers hinunter, wo Buck den Landrover zwischen vielen anderen Autos abgestellt hatte.

„Wir können dankbar sein, dass dieses Gebäude eine so exquisite Klientel hatte", meinte Chloe. „Sieh dir nur diese Autos an."

Buck musste lächeln über den krassen Unterschied zwischen diesen Wagen und dem dreckigen, zerbeulten Rover, der noch gar nicht so alt war. Er schlug mit der flachen Hand auf die Motorhaube. Der Knall hallte in dem Parkhaus wider. „Die alte Bessie hat schon viel durchgemacht, nicht wahr?"

Chloe schüttelte den Kopf. „Sie? Ihr Männer und eure Neigung, euren Autos weibliche Eigenschaften zuzuschreiben."

Buck lehnte sich gegen einen Betonpfosten und zog Chloe an sich. Er legte die Arme um sie. „Denk doch nur mal darüber nach", meinte er. „Ich könnte dem Wagen oder den Frauen doch kein schöneres Kompliment machen."

„Grab nur weiter. Gleich wirst du eine Hacke abbrechen."

„Nicht, wenn du mal darüber nachdenkst."

Sie lehnte sich zurück, legte den Kopf zur Seite und tippte mit dem Finger an die Schläfe. „Hmm, mal sehen, ob der alte Charley und ich das klarkriegen. Meinem Gehirn einen Männernamen zu geben, ist also das größte Kompliment, das ich ihm und den Männern machen kann."

„Ach, komm schon", wandte Buck ein. „Denk doch nur, was dieser Wagen schon mit uns durchgemacht hat. Er hat uns durch den Verkehr gebracht, als der Krieg ausbrach. Hat dich am Leben erhalten, als du ihn an einen Baum gesteuert hast. Mit mir ist er durch eine Erdspalte gefahren, ganz zu schweigen von den anderen Hindernissen."

„Du hast recht", erwiderte sie. „Kein Mann hätte das gemacht."

„Du und Charley, ihr habt das ganz allein herausgefunden?"

„Ja. Und willst du sonst noch was wissen? Ich denke, wir sollten dieses Mal mit einem Ford fahren."

„Haben wir denn einen?"

„Zwei. Da hinten hinter der Ecke, neben den beiden Luxuswagen."

Sie zog ihn zu einem der hinteren Bereiche des Parkdecks. „Alle Stellplätze sind nummeriert und die Schlüssel zu den Wagen hängen im Büro am Schlüsselbord. Kaum ein Wagen steht hier, dessen Tank weniger als halb gefüllt ist, und die meisten sind sogar voll."

„Die Leute haben sich scheinbar vorbereitet."

„Einige hatten bestimmt die Kriegsgerüchte gehört."

Buck tippte ihr an den Kopf. „Vielen Dank, Charley." Er sah sich die Auswahl an Wagen an, Dutzende, überwiegend neu, und stieß einen lauten Pfiff aus. „Wenn Gott segnet, dann aber richtig." Doch Chloe war still geworden. „Was denkst du gerade?", fragte er.

Sie kräuselte die Lippen und steckte die Hände in ihre Jackentasche. „Ich denke, wie viel Spaß wir haben würden, wenn wir uns zu jeder anderen Zeit der Geschichte ineinander verliebt hätten."

Er nickte. „Wir wären aber keine Christen."

„Vielleicht hätte uns ja jemand überzeugt. Sieh uns an. So viel Spaß habe ich seit Jahren nicht gehabt. Es ist, als hätten wir einen Gebrauchtwagenladen und müssten nur auswählen, in welchem Wagen wir fahren wollten. Wir haben einen wundervollen Sohn und einen kostenlosen Babysitter, und wir brauchen nur zu entscheiden, welche Farbe der Wagen haben soll, mit dem wir fahren wollen."

Sie lehnte sich gegen ein weißes Auto. Buck stellte sich neben sie. Sie schüttelte den Kopf. „Wir sind unserem Alter weit voraus; wir sind verwundet, haben Narben und Angst. Es wird nicht mehr lange dauern, bis wir unsere Zeit nur noch damit verbringen, am Leben zu bleiben. Ich habe ständig Angst um dich. Schlimm genug, dass wir jetzt leben, aber ohne dich könnte ich nicht weitermachen."

„Doch, das könntest du."

„Ich würde es nicht wollen. Würdest du denn ohne mich leben wollen? Vielleicht sollte ich lieber nicht fragen."

„Nein, Chloe, ich weiß, was du meinst. Unser Leben hat ein

Ziel, eine Mission, und alles erscheint kristallklar. Aber auch ich würde ohne dich nicht weitermachen wollen. Und doch würde ich es tun. Ich hätte gar keine andere Wahl. Für Kenny, für Gott. Für die anderen Mitglieder der ‚Tribulation Force'. Und wie Tsion immer sagt: für das Reich Gottes. Du bist das Beste, was mir je passiert ist, selbst wenn du nicht der Mittelpunkt meines Leben wärst. Aber das bist du. Wir sollten aufeinander aufpassen, uns gegenseitig am Leben halten. Wir haben nur noch dreieinhalb Jahre vor uns, aber ich möchte es schaffen. Du etwa nicht?"

„Natürlich."

Sie drehte sich um und drückte ihn fest an sich. Sie küssten sich leidenschaftlich.

Als David endlich langsam über den Flur des vierten Stockwerks im Wohntrakt der Angestellten schlich, stellte er fest, dass die Tür zum Apartment 4223 einen Spalt offen stand. Ein schwacher Lichtschimmer drang heraus auf den Flur. Er wollte gerade klopfen, als eine dunkle Hand am Ende eines dicken Morgenmantels auftauchte und ihm sein Handy zuwarf.

„Vielen Dank, Madam", sagte er. „Ich muss weiter."

„Madam?", entrüstete sich Schwester Palemoon. „So viel älter als Sie bin ich doch gar nicht. Wie alt sind Sie?"

„Warum?"

Sie öffnete die Tür und lehnte sich müde gegen den Türrahmen. Ihr Haar hatte sie in einem Pferdeschwanz zurückgebunden und ihre Augen blickten ihn verschlafen über ihren aufgedunsenen Wangen an. David war erstaunt, wie klein sie war. „Ich bin noch keine 30", erklärte sie, „also hören Sie auf, mich ‚Madam' zu nennen, in Ordnung?"

„In Ordnung. Hören Sie, ich komme schon zu spät für meine Besprechung. Ich wollte Ihnen danken und –"

„Ich sagte, ich wollte Ihnen etwas zeigen."

„Das sagten Sie. Was denn? Und warum haben Sie überhaupt mein Telefon an sich genommen?"

„Na ja, das gehört zu dem, was ich Ihnen zeigen wollte."

David wollte nicht unhöflich werden, aber was sollte das? Sie stand mit verschränkten Armen im Türrahmen und starrte ihn mit hochgezogenen Augenbrauen an.

„In Ordnung“, sagte er. „Was gibt's?“

Sie rührte sich nicht.

Oh Mann, dachte er. *Sie wird doch nicht versuchen, mich zu verführen. Bitte nicht!*

Er steckte das Handy in die Tasche und hob beide Hände.

„Oh!“, sagte sie. „Sie stehen im Dunkeln.“

Sie richtete sich auf und knipste das Licht an. Das kleine Licht über ihrer Tür fiel auf sie beide. Sie ahmte seine Geste nach und sein Atem setzte aus. *Das muss ein Witz sein!* Ganz deutlich war das Zeichen auf ihrer Stirn zu erkennen.

„Überprüfen Sie es“, forderte sie ihn auf. „Ich würde es Ihnen nicht übel nehmen. Dass Ihres echt ist, weiß ich ganz genau. Ich habe versucht, es mit Alkohol abzureiben.“

David sah sich im Flur um, entschuldigte sich, befeuchtete seinen Daumen und rieb damit über ihre Stirn. Wieder sah er sich um, dann beugte er sich zu ihr herab und umarmte sie. „Schwester“, flüsterte er. „Ich bin so froh, Sie zu sehen. Ich wusste gar nicht, dass wir überhaupt jemanden auf der Krankenstation haben.“

„Ich weiß von keinem anderen“, erwiderte sie. „Aber als ich Ihr Zeichen sah und mir über Ihren Rang klar wurde, habe ich sofort an Ihr Handy gedacht.“

„Sie sind einfach brillant“, lobte er.

„Gern geschehen. Wir bleiben in Verbindung.“

„Bestimmt. Und vielen Dank, Schwester P–“

„Hannah“, unterbrach sie ihn. „Bitte, David.“

Auf dem Weg zum Aufzug überprüfte er sein Telefon. Es waren mehrere Nachrichten auf seiner Mailbox, doch keine von Annie. Erst wenn ihm kein anderer Ausweg mehr blieb, würde er in der Leichenhalle nachsehen. Hastig wählte er die Nummer von Fortunatos Büro. Sandra, die Assistentin von Carpathia und Fortunato, meldete sich.

„Wie schön zu hören, dass Sie auf den Beinen sind“, sagte sie. „Sie werden erwartet. Ich werde Bescheid geben, dass Sie in ein paar Minuten da sein werden.“

In der Annahme, dass David, da er Albie bereits durch das System die nötigen Vollmachten verschafft hatte, vielleicht auch die Lage des Pueblo Bunkers durchgegeben hatte, rannte Rayford zum Jagdflugzeug, um Albies Computer zu holen.

„Das war früher einmal eine Schnellstraße", erklärte er, während sie mit Judy Hamiltons Minivan auf der C-25 in Richtung Süden fuhren. „Bis alles nach dem heiligen Nick benannt wurde."

Albie fuhr seinen Laptop hoch und suchte nach den nötigen Informationen. „Hier ist es", rief er. „An den Kreuzungen und Ausfahrten wird noch gebaut, Sie müssen also nach einer scharfen Linkskurve Ausschau halten. Von da an führe ich Sie weiter. *Hmmm*. Pinkerton Stephens. Das ist der Mann, den wir dort treffen sollen."

„Schon von ihm gehört?"

Albie schüttelte den Kopf. „Fragen Sie mich morgen."

Ein paar Minuten später kamen sie an einem Gebäude in einer Seitenstraße vorbei. Rayford fragte: „Warum sind wir nicht einfach in einem Jeep der Weltgemeinschaft vorgefahren – um das Bild zu vervollständigen?"

„Überraschung. Sie haben Miss Durham unmissverständlich klargemacht, dass Sie nicht kommen. Sie wussten, dass die zuhören. Sie erwarten niemanden und können sich ruhig fragen, wer da im Anmarsch ist. Ich in meiner Uniform und meinem Rang, der höher ist als der aller Anwesenden dort, steige aus; sie werden den Zivilisten nicht erkennen. Sie werden sich Mühe geben, uns zu beeindrucken, und die Sache nicht durchschauen. Auf jeden Fall wollte ich nicht in einem offenen Jeep mit dieser Frau unterwegs sein. Sie etwa?"

Rayford schüttelte den Kopf. „Denken Sie wirklich, wir würden die unvorbereitet antreffen?"

„Bestimmt. Doch die Torposten werden ihnen mitteilen, dass hohe Beamte unterwegs sind."

Rayford wendete und fuhr zum Eingangstor. Der Wachtposten bat ihn, sein Anliegen zu nennen. „Ich bin nur der Chauffeur des Deputy Commanders."

Der Wachtposten beugte sich vor, um einen Blick auf Albie zu werfen, dann salutierte er. „Mit wem sind Sie verabredet?"

„Stephens, und ich bin spät dran, falls Sie nichts dagegen haben."

„Unterschreiben Sie bitte hier."

Rayford unterschrieb mit „Marvin Berry". Dann wurden sie durchgewunken.

Als sie das Büro betraten, hörte die Empfangsdame gerade einer seltsamen Stimme aus der Gegensprechanlage zu. Sie war sehr hoch und nasal, und Rayford konnte nicht sagen, ob sie zu einem Mann oder einer Frau gehörte. „Ein Deputy Commander will mich sprechen?", fragte die Stimme.

„Ja, Mr Stephens. Ich habe den Namen mit den Daten der Weltgemeinschaft verglichen, und der einzige Marvin Berry, der bei uns beschäftigt ist, gehört nicht zu den Friedenstruppen. Er ist ein älterer Fischer aus Kanada."

„Da ist etwas faul", erwiderte die Stimme.

Es ist also ein Mann, aber was stimmt nicht mit ihm?, fragte sich Rayford.

„Einen Augenblick, Sir", sagte die Frau. Als sie den Deputy Commander hinter Rayford entdeckte, erhob sie sich. „Ist Ihr Name Berry?"

„Berry ist mein Fahrer", fuhr Albie sie an. „Sehen Sie in Ihrem Computer unter ‚Elbaz' nach. In meiner Familie kann niemand fischen."

„Das Geheimnis ist gelöst, Mr Stephens. Der Torposten hatte den Namen des Fahrers genannt."

„Inkompetenz!", ertönte Stephens seltsame Stimme aus der Gegensprechanlage. „Schicken Sie ihn rein!"

„Den Posten?"

„Den Deputy Commander!"

Sie deutete auf die erste Tür, die links von einem kleinen Flur abging, aber als Rayford sich in Bewegung setzte, um seinem Vorgesetzten zu folgen, sagte sie: „Nur der Deputy Commander, bitte."

„Er gehört zu mir", erwiderte Albie. „Ich werde das mit dem Boss klären."

„Oh, ich weiß nicht."

„Aber ich", entgegnete Albie mit fester Stimme. Er blieb vor der Tür stehen und klopfte an.

„Kommen Sie rein", ertönte die seltsame Stimme.

„Reinkommen?", flüsterte Albie. „Es wird ihm bestimmt peinlich sein, wenn er merkt, dass er einem vorgesetzten Offizier nicht die Tür geöffnet hat."

Albie öffnete die Tür, trat ein und blieb abrupt stehen, sodass Rayford gegen ihn prallte. „Entschuldigung", murmelte Rayford. Er konnte Stephens nicht sehen, aber er vernahm das Summen eines elektrischen Motors.

„Verzeihen Sie meine Unhöflichkeit", sagte die Stimme, als Stephens Rollstuhl in Sicht kam. Rayford war verblüfft. Der Mann hatte nur ein Bein, das andere war ihm kurz über dem Knie amputiert worden; an seiner rechten Hand waren statt Finger nur kleine Stummel zu sehen; die andere Hand war zwar unversehrt, wies jedoch starke Verbrennungen auf. „Ich würde mich erheben, aber leider geht das nicht."

„Natürlich", erwiderte Albie und schüttelte zögernd die verstümmelte Hand des Mannes.

Rayford trat ebenfalls vor und schüttelte ihm die Hand. Er deutete auf zwei Stühle, die das kleine Büro auszufüllen schienen. Was war mit dem Gesicht? Stephens Hals war rot und vernarbt, genau wie Wangen und Ohren. Ganz offensichtlich trug er eine Perücke. Abgesehen von den Lippen schien die Mitte seines Gesichts – Kinn, Nase, Augenhöhlen und die Mitte seiner Stirn – aus einem Stück in der Farbe eines Hörgeräts aus Plastik zu bestehen.

„Kenne Sie nicht, Elbaz", sagte Stephens. Seine Stimme klang, als habe er weder Zunge noch Nase. „Sie, Berry, kommen mir bekannt vor. Gehören Sie zur Weltgemeinschaft?"

„Nein, Sir."

„Ich bin geschäftlich hier", ergriff Albie das Wort. „Ich habe keine schriftliche Ausfertigung meiner Befehle, aber –"

„Entschuldigen Sie, Deputy Commander, aber ich bin gleich für Sie da. Haben Sie eine Minute Zeit?"

„Na ja, sicher, aber –"

„Geben Sie mir nur eine Minute. Ich meine, ich weiß, Sie haben einen höheren Rang als ich, aber wenn Sie es nicht ungewöhnlich eilig haben, zeigen Sie etwas Geduld mit mir. Ihre Geschichte ist überprüft worden. Ich werde Ihnen jede Hilfe zur Verfügung stellen, die Sie brauchen. Also, Mr Berry, haben Sie jemals der Weltgemeinschaft angehört?"

Rayford, verwirrt von dem verkrüppelten Körper und der Stimme, zögerte. „Nein, äh, nein, Sir. Auf jeden Fall nicht den Friedenstruppen."

„Aber sonst wo."

„Das wollte ich damit nicht sagen."

„Aber das haben Sie. Sie hatten irgendeine Verbindung zur Weltgemeinschaft, nicht wahr? Sie kommen mir bekannt vor. Ich kenne Sie oder einen Ihrer Freunde."

Albie warf Rayford einen warnenden Blick zu und Rayford schwieg. Er ignorierte die Frage und starrte den Mann an. Wo konnte er nur einem Pinkerton Stephens begegnet sein, und wie konnte es sein, dass er ihn vergessen hatte, während sich der Mann noch an ihn erinnerte?

„Damals war ich noch gesund, Mr Berry. Falls das Ihr richtiger Name ist."

Rayford wurde immer unruhiger. Waren sie bereits entlarvt worden? Würde er jemals hier herauskommen? Und was war mit Hattie? Albie schien sich versteift zu haben. Ihm war die Situation genauso unangenehm wie Rayford.

Stephens legte den Kopf zur Seite und ließ seinen Blick noch eine Weile auf Rayford ruhen, dann wandte er sich Albie zu. „Also, Deputy Commander Elbaz. Was kann ich für Sie tun?"

„Ich habe den Auftrag, Ihre Gefangene zu übernehmen, Sir."

„Und wer hat Ihnen gesagt, dass ich eine Gefangene habe?"

„Oberste Führungsspitze, Sir. Mir wurde mitgeteilt, irgendein Plan oder eine Mission sei fehlgeschlagen, und wir sollten sie ins ‚Buffer' zurückbringen."

„‚Buffer'? Was ist das?"

„Sie wissen doch genau, was das ist, Stephens, wenn Sie sind, für den Sie sich ausgeben."

„Erscheint es Ihnen ungewöhnlich, dass ein Krüppel in der Weltgemeinschaft eine Führungsposition bekleidet?", fragte Stephens.

„Das habe ich nicht gesagt."

„Aber darauf läuft es doch hinaus, nicht wahr?“

„Kann ich nicht sagen.“

„Sie haben noch nie einen Mann wie mich in einem solchen Rang gesehen, Elbaz?“

„Nein, Sir, das habe ich nicht.“

„Nun, ich sitze rechtmäßig auf diesem Posten, ob Ihnen das nun gefällt oder nicht, und Sie werden sich mit mir begnügen müssen.“

„Sehr gern, Sir, und wenn Sie mich überprüfen, werden Sie sehen, dass alles seine Richtigkeit hat, und –“

„Habe ich gesagt, ich hätte eine Gefangene hier, Deputy Commander?“

„Nein, Sir, aber ich weiß, dass es so ist.“

„Sie wissen, dass es so ist.“

„Ja, Sir.“

„‚Buffer‘ ist eine Einrichtung für Frauen, Sir. Hatten Sie den Eindruck, ich hätte eine Gefangene hier?“

Albie nickte.

„Sieht das für Sie vielleicht wie ein Gefängnis aus?“

„Gefängnisse sehen zu unterschiedlichen Zeiten unterschiedlich aus.“

„Allerdings. Gibt es einen Grund, Sir, warum Sie mich nicht nach dem neuen Protokoll begrüßt haben?“

„Ich hatte nicht daran gedacht, Mr Stephens.“

„Tatsächlich? Wussten Sie übrigens, dass Sie einen Schmutzfleck auf der Stirn haben?“

Albie fuhr zusammen. Rayford lief es kalt den Rücken herunter. Ein Angehöriger der Friedenstruppe konnte Albies Zeichen sehen? Es ging alles so schnell, dass Rayford kaum mithalten konnte. Wie viel war verraten worden? Albie wusste doch alles!

„Tatsächlich?“, fragte Albie unschuldig. Er fuhr sich mit dem Handrücken über die Stirn.

„So ist es besser“, erwiderte Stephens.

Albie legte seine Hand langsam auf der Stuhllehne ab. Wenn Rayford nur auch eine hätte.

„Meine Herren“, sagte Stephens mit seiner schrecklichen Stimme, „wenn Sie bitte so freundlich wären, mir zu folgen. Ich denke, wir sollten in einem anderen Raum noch einmal ganz von vorne anfangen. Dieses Mal halten wir uns an das vorgeschriebene Protokoll – was halten Sie davon?"

Er rollte an Rayford und Albie vorbei, fasste nach dem Türgriff und riss sie auf. Dann fuhr er schnell nach draußen, bevor die Tür wieder zufallen konnte. Albie erhob sich und Rayford folgte ihm in den Flur. Albie löste die Halterung seiner 9-mm in seinem Holster. Rayford fragte sich, ob er wohl Zeit hatte, zurückzubleiben und zum Van zu rennen, bevor Albie merkte, dass er fort war. Er zögerte, hoffte, das Summen des Rollstuhls würde ihn decken, falls er diese Entscheidung traf.

Aber Albie drehte sich um und bedeutete Rayford, vor ihm dem sich schnell fortbewegenden Rollstuhl zu folgen. Selbst wenn er es schaffte zu entfliehen, Hattie war verloren. Er hatte keine andere Wahl, als zu bleiben und bis zum bitteren Ende mitzuspielen.

5

Buck prüfte nach, ob genügend Benzin im Tank des weißen Fords war, und sah dann nach den Reifen. Schließlich holte er den Schlüssel und ließ probeweise den Motor an.

„Wie sollen wir ihn nennen?", fragte Chloe.

„Das ist ein großer, alter, sehr leistungsstarker Wagen", erklärte er. „Er muss ‚Chloe' heißen."

Bis zum Einbruch der Dunkelheit war noch viel Zeit. Sie würden ständig mit Zeke in Kontakt bleiben, um zu hören, wo sich die Posten der Weltgemeinschaft befanden. Diese waren immer noch auf der Suche nach Aufständischen, die bei der Tankstelle seines Vaters tankten. Zum Glück rechneten sie nicht damit, dass Zeke jr. sich dort aufhielt. Aber konnte Buck ihn dort herausholen, ohne dass sie es merkten?

Kenny hielt seinen Mittagsschlaf, und Lea las gerade in einem Buch, als sie zurückkamen. „Tsion sagte, Sie könnten sich ihm und Chaim anschließen", teilte sie Buck mit. „Und Chloe wollte mir doch Einblick in die Geschäfte der Handelsgesellschaft geben."

„Ich muss mich unbedingt mit allen in Verbindung setzen", sagte Chloe und schaltete ihren Computer ein. Lea zog sich einen Stuhl heran. Buck stieg ein Stockwerk höher in Tsions Fluchtburg.

Sein Zimmer war wirklich unglaublich. In einem Raum, der gerade so groß war, dass ein u-förmiger Schreibtisch hineinpasste, hatte Tsion sich beinahe ein Cockpit aufgebaut. Alles, was er brauchte, befand sich in greifbarer Nähe. Sein Computer stand vor ihm, seine Kommentare und seine Bibel lagen auf einem Regal darüber. Er war bereit. Buck war erstaunt, wie wenig Bücher er mitgebracht hatte, aber Dr. Ben-Judah erklärte, das meiste, was er brauche, habe er eingescannt und auf der Festplatte gespeichert.

Chaim saß in einem bequemen Stuhl, wirkte aber überhaupt nicht entspannt. Bei dem Flugzeugabsturz hatte er schwerere Verletzungen davongetragen als Buck, doch während Tsion ihm seinen neuen Glauben erklärte, konnte er seine Tränen nicht zurückhalten.

„Vieles davon haben Sie von klein auf gehört, Chaim", sagte der Rabbi, „aber nun, da Gott Ihnen die Augen geöffnet hat und Sie wissen, dass Jesus der Messias ist, werden Sie erstaunt sein, wie sich alles für Sie zusammenfügt und einen Sinn ergibt."

Chaim wiegte sich hin und her und nickte. „Ich verstehe", sagte er immer wieder. „Ich verstehe."

Wie gebannt saß Buck daneben und lauschte mit angehaltenem Atem auf das, was er während der vergangenen dreieinhalb Jahre bereits in Tsions Internetbotschaften erfahren hatte. Immer wieder wurde der Rabbi von seinen Gefühlen überwältigt. Er hielt inne und betonte: „Chaim, Sie wissen gar nicht, wie oft wir für Sie gebetet haben, dafür, dass Gott Ihnen die Augen öffnet. Brauchen Sie eine Pause, Bruder?"

Chaim schüttelte den Kopf, aber er hielt die Hand hoch und versuchte, sich trotz seines verdrahteten Kiefers verständlich zu machen. „Gott öffnet mir im Augenblick die Augen für so viele

Dinge“, brachte er mühsam heraus. „Cameron, kommen Sie näher. Ich muss Sie etwas fragen.“

Buck sah Tsion an und zog seinen Stuhl näher an den von Chaim heran. „Ich habe mich immer gefragt, warum Sie nicht zu Nicolais erster Besprechung mit seiner neuen Führungsmannschaft in den Vereinten Nationen gekommen sind. Erinnern Sie sich?“

„Natürlich.“

„Ich konnte es einfach nicht fassen! Ein solches Vorrecht, eine Gelegenheit, die kein Journalist, der auch nur ein bisschen Ehrgeiz hat, verpassen würde. Sie waren doch eingeladen. *Ich* hatte Sie eingeladen! Sie hatten gesagt, Sie würden kommen, aber Sie waren nicht da. Das war Gesprächsthema in New York. Deswegen wurden Sie doch strafversetzt, nicht wahr? Warum? Warum sind Sie nicht gekommen?“

„Ich war da, Chaim.“

„Niemand hat Sie dort gesehen! Nicolai war enttäuscht und wütend. Alle haben nach Ihnen gefragt. Ihr Boss, wie hieß er noch gleich?“

„Steve Plank.“

„Mr Plank konnte es nicht fassen! Hattie Durham war dort! Sie hatten sie Carpathia vorgestellt, und doch waren Sie nicht dort, als man mit Ihnen gerechnet hatte.“

„Ich war da, Chaim.“

„Ich war auch da, Cameron. Ihr Platz am Tisch war leer.“

Buck wollte erneut betonen, er sei doch dort gewesen, aber plötzlich wurde ihm klar, was passierte und warum Chaim nach so langer Zeit dieses Thema ansprach. „Ihre Augen werden tatsächlich aufgetan, nicht wahr, Chaim?“

Der alte Mann legte seine zitternde Hand auf Bucks Arm. „Ich konnte es nicht verstehen. Das machte alles keinen Sinn. Jonathan Stonagal hatte Nicolai beleidigt. Nicolai beschämte ihn so, dass er Selbstmord beging, und dabei tötete er auch Joshua Todd-Cothran.“

Buck lag auf der Zunge zu sagen, er habe alles mit angesehen, aber so sei es nicht passiert, doch er wartete ab.

„Nichts davon machte Sinn“, jammerte Rosenzweig. „Nichts

davon. Aber die Augen lügen doch nicht. Stonagal schnappte sich die Waffe von einem Sicherheitsposten, erschoss sich und seinen Kollegen gleich mit."

„Nein, Chaim", flüsterte Buck. „Die Augen lügen nicht. Aber der Antichrist."

Rosenzweig begann am ganzen Leib zu zittern. Er presste die Hände gegen sein verwundetes Gesicht, damit seine Lippen zu zittern aufhörten. „Warum waren Sie nicht dort, Cameron?"

„Warum hätte ich nicht da sein sollen, Sir? Was hätte mich davon abhalten können?"

„Ich habe keine Ahnung."

„Ich auch nicht."

„Und warum? Warum?"

Buck antwortete nicht. Er hatte es aufgegeben, den alten Mann überzeugen zu wollen. „Ich hatte den Auftrag, dort zu sein; mein Boss erwartete, dass ich hinging."

„Ja, ja!"

„Das war die Story schlechthin. Der Höhepunkt meiner Karriere. Hätte ich das einfach so weggeworfen?"

Rosenzweig schüttelte den Kopf. Seine Hände zitterten. „Nein, das hätten Sie nicht."

„Natürlich nicht. Wer würde so etwas schon tun?"

„Vielleicht waren Sie zu der Überzeugung gekommen, dass Nicolai der Antichrist ist, und Sie wollten von ihm nicht bloßgestellt werden?"

„Zu dem Zeitpunkt wusste ich es tatsächlich schon oder glaubte es zu wissen. Ohne den Schutz Gottes wäre ich niemals dorthin gegangen."

„Und den hatten Sie nicht?"

„Ich hatte ihn."

„Und warum sind Sie nicht gekommen? Sie wären dort der Einzige gewesen, auf dem Gottes Hand ruhte."

Buck nickte nur. Rosenzweigs Blick verschleierte sich und scheinbar war er Tausende von Meilen entfernt. Seine Pupillen sprangen hin und her. „Sie waren da!"

„Ja, ich war da."

„Sie waren wirklich da, nicht wahr, Cameron?"

„Ja."

„Und Sie haben alles gesehen!"

„Ja, ich habe alles gesehen."

„Aber Sie haben nicht gesehen, was wir anderen gesehen haben."

„Ich habe gesehen, was tatsächlich passiert ist. Ich sah die Wahrheit."

Chaim legte die Hände an die Schläfen und beschrieb durch seine zusammengebissenen Zähne, was er gesehen hatte und was er nun erneut durchlebte. „Nicolai! Nicolai hat diese Männer ermordet! Er zwang Stonagal, vor ihm niederzuknien, hielt dem Mann die Waffe ans Ohr und tötete beide mit einem Schuss!"

„Genau das ist passiert."

„Aber Nicolai hat uns eingeredet, was wir gesehen haben, an was wir uns erinnern sollten, und unsere Wahrnehmung wurde unsere Realität!"

Chaim kniete vor seinem Stuhl nieder, stützte den Kopf in die Hände und begann zu beten. „Oh Gott, oh Gott, öffne meine Augen. Hilf mir, die Wahrheit, deine Wahrheit, immer zu erkennen. Lass mich nicht von einem Verrückten verführt, von einem Lügner betrogen werden. Vielen Dank, Jehova Gott."

Langsam erhob er sich und umarmte Buck. Dann wandte er sich zu Tsion um. „Nicolai ist wahrhaftig der Antichrist", erklärte er. „Er muss aufgehalten werden. Ich möchte tun, was in meiner Macht steht."

Tsion lächelte verlegen. „Darf ich Sie daran erinnern, dass Sie das bereits versucht haben?"

„Das habe ich allerdings, aber nicht aus den Gründen, aus denen ich dies heute versuchen würde."

„Wenn Sie denken, Sie würden wissen, wie bösartig dieser Mann ist", erklärte Tsion, „dann warten Sie, bis wir erfahren, welches Schicksal er für Gottes auserwähltes Volk im Sinn hat."

Chaim setzte sich wieder und griff nach einem Blatt Papier. „Fangen Sie bitte damit an, Tsion. Bitte."

„Zu gegebener Zeit, mein Freund. Es liegen noch ein paar tausend Jahre vor uns."

Trotz seiner Schmerzen fühlte David sich ausgeruht. Er hätte etwas mehr Schlaf gebrauchen können, aber zumindest sein Geist fühlte sich frisch und aufnahmebereit. Leider erschwerte ihm dies, seine Furcht um Annie von seiner Vorsicht vor dem vom Satan besessenen Carpathia zu trennen. Er hatte sich schon häufig in der Gegenwart des Bösen aufgehalten, aber noch nie in der Gesellschaft des Satans höchstpersönlich. Er sprach ein Gebet für Annie, dankte für Hannah Palemoon, für Tsion, der ihm beigebracht hatte, dass Satan, obwohl er mächtiger war als jeder Mensch, es mit Gott nicht aufnehmen konnte. „Er ist nicht allwissend", hatte Tsion erklärt. „Nicht allgegenwärtig. Ein Betrüger, Verführer, Unterdrücker, besitzergreifend, ja, aber der, der in Ihnen ist, ist größer als der, der in der Welt ist."

„Sie werden schon erwartet", informierte Sandra ihn. „Offensichtlich möchte der auferstandene Potentat nicht, dass Sie etwas versäumen."

„Na, prima."

„Da Sie ja jetzt hier sind, kann ich auch endlich gehen. Und das ist gut so. Es war ein langer Tag."

„Für mich auch."

„Geht es Ihnen gut? Ich habe gehört, dass Sie zusammengebrochen sind."

„Es geht besser."

„Gute Nacht, Direktor Hassid. Und, ach ja. Er ist auferstanden."

David starrte sie an. Auf ihrer Stirn war kein Zeichen zu erkennen wie auf der Stirn der wunderschönen, dunkelhäutigen Krankenschwester, die er gerade kennen gelernt hatte. „Er ist wahrhaftig auferstanden", erwiderte er und meinte genau das.

Er klopfte und trat ein. Erstaunt nahm er zur Kenntnis, dass sich nicht nur Carpathia und Fortunato erhoben, sondern auch alle anderen Direktoren. „Mein lieber David", begann Carpathia, „wie schön, dass Sie sich uns anschließen können."

„Vielen Dank", sagte David, als der Direktor des Geheimdienstes Jim Hickman ihm einen Stuhl zurechtschob.

„Ja", sagte Hickman. „Wie gut!" Er strahlte und warf Carpathia einen Blick zu, um zu sehen, ob er seinen Chef erfreut hatte. Der Potentat kräuselte die Lippen und blinzelte. Er ignorierte

Hickman. David hatte den Eindruck, dass er es absichtlich tat. Hickman war von Fortunato auserwählt worden, und Carpathia hatte nie einen Hehl daraus gemacht, dass er von dem Mann nichts hielt.

Die Gruppe bestand aus zwölf Leuten, außerdem Nicolai und Leon. Sie saßen an einem großen Mahagonitisch. Es war die erste Besprechung dieser Größenordnung, an der David teilnahm. Als er Platz nahm, befiel ihn eine dunkle Vorahnung. Auf dem Tisch vor Nicolai lag eine zerlesene Bibel. Alle anderen nahmen ebenfalls Platz, nur Carpathia blieb stehen. Er schien vor Energie zu strotzen, sein Atem kam in schnellen Zügen. Er schien es kaum erwarten zu können, endlich das Wort zu ergreifen.

„Meine Damen und Herren", begann er, „ich habe ein neues Leben geschenkt bekommen!"

Die Anwesenden lachten, und als ihr Gelächter verstummte, lachte Nicolai noch immer. „Glaubt mir, von den Toten auferweckt zu werden, ist wirklich einmalig!"

Die anderen nickten und lächelten. David bemerkte den Blick von Sicherheitschef Walter Moon, darum nickte er flüchtig.

„Oh, ich war tot, Leute. Das bezweifelt doch niemand, oder?" Sie schüttelten den Kopf. „Mr Fortunato, wir sollten Fotos von der Autopsie, dem Bericht des Leichenbeschauers und der Auferstehung veröffentlichen. Es wird immer Skeptiker geben, aber jeder, der da war, kennt die Wahrheit."

„Wir kennen sie", betonten mehrere Anwesende.

David spürte die böse Ausstrahlung Carpathias so übermächtig, dass er reglos da saß und Angst hatte, er könne ohnmächtig werden. Plötzlich sah Nicolai ihn an. „Direktor Hassid, Sie waren da."

„Ich war da, Sir."

„Und Sie konnten gut sehen?"

„Sehr gut, Sir."

„Sie haben gesehen, wie ich von den Toten auferstanden bin."

„Das werde ich nie leugnen."

Carpathia lachte leise. Er ging zu seinem Schreibtisch und stellte sich hinter den großen, gepolsterten Ledersessel. Liebevoll strich er darüber, dann begann er das Leder zu kneten. „Es ist, als würde ich das zum ersten Mal sehen", sagte er zu den zwölf ihn bewundernd anblickenden Augenpaaren. „Leon, was befindet sich unmittelbar über meinem Büro?"

„Nichts, Sir. Wir befinden uns im 18., im letzten Stockwerk."

„Kein Nutzraum, kein Aufzugwartungsraum?"

„Nichts, Sir."

„Ich brauche mehr Platz, Leon. Machen Sie sich Notizen?"

„Ja, Sir."

„Was haben Sie bisher?"

„Autopsiefotos, Bericht des Leichenbeschauers, die Auferstehung."

„Fügen Sie die Vergrößerung meines Büros hinzu. Ich möchte, dass es doppelt so hoch wird und eine Glasdecke bekommt, damit ich den Himmel sehen kann."

„Betrachten Sie dies als erledigt, Exzellenz."

„Wie bald?", fragte Carpathia. „Wer kann dazu etwas sagen?" Fortunato deutete auf den Leiter der Bauabteilung, der sich zögernd meldete. „Ja?", drängte Nicolai. „Und ich darf wohl annehmen, dass dies bei Ihnen oberste Priorität haben wird?"

„Darauf können Sie Ihr Leben verwetten", antwortete der Mann und Carpathia schüttelte sich vor Lachen.

„Ich möchte Ihnen etwas sagen, Direktor. Ich weiß, Sie werden mich für ein paar Tage ausquartieren müssen. Aber ich möchte, dass dies so schnell wie menschenmöglich geschieht, und wissen Sie auch, warum?"

„Ich habe so eine Ahnung, Sir."

„Tatsächlich?"

Der Mann nickte.

„Dann lassen Sie es uns hören!"

„Weil ich nicht mehr glaube, dass Sie ein Mensch sind, und Sie könnten es schneller schaffen als mein Team an seinem besten Tag."

„Nur Gott schenkt solche Weisheit."

„Ich denke, ich halte mich in seiner Gegenwart auf, Potentat."

Nicolai lächelte. „Ich glaube schon." Er drehte sich zu den anderen um. „Als ich drei Tage lang tot dalag, war mein Geist stark und mächtig, und ich wusste, ich *wusste* es einfach, dass meine Zeit kommen würde. Nachdem der Tod lange genug über mich gesiegt hatte, zwang ich mich ins Leben zurück. Ich habe mich selbst auferweckt, Leute. *Ich habe mich selbst wieder zum Leben auferweckt!*"

Ein Raunen ging durch den Raum, als die Männer und Frauen murmelnd ihre Zustimmung ausdrückten und ihre Hände zusammenpressten, als wollten sie zu ihm beten oder ihn anbeten.

Nicolai nahm die Bibel in die Hand. David hatte den Eindruck, dass dies beinahe liebevoll geschah. „Sie fragen sich vielleicht, was die hier zu suchen hat", sagte er. Er schlug die Bibel auf und ließ sie auf den Tisch knallen. „Dies ist das Textbuch meiner Gegner. Dies ist das heilige Buch derjenigen, die mich trotz dessen, was sie mit eigenen Augen gesehen haben, nicht anerkennen." Er schlug mit der Faust auf das Buch. „Hier drin stehen die Lügen über das erwählte Volk Gottes und die größte Lüge von allen: dass es jemanden geben soll, der über mir steht."

Die Gruppe murmelte ihre Zustimmung, alle außer einem.

Carpathia trat vom Tischende zurück und verschränkte die Arme. Breitbeinig stand er vor seinen Zuhörern. „Wir werden dieses Buch nutzen, um sie in die Knie zu zwingen. Die Juden, die ihren kommenden Messias in ihrem heiligen Land anbeten, in ihrer geliebten Stadt, in der sie es gewagt haben, mich zu ermorden. Ich werde im Triumph dorthin zurückkehren, und sie werden die Gelegenheit haben, zu bereuen und das Licht zu erkennen.

Und die Judahiten, die Anhänger dieses Ben-Judah – sie glauben, der Messias sei bereits gekommen, sie glauben an Jesus als ihren Erlöser, den ich aber nirgendwo entdecken kann. Sie etwa? Auch sie sehen ihr Erbe in Jerusalem. Wenn sie den wahren und lebendigen Gott sehen wollen, dann sollen sie nur dorthin reisen, denn dort werde ich bald sein. Wenn der heilige Tempel der Wohnsitz des allerhöchsten Gottes ist, dann soll der höchste Gott dort auch wohnen und auf dem Thron sitzen.

In der Stadt, in der sie mich ermordet haben, sollen sie mich sehen – erhaben und auferweckt."

Viele Direktoren reckten zustimmend die Siegesfaust.

„Und nun zu meinen Plänen. Ich habe bei keinem vernünftig denkenden Menschen einen Zweifel daran gelassen, wer ich bin, und sehe nun keine Notwendigkeit mehr für einen Puffer zwischen meinen Leuten und mir. Mein lieber Gefährte, Supreme Commander Leon Fortunato, hat mir seit meiner Machtübernahme sehr fähig zur Seite gestanden. Ich brauche ihn nun für eine andere wichtige Aufgabe, die er bereits mit Begeisterung angenommen hat. Was einmal mit guter Absicht begonnen wurde und schließlich doch gescheitert ist, soll nun erfolgreich und siegreich zu Ende geführt werden.

Der Enigma-Babylon-Welteinheitsglaube ist gescheitert, weil trotz des hohen Zieles der Vereinigung der Weltreligionen kein Gott angebetet wurde. Dieser Glaube hatte sich der Einheit verschrieben, doch dieses Ziel konnte nicht erreicht werden. Sein Gott war nicht unpersönlich und nicht greifbar. Aber mit Leon Fortunato als Hohem Priester des Carpathianismus werden die Gläubigen der Welt endlich einen persönlichen Gott haben, dessen Macht und Herrlichkeit sich dadurch gezeigt hat, dass er *sich selbst* von den Toten auferweckt hat!"

Viele applaudierten, und Carpathia forderte Leon auf, sich zu erheben und das Wort zu ergreifen. Er selbst trat zurück, blieb aber stehen.

„Ich fühle mich tief geehrt durch diese Aufgabe", begann Leon. Er trat vor Nicolai, fiel auf die Knie und küsste die Hände des Potentaten. Dann erhob er sich wieder und ging zurück zum Tisch. „Ich möchte betonen, dass der Name der neuen Religion meine Idee war, nicht, dass Seine Exzellenz Hilfe von einem Sterblichen gebraucht hätte. Aber wie sonst könnte man einen Glauben nennen, in dessen Mittelpunkt die Anbetung Seiner Exzellenz steht?

Die Gefühlsbezeugungen der Bürger an diesem Tag ließen in mir die Idee reifen, dass wir das Standbild Seiner Exzellenz, die große Statue, vervielfältigen und in allen großen Städten der Welt aufstellen sollten. Die Pläne dazu sind bereits verschickt worden, und jede Stadt wird selbst Sorge dafür tragen müssen, dass eine solche Statue hergestellt wird. Sie sollen nur ein Viertel der Größe des Originals haben, die, wie Sie sicher wissen, vierfache Lebensgröße hat. Man braucht kein Mathematiker zu sein, um herauszufinden, dass diese Statuen dann Lebensgröße haben.

Noch in seinem Tod hat unser geliebter Potentat mir die Macht gegeben, Feuer vom Himmel herabkommen zu lassen, um die zu töten, die sich ihm widersetzen. Er segnete mich mit der Macht, die Statue sprechen zu lassen, sodass wir seine Gedanken hören konnten. Dies bestätigte mich in dem Wunsch, ihm als meinem Gott für den Rest meines Lebens zu dienen, und das werde ich tun, solange Nicolai Carpathia mir Atem gibt."

„Vielen Dank, mein geliebter Diener", erwiderte Nicolai, als Leon wieder Platz nahm. „Und nun, gesegnete Gefährten, ich habe die Aufgaben für jeden schriftlich niedergelegt. Sie wurden kurz vor meinem Tode verfasst und sind nun sinnvoller als je zuvor. Zuerst wird meine älteste und liebste Freundin, die mir näher steht als eine Verwandte, Ihnen einige Erklärungen geben. Miss Ivins, wenn Sie bitte nach vorne kommen würden."

Viv Ivins ging zu Nicolai und umarmte ihn. Ihr blaugraues Haar hatte sie hochgesteckt. Während sie Aktendeckel mit den Namen der Anwesenden austeilte, sagte Nicolai: „Viele von Ihnen wissen, dass Miss Ivins bei meiner Auferweckung zugegen war. Seit vielen Jahren schon sind wir uns sehr nahe, fast als wären wir miteinander verwandt. Ihre Aufgabe war ein Projekt, um bestimmte und leider notwendige Kontrollmechanismen für die Bürger einzuführen. Die meisten Menschen sind mir treu ergeben, das wissen wir. Viele Unentschlossene stehen nun entschieden auf unserer Seite, und das, wie Sie mir sicher zustimmen werden, aus gutem Grund.

Aber es gibt Parteien, in erster Linie die beiden bereits erwähnten, die uns nicht loyal verbunden sind. Vielleicht haben sie mittlerweile ihren Irrtum eingesehen und werden von nun an loyal sein. Wenn das so ist, werden sie keine Probleme mit den Sicherheitsmaßnahmen haben, die ich einführen muss. Ich werde die loyal zur Weltgemeinschaft stehenden Bürger bitten, freiwillig ein Loyalitätszeichen zu tragen."

Walter Moon erhob sich. „Sir, bitte erlauben Sie, dass ich als Erster dieses Zeichen trage."

„Wir wollen nichts überstürzen", wehrte Nicolai ab. „Vielleicht werde ich Ihrem Wunsch nachkommen, und obwohl ich von Ihrer Zuneigung zu mir gerührt bin, woher wissen Sie, dass ich Sie nicht mit einem Eisen brandmarke wie eine Kuh?"

Moon legte die Hände auf den Tisch und senkte den Kopf. „Sie, mein Herr, sind mein Zeuge. Ich würde es erdulden und mit unendlichem Stolz ertragen."

„Du meine Güte", meinte Nicolai, „wenn die Bevölkerung die Gefühle von Direktor Moon teilt, werden wir keine Schwierigkeiten bekommen, nicht wahr?"

David warf einen Blick auf seinen Aktenordner und überflog die Seiten, bis sein Blick auf ein Wort fiel. „Guillotinen?", fragte er laut, bevor er sich noch zurückhalten konnte.

„Jetzt sind Sie uns eindeutig voraus", erklärte Nicolai. „Überflüssig zu sagen, dass sie nur als letzte Möglichkeit eingesetzt würden, und ich bete, dass dies nie der Fall sein wird."

„Ich würde gern meinen Kopf hinhalten", säuselte Moon weiter, „falls ich so dumm wäre, meinen Herrn zu verleugnen."

Nicolai wandte sich an David. „Sie sind doch für die Beschaffung technischer Geräte verantwortlich, oder?"

David nickte.

„Ich nehme an, uns steht kein angemessener Vorrat an Sofortreaktionsmechanismen für die Zögernden zur Verfügung? Wir müssen den erwarteten Bedarf berechnen und uns vorbereiten. Wie gesagt, mein schönster Traum ist, dass niemand das Loyalitätszeichen verweigert. Miss Ivins, bitte."

„Auf der ersten Seite Ihrer Ordner", begann sie mit ihrer präzisen Stimme, in der man noch eine Spur ihres rumänischen Dialektes hörte, „lange vor den Guillotinen –", sie hielt inne, weil die anderen lachten; David jedoch hielt sich zurück, „– finden Sie die Auflistung der zehn Weltregionen und eine entsprechende Zahl. Diese Zahl ist das Ergebnis einer mathematischen Gleichung, deren Komponenten mit der Beziehung dieser Regionen zu seiner Exzellenz, dem Potentaten, im Zusammenhang stehen. Das Loyalitätszeichen, auf das ich noch näher eingehen werde, soll mit diesen Zahlen beginnen und somit die Heimatregion eines jeden Bürgers bezeichnen. Die folgenden Zahlen, die über einen Biochip unter die Haut gepflanzt werden sollen, werden weitere Angaben zu jeder Person beinhalten, sodass jeder identifizierbar wird."

Plötzlich erhob sich Leon wie in Trance und begann zu sprechen: „Jeder Mann, jede Frau und jedes Kind soll dieses Zeichen ungeachtet seines Status im Leben an der rechten Hand oder auf seiner Stirn bekommen. Jeder, der es versäumt, sich dieses Zeichen implantieren zu lassen, wird nicht mehr kaufen und verkaufen können, bis er dieses Zeichen annimmt. Jeder, der sich offen weigert, soll zu Tode gebracht werden, und jeder Bürger mit dem Zeichen soll mit dem Recht und der Verantwortung ausgestattet werden, einen solchen Menschen zu melden. Das Zeichen besteht aus dem Namen Seiner Exzellenz und der beschriebenen Nummer."

Damit ließ sich Leon schwer auf seinen Platz sinken. Viv Ivins lächelte wohlwollend. „Vielen Dank, Ehrwürdiger", sagte sie und brachte alle, einschließlich Leon, zum Lachen.

David befürchtete, sein klopfendes Herz und seine zitternden Hände würden ihn verraten. Und wenn jemand auf die brillante Idee kam, die Führungsmannschaft noch an diesem Abend mit dem Zeichen zu versehen? Er wäre vielleicht im Himmel, noch bevor Annie wusste, dass er tot war.

„Wir haben uns auf eine bestimmte Vorgehensweise geeinigt", fuhr Viv fort. „Die Implantation des Miniaturchips kann innerhalb von Sekunden genauso schmerzlos durchgeführt werden wie eine Impfung. Die Bürger können sich aussuchen, wo sie ihn haben möchten. Sichtbar wird nur eine schmale, einen halben Zentimeter lange Narbe bleiben und unmittelbar links daneben, in schwarzer Tinte, die Kennziffer der Heimatregion des Betreffenden. Diese Ziffer darf nicht entfernt werden. Zuwiderhandlung wird mit der Todesstrafe geahndet. Diese Ziffer kann jedoch auch auf dem Chip gespeichert werden, wenn jemand lieber eine der Variationen des Namens unseres Potentaten sichtbar auf der Haut tragen möchte."

„Variationen?", fragte jemand.

„Ja. Die meisten, so nehmen wir an, werden es vorziehen, die Zahlen neben der dünnen Narbe zu haben. Aber sie können sich auch für die Initialen *NJC* entscheiden, die nicht größer sind als die Zahlen. Es kann der Vor- oder Nachname benutzt werden oder eine Version von *Nicolai*, die sich dann über die ganze linke Seite der Stirn ziehen wird."

„Für die ganz Loyalen", meinte Nicolai grinsend. „Für jemanden wie Direktor Hickman zum Beispiel."

Hickman errötete, rief aber: „Merken Sie mich schon vor, Viv!"

„Dieser implantierte Chip hat zweierlei Vorteile", fuhr sie fort. „Erstens, er hinterlässt das sichtbare Zeichen der Loyalität dem Potentaten gegenüber und zweitens dient er als ein Zahlungsmittel. Scanner auf Augenhöhe werden es Kunden ermöglichen, einfach an der Kasse vorbeizugehen. Ihr Einkauf wird dann automatisch vom Konto abgebucht."

Mehrere Bewunderungspfiffe ertönten. Davids Kopf schmerzte zum Zerspringen. Er hob die Hand.

„Direktor Hassid", sagte Viv.

„Wie sieht Ihr Zeitplan aus?"

„Haben Sie Sorge, dass Ihr Kopf im Augenblick keinen Eingriff mehr verträgt?", fragte sie lächelnd.

„Ich hatte auch an der Hand eine Infusion."

„Keine Sorge", beruhigte sie ihn. „Zwar würden der Potentat und der ehemalige Supreme Commander es gern sehen, wenn die Angestellten der Weltgemeinschaft den Weltbürgern als gutes Beispiel vorangehen würden, doch Sie werden von morgen an 30 Tage Zeit haben, Ihrer Verpflichtung nachzukommen."

„Ich werde es noch heute Abend machen lassen!", verkündete jemand. „Und ich bin nicht einmal Hickman!"

Einen Monat, dachte David. *Einen Monat, um hier zu verschwinden.* Was würde aus ihm, Annie, Mac und Abdullah werden? Und aus Hannah Palemoon?

Viv sagte abschließend, für die nächsten Tage würde sicher jeder seine Aufgabe beim Aufstellen der Standbilder Carpathias und in Bezug auf das Loyalitätszeichen kennen. „Und jetzt möchte Seine Exzellenz noch eine Schlussbemerkung machen."

„Vielen Dank, Viv", sagte Nicolai. „Gestatten Sie mir, Ihnen die Geschichte einer Familie zu erzählen, die ich heute kennen gelernt habe, und Sie wissen, dass ich mit sehr vielen Menschen gesprochen habe. Die Loyalität mancher Bürger ist wirklich unbeschreiblich! Es handelte sich um eine loyale asiatische Familie mit Namen Wong."

David bewahrte nur mit Mühe die Fassung.

„Die Tochter arbeitet bereits für uns im ‚Buffer' in Brüssel. Die Eltern sind wohlhabende, große Befürworter der Weltgemeinschaft. Der Vater war sehr stolz auf seine Familie und auf seine Loyalität. Aber besonders beeindruckt hat mich der siebzehnjährige Sohn Chang, ein Junge, der mich nach Aussage seines Vaters liebt und dem die Welt, so wie wir sie heute erleben, sehr gut gefällt. Er möchte nichts weiter, als für mich hier im Palast zu arbeiten, und obwohl er erst in einem Jahr die Highschool abschließen wird, würde er seine Gaben lieber für uns einsetzen.

Und Talent hat er! Ich werde veranlassen, dass er seine Schulausbildung hier beenden kann, denn er ist ein Genie! Er kann jeden Computer programmieren, jedes Computerproblem lösen. Und das nicht nur nach Aussage eines stolzen Vaters. Er hat mir Dokumente gezeigt. Empfehlungsbriefe. Solche Kinder sind unsere Zukunft und nie hat unsere Zukunft strahlender ausgesehen!"

Dieser Junge, dachte David, *würde lieber sterben, bevor er das Zeichen annimmt.*

6

Während Rayford hinter dem Rollstuhl den Flur entlangging, überschlugen sich seine Gedanken. Fieberhaft überlegte er, welche Fehler er wohl gemacht hatte. Wenn er bei dieser Sache mit heiler Haut davonkam, würde er der entschlossenste Führer der *Tribulation Force* sein, den es je gegeben hatte.

Sie zogen sich in ein Büro zurück, das noch kleiner war als das erste. Pinkerton Stephens öffnete die Tür und drehte seinen Rollstuhl so, dass er sie für Rayford und Albie offen halten konnte. Er wies Rayford einen grauen Metallstuhl in der Nähe der Wand zu, der vor einem Schreibtisch aus demselben Material stand. Albie setzte sich rechts neben Rayford.

Stephens ließ die Tür ins Schloss fallen und verschloss sie. Er sprach davon, dass der Raum sicher und nicht verwanzt sei, dann fuhr er zur anderen Seite des Schreibtischs, wobei er zuerst einen Stuhl aus dem Weg räumen musste. Er manövrierte seinen Rollstuhl vor den Schreibtisch, beugte sich vor und stützte seine Ellbogen darauf ab.

Rayford konnte den Anblick des Mannes kaum ertragen, andererseits konnte er den Blick kaum von ihm wenden.

„Also", begann Stephens langsam, „Deputy Commander Elbaz, falls dies Ihr richtiger Name ist, Sie können Ihr Holster wieder zumachen und lassen bitte die Hände von der Waffe. Wir sitzen doch beide im selben Boot und Sie haben nichts zu befürchten. Was Sie betrifft, Mr Berry, zwar tragen Sie keine Uniform und benutzen einen falschen Namen, aber auch Sie haben nichts zu befürchten. Sie werden angenehm überrascht sein zu erfahren, dass wir drei auf derselben Seite stehen."

Rayford lag auf der Zunge zu sagen: „Das bezweifle ich", doch er fürchtete, er würde keinen Ton herausbringen, selbst wenn er es versuchte.

„Wollen wir noch einmal von vorne anfangen, meine Herren?", sagte Stephens.

Wenn nur ..., dachte Rayford.

„Mr Elbaz, Ihnen als ranghöchstem Offizier fällt es zu, unsere Besprechung nach dem vorgeschriebenen Protokoll zu beginnen."

„Er ist auferstanden", sagte Albie. Rayford fand, dass es sehr kläglich klang.

„Wer ist wahrhaftig auferstanden?", antwortete Stephens und Rayford schrieb die falsche Formulierung dem Gesundheitszustand des Mannes zu. Albie starrte Stephens nur an. Rayford fiel auf, dass Albie die Hände zwar von seiner Waffe genommen, diese jedoch nicht wieder befestigt hatte. Rayford fragte sich, ob er die Waffe wohl herausziehen, die beiden töten und dann mit Hattie verschwinden könnte.

„Commander Elbaz, Sie haben einen Auftrag zu erledigen, und ich werde Sie gehen lassen, sobald ich Ihre Neugier befriedigt habe. Ich weiß, dass ich kein schöner Anblick bin, dass Sie beide sich gefragt haben, was wohl mit mir geschehen ist, und ich weiß auch, dass ich, obwohl ich meine Sprache schon sehr verbessert habe, nur schwer zu verstehen bin. Hat jemand von Ihnen schon mal einen Menschen gesehen, dem der größte Teil des Gesichts fehlt?"

Beide schüttelten den Kopf und Stephens legte seinen gesunden Daumen unter das Kinn. „Wenn ich meine Prothese abnehme, werde ich überhaupt nicht mehr zu verstehen sein, darum werde ich gar nicht versuchen zu sprechen."

Schnapp!

Rayford zuckte zusammen, als Stephens den Plastikverschluss unter seinem Kinn aufschnappen ließ.

Schnapp! Schnapp!

Er machte weiter, und es wurde klar, dass die Prothese aus einem Stück gearbeitet war und den größten Teil des Kinns, die Nase, Augenhöhlen und Stirn ersetzte. Sie wurde durch Metallspangen gehalten, die in die Überreste der ursprünglichen Gesichtsknochen eingebettet waren. Stephens hielt sie mit seinen verstümmelten Fingern fest und sagte: „Machen Sie sich auf etwas gefasst; ich werde Ihnen den Anblick nicht lange zumuten."

Albie hob die Hand. „Mr Stephens, das ist unnötig. Sicher, wir haben einen Auftrag und ich sehe nicht die Notwendigkeit –"

Er brach ab, als Stephens die Maske von seinem Gesicht nahm. Dahinter kam eine riesige Höhle zum Vorschein. Nur die Überreste seiner Lippen ließen auf ein menschliches Wesen schließen, und Rayford kämpfte gegen den Drang an, die Hände über die Augen zu legen. Der Mann hatte keine Nase und seine Augäpfel waren zu sehen. Durch Spalten in seiner Stirn glaubte Rayford bis in sein Gehirn hineinsehen zu können.

Rayford atmete tief durch, als Stephens seine Prothese wieder anlegte. „Verzeihen Sie mir, meine Herren“, entschuldigte er sich, „aber genau wie ich angenommen hatte, hat keiner von Ihnen gesehen, was ich Ihnen zeigen wollte.“

„Und was war das?“, fragte Albie, offensichtlich tief erschüttert.

„Etwas, das erklärt, was ich auf Ihren Gesichtern sehe.“

„Ich habe keine Ahnung, ich bin verloren“, meinte Rayford.

„Oh, aber das sind Sie nicht“, meinte Stephens mit einem verzerrten Lächeln. „Sie waren verloren, aber nun sind Sie gefunden. Soll ich die Prothese noch einmal abnehmen und –“

„Nein“, riefen Rayford und Albie einstimmig. Und Albie fügte hinzu: „Kommen Sie jetzt einfach zur Sache.“

Pinkerton faltete erneut seine Hände unter dem Kinn. Seine Augen schienen sich in Albie zu bohren. „Was habe ich erwidert, als Sie sagten: ‚Er ist auferstanden‘?“

Albie schien seine Fassung wiedergefunden zu haben. „Es klang so, als hätten Sie gesagt: ‚Wer ist wahrhaftig auferstanden?‘“

„Genau das habe ich gesagt. Und was ist Ihre Antwort?“

Albie rutschte nervös auf seinem Stuhl herum und räusperte sich. „Ich glaube, nach dem Protokoll sage ich: ‚Er ist auferstanden‘, und Sie erwidern: ‚Er ist wahrhaftig auferstanden.‘

„Das stimmt schon, aber ich frage noch mal: Wer ist wahrhaftig auferstanden?“

Ach so, schloss Rayford, *irgendwie ist er hinter mir her.* Trotzdem blieb er ruhig sitzen. Er wusste, der Augenblick der Wahrheit war gekommen, und er würde abwarten, was passieren würde.

„Also fangen wir noch einmal an, Commander.“

Albie seufzte und sah Rayford an. Albies gefälschtes Zeichen sah durchaus echt aus. „Er ist auferstanden“, murmelte Albie.

„Wer ist wahrhaftig auferstanden?“, erwiderte Stephens mit einem Lächeln auf den missgebildeten Lippen.

„Ach, um Himmels willen!“, rief Albie. „Ich habe dieses Spiel so satt.“

„Christus!“, flüsterte Stephens aufgeregt. „Kommen Sie, Brüder! Die Antwort auf die Frage ist ‚Christus‘! Christus ist wahrhaftig auferstanden! Ich sehe die Zeichen des Gläubigen auf Ihrer beiden Stirn! Sie haben meines nicht gesehen, weil mein Gesicht Sie so entsetzt hat. Jetzt sehen Sie selbst!"

Er löste die Prothese erneut und zog sie ein Stück herunter. Rayford und Albie beugten sich vor, und da, mitten auf den Überresten der Stirn, war das Zeichen deutlich zu sehen. Während Stephens die Prothese wieder befestigte, drehte sich Rayford um und nahm Albies Kopf in beide Hände. Mit seiner rechten Hand rieb er fest über seine Stirn.

„Zufrieden?", fragte Albie lächelnd.

Rayford zitterten die Knie. Keuchend ließ er sich auf seinen Stuhl sinken, unfähig, sich zu rühren.

„Also, wer sind Sie?"

Rayford beugte sich vor: „Ich bin –"

„Oh, ich weiß, wer Sie sind. Ich habe Sie trotz Ihres neuen Aussehens sofort erkannt. Aber wer ist Ihr Begleiter?"

Albie stellte sich vor.

Stephens beugte sich vor und schüttelte ihm die Hand. Er nickte zu Rayford hinüber. „Ich habe Mr Steele ziemlich aus der Fassung gebracht, nicht wahr?"

„Das ist die Untertreibung des Jahrhunderts", stöhnte Rayford.

„Sie und ich haben beide gleichzeitig für Carpathia gearbeitet, Rayford, und davor hat Ihr Schwiegersohn für mich gearbeitet."

„Steve Plank?"

„Höchstpersönlich, oder das, was von ihm noch übrig ist. Zerquetscht, verbrannt und halb tot liegen geblieben nach dem Erdbeben, dem Zorn des Lammes. Wochenlang habe ich geschwankt. Ich habe Bucks Artikel gelesen, die Wahrheit in Bezug auf Carpathia erkannt. Ich kam zu dem Entschluss, dass ich, sollten Buck und die anderen Gläubigen mit dem weltweiten Erdbeben recht haben, bei der ersten Erschütterung dabei sein würde. Ich sprach das Gebet, als das Gebäude einstürzte."

Rayford schüttelte den Kopf. „Aber warum diese Verkleidung. Warum arbeiten Sie wieder für die Weltgemeinschaft?"

„Darauf bin ich im Krankenhaus gekommen. Niemand, auch ich nicht, wusste, wer ich war. Als meine Erinnerung zurückkehrte, erfand ich einen Namen und eine Geschichte. Das war vor 21 Monaten, und während der einjährigen Therapie und Rehabilitation hatte ich Zeit, darüber nachzudenken, was ich wollte. Ich wollte Carpathias System von innen heraus Schaden zufügen."

„Aber warum haben Sie niemandem etwas gesagt? Alle dachten, Sie seien ums Leben gekommen."

„Die besten Geheimnisse zwischen zwei Menschen werden gewahrt, wenn einer von ihnen tot ist. Carpathia hat Hattie Durham ganz besonders übel mitgespielt. Ich habe dafür gesorgt, dass ich zu den Friedenstruppen kam, und behielt sie im Auge, bis ich sie hierherlocken konnte. Ich betete, dass dieser Tag kommen würde. Ich befolge Befehle, gehorche den Regeln, tue meinen Job und Sie werden sie retten."

David bekam Panik. Nachdem er die surreale Besprechung mit Carpathia, Fortunato und Viv Ivins durchgestanden hatte, hatte er sich mit den anderen in einer Schlange eingereiht, um den Raum zu verlassen. Aber Carpathia stand an der Tür, nahm Umarmungen, Küsse und die Verbeugung eines jeden Direktors entgegen. Der schamlose Hickman fiel auf die Knie und legte seine Arme um Nicolais Knie. Er weinte laut. Der Potentat verdrehte die Augen und warf Fortunato einen Blick zu, der einen Stein zum Erweichen hätte bringen können.

Als nur noch sechs Leute vor ihm waren, begann David inbrünstig zu beten. Was sollte er tun? Er hätte getan, was er tun konnte, um nicht entdeckt zu werden und die anderen Mitglieder der *Tribulation Force* vor Gefahr zu schützen. Aber er konnte, *wollte* seine Knie nicht vor dem Antichristen beugen. Sein Verstoß gegen die Etikette konnte unmöglich unbemerkt bleiben. Soweit er sagen konnte, würde er der einzige Direktor sein, der sich nicht vor dem auferstandenen Führer verneigte.

„Gott, hilf mir!", betete er leise. War das das Ende? Sollte er einfach losrennen und das Beste hoffen? Oder Carpathia die Hand schütteln und irgendetwas Neutrales sagen, wie zum Beispiel: „Schön, dass es Ihnen wieder besser geht" oder „Willkommen zurück"?

Abgesehen von seiner offensichtlichen Abneigung Hickman gegenüber, verströmte Carpathia Freundlichkeit und Demut, während seine Leute ihm huldigten. „Oh vielen Dank. Ich freue mich über Ihre Partnerschaft und Unterstützung. Eine wundervolle Zeit liegt vor uns. Ja. Ja."

Nun war nur noch einer vor ihm in der Reihe. David wurde übel. Buchstäblich. Sein verwundeter Kopf pochte gegen den Verband mit jedem Schlag seines Herzens. Er versuchte zu beten, auf das zu hören, was Gott ihm vielleicht zu tun auftrug. Aber als der Direktor vor ihm sich endlich aus der langen Umarmung des Potentaten löste, stand David verwirrt da.

Carpathia breitete die Arme aus und sagte: „David, mein geliebter David."

David konnte sich nicht rühren und spürte, wie sich die Köpfe der anderen ihm zuwandten. Carpathia wirkte verwirrt, schien ihn zu drängen. David stammelte: „Pot-Poten-Exzell-" und stürzte zu Boden. Das letzte Bild, das er sah, bevor er auf dem Boden aufschlug, war, dass er sich auf Carpathia übergeben hatte.

„Zeke, wie geht's?", fragte Buck.

Er stellte sich vor, wie der ganz in Schwarz gekleidete junge Fälscher unter der Tankstelle seines Vaters in Des Plaines hockte.

„Ich bin in Ordnung", kam die geflüsterte Antwort. „Ich habe ferngesehen, um die Langeweile zu vertreiben, und ich habe hier unten jede Menge zu essen. Allerdings ist es ziemlich düster. Und natürlich läuft nichts anderes als dieser Carpathia-Schiss."

„Hast du die Leute von der Weltgemeinschaft im Auge?"

„Ja, jedes Mal, wenn ich einen Wagen höre, renne ich zu meinem Monitor und beobachte, was sie machen. Einige dieser Leute sind nicht einmal unsere richtigen Kunden. Sie sehen die Zapfsäule und bleiben stehen. Dann kommt der Wagen der Weltgemeinschaft von der anderen Straßenseite und stellt sich direkt vor sie."

„Ein Jeep?"

„Nein, ein kleiner Viertürer, ein dunkler Kombi."

„Gut."

„Was ist daran gut, Mr Williams?"

„Denn wenn ich komme und dich hole, dann werde ich in einem weißen Ford sitzen, und der wird den Kombi wie einen Käfer zerquetschen."

„Das ist kein VW, Sir. Es ist –"

„Das war nur so ein Ausdruck, Zeke."

„Ach, verstehe."

„Also, sie stellen sich nicht vor und hinter den Wagen?"

„Nein, es ist nur ein Wagen. Ich habe nachgesehen."

„Tatsächlich?"

„Ja, ich weiß, ich hätte das nicht tun sollen, aber ich habe mich total gelangweilt, darum bin ich die Treppen hinaufgeschlichen. Ich habe mich außer Sicht gehalten. Sie kennen doch diese Straße, die nie richtig fertig gebaut worden ist. Vor einem Jahr haben sie etwas Asphalt darauf geschmissen, aber sie hat kein richtiges Fundament, darum besteht sie jetzt nur noch aus Asphaltstücken. Wir haben nicht viel Verkehr hier."

„Und deiner Meinung nach weiß die Weltgemeinschaft nicht, dass du da bist?"

„Nein, und ich bin ziemlich sicher, dass sie von dem Keller keine Ahnung haben. Früher war keiner da. Dad und ich haben ihn selbst gegraben."

„Wo ist der Schutt?"

„Hinten hinter der Tür zum Kassenhäuschen."

„Hmm, ist mir nie aufgefallen. Wie weit ist die Geheimtreppe vom Untergrundversteck entfernt?"

„Vielleicht drei Meter. Sie ist in einer Ecke verborgen."

„Also, wenn ich hinter die Tankstelle fahren würde, würde ich eine Tür in der Mitte des Gebäudes sehen, eine Tür, durch die du dich hinaus- und dann drei Meter an der hinteren Wand entlangschleichen könntest ?"

„Ja."

„Und wenn du genau wüsstest, wann ich käme, könntest du dich hinausschleichen, ohne dass die Beobachtungsposten der Weltgemeinschaft dich sehen?"

„Vermutlich würden sie nur Sie sehen."

„Das lass nur meine Sorge sein. Sie sollen nicht wissen, dass du dich unterirdisch verborgen gehalten hast. Du kommst heraus, steigst ein und wirst dich unter einer Decke verstecken."

„Ich werde viel Zeug mitbringen."

„Das ist in Ordnung. Wenn ich entdeckt und angehalten werde, werde ich mich schon irgendwie herausreden, aber ich versuche es so zu machen, dass sie mich erst gar nicht bemerken."

Ein Piepen zeigte Buck, dass ein anderer Anruf hereinkam. Es war Rayford. „Zeke, ich werde dich zurückrufen. Es könnte eine Weile dauern, also sieh zu, dass du gepackt hast." Er drückte den Knopf. „Hier spricht Buck."

„Buck, du wirst nicht glauben, mit wem ich gerade gebetet habe."

„Mit Hattie?"

„Nein, das errätst du nie."

David erwachte im Krankenhaus des Palastes. Jemand saß an seinem Bett und streichelte seine Hand.

„Sagen Sie nichts", flüsterte sie. Es war Schwester Palemoon. „Sie sind eine Berühmtheit."

„Tatsächlich?"

„Schsch. Im ganzen Palast wird darüber geredet, dass Sie sich über Carpathia erbrochen haben."

David war wieder an eine Infusion angeschlossen. Er fühlte sich besser. „Haben Sie meinen Verband gewechselt?"

„Ja, still jetzt."

„Ich dachte, Sie hätten keinen Dienst."

„Hatte ich auch nicht, aber ich wurde herzitiert, weil ich Sie genäht hatte, und Sie wissen ja, kein Arzt lässt sich gern aus dem Bett holen."

„Hannah, ich muss hier verschwinden."

„Nein, Sie hätten sowieso ein paar Tage bei uns bleiben sollen. Jetzt haben Sie die Gelegenheit dazu."

„Ich kann nicht und Sie auch nicht." Flüsternd erzählte er ihr, was er bei der Besprechung erfahren hatte. „Wir müssen hier vor Ablauf der 30 Tage verschwunden oder bereit sein, die Konsequenzen auf uns zu nehmen."

„Ich bin bereit, David. Sie nicht?“

„Sie wissen doch, was ich meine. Ich muss meine Verlobte und die beiden Piloten finden, und wenn Sie noch von anderen Gläubigen wissen –“

„Verlobte? Sie sind gebunden?“

„Die Leiterin der Transportabteilung, Annie Christopher.“

„Ich weiß nicht, was ich Ihnen sagen soll, David. Wenn sie hier wäre, befände sich ihr Name mittlerweile in unseren Unterlagen.“

„Würden Sie noch einmal für mich nachsehen? Und versuchen Sie, Mac McCullum und Abdullah Smith dazu zu bringen, mir einen Besuch abzustatten.“

„Das ist wirklich eine Tarnung, Albie“, meinte Plank. „Ich soll berichten, dass ein Deputy Commander Elbaz mit den entsprechenden Papieren hier hereinspaziert ist und ich dem Buchstaben des Gesetzes gefolgt bin?“

„Ich bin durchaus in der Datenbank der Weltgemeinschaft zu finden. Niemand wird das infrage stellen“, erwiderte Albie. „Sie werden sich vermutlich nur fragen, warum sie mich noch nicht kennen gelernt haben.“

„Und schon bald“, meinte Rayford, „werde auch ich vermerkt sein, und wir werden darauf achten, dass Albie mir unterstellt sein wird. Ich habe nur Angst, unseren Mann an der Basis in Gefahr zu bringen, der dies alles in die Wege geleitet hat.“

„Wie sollen sie das zu ihm oder auch nur in den Palast zurückverfolgen?“, fragte Albie.

„Ich weiß es nicht. Bestimmt hat er Vorsichtsmaßnahmen getroffen, aber wir werden ihm mitteilen müssen, was passiert ist.“

Plank geleitete sie zur Tür hinaus, den Flur entlang, an der Empfangsdame vorbei zum Zellentrakt. „Vor einer Minute habe ich ein Geräusch von dort gehört“, rief Mrs Garner vom Schreibtisch.

„Gibt es Probleme?“

„Ein Knall, das war alles.“

Plank führte die Männer zu Hatties Tür und klopfte, aber er hörte keine Reaktion. „Madam“, rief er, „Leute von der Weltgemeinschaft sind hier, die Sie ins ‚Buffer' zurückbringen werden." Er zwinkerte Rayford und Albie zu. „Darf ich hereinkommen, Madam?"

Plank holte seinen Schlüsselbund hervor, schloss die Tür auf und schob sie einen Zentimeter auf, bis er auf Widerstand stieß. Albie und Rayford wollten ihm helfen, aber Plank sagte: „Ich schaffe das schon."

Er rollte zurück und dann wieder mit voller Geschwindigkeit vor. Das Bett, das vor die Tür gestellt worden war, wurde weggeschoben. „Oh nein!", sagte er und Rayford zwängte sich an ihm vorbei in die Zelle.

Im Raum war es dunkel, doch als er das Licht anschaltete, stoben Funken von der Decke, wo die Lampe gehangen hatte. Das Licht vom Flur fiel auf die Fassung, die nun auf dem Boden lag. Sie war an ein Laken geknotet. Das andere Ende des Lakens war um Hatties Hals gebunden. Sie selbst lag zusammengekrümmt auf dem Boden.

„Sie hat versucht, sich an der Glühbirne zu erhängen", bemerkte Plank. Albie sprang an ihm vorbei und hockte sich neben Hattie nieder. Rayford und er rissen und zerrten an dem Laken, bis sie es endlich von ihrem Hals lösen konnten. Vorsichtig drehte Rayford sie um. Ihr Körper war schlaff. Nachdem sich seine Augen an die Dunkelheit gewöhnt hatten, sah er, dass ihre Augen offen standen. Die Pupillen waren geweitet.

„Sie hat sich bewegt!", flüsterte Albie. Er packte sie am Gürtel und hob ihre Hüften vom Boden. Rayford hielt ihr die Nase zu, zwang ihren Mund auf und legte seinen Mund darüber. Ihre zerbrechliche Gestalt hob und senkte sich, während er ihr Luft einblies und Albie die Luft wieder herausdrückte.

„Schließen Sie die Tür", sagte Albie zu Plank.

„Brauchen Sie denn kein Licht?"

„Machen Sie sie zu!", flüsterte er erregt. „Wir werden dieses Mädchen retten, aber niemand außer uns wird davon erfahren."

Plank schob mit seinem Rollstuhl das Bett aus dem Weg und schloss die Tür.

„Ich kann einen Puls spüren", erklärte Albie. „Sind Sie okay, Ray? Soll ich Sie ablösen?"

Rayford schüttelte den Kopf und machte weiter, bis Hattie zu husten begann. Schließlich schnappte sie nach Luft und atmete wieder aus. Rayford ließ sich auf den Boden sinken, den Rücken gegen die Wand gelehnt. Hattie weinte und fluchte. „Ich kann mich nicht einmal selbst umbringen“, zischte sie. „Warum haben Sie mich nicht einfach sterben lassen? Ich kann nicht wieder ins ‚Buffer‘ zurück!“

Sie brach in Tränen aus.

„Sie erkennt niemanden“, sagte Albie.

Hattie sah blinzelnd auf. Rayford beugte sich vor und knipste eine kleine Lampe an. „Nein, das tue ich nicht“, bestätigte sie, während sie Albie und dann Rayford ansah. „Ich kenne Commander Pinkerton hier, aber wer seid ihr beiden Loser?“

Albie deutete auf Rayford. „Er hat Ihnen das Leben gerettet. Ich bin nur sein Loser-Freund.“

Hattie setzte sich auf den Boden, zog die Knie an und legte die Arme darum. Und sie begann erneut zu fluchen.

„Sie werden nicht mehr ins ‚Buffer‘ zurückkehren, Hattie“, sagte Rayford schließlich und ganz offensichtlich erkannte sie seine Stimme.

„Was?“, fragte sie erstaunt.

„Ja, ich bin es“, bestätigte Rayford. „In diesem Raum gibt es keine Geheimnisse.“

„Sie sind doch gekommen?“, quietschte sie. Sie kroch zu ihm hin und versuchte, ihn zu umarmen.

Er hielt sie fest. Sie sah zu Plank. „Aber …“

„Wir sind alle dabei“, erklärte Rayford erschöpft.

„Ich hätte mich beinahe umgebracht“, stöhnte Hattie.

„Allerdings“, meinte Albie, „das haben Sie.“

„Was?“

„Sie sind tot.“

„Wovon sprechen Sie?“

„Sie wollen hier raus? Sie wollen die Weltgemeinschaft los sein? Dann verlassen Sie dieses Gebäude als Tote.“

„Was sagen Sie?“

„Sie haben Ihren alten Freund angerufen, damit er sie rettet. Er hat sich geweigert. Sie waren verzweifelt. Sie haben die Hoffnung aufgegeben, und als Sie davon überzeugt waren, wieder ins ‚Buffer' zurückgebracht zu werden, haben Sie einen Abschiedsbrief geschrieben und sich erhängt. Wir sind gekommen, um Sie abzuholen, haben Sie zu spät entdeckt, und was konnten wir schon tun? Den Selbstmord melden und die Leiche entsorgen."

„Ich habe tatsächlich einen Abschiedsbrief geschrieben", sagte sie. „Sehen Sie?" Sie deutete auf einen Zettel, der von ihrem Bett heruntergefallen war.

Rayford hob ihn auf und hielt ihn unter die Lampe. „Vielen Dank für nichts, alte FREUNDE!!!", hatte sie geschrieben. „Ich habe geschworen, niemals ins ‚Buffer' zurückzugehen, und das habe ich auch so gemeint. Sie können nicht alle für sich gewinnen."

„Unterschreiben Sie ihn", forderte Rayford sie auf.

Hattie rieb ihren Hals und versuchte sich zu räuspern. Sie suchte ihren Stift und unterschrieb den Zettel.

„Wie lange können Sie Ihren Atem anhalten?", fragte Albie.

„Offensichtlich nicht lange genug, um mich umzubringen."

„Wir werden Sie hier mit einem Laken abgedeckt herausbringen, und Sie müssen auch tot aussehen, wenn wir Sie in das Flugzeug laden. Schaffen Sie das?"

„Wenn's sein muss." Sie sah Plank an. „Sie stecken auch mit drin?"

„Je weniger Sie wissen, desto besser", sagte er. Er sah Albie an, dann Rayford. „Wenn es nach mir geht, muss sie das nicht erfahren." Sie nickten.

Plank riet ihnen, das Laken so zu lassen, wie es war, an einem Ende an die Lichtfassung geknüpft. „Decken Sie das andere Laken vom Bett über sie."

Rayford riss das Laken vom Bett. Hattie legte sich auf die Matratze und er bedeckte sie damit. „Mrs Garner!", rief er. „Hier ist ein Unglück passiert!"

„Ach, du meine –"

„Nein, kommen Sie nicht her! Bleiben Sie, wo Sie sind. Die Gefangene hat sich erhängt. Aber die Leute von der Weltgemeinschaft werden den Leichnam mitnehmen."

„Oh, Commander! War das das Geräusch, das ich gehört habe?“

„Möglicherweise.“

„Hätte ich etwas tun können? Hätte ich etwas tun sollen?“

„Sie hätten nichts tun können, Madam. Lassen Sie diese Männer ihre Arbeit tun. Bringen Sie die Trage her.“

„Ich muss doch nicht hinsehen, oder, Sir?“

„Ich mache das schon. Holen Sie sie für mich. Ich werde Ihnen später einen Bericht diktieren.“

Rayford fiel auf, dass Mrs Garner trotz ihrer Blässe und ihrer Proteste den „Leichnam“ beobachtete, bis er in den Minivan geladen wurde. Er war erstaunt über Hatties Fähigkeit, reglos unter dem Laken zu liegen.

Plank erklärte sich bereit, beim ehemaligen „Carpathia Memorial“-Flugplatz anzurufen und die Leute dort darüber zu informieren, dass Deputy Commander Elbaz und sein Fahrer in Judy Hamiltons Wagen unmittelbar zu ihrem Jagdflugzeug fahren würden, um einen Leichnam zum Transport hineinzuladen. Nein, sie würden keine Hilfe benötigen und würden es zu schätzen wissen, wenn so wenig Aufhebens wie möglich darum gemacht würde.

Wenige Meilen vor dem Flugplatz schlüpfte Hattie wieder unter das Laken, und obwohl neugierige Blicke durch die Scheiben geworfen wurden, konnten Rayford und Albie sie, ohne unnötig Verdacht zu erregen, an Bord schaffen.

7

Nach Einbruch der Dunkelheit fuhr Buck den Ford mit ausgeschalteten Scheinwerfern aus der Garage. Den Nachmittag hatte er damit zugebracht, eine spezielle Verbindung zwischen den Brems- und Rücklichtern zu schaffen. Wenn er sich erst in den regulären Verkehr außerhalb von Chicago eingefädelt hatte, wollte er nicht riskieren, angehalten zu werden, weil seine Rücklichter nicht funktionierten, aber keinesfalls durften seine Bremslichter zu sehen sein, wenn er hinter der Tankstelle anhielt.

Zeke selbst war ein Experte darin und hatte Buck über das Telefon erklärt, was er zu tun hatte. Es wäre wirklich großartig, Zeke im Versteck zu haben. Er würde sich um solche Dinge kümmern können. Die Bremslichter waren nun unterbrochen, und egal, ob er die Scheinwerfer ein- oder ausgeschaltet hatte, beim Bremsen würde er sie von Hand bedienen müssen. Ein dünner Draht führte vom Kofferraum durch den Rücksitz bis zum Fahrersitz. Auf keinen Fall durfte er vergessen, ihn auch zu benutzen.

Niemand wusste, wie oft die Soldaten der Weltgemeinschaft die abgesperrten Gebiete überflogen und ob die Organisation überhaupt Zeit, Ausrüstung und Arbeitskräfte opferte, sich um ein Gebiet zu kümmern, das ihren eigenen Angaben zufolge stark radioaktiv verseucht war. Niemand würde sich in ein solches Gebiet wagen. Falls die Angaben zutreffend waren, würde niemand dort lange überleben können. Aber David und die anderen Mitglieder der *Tribulation Force* wussten, dass das nicht der Fall war.

Trotzdem, Rayford hatte beschlossen, nur im Schutz der Dunkelheit zu fliegen. Und Buck, oder jeder andere, der kam oder ging, würde sich ebenfalls daran halten. Dies war schwierig, da die Stadt außerhalb des Strong-Gebäudes überhaupt nicht beleuchtet war. Wenn der Mond nicht schien, war es fast unmöglich, in der Dunkelheit irgendetwas zu erkennen.

Buck steuerte den großen Ford langsam durch das zerstörte Stadtgebiet. Er wollte sich an das Fahrzeug gewöhnen. Einen so großen Wagen hatte er noch nie gefahren. Er war erstaunlich komfortabel, natürlich sehr leistungsstark und fuhr sehr zu seiner Freude besonders leise. Er hatte befürchtet, das Motorengeräusch wäre so laut wie das eines Panzers.

In vollkommener Dunkelheit in Chicago herumzufahren war jedoch nicht der beste Weg, um sich an den Wagen zu gewöhnen. Er brauchte eine offene Straße und die Gewissheit, dass niemand ihn beobachtete. Eine halbe Stunde später erreichte er die Stadtgrenze. Über eine verlassene Straße würde er unentdeckt zu den Vororten gelangen. Buck schaltete die Scheinwerfer ein und betätigte manuell die Bremslichter.

In der Nähe von Park Ridge war die Straße tatsächlich ein paar Meilen weit neu asphaltiert worden; es gab auch einige funktionierende Verkehrsampeln. Der Rest des Nordens von Illinois schien wieder in die ersten Tage des Automobils zurückgeglitten zu sein. Die Autos bahnten sich einen Weg durch die Trümmer und manchmal machte der Regen diese Wege auch unpassierbar.

Buck begegnete ein paar Streifenwagen der Weltgemeinschaft, aber es herrschte im Großen und Ganzen nur wenig Verkehr. Als er sich sicher fühlte, testete er die Leistung des Fords und übte mehrere Kehrtwendungen bei unterschiedlichen Geschwindigkeiten. Je schneller er fuhr und je schärfer er wendete, desto heftiger wurde sein Körper in den Sicherheitsgurt gepresst. Aber es hatte den Anschein, dass nichts den Ford zum Kippen bringen konnte. Buck kam an einer verlassenen Gegend vorbei, wo ihn bestimmt niemand beobachten konnte. Er unternahm ein paar schnelle Kehrtwendungen, sogar an Steigungen. Der Ford schien um mehr zu betteln. Mit seinem besonders breiten Radabstand, seinem Gewicht und seinem leistungsstarken Motor war er extrem manövrierfähig. Buck hatte den Eindruck, bei einem Werbespot mitzumachen.

Er trat das Gaspedal voll durch und beschleunigte auf 80 Meilen, dann stieg er in die Bremsen und riss das Lenkrad herum. Das Antiblockiersystem verhinderte, dass er ins Schleudern geriet oder umstürzte. Er konnte es kaum erwarten, sich mit dem Wagen, den die Beobachtungsposten der Weltgemeinschaft in Des Plaines fuhren, zu messen.

Buck versuchte, ruhiger zu werden. Es ging darum, Zeke abzuholen, ohne entdeckt zu werden. Er zog in Betracht, wie ein ganz normaler Kunde an der Tankstelle anzuhalten und dann davonzufahren, wenn die Beamten kamen, um den Wagen zu überprüfen. Aber sie verfügten über Telefone und Funkgeräte und ein Kommunikationsnetzwerk, gegen das er nichts ausrichten konnte. Wenn er einen Weg fände, von hinten mit ausgeschalteten Scheinwerfern an die Tankstelle heranzufahren, dann würden sie ihn nie entdecken können, auch nicht, wenn er mit seiner Ladung davonfuhr.

Sein Telefon klingelte. Es war Zeke. „Sind Sie in der Nähe?“, fragte der junge Mann.

„Nicht weit entfernt. Was ist los?“

„Wir werden diese Tankstelle in Brand setzen müssen.“

„Warum?“

„Wenn sie zu der Überzeugung kommen, sie hätten jeden Rebellen überprüft, der hier gewöhnlich tankt, werden sie sie doch sowieso abfackeln, oder?“

„Vielleicht“, erwiderte Buck. „Warum überlassen wir das nicht denen?“

„Vielleicht durchsuchen sie sie zuerst.“

„Und finden was?“

„Das unterirdische Versteck natürlich. Es ist unmöglich, alles wegzuschaffen, was meinen Vater verraten könnte.“

„Was können sie ihm denn anhaben?“

„Im Augenblick nur, dass er ohne Genehmigung der Weltgemeinschaft Benzin verkauft hat. Er bekommt eine Geldstrafe aufgebrummt oder muss vielleicht einen Monat oder zwei sitzen. Aber wenn sie herausbekommen, dass wir eine Fälscherei betrieben haben, dann haben sie ihn.“

„Da ist was dran.“ Buck war immer wieder erstaunt über die cleveren Gedankengänge des seltsam aussehenden Zeke. Wer hätte gedacht, dass sich der ehemalige drogenabhängige Tätowierer zum besten Fälscher in ihren Kreisen entwickeln würde?

„Und Sie wissen ja, Mr Williams, dass wir auch Leute von außerhalb versorgen. Lebensmittelläden, was auch immer. Na ja, das ist Ihnen ja bekannt. Also, ich denke Folgendes: Ich werde einen Zünder an eine Zeitschaltuhr anschließen. Sie wissen doch sicher, dass es nicht das Benzin ist, das brennt.“

„Wie bitte?“ Buck verstand gar nichts. Er hatte als Journalist die ganze Welt bereist, und ein dummer Junge wollte ihm erzählen, dass ein Benzinfeuer nicht das war, nach dem es aussah?

„Ja, das Benzin brennt nicht. Als ich noch oben gearbeitet und meinem Vater an der Tankstelle geholfen habe, habe ich meine Zigaretten in einen Eimer mit Benzin geworfen, den wir da stehen hatten."

„Das ist nicht wahr."

„Ich schwöre es."

„Brennende Zigaretten?"

„Ganz bestimmt. So haben wir sie ausgemacht. Sie zischten, als würde man sie in einen Eimer Wasser werfen."

„Das verstehe ich nicht."

„Wir haben das Benzin benutzt, um uns die Hände zu reinigen. Sie wissen schon, fettlösend und so. Man hat vielleicht gerade an einer Achse gearbeitet, dann muss man einen Tank füllen oder eine Rechnung ausstellen."

„Jetzt bin ich verwirrt. Ich verstehe nicht, wie man eine brennende Zigarette in einen Behälter mit Benzin werfen kann?!"

„Viele Leute wissen das nicht oder glauben es nicht."

„Und wie kommt es, dass ihr nicht in die Luft geflogen seid?"

„Also, wenn das Benzin im Eimer frisch eingefüllt war, musste man eine Weile warten. Solange diese schimmernden Gase noch darüberhängen, die da sind, wenn man den Eimer oder einen Tank füllt, dann sollte man möglichst eine offene Flamme vermeiden."

„Aber wenn es etwas länger steht, dann sind die Gase weg?"

„Mmh, und dann haben wir unsere Zigarettenkippen hineingeworfen."

„Also sind es die Gase."

„Ja, es sind die Gase, die brennen."

„Ich verstehe. Und wie sieht deine Idee aus?"

„Sehen Sie, Mr Williams, bei einem Motor ist es genauso. Der Motor spritzt Benzin in die Zylinder und der Zündfunke entzündet es, verbrennt es aber nicht."

„Und es ist das Gas im Benzin, das sich im Zylinder entzündet", ergänzte Buck.

„Jetzt haben Sie es verstanden."

„Gut. Ich bin unterwegs, halte dich bereit."

„In Ordnung. Ich habe zwei große Kisten draußen bei dem

Dreckhaufen abgestellt und ich bringe eine große Baumwolltasche mit. Alle meine Unterlagen, meine Ausrüstung, alles ist da drin. Ich hatte sogar noch Platz für was zu essen."

„Wir haben genug zu essen, Zeke."

„Man kann nie genug zu essen haben. Wie auch immer, das Zeug wartet draußen. Ich denke, wenn man Sie nicht entdeckt, kann ich auf Sie warten und meine Sachen schnell einladen, bevor ich hineinspringe."

„Das klingt gut. Zurück zu dem Brand."

„Ja. Hier unten sind einige Autoteile. Ich habe eine Zuleitung von dem Rohr zum Versorgungstank draußen abgeschnitten und einen Einspritzer drangehängt. Wenn ich gehe, drehe ich den Hahn auf, das Benzin läuft durch den Einspritzer und sprüht Benzin in den Raum."

„Und schon bald ist der unterirdische Raum mit Benzin gefüllt."

„Mit Gas."

„Richtig. Und, wirfst du dann ein Streichholz die Treppe hinunter, wenn du auf dem Weg zum Wagen bist?"

Zeke lachte.

„Schscht!"

„Die können mich nicht hören. Aber nein, wenn ich ein Streichholz hineinwerfen würde, dann würde ich bis nach Chicago fliegen. Das würde Ihnen die Fahrt ersparen, oder?"

„Und wie willst du das entzünden?"

„Indem ich eine Zündkerze an eine Zeitschaltuhr anschließe. Ich gebe mir fünf Minuten oder so, nur für den Fall. Und dann: wumm!"

„Wumm."

„Bingo."

„Zeke, selbst wenn ich damit einverstanden wäre, hättest du nicht die Zeit, so etwas herzurichten. Ich bin keine zehn Minuten entfernt."

„Ich hatte Ihr Einverständnis vorausgesetzt."

„Und?"

„Es ist schon alles fertig."

„Du machst Witze."

„Nein. Wenn Sie noch zehn Minuten brauchen, dann stelle ich die Zeitschaltuhr auf 15 Minuten ein, und wenn ich gehe, öffne ich den Hahn."

„Junge, du bist aber wirklich findig."

„Ich kenne mich halt aus."

„Allerdings, aber tu mir einen Gefallen."

„Was denn?"

„Stell den Timer auf fünf, aber setze ihn erst in Gang, nachdem du den Hahn auf dem Weg nach draußen geöffnet hast. Abgemacht?"

„Abgemacht."

„Ach, noch eines: Achte darauf, dass ich da bin, bevor du diesen Hahn öffnest."

„Oh ja, natürlich. Das ist wichtig."

„Wumm, Zeke."

„Bingo."

„Ich rufe an, wenn ich da bin."

„Ich kann ihren Namen im Computer nicht finden, David", erklärte Schwester Palemoon. Er versuchte sich aufzusetzen, doch sie drückte ihn sanft wieder in die Kissen. „Das muss nicht unbedingt das Schlimmste bedeuten."

„Wie können Sie das sagen? Die Sonne geht schon auf und ich habe noch immer nichts von ihr gehört. Sie würde sich mit mir in Verbindung setzen, wenn sie könnte!"

„David, Sie müssen sich beruhigen. Dieses Zimmer ist zwar leer, aber nicht sicher. Ihre Freunde sind unterwegs, doch Sie dürfen nicht allen vertrauen."

„Wem sagen Sie das! Hannah, Sie müssen mich hier rausschaffen. Ich kann nicht noch ein paar Tage hierbleiben. Es gibt so viel zu tun, bevor ich Neu-Babylon verlasse."

„Ich kann Sie mit Medikamenten und Verbänden versorgen und dafür sorgen, dass Ihr Zustand einigermaßen stabil ist, aber es wird Ihnen nicht gut gehen."

„Darüber mache ich mir keine Gedanken. Werden Sie –" Seine Stimme überschlug sich. Er brachte die Worte einfach nicht über die Lippen. „Äh, würden Sie –?"

„Ich soll für Sie in der Leichenhalle nachsehen?", fragte sie mit so viel Mitgefühl, dass er beinahe in Tränen ausbrach.

Er nickte.

„Ich bin gleich wieder da. Wenn Ihre Freunde während meiner Abwesenheit kommen, erinnern Sie sie daran, dass die Wände hier überall Ohren haben."

Rayford und Albie landeten mit ihrer menschlichen Fracht auf einem kleinen Flugplatz in der Nähe von Bozeman in Montana. Sie wollten nicht ohne eine Schlafpause nach Kankakee zurückfliegen. Wieder kommandierte Albie die Angestellten der Weltgemeinschaft auf dem Flugplatz herum. Sie kauften ihm seine Geschichte vom Gefangenentransport ab und stellten ihm einen Jeep zur Verfügung, mit dem er in die Stadt fahren konnte.

In Bozeman selbst gab es nur wenige Annehmlichkeiten, aber eine davon war ein fast leeres Motel, in dem sie zwei Zimmer anmieteten.

„Ich denke, wir brauchen uns keine Gedanken darum zu machen, dass Sie uns weglaufen, oder?", meinte Rayford zu Hattie.

„Im Vergleich zum ‚Buffer'", sagte sie, „scheint das neue Versteck wie der Himmel zu sein."

„Sie werden sich auf was gefasst machen müssen", warnte er. „Wir sind in der Überzahl und Sie werden unser primäres Ziel sein."

„Vielleicht höre ich endlich mal zu", erwiderte sie.

„Sagen Sie das nicht einfach so dahin."

„Ich sage nichts mehr einfach so dahin!"

Hattie hatte unzählige Fragen zu Pinkerton Stephens, aber Rayford und Albie sagten ihr nur, er sei einer von ihnen. Dann wollte sie Albies Geschichte hören. Er erzählte ihr, wie er als Moslem zum Glauben an Jesus Christus gekommen war. „Sie wissen, wen ich meine, wenn ich von Tsion Ben-Judah spreche?", fragte er.

„Ob ich das weiß?", fragte sie. „Ich kenne ihn persönlich. Wir sprechen über einen Mann, der die nicht Liebenswerten liebt ..."

„Sprechen Sie von sich?"

Sie schnaubte und nickte. „Von wem sonst?"

„Ich möchte Ihnen etwas sagen. Ich war auch nicht gerade liebenswert. Ich war kein guter Ehemann und kein guter Vater. Meine ganze Familie ist jetzt tot. Ich war ein Krimineller, und die beiden einzigen Menschen, die mich mochten, bezahlten mich gut, um zu bekommen, was sie für ihre illegalen Geschäfte brauchten. Ich begann, meine Existenz zu rechtfertigen, da meine Schwarzmarktgeschäfte gegen die Gesetze des neuen bösen Weltherrschers verstießen. Aber ich hätte ihn nicht den Antichrist genannt, kannte diesen Begriff gar nicht. Ich tätigte dunkle Geschäfte in einer Welt, in der das Chaos herrschte. Ich betete nur das Geld an, und ich wusste, wo ich es herkriegen konnte.

Als Mac und Rayford meine Dienste benötigten, tröstete ich mich mit der Tatsache, dass sie gute Menschen zu sein schienen. Ich arbeitete nicht mehr ausschließlich mit Kriminellen zusammen. Ich beobachtete sie, hörte ihnen zu. In den Augen der Weltgemeinschaft waren sie Rechtlose, aber für mich war das eher eine Auszeichnung.

Als all die Vorhersagen, von denen Mac und Rayford mir erzählt hatten, allmählich eintrafen, konnte ich ihnen gegenüber nicht eingestehen, dass ich fasziniert war. Mehr noch, ich hatte Angst. Wenn das alles stimmte, dann war ich ein Außenseiter. Ich gehörte nicht zu den Gläubigen. Ich fing an, die Internetbotschaften von Dr. Ben-Judah zu verfolgen, ohne meinen Freunden etwas davon zu erzählen. Ich war noch immer zu dickköpfig, um eine Entscheidung zu fällen. Am meisten getroffen hat mich, als Dr. Ben-Judah davon sprach, dass Gott die Sünder liebte. Oh, ich wusste, dass ich einer war. Aber ich konnte kaum glauben, dass jemand mich lieben sollte.

Ich lud mir die Bibel auf meinen Computer und las abwechselnd darin und in den Botschaften von Dr. Ben-Judah. Ich konnte erkennen, woher er seine Informationen bezog, aber seine Erkenntnisse! Das musste allein von Gott kommen. Das, was ich da las, widersprach allem, was ich bisher gehört hatte oder gelehrt worden war. Mein erstes Gebet war so einfach, dass ich es niemals vor einem anderen menschlichen Wesen laut gesprochen hätte.

Ich sagte Gott, ich sei ein Sünder und wolle gern glauben, dass er mich liebte und mir vergeben würde. Ich sagte ihm, die westliche Religion, denn so klang sie für mich, sei mir so fremd, und ich wüsste nicht, ob ich sie jemals verstehen würde. Aber ich sagte zu Gott: ‚Wenn du wirklich der wahre und lebendige Gott bist, dann zeig's.' Ich sagte ihm, mein ganzes Leben täte mir leid und er sei meine einzige Hoffnung. Das war alles. Ich fühlte gar nichts, vielleicht kam ich mir sogar ein wenig dumm vor. Aber in dieser Nacht schlief ich so gut wie seit Jahren nicht mehr.

Oh, missverstehen Sie mich nicht. Ich war durchaus nicht sicher, dass ich zu Gott durchgedrungen war. Ich war nicht sicher, dass er tatsächlich der war, für den Dr. Ben-Judah und die anderen ihn hielten. Aber ich wusste, ich hatte alles getan, was ich tun konnte. Ich war ehrlich zu mir und zu ihm gewesen, und wenn er der war, für den ich ihn hielt, dann hätte er mich gehört. Das war das Beste, was ich erwarten konnte."

Albie lehnte sich zurück und atmete tief aus.

„Und das ist alles?", fragte Hattie. „Das ist alles?"

Er lächelte. „Ich wollte nur eine Pause machen und sehen, ob Sie vor Langeweile bereits eingeschlafen sind."

„Sie beide sind doch die ganze Nacht aufgeblieben. Erzählen Sie mir, was passiert ist."

„Nun, am nächsten Morgen wachte ich mit einem Gefühl der Erwartung auf. Ich wusste nicht, was ich davon halten sollte. Bevor ich auch nur einen Bissen essen konnte, spürte ich einen tiefen Hunger – ich weiß nicht, wie ich es sonst bezeichnen soll – nach der Bibel. Ich glaubte tief und fest, dass es das Wort Gottes war, und ich musste darin lesen. Ich rief sie auf meinem Computer auf und konnte nicht mehr aufhören zu lesen. Ich kann nicht sagen, wie sehr es mich erfüllte. Und ich verstand es! Ich wollte mehr davon! Ich konnte nicht genug davon bekommen. Erst nach Mittag, als ich schon schwach vor Hunger war, wurde mir klar, dass ich noch nichts gegessen hatte.

Immer wieder dankte ich Gott für sein Wort, für seine Wahrheit, dafür, dass er mein Gebet erhört und sich mir offenbart hatte. Dann und wann unterbrach ich das Bibellesen und sah nach, ob Dr. Ben-Judah etwas Neues ins Internet gestellt hatte. Das hatte er nicht, aber ich folgte einem seiner Links zu einer Seite, auf der er den Leser aufrief, das so genannte Übergabegebet zu sprechen. Ich betete es, doch dann wurde mir klar, dass ich das bereits getan hatte. Ich gehörte zu den Gläubigen, war ein Kind Gottes. Mir war vergeben worden und ich war von Gott geliebt."

Hattie brachte keinen Ton heraus, aber Rayford hatte dies schon oft bei ihr erlebt. Viele hatten ihr erzählt, wie sie zum Glauben gekommen waren. Sie kannte die Wahrheit und den Weg. Sie musste ihn nur noch selbst gehen.

„Ich habe Ihnen diese Geschichte aus einem ganz bestimmten Grund erzählt", erklärte Albie. „Nicht, weil ich Sie überreden möchte. Wir, die wir die Wahrheit bereits gefunden haben, wünschen uns nichts mehr, als dass noch mehr Menschen sie finden. Ich wollte sie Ihnen erzählen, weil Sie etwas über sich gesagt haben. Sie sagten, Dr. Ben-Judah wäre ein Mensch, der die Nichtliebenswerten lieben würde. Allerdings, das tut er. Dies ist eine Eigenschaft, die auch Christus hat. Doch dann bezeichneten Sie sich selbst als nicht liebenswert und ich habe mich mit Ihnen identifiziert.

Aber mehr noch, Miss Durham, wenn ich einen Ausdruck von Dr. Ben-Judah verwenden darf: Er sagt häufig, dass diese oder jene Wahrheit bestimmte falsche Ansprüche ‚als Lüge entlarvt'. Haben Sie ihn das schon mal sagen hören, und wissen Sie, was es bedeutet?"

Sie nickte.

„Nun, das trifft auf Sie zu. Ich habe Sie gerade erst kennen gelernt und doch hat Gott mir Liebe zu Ihnen geschenkt. Rayford und seine Familie und Freunde sprechen oft von Ihnen und ihrer Liebe zu Ihnen. Das entlarvt doch Ihre Behauptung, nicht liebenswert zu sein, als Lüge."

„Sie sollten mich nicht lieben", flüsterte sie leise.

„Natürlich sollten sie es nicht. Sie kennen sie. Sie kennen Ihre Selbstsucht, Ihr Fehlverhalten. Gott sollte uns auch nicht lieben und dennoch tut er es. Und nur weil *er* uns liebt, können wir einander lieben. Es gibt keine menschliche Erklärung dafür."

Rayford betete im Stillen für Hattie. Gehörte sie vielleicht zu denen, die Gott ihrem Eigensinn überlassen hatte, weil sie Christus so lange abgelehnt hatte? Konnte sie die Wahrheit nicht mehr erkennen, ihre Meinung nicht mehr ändern? Wenn das zutraf, warum sorgten sich Rayford und seine Freunde dann so um sie? Das kam bestimmt von Gott.

Plötzlich erhob sie sich und trat zu Rayford. Sie beugte sie über ihn und küsste ihn auf den Scheitel. Sie wandte sich um und tat dasselbe bei Albie. Sie nahm sein Gesicht in die Hände. „Machen Sie sich heute Abend keine Gedanken um mich", sagte sie. „Ich werde am Morgen noch da sein."

„Sie haben keinen Grund, nicht da zu sein", erwiderte Albie. „Sie befinden sich nicht in unserem Gewahrsam. Eigentlich sind Sie sogar tot."

„Und wohin sollten Sie auch gehen?", fragte Rayford. Er erhob sich und streckte sich. „Wo wären Sie sicherer als dort, wohin wir Sie bringen?"

„Vielen Dank dafür, dass Sie mein Leben gerettet haben", sagte sie und verließ das Zimmer.

Nachdem sie die Tür hinter sich geschlossen hatte, sagte Rayford: „Ich hoffe nur, dass das nicht umsonst gewesen ist."

Sie hörten, wie sich die Tür zu ihrem Zimmer öffnete und schloss und wie sie dann in ihrem Zimmer herumlief.

„Das war es nicht", meinte Albie.

Rayford war todmüde, doch als er sich auszog, meinte er, Geräusche zu hören. Aus dem angrenzenden Zimmer glaubte er Stimmen zu vernehmen. Er trat näher an die Wand heran. Nicht Stimmen, nur eine Stimme. Weinen. Schluchzen, Jammern. Hatties Stimme, gedämpft. Scheinbar hatte sie ihr Gesicht in ihrem Kissen oder ihrer Decke vergraben.

Als er eine halbe Stunde später einschlief, drang Hatties Jammern noch immer durch die Wand. Rayford hörte, wie Albie sich umdrehte und sein Kissen zurechtklopfte, sich dann wieder hinlegte.

„Gott", flüsterte der kleine Mann, „rette dieses Mädchen."

Buck fuhr an der kleinen Tankstelle vorbei. Er tat so, als würde er den Wagen der Weltgemeinschaft, der unter der Baumgruppe auf der anderen Straßenseite stand, nicht bemerken. Er bremste nicht einmal ab, um keine Aufmerksamkeit zu erregen. Aber er glaubte, zwei Posten im Wagen entdeckt zu haben.

Er rief Zeke an. „Noch weitere Aktivitäten?"

„Nein. Sind Sie da gerade vorbeigefahren? Netter Schlitten."

„Ich fahre einen weiten Bogen und sehe zu, ob ich mit ausgeschalteten Scheinwerfern von hinten ans Haus kommen kann. Es könnte noch zehn Minuten dauern. Ich gebe Ihnen Bescheid, wenn ich in Position bin."

Buck fuhr weiter, bis er die Umrisse der Tankstelle im Rückspiegel nicht mehr erkennen konnte. Vermutlich konnten auch die Wachposten der Weltgemeinschaft ihn nicht mehr sehen. Er schaltete die Lichter aus und bog rechts ab. Langsam tastete er sich über den unebenen Boden vor. Er war ein paar Meilen von der Tankstelle entfernt, und er wollte sicher sein, dass nicht irgendwo ein versteckter Zaun oder ein Kanal den Wagen beschädigte.

An einer Stelle, nachdem er noch zweimal rechts abgebogen und nun wieder in Richtung Tankstelle unterwegs war, spürte er, wie das Fahrzeug absackte. Er hoffte, dass er nicht in ein tiefes Loch geraten war, aus dem er nicht wieder herauskam. Als der Kühlergrill auf etwas Hartes traf, stieg er in die Bremsen und schaltete kurz die Scheinwerfer ein. Doch schnell machte er sie wieder aus. Hoffentlich hatten die Beobachtungsposten von der Weltgemeinschaft das Licht nicht gesehen. Buck musste nur ein Stück zurücksetzen und in einem weiten Bogen einen Trümmerhaufen umfahren.

Am liebsten hätte er die Scheinwerfer wieder eingeschaltet, um zu sehen, ob noch andere Hindernisse den Weg zurück zur Tankstelle versperrten, aber das wagte er nicht. Als die Umrisse des Hauses in Sicht kamen, wurde er langsamer und schlich über den unebenen Boden. Der Wagen schaukelte, und er hoffte, dass er nicht zu viel Staub aufwirbelte. Es war eine sternklare Nacht, und falls die Beobachtungsposten von der Weltgemeinschaft bemerkten, dass Staub in den Himmel aufstieg, würden sie dem sicherlich auf den Grund gehen.

Buck telefonierte mit Zeke.

„Ich höre Sie“, sagte Zeke.

„Du hörst mich? Drinnen? Das ist nicht gut.“

„Das denke ich auch. Sind Sie bereit?“

„Komm schnell hoch. Hast du noch etwas dabei?“

„Ja, noch eine Tasche. Ich dachte, ich sollte alles mitnehmen, was ich tragen kann.“

„Okay. Dann mal los.“

„Ich muss noch den Hahn öffnen und die Zeitschaltuhr einstellen.“

„Auf wie lange?“

„Fünf Minuten.“

„Ist irgendetwas auf dem Monitor zu sehen?“

„Sie sitzen still in ihrem Wagen.“

Buck wollte den Weg zurückfahren, den er gekommen war, und obwohl die Fahrt ausgesprochen holperig werden würde, schätzte er, dass er es auf etwa 40 Meilen pro Stunde würde bringen können. Aber für den Fall, dass die Beobachtungsposten der Weltgemeinschaft den Wagen auch gehört hatten, sprang er heraus und begann, die Kisten in den Wagen zu laden, um Zeit zu sparen.

Das Innenlicht blieb dunkel, als er die Tür aufmachte, um auszusteigen. Er ließ sie offen stehen. Er öffnete die hintere Tür auf der Beifahrerseite und wollte die Kiste einladen. Sie war beinahe zu schwer für ihn, und er musste sich mühsam zurückhalten, um nicht unter dem Gewicht aufzustöhnen. Er hörte Zeke die Treppe heraufkommen.

Buck hievte die erste Kiste auf den Rücksitz. Jeder Muskel tat ihm weh, wo er doch gerade erst den Schlamassel mit dem Flugzeug hinter sich hatte. Als er um den Wagen herumging, um die nächste Kiste zu holen, rannte er beinahe in den jungen Mann hinein. Erschreckt fuhr er zusammen.

Zeke schrie auf. Buck versuchte, ihn zum Schweigen zu bringen, aber Zeke ließ seine Tasche fallen und rannte ins Haus zurück. Laut krachend fiel die Tür ins Schloss. Sie machten entschieden zu viel Lärm.

Buck riss die Tür auf und rief, so leise er konnte: „Zeke, ich bin es nur! Komm schon, Junge! Sofort!“

„Oh Mann!", rief Zeke. „Ich dachte, die wären es! Die Zeit läuft, das Benzin tritt aus. Und die sind unterwegs, Buck! Ich sehe sie nicht mehr auf dem Monitor!"

Buck drehte sich um und öffnete die hintere Tür, nahm die Tasche, die auf dem Boden lag, und die Tasche, die Zeke vor Schreck hatte fallen lassen, und warf sie auf den Rücksitz. Er ließ die Tür offen, sprang auf den Fahrersitz, knallte seine Tür zu und legte den Gang ein. Zeke rannte aus der Tür, sprang in den Wagen und warf dabei versehentlich eine der Taschen heraus.

Buck wollte gerade losfahren, aber Zeke schrie: „Wir können die Tasche nicht zurücklassen! Da ist ganz viel Zeug drin, das ich brauche!"

Die Tür fiel zu, als Buck mit Vollgas losfahren wollte, doch dann bremste er und sie schwang wieder auf. „Hol sie!", schrie er, und Zeke kletterte über die Sachen hinweg, um sie zu holen. Und da kamen auch schon die Beobachtungsposten der Weltgemeinschaft um die Tankstelle herumgefahren und stellten sich vor Buck.

„Los! Los!", schrie Zeke. Er zwang sich auf den Rücksitz, die schwere Tasche unter den Arm geklemmt.

Die Tür stand noch immer offen, aber Buck musste losfahren. Er trat das Gaspedal voll durch, rammte den Wagen der Weltgemeinschaft und schob ihn gegen die Tankstelle. Die beiden Beamten hatten ihre Waffen gezogen und schienen nach den Türgriffen greifen zu wollen. Buck wusste, dass sie den Kugeln nicht würden entgehen können, darum legte er den Rückwärtsgang ein, trat das Gaspedal durch, und das schwere Fahrzeug schlitterte den Trümmerberg in der Nähe der Tür hoch.

Buck blieb oben stehen. Sie thronten etwa vier Meter über ihren Verfolgern. Er legte den Vorwärtsgang ein, und als die Beamten sahen, dass der Wagen sich in Bewegung setzte, legten sie die Waffen beiseite und duckten sich. Der Ford fuhr beinahe vertikal den Berg hinunter und rammte die Motorhaube des kleinen Wagens, dessen Vorderreifen platzten. Der Motor spuckte Wasser und Dampf, und Buck wusste, dass dieser Wagen nicht mehr zu gebrauchen war.

Buck sah sich nicht nach den Beobachtungsposten um, sondern setzte noch einmal zurück, riss das Lenkrad herum und raste in der Dunkelheit davon. Zeke hatte es irgendwie geschafft, die Tür zu schließen, aber weder er noch Buck hatten Zeit gehabt, sich anzuschnallen. Während der Ford mit Höchstgeschwindigkeit über das unebene Gelände raste, wurden beide Männer wie Puppen hin und her geschleudert. Ihre Köpfe knallten gegen das Dach, die Schultern gegen die Fenster.

Schließlich blieb Buck stehen.

„Was ist los?", fragte Zeke.

„Anschnallen!"

Sie schnallten sich an und schon ging es weiter. Knapp fünf Minuten später, als Buck den Weg gefunden hatte, der sie nach Chicago zurückbringen würde, sahen sie, wie der Himmel hinter ihnen von einem riesigen orangefarbenen Feuerball erhellt wurde. Wenige Augenblicke danach wurde der Wagen von dem Knall und der Schockwelle erschüttert. Buck wusste, dass sie mit knapper Not dem Tod entkommen waren.

Zeke freute sich wie ein Kind. Immer wieder drehte er sich um und betrachtete den roten Horizont. „So", meinte er kichernd, „das war das!"

8

Mac und Abdullah saßen bedrückt flüsternd in Davids Krankenzimmer. „30 Tage noch?", sagte Mac immer und immer wieder. „Kaum zu glauben."

„Wir können auf keinen Fall hierbleiben", meinte Abdullah. „Nicht, dass mir etwas fehlen würde. Na ja, in gewisser Weise schon."

„Mir auch", sagte David. Er richtete sich halb auf, als er Schritte im Korridor hörte. „So vieles, was wir von innen heraus tun können, werden wir von außen niemals schaffen können."

Mac seufzte. Er wirkte plötzlich alt und müde. „David, vielleicht klingt das jetzt, als wolle ich mich als Boss aufspielen, aber das liegt bestimmt nicht in meiner Absicht. Doch wir beide wissen, dass technisch gesehen alles möglich ist. Werden Sie nur wieder gesund und tun Sie, was möglich ist, um über die Vorgänge hier auf dem Laufenden zu bleiben, wo immer wir uns auch aufhalten. Wäre das nicht machbar?"

„Theoretisch schon", meinte David. „Aber es wird nicht leicht sein."

„Irgendwie haben Sie diesen Palast doch verwanzt. Warum können Sie nicht die Computer hier so knacken, wie Sie den in diesem Gebäude in Chicago geknackt haben, in dem wir uns vermutlich alle wieder treffen werden?"

David zuckte die Achseln. „Es ist möglich. Aber ich kann mir nicht vorstellen, dass ich mich überwinden kann, es zu tun. Nicht ohne Annie." David sah, dass sich Mac und Abdullah anblickten. „Was ist?", fragte er. „Gibt es etwas, das ihr mir nicht erzählt habt?"

Mac schüttelte den Kopf. „Nein. Wir machen uns nur genauso große Sorgen wie Sie. Das macht alles keinen Sinn. Bestimmt würde sie Ihnen doch mitteilen, wo sie sich aufhält, wenn sie es könnte." Er hielt inne und ein Funkeln trat in seine Augen. „Es sei denn, sie hat sich wieder in diesem Wartungsraum eingeschlossen."

David musste trotz allem lachen. Annie gehörte zu den diszipliniertesten, zuverlässigsten Angestellten, die er je gehabt hatte, aber diese Sache, die ihr so gar nicht ähnlich sah, würde ihr wohl nachhängen, solange sie lebte.

Die Art und Weise, wie Hannah Palemoon an die halb offen stehende Tür klopfte, sagte David weit mehr, als er wissen wollte. Seine Kehle war wie zugeschnürt. Mac erhob sich und David nickte ihm zu.

„Kommen Sie herein", sagte Mac.

David versuchte, die kleine Schachtel in Hannahs Händen zu ignorieren, und suchte in ihrem Gesicht verzweifelt nach einer Spur von Optimismus. Sie kam langsam näher und stellte die Schachtel zu Davids Füßen ab. „Es tut mir so leid", sagte sie. David brach innerlich zusammen.

Der Schmerz, die Erschöpfung waren wie weggeblasen. Seine

Trauer und der Verlust waren zu groß. Er stöhnte, rang die Hände und wandte sich von seinen Freunden ab auf die Seite, zog die Knie an und legte die Arme darum.

„Blitzschlag?“ Die Frage drang nur mit Mühe aus seiner zugeschnürten Kehle.

„Ja“, flüsterte Hannah. „Sie hatte keine Schmerzen und hat nicht gelitten.“

Wenigstens das, dachte David. *Zumindest sie nicht.*

„David“, sagte Mac mit belegter Stimme, „ich und Smitty warten draußen –“

„Ich würde mich freuen, wenn Sie bleiben würden“, brachte David mühsam heraus. Er hörte, wie sie sich wieder setzten.

„Ich habe noch ein paar ihrer persönlichen Sachen gefunden“, sagte Hannah. David versuchte, sich aufzusetzen. Ihm wurde wieder schwindelig. „Es sind nur ihre Tasche, ihr Telefon, Schmuck und die Schuhe.“

Endlich gelang es David, sich aufzusetzen. Er nahm die Schachtel zwischen die Knie. Brandgeruch drang ihm in die Nase. Das Handy war an einigen Stellen geschmolzen. In einem Schuh waren an der Spitze und an der Ferse Löcher eingebrannt.

„Ich muss sie sehen“, sagte er.

„Das würde ich Ihnen nicht empfehlen“, wandte Hannah ein.

„David, nein!“, drängte Mac.

„Ich muss! Wenn ich sie nicht sehe, kann ich nicht glauben, dass sie wirklich tot ist. Das sind ihre Sachen, aber haben Sie sie gesehen, Hannah?“

Die Krankenschwester nickte.

„Aber Sie haben sie nicht gekannt. Hatten Sie sie vorher schon mal gesehen?“

Sie schüttelte den Kopf. „Nicht, dass ich wüsste. Aber, David, ich weiß nicht, wie ich das sagen soll. Falls die Frau in der Leichenhalle meine beste Freundin wäre, ich würde sie nicht erkennen.“

David begann wieder zu schluchzen und schob die Schachtel zum Fußende des Bettes. Er schüttelte den Kopf, presste die Finger leicht gegen die Schläfen, die bei der Berührung zu schmerzen begannen. „Wisst ihr, dass sie meine erste große Liebe war?“

Niemand antwortete.

„Ich bin schon früher mit Mädchen ausgegangen, aber ...“ Er presste die Hand auf die Lippen. „... sie war die Liebe meines Lebens.“

Mac erhob sich und bat Abdullah, die Tür zu schließen. Er zog den Vorhang um das Bett, sodass sie vor neugierigen Blicken abgeschirmt waren. Mac legte sanft die Hand auf Davids Schulter.

„Gott“, flüsterte Mac, „wir fragen schon lange nicht mehr, warum bestimmte Dinge passieren. Wir wissen, dass unsere Zeit nur geliehen ist und wir zu dir gehören. Wir verstehen nicht, warum diese Dinge passieren. Es gefällt uns nicht, und es fällt uns schwer, das zu akzeptieren. Wir danken dir, dass Annie nicht leiden musste.“ An dieser Stelle brach seine Stimme und war kaum noch zu hören. „Wir beneiden sie, weil sie jetzt bei dir ist, aber wir vermissen sie bereits jetzt. Ein Teil von David, der nie mehr ersetzt werden kann, ist ihm entrissen worden. Wir vertrauen dir, glauben an dich und wollen dir dienen, solange du das zulässt. Wir bitten dich, dass du jetzt bei David bist und ihm hilfst, wieder gesund zu werden und dein Werk zu tun.“

Mac konnte nicht mehr weiterreden. Abdullah beendete das Gebet mit den Worten: „Wir bitten dich im Namen Jesu.“

„Danke“, sagte David und wandte sich wieder von ihnen ab. „Bitte geht noch nicht.“ Während er dalag, seine Freunde an seinem Bett, wurde ihm klar, dass es keine Beerdigung für Annie geben würde. Selbst wenn es eine gäbe, weil sie immerhin bei der Weltgemeinschaft angestellt gewesen war, würde er sich wie ein trauernder Vorgesetzter verhalten müssen, nicht wie ein trauernder Liebhaber. Wenn er gezwungen war, sich aus Neu-Babylon abzusetzen, sollte sie nicht mit hineingezogen werden, und er wollte auch nicht, dass alle, die sie kannte, in Verdacht gerieten.

Er hörte, wie der Vorhang wieder aufgezogen wurde. Hannah stellte die Schachtel unter das Kopfende des Bettes und Mac und Abdullah nahmen wieder auf ihren Stühlen Platz.

„Sie brauchen Schlaf“, bestimmte Hannah. „Soll ich Ihnen irgendetwas holen?“

Er schüttelte den Kopf. „Es tut mir leid, Hannah, aber ich muss sie wirklich sehen. Können Sie mich nicht von der Infusion abnehmen und hinbringen?"

Sie sah so aus, als wolle sie seine Bitte ablehnen, aber dann merkte er, dass sie eine Idee hatte. „Sind Sie sicher?", fragte sie.

„Absolut."

„Das wird nicht leicht."

„Was ist schon leicht?"

„Ich werde einen Rollstuhl holen und ziehe die Infusion hinterher."

Zeke trug seine übliche Kleidung, als Buck ihn den Mitgliedern der *Tribulation Force* im Versteck vorstellte. „Wenn der Boss zurückkommt, werden wir dich zu einem vollen Mitglied machen", sagte Buck. „Aber in der Zwischenzeit kannst du dir ein Zimmer aussuchen und dir holen, was du brauchst, um dich einzurichten und Teil der Familie zu werden."

„Auf jeden Fall", sagte Tsion und umarmte den jungen Mann. In seinen dicken schwarzen Motorradstiefeln, seiner schwarzen Jeans, dem schwarzen T-Shirt unter seiner schwarzen Lederweste war Zeke ein krasser Gegensatz zu dem Rabbi in seiner Kordhose und dem Sweatshirt. „Willkommen, und Gott segne dich."

Zeke verhielt sich unbeholfen und schüchtern. Während er allen die Hände schüttelte, starrte er auf den Boden und antwortete nur leise auf Fragen. Schon bald ging er auf Entdeckungsreise, packte seine Sachen aus, schob sich ein Bett zurecht und baute seine Sachen auf. Eine Stunde später kehrte er zum zentralen Begegnungsplatz in der Nähe der Aufzüge zurück. „Dieses Haus liegt wirklich in der Innenstadt."

„Buchstäblich", erwiderte Lea amüsiert lächelnd über den Jungen, der ihr Aussehen vollkommen verändert und ihr eine neue Identität verliehen hatte.

Zeke starrte sie an, und Buck hatte den Eindruck, dass er nicht wusste, was sie meinte, aber Angst hatte, es zuzugeben. Und um seine Verlegenheit zu überspielen und das Thema zu wechseln, holte Zeke aus seinen Taschen dicke Rollen mit

Zwanzigdollarnoten. Er knallte sie auf den Tisch. „Ich habe die Absicht, für meinen Unterhalt zu bezahlen“, sagte er. „Tut das hier in den Topf.“

„Du möchtest vielleicht lieber warten, bis es offiziell ist“, wandte Buck ein. „Rayford wird morgen Abend kommen und –“

„Ach, das ist schon in Ordnung. Betrachtet das als Schenkung, selbst wenn ich rausgeschmissen werde.“

„Das wird wohl nicht passieren“, meinte Chloe. Kenny Bruce schlief an ihrer Schulter.

„Oh Mann!“, rief Zeke leise, als er das Baby entdeckte. Er ging langsam auf Chloe zu und strich Kenny vorsichtig über den Rücken. „Darf ich?“

„Sicher“, erwiderte Chloe. „Sind deine Hände sauber?“

Zeke blieb stehen und drehte die Hände um. „Sie müssen sauber sein für die Arbeit, die ich tue. Ich darf die neuen Ausweise nicht verschmieren. Sie wirken schmutzig, weil ich an Motoren und Autos bastle, aber sie sind nur fleckig.“

Er kniete sich vor Chloe und legte seine Hand an Kennys Rücken. Seine Finger reichten beinahe von einer Schulter zur anderen. Leicht berührte Zeke das weiche Haar des Jungen.

„Setz dich, dann kannst du ihn besser halten“, meinte Chloe. Die anderen sahen zu. Vor allem amüsierte sich Buck über Chaim, dessen Augen sich mit Tränen füllten.

„Wollen Sie auch mal?“, flüsterte Buck.

„Es ist schon so lange her“, erwiderte Chaim. „Es wäre mir eine Ehre.“

Kenny schlief weiter, obwohl er von einem zum anderen herumgereicht wurde. Sogar Tsion nahm ihn. Er war der Letzte und gab Kenny schnell wieder an Chloe zurück, da seine Gefühle ihn zu überwältigen drohten. „Meine Kinder waren Teenager, als sie … als sie … aber die Erinnerungen …“

„Wir müssen einen Leichnam identifizieren“, erklärte Hannah Palemoon, während sie Davids Rollstuhl mit seinem Infusionsständer zu dem Empfangsschreibtisch in der Leichenhalle schob.

„Tragen Sie sich ein“, forderte eine gelangweilte ältere Frau.

„Vergessen Sie's", widersprach Hannah. „Das System ist schon mehrere Tage im Rückstand. Außerdem wird das sowieso niemand überprüfen."

Die Frau verzog das Gesicht. „Weniger Arbeit für mich", murmelte sie. „Ich bin bloß Ersatz."

Davids Herz klopfte zum Zerspringen, als Hannah ihn an den Reihen zahlloser Leichen vorbeischob. Diese lagen auf Pritschen, in Kühlfächern und mit Laken abgedeckt Schulter an Schulter auf dem Boden. „Sie ist doch nicht dabei, oder?"

„Im nächsten Raum um die Ecke."

Hannah blieb mit ihm vor dem Fußende eines abgedeckten Leichnams auf einem Bett stehen. Er atmete tief durch. Hannah hob das Laken von einem Fuß und spähte auf den an der Zehe befestigten Zettel, um sicherzugehen, dass sie vor dem richtigen Leichnam standen. „Sind Sie sicher, dass Sie sich das antun wollen?"

Er nickte, obwohl seine Überzeugung ins Wanken geriet.

Sie zeigte ihm den Zettel. Annies Name, Rang und Personalnummer standen darauf, außerdem ihr Geburtsdatum und der Todestag. Der Fuß war geschwollen und verfärbt, aber zweifellos war es einer von ihren. David nahm ihn in beide Hände und war von der kalten Steifheit entsetzt.

Der andere Fuß war vom Blitz getroffen worden. David zog langsam das Laken herunter. Er ignorierte Hannah, die sich räusperte und sagte: „Äh, David …"

Er zuckte zusammen, als er die Verletzung sah. Die Ferse war gespalten und der große Zeh zerstört. Er deckte ihren Fuß wieder ab und ließ den Kopf sinken. „Sind Sie sicher, dass sie nichts gespürt hat?"

„Ganz sicher."

„Fortunato hat die Macht bekommen, Feuer vom Himmel auf diejenigen herabkommen zu lassen, die das Standbild nicht anbeten."

„Ich weiß."

„Ich hätte auch getroffen werden können."

„Ich auch."

„Warum sie?"

Hannah antwortete nicht. David versuchte, sich zwischen den Betten zum anderen Ende des Leichnams zu rollen. Sein Infusionsschlauch war jedoch nicht lang genug.

„Lassen Sie mich das machen", sagte Hannah und schob ihn langsam weiter. Als er nach dem Laken griff, legte Hannah ihm die Hand auf den Arm. „Vielleicht sollten Sie sich nur das Gesicht ansehen", meinte sie. „Sie hat ein schweres Schädeltrauma erlitten."

Er zögerte.

„Und, David, aus irgendeinem Grund hat ihr niemand die Augen geschlossen. Ich habe es versucht, aber die Leichenstarre hat bereits eingesetzt ... na ja, das wird ein Leichenbeschauer tun müssen."

Er nickte keuchend. Sein Kopf schmerzte wie verrückt. Als er seine Atmung wieder unter Kontrolle bekam, hob David das Laken an und legte es ihr auf die Brust, wobei er darauf achtete, sie nicht anzusehen. Schließlich atmete er erneut durch und sein Blick wanderte zu ihrem Gesicht.

Einen Augenblick lang sah sie überhaupt nicht aus wie Annie. Ihre Augen waren auf irgendetwas eine Million Meilen entfernt gerichtet, ihr Gesicht aufgedunsen und rot. Verbrennungen an den Ohren und am Hals zeigten, wo ihre Halskette und die Ohrringe gewesen waren.

Er starrte sie so lange an, dass Hannah schließlich fragte: „Sind Sie in Ordnung?"

David schüttelte den Kopf. „Ich möchte aufstehen."

„Das sollten Sie nicht."

„Helfen Sie mir."

Sie schob den Infusionsständer um den Rollstuhl herum, sodass er neben ihm stand. „Sie können sich daran festhalten. Wenn der Raum anfängt, sich zu drehen, setzen Sie sich wieder hin."

„Anfängt?"

Sie stellte die Räder fest, legte eine Hand auf seinen Rücken und half ihm beim Aufstehen. Er stützte sich mit der linken Hand auf der Armlehne des Rollstuhls ab und zog sich mit der rechten Hand am Infusionsständer hoch. Als er endlich auf seinen wackeligen Beinen stand, gestützt von Hannah, legte David seine freie Hand an Annies Wange. Trotz der Kälte ihrer Haut stellte er sich vor, dass sie seine Liebkosung spüren konnte. Er beugte sich über sie, bis er über ihre Haarsträhnen hinwegsehen konnte. Dahinter entdeckte er ein großes rundes Loch, das ihr Gehirn freilegte.

David schüttelte den Kopf und setzte sich vorsichtig wieder hin. Er wollte gar nicht darüber nachdenken, welchen Schaden der Blitzschlag an ihren Organen angerichtet hatte. Er glaubte Hannah jetzt, dass Annie nichts gespürt hatte.

Hannah zog Davids Rollstuhl zurück und ließ ihn am Fußende des Bettes stehen. Er barg den Kopf in seinen Händen. Es kamen einfach keine Tränen mehr. Er hörte, wie Hannah das Laken vorsichtig zurechtlegte und Annie wieder bedeckte, so als wäre sie noch am Leben. Das war sehr nett und rücksichtsvoll.

Als sie ihn nach draußen schob, dankte er ihr flüsternd.

„Ich wünschte, ich hätte sie gekannt", sagte Hannah.

Rayford hatte Buck, Chloe und Tsion am Abend zuvor über die Ereignisse informiert, darum dachte er, als ihn das Klingeln des Telefons am Morgen weckte, es sei einer von ihnen. Er wollte sich melden, merkte jedoch, dass sein Handy gar nicht klingelte. Die Nummer des Motels hatte er niemandem gegeben, wer konnte ihn also anrufen? Der Portier? War vielleicht jemand hinter ihnen her? Sollte er sich als „Rayford Steele" oder als „Marvin Berry" melden?

Weder noch, entschied er. „Hallo?"

„Ray", meldete sich Hattie. „Ich bin es. Ich bin wach, angezogen, halb verhungert, und ich möchte weiter. Wie steht es mit Ihnen?"

Er stöhnte und sah zum anderen Bett hinüber. Albie schlief noch tief und fest. „Sie sind ein wenig zu schnell für mich", erwiderte er. „Ich schlafe noch, ich bin im Bett, ich habe keinen Hunger, und es hat keinen Zweck, so früh aufzubrechen, dass wir schon vor Einbruch der Dunkelheit in Kankakee sind. Wir können sowieso erst im Dunkeln zum Versteck fahren."

„Ach Rayford! Kommen Sie! Ich langweile mich. Und außerdem bin ich ja tot, wissen Sie nicht mehr? Ich brauche eine neue Identität, aber dank Ihrer Hilfe bin ich so frei wie seit Jahren nicht mehr! Wie wäre es mit einem Frühstück?"

„Wir sollten uns nicht in der Öffentlichkeit zeigen."

„Wollen Sie wirklich noch weiterschlafen?"

„Weiterschlafen? Ich bin gar nicht richtig wach geworden."

„Jetzt mal im Ernst."

„Nein, vermutlich werde ich nicht mehr einschlafen können. Irgendjemand im Nachbarzimmer schlägt da gegen die Wände."

Sie klopfte erneut. „Und ich werde weiterklopfen, bis ich beim Frühstück Gesellschaft bekomme."

„In Ordnung, totes Mädchen. Geben Sie mir 20 Minuten."

„Ich werde in 15 Minuten vor Ihrer Tür stehen."

„Dann werden Sie fünf Minuten warten müssen."

Als er wieder aus dem Bad kam, war Rayford froh, dass er durch das Duschen und Anziehen Albie nicht aufgeweckt hatte. Er sah zum Fenster hinaus, konnte aber niemanden entdecken. Durch das Guckloch in der Tür fiel sein Blick auf Hattie, die sich in der Sonne streckte. Erneut sah er durch den Vorhang. Das Gelände war verlassen.

Rayford kam zur Tür hinaus und Hattie sprang ihn beinahe an. „Lassen Sie mich sehen, lassen Sie mich sehen!", rief sie und starrte ihn an. „Ich kann Ihres sehen!", sagte sie. „Das bedeutet, Sie können auch meines sehen! Sehen Sie es?"

Seine Augen mussten sich noch an das helle Sonnenlicht gewöhnen, doch als sie ihn aus dem Schatten vor seiner Tür zog, traf es ihn wie ein Schlag. Seine Knie gaben nach und beinahe wäre er gestürzt. „Oh Hattie!", sagte er und streckte die Arme nach ihr aus. Sie sprang in seine Arme und drückte ihn so fest, dass er kaum noch Luft bekam.

„Sieht meines so aus wie Ihres?", fragte sie.

Er lachte. „Woher soll ich das wissen? Wir können unser eigenes Zeichen nicht sehen. Aber Ihres sieht genauso aus wie das der anderen. Wir sollten Albie unbedingt aufwecken."

„Hat er einen Schlafanzug an?"

„Sicher. Warum?"

„Dann lassen Sie es mich machen!"

Rayford schloss die Tür auf und Hattie stürmte hinein. „Albie, wachen Sie auf, Sie Schlafmütze!"

Er rührte sich nicht.

Sie setzte sich neben ihn auf das Bett und begann zu hüpfen. Er stöhnte.

„Kommen Sie, Albie! Der Tag ist noch jung!"

„Was?", fragte er und setzte sich auf. „Ist irgendwas nicht in Ordnung?"

„Nichts wird jemals wieder nicht in Ordnung sein!", erwiderte sie. Sie nahm sein Gesicht in die Hände und lenkte seinen Blick auf das ihre. „Ich will Ihnen nur mein Zeichen zeigen!"

9

Buck erwachte bei Tagesanbruch und drehte eine Runde, um nach allen zu sehen. Er lächelte über Zekes Reich und war dankbar, dass jeder einen Platz nur für sich hatte. Zeke hatte bis nach Mitternacht gearbeitet, die Möbel geschoben, seinen Computer und seine Werkstatt aufgebaut. Jetzt schnarchte er laut, doch als Buck ins Zimmer sah, lag Zeke neben seinem Bett auf dem Boden. *Jeder wie er will.*

Leas Tür war verschlossen. Sie hatte am Abend zuvor noch einen Anruf von Ming Toy bekommen, die ins „Buffer" zurückgekehrt war. Sie war außer sich, dass ihre Eltern in Neu-Babylon bleiben wollten, bis ihr Bruder eine Stellung bei der Weltgemeinschaft bekommen würde.

Nachdem Kenny im Bett war, hatte Chloe an ihrem Computer gearbeitet und die internationale Handelsgesellschaft koordiniert. Sie forderte die Zehntausenden von Mitgliedern auf, Tsions kommende Botschaft zu lesen, in der er darüber sprechen wollte, wie wichtig es war, bereit zu sein, wenn der Kauf-/Verkaufserlass in Kraft treten würde. Er würde auch Piloten bitten, kleine Flugzeuge und Fahrzeuge für eine Geheimmission nach Israel zu bringen.

Die anderen beiden Mitglieder der *Tribulation Force* waren wach und arbeiteten. Chaim saß über einem Stapel Bücher. Tsion hatte sie an bestimmten Stellen aufgeschlagen. Chaim sah mit funkelnden Augen auf, als Buck den Kopf zur Tür hineinsteckte. Chaim schien ihn trotz seiner eingeschränkten Sprechfähigkeit besser zu verstehen als die anderen.

„Miss Rose, der Rotschopf", sagte Chaim.

„Lea."

„Ja, sie ist ausgebildete Krankenschwester, wie Sie wissen."

Buck nickte.

„Sie hat mir gesagt, sie würde die Drähte entfernen, wenn ich bereit wäre. Nun, ich bin mehr als bereit. Ein Mann in meinem Alter kann nicht in so kurzer Zeit so viel Gewicht verlieren. Und außerdem möchte ich wieder deutlich sprechen können!"

„Wie geht es sonst?"

„Meinem Körper, meinen Sie? Ich bin ein alter Mann. Ich habe ein Flugzeugunglück überlebt. Warum sollte ich mich beklagen? Cameron, dieses Gebäude ist ein Geschenk von Gott! Welch ein Luxus! Wenn wir schon im Exil leben müssen, dann wenigstens hier. Und was der junge Tsion mir zu lesen gegeben hat, na ja ... ich nenne ihn jung, weil er früher mein Student war, aber das wissen Sie ja. Es gibt Zeiten, Cameron, in denen die Bibel für mich wie ein hässlicher Spiegel ist und mir immer wieder meine verkommene Seele vorhält. Doch dann freue ich mich über die Erlösung, *meine* Erlösung! Die Geschichte Gottes, die Geschichte seines Volkes, das alles wird vor meinen Augen lebendig."

„Haben Sie daran gedacht, etwas zu essen?"

„Ich esse nicht. Ich trinke. Ihh! Aber ja, danke, dass Sie gefragt haben. Ich trinke jetzt die Wahrheit Gottes."

„Machen Sie weiter."

„Oh, das werde ich! Übrigens hat Tsion nach Ihnen gesucht. Hat er Sie gefunden?"

„Nein. Ich bin gerade auf dem Weg zu ihm."

Buck stieg ein Stockwerk höher. Dr. Ben-Judah saß an seinem Computer und seine Finger flogen nur so über die Tasten. Buck wollte ihn nicht stören, doch der Rabbi hatte ihn scheinbar gehört. Ohne aufzusehen oder innezuhalten, sagte er: „Cameron, sind Sie das? Es gibt so viel zu tun. Ich werde den ganzen Tag beschäftigt sein, fürchte ich. So dunkel die Tage auch sind, meine Freude ist vollkommen. Die Prophezeiung erfüllt sich. Haben Sie gesehen, was Zeke für mich getan hat? Ein sehr kluger Junge!"

Buck blickte noch einmal genauer zu ihm hin. In Tsions Zimmer lief nicht mehr nur ein Hauptcomputer, auch zwei Laptops waren noch daran angeschlossen. „Jetzt muss ich nicht mehr zwischen den Programmen hin und her wechseln", freute sich Tsion. „Die verschiedenen Bibelübersetzungen auf dem einen, die Kommentare auf dem anderen. Und in der Mitte schreibe ich an mein Volk!"

„Sind Sie froh, dass Sie wieder mit ihm in Verbindung treten können?"

„Sie können sich gar nicht vorstellen, wie froh!"

„Ich möchte Sie nicht aufhalten."

„Nein, nein! Kommen Sie herein, Cameron. Ich brauche Sie." Tsion hielt inne und druckte die Seiten aus. Er drehte sich auf seinem Stuhl herum. „Setzen Sie sich doch bitte! Sie müssen heute als Erster meine Arbeit lesen."

„Ich fühle mich geehrt, aber –"

„Aber erzählen Sie mir zuerst, was es Neues von unseren Brüdern und Schwestern draußen gibt."

„Wir wissen wenig. Von David Hassid haben wir seit Carpathias Auferstehung noch nichts gehört außer über Rayford."

„Und was hat er Ihnen erzählt?"

„Nur, dass er und Albie Probleme hatten, ihn aufzutreiben. Er musste ihnen den Weg für ihren Plan ebnen, Hattie Durham aus den Händen der Weltgemeinschaft zu befreien. Anscheinend hat er ihre Nachrichten noch in der letzten Minute bekommen und die Mission konnte erfolgreich durchgeführt werden."

Tsion nickte. „Preis sei Gott", sagte er leise. „Dann kommt sie zu uns?"

„Heute Abend. Wir erwarten Ray, Albie und Hattie nach Einbruch der Dunkelheit."

„Ich werde beten, dass sie sicher hier ankommen. Und wir

müssen natürlich auch weiter für sie beten. Gott hat mir diese Frau besonders ans Herz gelegt."

Buck schüttelte den Kopf. „Mir auch, Tsion. Aber falls es jemals einen aussichtslosen Fall gegeben hat …"

„Einen aussichtslosen Fall? Cameron, Cameron! Sie und ich waren aussichtslose Fälle! Wir alle waren es. Wer war ein aussichtsloserer Kandidat als Chaim? Wie sehr haben wir ihn angefleht, doch wer hätte gedacht, dass er es schließlich begreifen würde? Ich bestimmt nicht. Geben Sie Miss Durham nicht auf."

„Oh, das habe ich nicht."

„Bei Gott sind alle Dinge möglich. Haben Sie sich den jungen Mann, den Sie gestern hergebracht haben, einmal näher angesehen?"

„Zeke? Oh ja."

„Er ist so fröhlich, so clever! Schüchtern und zurückhaltend! Und was für ein netter, sanfter Geist! Mit einer bewundernswerten dienenden Haltung! Und, oh, was für ein Verstand! Er würde die nächsten dreieinhalb Jahre brauchen, um eines von den vielen Büchern zu lesen, die Chaim morgen ausgelesen haben wird, und doch hat er auf dem technischen Gebiet ein riesiges Wissen, das ich mir im ganzen Leben nicht aneignen könnte."

Buck schlug sich mit den Händen auf die Oberschenkel und wollte sich erheben. „Ich möchte Sie nicht von der Arbeit abhalten."

„Oh, das tun Sie nicht! Mein Mund hält mich davon ab. Wenn Sie heute nicht zu beschäftigt sind, könnte ich Ihre Hilfe gebrauchen."

Buck setzte sich wieder und Tsion reichte ihm den Stapel Papier aus dem Drucker. „Ich muss noch einige Seiten schreiben, aber ich würde gern hören, was Sie davon halten. Ich möchte das nicht ins Netz eingeben, bis ich weiß, dass es richtig ist."

„Alles, was Sie schreiben, ist richtig, Tsion. Aber natürlich würde ich das gern als Erster lesen."

„Dann fangen Sie an! Ich werde versuchen, Ihnen immer einen Schritt voraus zu sein. Und wenn ich anfange, wieder zu reden, dann können Sie mich ruhig ermahnen."

Na, das wäre ja was, dachte Buck. Er strich das Papier glatt und begann zu lesen. Immer wieder druckte Tsion weitere Seiten aus, während Buck diese aus dem Drucker holte und sie las. Während des Lesens dankte er Gott für Tsion Ben-Judah und seinen unbeschreiblichen Verstand.

„An: Die Heiligen der Trübsalszeit, die in alle vier Enden der Welt verstreut sind, an alle, die an den einen wahren Gott und seinen unvergleichlichen Sohn, Jesus Christus, unseren Erlöser und Herrn, glauben
Von: Eurem Diener Tsion Ben-Judah, der von Gott mit der Verantwortung und dem unaussprechlichen Vorrecht betraut wurde, euch unter der Leitung seines Heiligen Geistes aus der Bibel zu lehren, dem alleinigen Wort Gottes
Datum: Beginn der Großen Trübsalszeit

Meine lieben Brüder und Schwestern,
wie so oft, wenn ich hier sitze und an euch schreibe, tue ich dies mit Freude, aber auch mit Kummer im Herzen. Verzeiht mir, dass ihr so lange auf meine neue Botschaft warten musstet. Ich möchte jedem danken, der sich nach meinem Wohlergehen erkundigt hat. Meine Gefährten und ich sind in Sicherheit und danken Gott für unsere neue Operationsbasis. Und ich möchte auch immer daran denken, Gott für das Wunder der Technologie zu danken, die es mir ermöglicht, mit euch überall auf der Welt in Verbindung zu treten.
Obwohl ich nur wenige von euch persönlich kenne und mich auf den Tag, entweder im Tausendjährigen Reich oder im Himmel, freue, an dem ich euch alle kennen lernen werde, habe ich doch das Gefühl, dass unsere Familienbande durch unseren regelmäßigen Austausch über die Reichtümer der Bibel über dieses Medium gewachsen sind. Vielen Dank für eure fortgesetzten Gebete für mich, damit ich meiner Berufung treu und gesund bleibe, um weiterzumachen, solange Gott mir Atem schenkt.
Ich bitte alle diejenigen unter euch, die sich bereit erklärt haben, meine Nachrichten in andere Sprachen zu übersetzen, sofort damit zu beginnen. Da ich mehrere Tage lang nicht an euch schreiben konnte, nehme ich an, dass diese Botschaft länger

wird als die bisherigen. Auch bitte ich die Verantwortlichen in den Gebieten, in denen es wenige Computer gibt und in denen diese Botschaft ausgedruckt verteilt wird, dafür Sorge zu tragen, dass jedes Wort so, wie es hier erscheint, gedruckt und kostenlos verteilt wird.

Ehre sei Gott für die Nachricht, dass wir schon lange mehr als eine Milliarde Leser haben. Wir wissen, dass es noch mehr Christen gibt, die keinen Computer zur Verfügung oder keinen Zugang zu diesen Worten haben. Und während das gegenwärtige Weltsystem die Existenz solcher Menschen leugnet, glauben wir fest daran. Viele kommen jeden Tag hinzu, und wir beten, dass ihr mehr und mehr von unserer Familie erzählt.

Gemeinsam haben wir so vieles durchgemacht. Ich sage dies ohne Prahlerei, sondern zur Ehre Gottes: Bei meinen Bemühungen, euch die Bibel richtig auszulegen, hat sich Gott immer und immer wieder als der Autor bewiesen. Seit Jahrhunderten haben Gelehrte über den Geheimnissen der prophetischen Bibelstellen gebrütet und früher gehörte auch ich dazu. Die Sprache schien unklar, die Botschaft tief und nicht fassbar, die Bedeutung scheinbar figurativ und symbolisch gemeint. Doch als ich mit offenem Herzen und Verstand mit der sorgfältigen Untersuchung dieser Stellen begann, war es, als würde Gott mir etwas zeigen, das meinen Intellekt befreite.

Mit meinem streng wissenschaftlichen Ansatz hatte ich herausgefunden, dass fast 30 Prozent der Bibel (Altes und Neues Testament) aus prophetischen Stellen bestehen. Ich konnte nicht verstehen, warum Gott diese seinem Wort hinzufügte, wenn er die Absicht gehabt hatte, dass wir sie nicht verstehen sollten.

Während die messianischen Prophezeiungen ausgesprochen verständlich waren und mich tatsächlich zu der Überzeugung gelangen ließen, dass Jesus sie erfüllt hatte, betete ich ernsthaft, Gott möge mir den Schlüssel für die anderen prophetischen Aussagen an die Hand geben. Dies tat er auf eine höchst ungewöhnliche Weise. Er machte mir klar, dass ich die Worte so wörtlich nehmen sollte wie alle anderen Worte der Bibel. Es sei denn, der Kontext und die Formulierungen ließen auf eine symbolische Bedeutung schließen.

Mit anderen Worten, ich hatte die Worte: ‚Liebe deinen Nächsten wie dich selbst' immer wörtlich genommen. Warum konnte ich nicht auch einen Vers wörtlich nehmen, in dem Johannes beschreibt, dass er ein fahles Pferd sieht? Sicher, mir war klar, dass das Pferd ein Symbol für irgendetwas war. Und doch stand in der Bibel, dass Johannes es gesehen hatte. Ich nahm dies und auch andere prophetische Aussagen wörtlich (mit Ausnahme von Ausdrücken wie zum Beispiel ‚wie' oder andere, die klar machten, dass sie symbolisch gemeint waren).

Meine lieben Freunde, die Bibel hat sich mir in einer Art und Weise geöffnet, wie ich es nie für möglich gehalten hätte. So habe ich herausgefunden, dass uns die sieben Siegelgerichte und Posaunengerichte bevorstanden, und so konnte ich auch erklären, wie sie aussehen würden, und sogar, in welchem Abstand sie kommen würden.

Und deshalb weiß ich auch, dass uns die sieben Zornesschalen noch bevorstehen und dass sie exponenziell schlimmer sein werden als die vorhergegangenen Gerichte. Daher weiß ich, dass diese Plagen und Versuchungen mehr sind als einfach nur Gerichte über eine Welt, die nicht an Gott glaubt. Daher weiß ich, dass diese ganze Periode in der Geschichte auch ein weiterer Beweis für die geduldige, liebevolle Freundlichkeit und das Erbarmen Gottes ist.

Liebe Freunde, wir sind um eine Ecke gebogen. Skeptiker – und ich weiß, dass viele von euch dann und wann auf diesen Seiten nachsehen, um zu erfahren, was wir Eiferer planen –, wir haben den Punkt der vornehmen Zurückhaltung überschritten. Bisher bin ich noch vorsichtig mit den Beherrschern dieser Welt umgegangen, wenn ich auch in Bezug auf die Bibel immer offen gewesen bin.

Doch das ist jetzt vorbei. Da sich jede Prophezeiung der Bibel erfüllt hat, nachdem der Führer dieser Welt Frieden gepredigt und ein Schwert geschmiedet hat, nachdem er durch das Schwert gestorben und, wie die Bibel vorhergesagt hat, von den Toten wieder auferstanden ist und seine rechte Hand mit ähnlicher böser Macht ausgestattet worden ist, kann es keinen Zweifel mehr geben:

Nicolai Carpathia, die so genannte Exzellenz und der Supreme Potentat der Weltgemeinschaft, ist sowohl antichristlich als auch der Antichrist höchstpersönlich. Und die Bibel sagt, dass Satan selbst im auferstandenen Antichrist wohnen wird. Leon Fortunato, der ein Bild des Antichristen aufstellen ließ und nun jeden unter Strafandrohung zwingt, dieses Bild anzubeten, ist der falsche Prophet des Antichristen. Wie in der Bibel vorhergesagt, hat er die Macht, dem Bild Sprache zu geben und Feuer vom Himmel zu rufen, um die Menschen zu vernichten, die sich weigern, dieses Bild anzubeten.

Und was kommt als Nächstes? Denkt über die eindeutige prophetische Aussage in Offenbarung, Kapitel 13, Verse 11 bis 18 nach: ‚Und ich sah: Ein anderes Tier stieg aus der Erde herauf. Es hatte zwei Hörner wie ein Lamm, Aber es redete wie ein Drache. Die ganze Macht des ersten Tieres übte es vor dessen Augen aus. Es brachte die Erde und dessen Bewohner dazu, das erste Tier anzubeten, dessen tödliche Wunde geheilt war. Es tat große Zeichen; sogar Feuer ließ es vor den Augen der Menschen vom Himmel auf die Erde fallen. Es verwirrte die Bewohner der Erde durch Wunderzeichen, die es im Auftrag des Tieres tat; es befahl den Bewohnern der Erde, ein Standbild zu errichten zu Ehren des Tieres, das mit dem Schwert erschlagen worden war und doch wieder zum Leben kam. Es wurde ihm Macht gegeben, dem Standbild des Tieres Lebensgeist zu verleihen, sodass es auch sprechen konnte und bewirkte, dass alle getötet wurden, die das Standbild des Tieres nicht anbeteten. Die Kleinen und Großen, die Reichen und Armen, die Freien und Sklaven, alle zwang es, an ihrer rechten Hand oder ihrer Stirn ein Kennzeichen anzubringen. Kaufen oder verkaufen konnte nur, wer das Kennzeichen trug: den Namen des Tieres oder die Zahl seines Namens. Hier braucht man Kenntnis! Wer Verstand hat, berechne den Zahlenwert des Tieres. Denn es ist die Zahl eines Menschennamens; seine Zahl ist sechshundertundsechsundsechzig.‘

Es wird nicht lange dauern, bis jeder gezwungen werden wird, seine Knie vor Carpathia oder seinem Bild zu beugen, seinen Namen oder seine Zahl auf der Stirn oder der rechten Hand zu tragen oder die Konsequenzen zu tragen.

Und was werden die Konsequenzen sein? Diejenigen von uns, die das Zeichen des Tieres, wie die Bibel es nennt, nicht tragen, werden nicht mehr legal kaufen und verkaufen können. Wenn wir uns öffentlich weigern, das Zeichen des Tieres anzunehmen, werden wir geköpft werden. Zwar wünsche ich mir nichts mehr, als die herrliche Wiederkehr meines Herrn und Retters Jesus Christus am Ende der Großen Trübsalszeit noch zu erleben (in weniger als dreieinhalb Jahren von jetzt an), doch welche größere Sache könnte es geben, für die es sich lohnt, sein Leben zu opfern?

Viele, Millionen von uns, werden dies tun müssen. Zwar ruft dies in uns den Selbsterhaltungstrieb wach, und wir haben Angst, dass wir in dieser Stunde vielleicht nicht den nötigen Mut, die nötige Loyalität und Treue haben werden, doch ich möchte euch beruhigen. Der Gott, der euch zu diesem letzten Opfer aufruft, wird euch auch die Kraft geben, das durchzustehen. Niemand kann das Zeichen des Tieres zufällig bekommen. Es ist eine unwiderrufliche Entscheidung, die euch zu einer Ewigkeit ohne Gott verurteilt.

Viele werden gezwungen sein, im Untergrund zu leben, sich gegenseitig über private Märkte zu unterstützen, doch einige werden auch gefasst, herausgepickt und öffentlich geköpft werden. Dies kann nur abgewendet werden, wenn ihr euch von Christus abwendet und das Zeichen des Tieres annehmt.

Wenn ihr bereits zu den Gläubigen gehört, werdet ihr euch nicht von Christus abwenden können. Dafür danke ich Gott. Wenn ihr unentschlossen seid und nicht der Masse folgen wollt, was werdet ihr tun, wenn ihr vor der Entscheidung steht, entweder das Zeichen anzunehmen oder euch enthaupten zu lassen? Ich flehe euch heute an zu glauben, eine Entscheidung für Christus zu treffen und euch unter den Schutz von oben zu stellen.

Wir treten nun in die blutigste Phase der Weltgeschichte ein. Diejenigen, die das Zeichen des Tieres annehmen, werden durch die Hand Gottes Strafe erleiden. Diejenigen, die sich weigern, werden für seine Sache den Märtyrertod sterben. Noch nie ist die Entscheidung so klar gewesen.

Gott selbst hat dieser dreieinhalbjährigen Periode einen Namen gegeben. Im Matthäus-Evangelium, Kapitel 24, Verse 21 bis 22 heißt es: ‚Denn es wird eine so große Not kommen, wie es noch nie eine gegeben hat, seit die Welt besteht, und wie es auch keine mehr geben wird. Und wenn jene Zeit nicht verkürzt würde, dann würde kein Mensch gerettet; doch um der Auserwählten willen [das sind wir, liebe Gläubigen] wird jene Zeit verkürzt werden.'
In der Geschichte Gottes mit den Menschen gibt es eine Phase, über die weniger berichtet wird, und doch wird in der Bibel dieser Zeit mehr Beachtung geschenkt als jeder anderen Phase, abgesehen vom Leben Jesu. Zwar sprechen die hebräischen Propheten von dieser Zeit als der ‚Rache unseres Gottes' für das Töten der Propheten und Heiligen über die Jahrhunderte hinweg, doch es ist auch eine Zeit der Gnade. Gott greift zu extremen Maßnahmen, um Männer und Frauen vor der Wiederkehr Christi auf diese Erde zu einer Entscheidung aufzurufen.
Obwohl dies zweifellos die schrecklichste Zeit in der Geschichte ist, betone ich immer wieder, dass es ein gnädiger Akt Gottes ist, so vielen Menschen die Gelegenheit zu geben, eine Entscheidung für Christus zu treffen. Wir Gläubigen sind die Armee Gottes und wir haben einen großen Auftrag und nur wenig Zeit. Ich hoffe, dass wir ihn mit Bereitschaft und Eifer erledigen und mit dem Mut, den nur er uns geben kann. Es gibt zahllose verlorene Seelen, die Errettung brauchen, und wir haben „Die Wahrheit".
Es mag vielleicht schwerfallen, Gottes Erbarmen zu erkennen, wo sein Zorn so groß ist. Wehe all denen, die der Lüge glauben, Gott sei nur ‚Liebe'. Ja, er ist Liebe. Und dass er Jesus als Opfer für unsere Fehlverhalten gegeben hat, ist der größte Beweis dafür. Aber in der Bibel steht auch, dass Gott ‚heilig, heilig, heilig' ist. Er ist gerecht und ein Gott der Gerechtigkeit, und es liegt nicht in seinem Wesen, dass er Sünde ungestraft oder ungesühnt lässt.
Wir alle stehen in einem großen, weltweiten Kampf gegen Satan selbst um die Seelen der Menschen. Glaubt nicht, dass ich leichten Herzens mit dieser Wahrheit an die vorderste Front

trete und die Macht des Bösen nicht verstehe. Aber ich habe meinen Glauben und mein Vertrauen auf den Gott gesetzt, der hoch über dem Himmel thront, den Gott, der über allen anderen Göttern steht, dem keiner gleicht.

In der Bibel wird deutlich, dass ihr sowohl den Propheten als auch die Prophezeiung überprüfen könnt. Ich erhebe nicht den Anspruch, ein Prophet zu sein, aber ich glaube an die Prophezeiungen. Wenn sie nicht wahr sind und sich nicht erfüllen, dann bin ich ein Lügner, und die Bibel ist ein großer Unfug und wir alle stehen vollkommen ohne Hoffnung da. Aber wenn die Bibel wahr ist, dann wird als Nächstes die zeremonielle Entweihung des Tempels in Jerusalem durch den Antichristen kommen. Diese Vorhersage haben Daniel, Jesus, Paulus und Johannes gemacht.

Meine jüdischen Brüder und Schwestern werden sich vor Entsetzen krümmen, wenn sie erfahren, dass zu dieser Entweihung die Opferung eines Schweins auf dem heiligen Altar gehören wird. Auch wird man dort Gott lästern, Flüche und herabsetzende Aussagen werden über Gott und den Messias gemacht und seine Auferstehung wird geleugnet werden.

Wenn ihr Juden seid und euch noch nicht davon habt überzeugen lassen, dass Jesus von Nazareth der Messias ist, und wenn ihr euch von den Lügen Nicolai Carpathias habt täuschen lassen, werdet ihr vielleicht eure Meinung ändern, wenn er seinen Bund mit Israel bricht und seine Garantie für die Sicherheit des Landes zurückzieht.

Aber er wird keine Präferenzen zeigen. Er wird nicht nur die Juden schmähen, sondern gleichzeitig auch Menschen, die an Christus glauben, ermorden.

Wenn dies nicht eintritt, könnt ihr mich als einen Ketzer oder Verrückten bezeichnen und an anderer Stelle als in der Heiligen Schrift nach Hoffnung suchen.

Vielen Dank für eure Geduld und für das Vorrecht, wieder mit euch in Kontakt treten zu können. Ich möchte mich jedoch heute nicht von euch verabschieden, ohne euch einen Hoffnungsschimmer mitzugeben. In meiner nächsten Botschaft werde ich auf den Unterschied zwischen dem Buch des Lebens

und dem Lebensbuch des Lammes eingehen und was diese beiden für euch und mich bedeuten. Bis dahin seid versichert, dass euer Name im Lebensbuch des Lammes vermerkt ist, wenn ihr eure Hoffnung und euer Vertrauen auf Jesus Christus gesetzt und bei ihm Vergebung der Sünden erfahren habt.
Und dieser Name kann nicht mehr ausgestrichen werden.
Bis wir uns wiedersehen, segne ich euch im Namen Christi. Möge er euch segnen und erhalten und sein Angesicht über euch leuchten lassen und möge er euch seinen Frieden geben.

Als Buck mit feuchten Augen aufsah, war er erstaunt, dass Tsion, ohne dass er es bemerkt hatte, aus dem Zimmer geschlüpft war. Obwohl die Botschaft des Rabbi so lang war, wusste Buck, dass seine Leser an jedem Wort hängen würden, wenn sie genauso nach der Wahrheit dürsteten wie er. Und was war wohl der Unterschied zwischen dem Buch des Lebens und dem des Lammes? Er hatte noch nie davon gehört und konnte es kaum erwarten, mehr darüber zu erfahren.

Er stand auf und streckte sich. Die Seiten hielt er noch immer in der Hand. Als er ging, entdeckte er eine Notiz an der Tür. „Cameron, für Verbesserungsvorschläge bin ich dankbar. Wenn Sie den Text für akzeptabel halten, schicken Sie ihn einfach ins Internet los."

Das mochte eine Kleinigkeit sein, eine kleine Handreichung, doch Buck empfand dies als eine große Ehre. Er eilte zu Tsions Computer, schob die schnurlose Maus, um den Bildschirmschoner auszuschalten, und mit großem Genuss drückte er die Taste, durch die Tsions Worte an eine weltweite Leserschaft gehen würden.

Rayford bot an, Albie abzulösen und das Flugzeug nach Palwaukee zurückzufliegen. Sein Freund hatte den größten Teil des „Fliegens und Lügens" übernommen, wie sie es nannten, und beides konnte sehr anstrengend sein. Den Feind zu täuschen war eine ausgesprochen schwierige Aufgabe, und bis David Hassid Rayford eine gefälschte Identität samt Rang und Uniform verschaffen würde, lag die Verantwortung bei Albie.

Es war auch ganz gut, dass Rayford für den Rückflug zuständig war, da Hattie ihm sonst während des Fluges keine ruhige Minute gelassen hätte, wenn er sich ihr hätte widmen können. Das meiste konnte er mit halbem Ohr mithören, aber er war froh, dass er mit dem Fliegen beschäftigt war und nicht auch noch Blickkontakt mit ihr halten musste.

Er freute sich unsagbar für sie und konnte es kaum erwarten, die Gesichter der anderen zu sehen. Er freute sich auch für diese. Mehr als einmal hatten er und die anderen die Hoffnung aufgegeben, dass Hattie jemals zum Glauben finden würde.

Albie war noch zu neu im Glauben, um ihr eine große Hilfe zu sein, aber sie bat ihn wieder und wieder, ihr von dem Hunger nach der Bibel zu erzählen, den Gott ihm geschenkt hatte.

„Ich weiß nicht, ob ich das auch schon habe", gestand sie, „aber ich bin auf jeden Fall neugierig. Haben Sie eine Bibel, in der ich lesen kann?"

Rayfords war irgendwo im Versteck noch verpackt, und Albie sagte, er besitze keine. Doch dann fiel ihm etwas ein. „Ich habe ja eine auf meinem Computer!"

„Oh gut", freute sie sich, bis sie den Laptop hochfuhr und feststellen musste, dass diese in seiner Muttersprache geschrieben war. „Also, wenn ich *das* verstehen würde, das wäre wirklich ein Wunder!" Er versuchte, sie über ein Übersetzungsprogramm laufen zu lassen, aber es gelang ihm nicht.

„Dann haben Sie jetzt etwas, auf das Sie sich heute Abend freuen können", meinte er.

„Unter anderem. Wissen Sie, Albie, einigen dieser Leute schulde ich eine fette Entschuldigung."

„Tatsächlich?"

„Oh ja. Ich weiß kaum, wo ich anfangen soll. Wenn Sie wüssten!"

„Es gab eine Zeit", sagte er, „in der ich sehr neugierig gewesen wäre. Captain Steele kann bestätigen, dass ein Schwarzmarkthändler chronisch neugierig ist. Wir sind ruhig und sagen nicht viel, aber wir hören nur allzu gern zu. Doch wissen Sie, ich möchte lieber nicht hören, was Sie den Menschen angetan haben, die Sie so sehr lieben."

„Ich möchte auch lieber nicht mehr drüber sprechen."

„Sie können nur hoffen, dass Ihre neuen Brüder und Schwestern das auch nicht wollen. Ein kluger Mann hat mir einmal gesagt, Entschuldigungen müssten spezifisch sein, doch nun, da ich Christ bin, weiß ich nicht, ob ich mit dieser Aussage übereinstimme. Wenn Ihre Freunde merken, dass es Ihnen leidtut, sehr leidtut, und dass Ihre Entschuldigung ernst gemeint ist, dann denke ich schon, dass sie Ihnen vergeben werden."

„Ohne, dass ich alles noch einmal durchgehe, was ich getan habe?"

Albie legte den Kopf zur Seite und schien nachzudenken. „Das scheint mir keine Reaktion eines wiedergeborenen Christen zu sein, wie Dr. Ben-Judah so schön sagt. Oder doch?"

Sie schüttelte den Kopf. „Das wäre, als würde man Salz in die Wunden reiben."

Rayfords Telefon läutete. Er meldete sich. Der Anruf kam aus Colorado.

„Ah, Mr Berry?" Es war die unverwechselbare Stimme von Steve Plank.

„Ja, am Apparat."

„Haben Sie der lieben Verstorbenen gegenüber meine Anonymität gewahrt?"

„Allerdings, Mr Stephens. Ich nehme an, dass wir über eine sichere Leitung sprechen?"

„So ist es."

„Dann freue ich mich, Ihnen mitteilen zu können, dass sie sowohl körperlich als auch geistlich von den Toten auferstanden ist."

Stille.

„Haben Sie das verstanden, Pinkerton?"

„Ich bin sprachlos. Im Ernst?"

„Roger."

„Wow! Aber ich denke, Sie behalten meine wahre Identität trotzdem besser für sich, aber heißen Sie sie in meinem Namen ganz herzlich in der Familie willkommen."

„Das werde ich."

„Ich habe auch gute Neuigkeiten für Sie. Ich habe den Unglücksfall in meiner Arrestzelle nach Neu-Babylon gemeldet und bekam die Anweisung, den Leichnam zu begraben und die nötigen Berichte zu schicken. Ich fragte, wo ich den Leichnam begraben sollte, und die Antwort lautete, das sei ihnen egal. Ich schätze, sie haben überall mehr als genügend Leichen zu begraben, darum haben wir mit der hier Glück."

„Erkennen Sie die Ironie der Angelegenheit, Pinkerton?"

„Nein."

„Die Weltgemeinschaft hat schon einmal so getan, als wäre sie tot."

„Daran kann ich mich noch gut erinnern. Sie muss die Frau mit den neun Leben sein."

„Na ja, auf jeden Fall drei. Und jetzt hat sie alles, was sie braucht."

„Amen und roger. Bleiben Sie in Verbindung."

Als sie den Luftraum über Kankakee erreichten, setzte sich Albie über Funk mit dem Tower in Verbindung. Er stellte sich als Commander Elbaz vor und bat um die Erlaubnis, einen Leichnam in seinen Hubschrauber laden zu dürfen, zur „angemessenen Entsorgung", wie er sich ausdrückte.

„Wir haben aber kein Personal zur Verfügung, das Ihnen dabei helfen könnte."

„Das ist schon in Ordnung. Wir kennen die Todesursache nicht genau und wissen auch nicht, ob Ansteckungsgefahr besteht."

„Also nur Sie, Mr Berry und der Leichnam?"

„Roger, und der Papierkram ist mit International erledigt worden."

„Sie haben Landeerlaubnis. Ach, einen Augenblick noch, Commander. Ich werde gerade daran erinnert, dass aus Neu-Babylon eine Ladung für Sie angekommen ist."

„Eine Ladung?"

„Sie ist als ‚Vertraulich' und ‚Streng geheim' gekennzeichnet. Etwa eine halbe Palette. Ich würde sagen, 200 Pfund."

„Kann die Ladung zum Hubschrauber gebracht werden?"

„Wir werden sehen, was wir tun können. Sollen wir den Hubschrauber für Sie beladen, falls wir einen freien Mann und einen Gabelstapler haben?"

„Das wäre sehr nett."

Eine halbe Stunde später trugen Rayford und Albie Hattie zum Hubschrauber. Sie war mit einem Laken abgedeckt und flüsterte: „Jemand in der Nähe?"

„Nein, aber seien Sie still", mahnte Rayford.

„Ich brauche eine neue Identität. Das ist wirklich alles so seltsam."

„Halten Sie den Mund oder ich lasse Sie fallen", warnte Albie.

„Das würden Sie nicht tun."

Er tat so, als würde er sein Ende der Bahre fallen lassen, und sie schrie auf. „Ihr zwei werdet uns noch verraten", schimpfte Rayford.

Nachdem die Männer sie in den Hubschrauber geladen hatten, ermahnte Rayford Hattie, außer Sichtweite zu bleiben, bis sie in der Luft waren. Da er den Weg kannte und Albie noch keine Landung in einem ausgebombten Wolkenkratzer gemacht hatte, setzte er sich wieder an den Steuerknüppel.

Bevor Rayford abhob, drehte sich Albie um und griff über die versteckte Hattie hinweg nach der Ladung. Er löste die Verpackung und fand jede Menge schwarze Sprühfarbe. Während er an der Verpackung herumhantierte, erkundigte sich Hattie: „Was um alles in der Welt tun Sie da?"

„Ich räume nur die Falltür frei, damit Rayford Sie abwerfen kann, wenn Sie sich nicht benehmen."

Einen Tag nach den dramatischen Ereignissen in Neu-Babylon fühlte sich David gesund genug, das Krankenhaus zu verlassen. Hannah kam, um seinen Verband zu wechseln.

„Wie geht es uns denn?", fragte sie und sah ihm in die Augen.

„Krankenschwestern benutzen wohl immer das kollektive *wir*?"

„Darin haben wir Übung."

„Körperlich fühle ich mich um einhundert Prozent besser."

„Sie sollten es aber noch vorsichtig angehen lassen."

„Ich habe einen Schreibtischjob, Hannah."

„Sie haben aber auch Tausende von Dingen zu tun. Also, mäßigen Sie sich."

„Ich habe sowieso keine Lust, irgendetwas zu tun."

„Tun Sie es für Annie."

„Touché!"

Nachdem sie den Verband angelegt hatte, legte Hannah ihre Hände sanft auf seine Ohren. „Ich wollte nicht gemein sein, David. Ich habe es ernst gemeint. Ich weiß, dass Ihr Herz gebrochen ist. Aber wenn Sie darauf warten, dass dieser Schmerz verschwindet, bevor Sie in Angriff nehmen, was Sie zu tun haben, dann werden Sie es nie schaffen."

Er nickte traurig.

„Sie werden wieder in Ordnung kommen, David", versicherte sie ihm. „Das klingt jetzt vielleicht abgedroschen, aber ich kenne Sie ein bisschen, und deswegen bin ich sicher."

Er war gar nicht so sicher, aber sie wollte ihm ja nur helfen.

„Ich habe nachgedacht", fügte sie hinzu.

Oh-oh. „Ich bin froh, dass wenigstens einer dazu in der Lage ist."

„Schon als ich noch in der Highschool als Tierarzthelferin gearbeitet habe, wollte ich Krankenschwester werden."

Er zog die Augenbrauen in die Höhe. „Ich warte auf einen Scherz über meinen Zustand als Patient."

„Keine Scherze. Nun, unsere Praxis bot die Injektion von Biochips bei Haustieren an, damit sie jederzeit wieder aufgespürt und identifiziert werden konnten."

„Ach, tatsächlich?"

„Sagten Sie nicht, dass die Weltgemeinschaft genau das bei allen Menschen vorhat?"

Er nickte.

„Und ich bin sozusagen Expertin darin, jetzt wissen Sie es."

„Ich schätze, ich bin noch zu sehr von den Medikamenten benebelt, Hannah. Auf was wollen Sie hinaus?"

„Wenn ich mich nicht irre, werden Leute gebraucht, die diese Aufgabe übernehmen, und überall werden Experten hingeschickt, um diese Arbeit zu überwachen, nicht wahr?"

Er zuckte die Achseln. „Vermutlich. Und? Das scheint ein Bombenjob zu sein, ein guter Weg, die Welt kennen zu lernen. Soll ich Sie empfehlen?"

Sie seufzte. „Wenn Sie nicht verletzt wären, würde ich Ihnen jetzt eine runterhauen. Kommen Sie, vertrauen Sie mir doch. Denken Sie etwa, ich wollte den Leuten beibringen, wie man das Zeichen des Tieres verteilt? Oder ich wollte dabei zusehen? Ich suche einen Weg, wie wir von hier verschwinden können, ohne dass es allzu offensichtlich ist, dass wir abgehauen sind. Oder wollen Sie auf Carpathias Liste der zehn meistgesuchten Leute?"

„Nein."

„Nein, und darum werden Sie mit Viv Ivins sprechen und die Dienste Ihrer Piloten anbieten. Sie werden ihr erzählen, dass Sie sogar eine Krankenschwester kennen, die sich auf diesem Gebiet auskennt. Sorgen Sie dafür, dass wir irgendwohin geschickt werden, wo der Ball ins Rollen kommt. Egal, wohin. Sie sind der clevere Kopf. Das war nur so eine Idee."

„Nein, machen Sie ruhig weiter. Es tut mir leid. Aber jetzt höre ich zu."

„Sie sorgen dafür, dass wir alle ins selbe Flugzeug kommen, vielleicht in ein großes, teures, denn je größer die Lüge, desto mehr Menschen werden sie glauben. Sie lassen es irgendwo abstürzen, vielleicht mitten auf dem Meer, wo dann nur noch unser Tod bestätigt werden kann. Wir kriechen bei Ihren Freunden unter und müssen nicht ständig über die Schulter sehen, ob die Weltgemeinschaft hinter uns her ist."

„Das gefällt mir."

„Und das sagen Sie nicht einfach so?"

„Auf keinen Fall. Das ist ein Geniestreich."

„Na ja, war nur so ein Gedanke."

„Ein großartiger Gedanke. Ich werde mit Mac und Abdullah darüber sprechen. Sie sind Fachleute darin, die Löcher in einem Plan zu erkennen und –"

„Das habe ich bereits. Ihnen hat er auch gefallen."

„Bleibt für mich noch etwas zu tun oder können Sie alle im Palast gesund erhalten und zusammennähen und meinen Job auch noch übernehmen?"

Sie biss sich auf die Lippen. „Ich wollte nur helfen."

„Das haben Sie auch."

„Aber wir beide wissen, dass ich Ihre Arbeit nicht übernehmen kann. Niemand kann das. Darum habe ich das ehrlich gemeint, als ich sagte, Sie sollten sich trotz Ihrer Trauer um Annie in die Arbeit stürzen und es für Annie tun. Nur so können wir etwas bewirken. Mac hat mir erzählt, dass die ‚Tribulation Force' Sie nach Dr. Ben-Judah als ihren wichtigsten Mann betrachtet."

„Ach, kommen Sie."

„David! Denken Sie darüber nach. Sehen Sie doch nur, was Sie hier bewirkt haben. Unsere Flucht kann klappen, wenn Sie alles richtig in die Wege leiten."

Als das Telefon läutete, nahm Buck an, es sei Rayford, der ihm sagen wollte, dass er, Albie und Hattie bald kommen würden. Aber es war Mac McCullum.

„Hey Mac!", rief er und hielt die Hand hoch, um die anderen zum Schweigen zu bringen. Buck musste sich setzen, als er die Nachricht hörte. „Oh nein. Nein. Das ist schrecklich … Oh Mann … wie geht es ihm? … Sagen Sie ihm, dass wir an ihn denken, ja?" Buck konnte die Tränen kaum zurückhalten. „Vielen Dank, dass Sie uns Bescheid gesagt haben, Mac."

Chloe eilte zu ihm hin. „Was ist los, Buck? Was ist passiert?"

10

Entschuldigen Sie, Rayford", sagte Hattie und legte ihm die Hand auf die Schulter, während er den Hubschrauber über Chicago auf das Strong-Gebäude zusteuerte. Albie döste.

Rayford zog einen der Kopfhörer herunter, damit er sie verstehen konnte. Sie ließ die Hände auf die Lehne seines Sitzes gleiten. „Ich habe Angst, wie ich wohl empfangen werde."

„Machen Sie Witze? Ich kenne mindestens drei Menschen, die überglücklich sein werden!"

„Ich habe mich so schrecklich benommen."

„Das war vorher."

„Aber ich sollte mich entschuldigen. Ich weiß nicht einmal, wo ich bei Ihnen beginnen soll. Dass ich dieses Gerücht über Amanda ausgestreut und in Ihnen allen Misstrauen gegen sie geweckt habe."

„Aber das haben Sie doch zugegeben, Hattie."

„Ich kann mich nicht erinnern, mich entschuldigt zu haben. Das erscheint mir so wenig im Vergleich zu dem, was ich getan habe."

„Ich kann nicht sagen, dass es für mich keine schreckliche Zeit gewesen wäre", meinte er. „Aber wir wollen nicht mehr dran denken."

„Das können Sie?"

„Nicht aus eigener Kraft."

„Chloe hat richtig die Geduld mit mir verloren."

„Mit mir auch, Hattie. Und ich hatte es verdient."

„Sie hat Ihnen vergeben?"

„Natürlich. Liebe verzeiht alles."

Hattie schwieg, aber Rayford spürte den Druck auf seiner Rückenlehne. „Liebe verzeiht alles", wiederholte sie, als müsse sie darüber nachdenken.

„Das ist ein Vers aus der Bibel, wissen Sie. Aus dem ersten Korinther-Brief, Kapitel 13."

„Das wusste ich nicht", sagte sie. „Aber ich hoffe, dass ich schnell lerne."

„Möchten Sie noch einen Vers hören? Ich sage ihn aus der Erinnerung auf, aber es gibt einen Vers im Neuen Testament, mehr als einen, denke ich, in dem Jesus zitiert wird. Er sagt darin, dass Gott uns vergeben wird, wenn wir anderen vergeben, und dass Gott uns nicht vergeben wird, wenn wir anderen nicht vergeben."

Hattie lachte. „Da stecken wir aber ganz schön in der Klemme, oder? Als ob wir die Wahl hätten!"

„Ja, allerdings."

„Denken Sie, ich sollte den Vers suchen und auswendig lernen, damit ich ihn zitieren kann, wenn wir dort ankommen? Ihnen sagen, dass sie mir besser vergeben, wenn sie wissen, was gut für sie ist?"

Rayford drehte sich um und zog die Augenbrauen hoch.

„Ich mache doch nur Spaß", beeilte sie sich zu sagen. „Aber, äh, denken Sie, die anderen kennen diesen Vers?"

„Sie können darauf wetten, dass Tsion ihn kennt. Vermutlich in einem Dutzend Sprachen."

Sie schwieg eine Weile. Rayford deutete auf das Strong-Gebäude, das in der Ferne zu sehen war, und stieß Albie leicht in die Seite. „Das wollen Sie sich vielleicht ansehen, mein Freund."

„Ich bin nervös", gestand Hattie. „Ich war ganz aufgedreht, aber jetzt weiß ich nicht so recht."

„Vertrauen Sie den anderen doch", beruhigte Rayford sie. „Sie werden schon sehen."

Er wählte Bucks Nummer und reichte Hattie das Telefon. „Sagen Sie Buck, dass wir im Anmarsch sind."

Buck hatte Chloe die Neuigkeiten über Annie erzählt, dann holten sie alle anderen zusammen, um die Nachricht weiterzugeben. Natürlich hatte keiner von ihnen Annie kennen gelernt, aber Tsion, Buck, Chloe und Lea hatten so viel mit David zu tun gehabt, dass sie den Eindruck hatten, Annie zu kennen. Chaim und Zeke wurden über alles informiert; dann beteten sie für David, Mac und Abdullah. Zeke fragte, ob sie nicht auch für seinen Vater beten wollten.

„Ich weiß zwar nicht, wohin sie ihn gebracht haben, aber ich kenne Dad und weiß, dass er nicht kooperieren wird."

„David sagt, sie würden das Zeichen zuerst bei Gefangenen ausprobieren", erklärte Buck.

„Dad würde lieber sterben."

„Das könnte der Preis sein."

„Zehn zu eins, er würde eine Reihe von Leuten mitnehmen", sagte Zeke.

Bucks Telefon klingelte, und er war froh, dass Chloe danach griff.

„Hattie?", fragte sie. „Wo seid ihr? ... So nah? Dann sehen wir uns gleich. ... Ja, wir haben gehört, dass Dad und Albie einen, äh, Freund gefunden haben. Sie sollten dankbar sein für die Zeit und Mühe, die sie sich gemacht haben – na ja, ich weiß nicht, ob Ihnen klar ist, wie riskant das gewesen ist. Und dass Dad und Albie ihre Zeit und ein Flugzeug dafür eingesetzt haben, ich meine, nicht, dass Sie das verdient hätten. Ich will nicht gemein sein, ich sage nur … treiben Sie keine Spielchen mit mir, Hattie. Wir haben schon viel zu viel zusammen durchgemacht. Soweit wir wissen, liegt unser erstes Versteck mittlerweile in Schutt und Asche, weil – ja, wir sollten darüber sprechen, wenn Sie hier sind … Natürlich mag ich Sie noch, aber Sie könnten feststellen, dass nicht alle von uns so weichherzig sind wie mein Vater. Mittlerweile leben viel mehr Menschen zusammen. Selbst in einem so großen Haus ist das Zusammenleben nicht immer einfach, vor allem, wenn die Leute die Angewohnheit haben, *ihre* Bedürfnisse an die erste Stelle zu setzen – okay, ist ja schon gut. Wir sehen uns gleich."

Hattie klappte das Telefon zu und drückte es Rayford in die Hand. „Ich nehme an, das war nicht Buck", bemerkte er trocken.

„Sie hasst mich!", rief Hattie. „Das ist keine gute Idee. Sie hätten mich dalassen sollen. Ich wäre ins ‚Buffer' zurückgebracht worden. Vielleicht hätte ich nicht lange überlebt, aber wenigstens wäre ich jetzt im Himmel."

„Hätten wir zulassen sollen, dass Sie sich selbst umbringen? Und wo wären Sie dann?"

„Chloe klang nicht so, als würde sie mir verzeihen. Ach, ich kann ihr das nicht übel nehmen. Ich habe es verdient."

Rayford spürte, wie Hattie sich zurücklehnte. Sie murmelte etwas vor sich hin.

„Ich kann Sie nicht verstehen", sagte er, während er den Wolkenkratzer ansteuerte.

„Ich sagte, sie hat vermutlich nur gesagt, was ich auch gesagt hätte, wenn die Rollen vertauscht gewesen wären."

Hannah Palemoon hatte Davids Wunde anders verbunden als bisher, mit einem eng sitzenden Verband über dem geschorenen Teil seines Kopfes, der die Haare nicht berührte. Er trug dazu bei, dass die Stiche schnell verheilten, erklärte sie ihm, und der Verband ging wenigstens nicht mehr über seine Ohren. Er fühlte sich beinahe normal, abgesehen von den Schmerzen, die er noch hatte, und dem Jucken, das er, wie er wusste, ignorieren musste. Er konnte nichts anderes tun, als an den Rändern des Verbands sanft zu drücken, denn die Fäden würden erst in ein paar Tagen gezogen werden, und bis dahin musste er vorsichtig sein.

Dennoch konnte er seine Uniformkappe wieder tragen. Er ging in sein Zimmer, um eine frische Uniform anzuziehen. Als er in den Spiegel blickte, erkannte er, wie fremd er sich selbst war. Seine jugendlichen Gesichtszüge und seine dunkle Erscheinung passten gut zu der hervorragend sitzenden Uniform, die ihn als einen Angehörigen der oberen Führungsebene der Weltgemeinschaft auswies. Doch als er sein Gesicht betrachtete, fragte er sich, ob einer der Nazis, die er in Geschichtsbüchern gesehen hatte, das Hakenkreuz so gehasst hatte, wie er die Insignien der Weltgemeinschaft hasste. Wie gern hätte er das alles aufgegeben. Aber nun würde es nicht mehr lange dauern.

Die Hand auf dem Türgriff, blieb er stehen. Obwohl es ihm besser ging, fühlte er sich noch sehr erschöpft. Nur zu gern hätte er sich auf dem Bett ausgestreckt und sich zwölf Stunden lang nicht mehr gerührt. Er würde einfach liegen bleiben und sich seinem Schmerz hingeben, die nagende Leere empfinden. David fand Trost in Hannahs Versicherung, dass Annie sicherlich nicht auch nur eine Sekunde lang gelitten hatte. Aber warum konnte dieser Blitz, der ihr Nervensystem durchschlagen und ihre Organe verbrannt hatte, nicht auch die Sehnsucht in ihm zerstören, die sie nun nie erfüllen würde?

Er neigte den Kopf und betete um Kraft. Wenn er noch zwei Monate Zeit hätte, hätte er sich vielleicht den Luxus gönnen können, sich noch einen oder zwei Tage zu nehmen, damit der schlimmste Schmerz abklingen konnte. Aber selbst die ihm zur Verfügung stehende Zeit reichte nicht aus für alles, was er noch zu tun hatte. *Für Annie,* sagte er sich, als er sich auf den Weg zu seinem Büro machte. Und er würde sich alle paar Minuten daran erinnern, um die Kraft zum Weitermachen zu finden.

Auf dem Weg zu seinem Büro begegnete er Viv Ivins. „Ich

muss Sie sprechen", sagte sie mit ihrer rauen Stimme mit dem rumänischen Akzent. „In meinem Büro oder in Ihrem?"

Er war so froh, dass sie das Gespräch nicht mit dem vorgeschriebenen Gruß: „Er ist auferstanden" begonnen hatte. Er, Mac, Abdullah und Hannah hatten beschlossen, sie würden zwar den Gruß erwidern mit den Worten: „Er ist wahrhaftig auferstanden", doch sie würden diese Worte auf Christus beziehen. Vielleicht hatte Viv diese Formalität außer Acht gelassen, weil sie im Grunde außerhalb der Hierarchie stand. Sie trug nicht einmal eine Uniform, obwohl ihre dunklen Kostüme eigentlich schon eine Uniform waren. Sie trug immer bequeme Schuhe und ihre blaugrauen Haare waren wie ein Helm hochgesteckt.

Dass sie David die Wahl des Besprechungsortes überließ, war ungewöhnlich. Alle wussten, dass Miss Ivins zwar keinen offiziellen Titel hatte, für den Weltregenten jedoch beinahe wie eine Tante war. Soweit man wusste, war sie mit Carpathia nicht blutsverwandt, aber Carpathia selbst machte deutlich, dass sie ihm näherstand als jeder andere auf der Welt. Sie war eine liebe Freundin der Familie gewesen und hatte beinahe von Anfang an seinen verstorbenen Eltern geholfen, ihr einziges Kind großzuziehen.

Sie kehrte ihre Position anderen gegenüber nicht besonders heraus. Es war ein ungeschriebenes Gesetz. Was sie wollte, bekam sie. Was sie sagte, geschah. Ihr Wort war so gewichtig wie das von Carpathia und darum brauchte sie ihre Stellung nicht zu betonen. Sie setzte ihre Macht so ein, dass alle sie akzeptierten.

„Bitte", forderte David sie auf. „Kommen Sie herein." Es gefiel ihm, dass jemand aus der oberen Führungsebene, der Carpathia so nahestand, kaum drei Meter von dem Computer entfernt saß, über den er die Bemühungen des Potentaten untergrub.

Seine Sekretärin begrüßte ihn mit einem besorgten Blick. David sagte nur: „Guten Morgen."

„Geht es Ihnen gut?", erkundigte sie sich.

„Viel besser, Tiffany, vielen Dank", erwiderte er.

Als sie seine Besucherin bemerkte, sprang sie auf. „Miss Ivins", sagte sie.

Viv nickte nur. David hielt ihr die Tür auf, und nachdem sie eingetreten war, schloss er sie hinter ihr. Sie blieb stehen und wartete darauf, dass er ihr einen Stuhl zurechtschob. Er stellte sich vor, wie er sagte: „Haben Sie sich den Arm gebrochen?", aber sie strahlte so viel weibliche Würde aus, dass er etwas Derartiges nicht über die Lippen brachte.

„Ich habe gehört, wie Sie sagten, es ginge Ihnen besser", begann sie, während sie einen Aktenordner auf ihrem Schoß aufschlug und einen Stift hinter dem Ohr hervorzog. „Damit brauchen wir uns also nicht aufzuhalten. Ich nehme an, Sie haben Ihren unglücklichen Zwischenfall mit Seiner Exzellenz überwunden?"

„Dass ich mich über den Weltführer übergeben habe, meinen Sie?", fragte er. Sie verzog das Gesicht. „Abgesehen davon, dass solche Nachrichten sich schnell verbreiten und ich bezweifle, dass es auch nur einen Mitarbeiter in ganz Neu-Babylon gibt, der nicht darüber Bescheid weiß, ja, ich versuche, nicht daran zu denken."

„Wir verstehen", sagte sie.

Ihm lag die Frage auf der Zunge, ob diese Leute wohl begriffen, dass dieser Zwischenfall im Grunde eine Gebetserhörung war, um ihn davor zu bewahren, den großen Boss anzubeten.

Viv machte einen kleinen Haken hinter den ersten Punkt. David fragte sich, was sie wohl als Diskussionspunkt vermerkt hatte. „Erbrechen"?

„Also dann", fuhr sie fort, „ich habe noch ein paar Punkte. Erstens, Ihr neuer unmittelbarer Vorgesetzter wird James Hickman sein."

„Mein Bereich wird dem Geheimdienst unterstellt?"

„Nein, Jim ist zum Supreme Commander befördert worden, um den Ehrwürdigen Fortunato zu ersetzen."

„Das war vermutlich Leons, äh, Commander Fortunatos Entscheidung, nicht die des Potentaten."

David entdeckte die Andeutung eines Lächelns auf ihrem Gesicht, aber Viv biss nicht auf den Köder an. „Jim wird also in Leons altes Büro umziehen?"

„Bitte greifen Sie mir nicht vor, Mr Hassid. Und ich möchte Sie bitten, bei Leuten dieses Ranges den Titel zu benutzen oder wenigstens *Mister* zu sagen. Von Ihnen wird erwartet, dass Sie Mr Hickman als Supreme Commander und Mr Fortunato als ‚Ehrwürdiger Fortunato' ansprechen oder als ‚Hoher Priester' bezeichnen."

Habe ich tatsächlich die Wahl?, fragte sich David. Er hätte sich eher über Leon übergeben, als ihn mit seinem Titel anzusprechen. Er biss sich auf die Zunge, um die Frage zu unterdrücken, ob Hickmans Speichelleckerei ihm die Beförderung eingebracht hatte.

„Und um Ihre Frage zu beantworten: nein", fuhr Viv fort, „der neue Supreme Commander wird nicht in das ehemalige Büro des Hohen Priesters umziehen. Mr Hickman wird sich das Büro mit der Assistentin Seiner Exzellenz teilen."

„Tatsächlich", staunte David. „Dann ist Sandras Büro aber ausgesprochen überfüllt."

„Wie soll ich das sagen? Mr Hickman wird zwar den Titel tragen, den Mr Fortunato innehatte, doch er wird nicht denselben Einfluss haben."

„Und das bedeutet?"

Viv wirkte frustriert, als würde sie nur selten gebeten, ihre Worte näher zu erläutern. „Mr Hassid, es sollte doch für alle offensichtlich sein, dass ein Führer, dessen Gottheit öffentlich bestätigt worden ist, nicht dasselbe Maß an Hilfe braucht wie in der Vergangenheit. Mr Fortunato war im Wesentlichen die rechte Hand Seiner Exzellenz. Mr Hickmans Rolle wird es eher sein, ihm Aufgaben abzunehmen."

Wie ein Streifenpolizist oder Stadtschreier?, wollte David fragen.

„Und natürlich kennen Sie Mr Fortunatos neuen Aufgabenbereich."

Viel besser als Sie. Aber ‚Falscher Prophet' macht sich vielleicht nicht so gut auf der Visitenkarte. „Bringen Sie mich doch bitte auf den neuesten Stand."

„Er wird das geistliche Oberhaupt der Weltgemeinschaft sein und die Ehrerbietung für Seine Exzellenz, den Mittelpunkt unserer Anbetung, organisieren."

David nickte. Um jeden unbewussten Blick zu vermeiden, der ihn würde verraten können, fragte er: „Und was wird aus Leons, äh, entschuldigen Sie, dem altem Büro des Ehrwürdigen Fortunato?"

„Es wird in das neue Quartier des Potentaten eingegliedert."

„Oh, ich wusste, dass er nach oben expandieren wollte. Aber auch zur Seite?"

„Ja, seine Räumlichkeiten müssen sehr großzügig und prächtig sein. Einer der Vorteile seines auferstandenen Körpers ist zumindest bisher, dass er scheinbar keinen Schlaf mehr benötigt. Er arbeitet 24 Stunden am Tag und braucht die Vielfalt in seiner Arbeitsumgebung."

„Ah ja." *Das hat uns gerade noch gefehlt. Satan, der keine Auszeit mehr nötig hat.*

„Das neue Büro des Potentaten wird grandios werden, Direktor Hassid. Es wird sein Büro und das von Mr Fortunato umfassen sowie den Konferenzraum, darüber hinaus werden die drei Meter hohen Wände um weitere zehn Meter aufgestockt. Das Dach wird aus Glas bestehen."

„Das klingt wirklich beeindruckend."

„Ich bin sicher, Sie werden einige Besprechungen mit ihm haben", meinte sie, „obwohl Sie natürlich häufiger mit dem neuen Supreme Commander zu tun haben werden."

„Wenn ich der Potentat wäre, würde ich mir ein Büro wünschen, das so groß ist, dass genügend Platz zwischen ihm und mir liegt."

„Ich verstehe nicht."

„Sie wissen schon, die Sache mit dem Erbrechen."

„Ach so, ich verstehe. Nett." Aber sie schien durchaus nicht amüsiert zu sein.

„Wird Mr Hickman ein Besprechungszimmer haben, oder werden wir leise sprechen müssen, um die Assistentin des Potentaten nicht zu stören?"

„Ich bin sicher, da fällt Ihnen schon etwas ein. Sie könnten sich zum Beispiel hier treffen. Ach, du meine Güte, wie die Zeit vergeht. Ich habe noch einige andere Termine. Sie verzeihen mir sicher, wenn ich schnell weitermache."

Nein, die Zeit ist um. Raus hier. „Sicherlich, Miss Ivins. Ich verstehe."

„Während Ihrer Abwesenheit mussten wir einige Bestellungen für technische Geräte herausgeben. Wir konnten nicht länger warten."

David musste sich zusammennehmen, um das Gesicht nicht zu verziehen. Er wusste genau, wovon sie sprach. Er hatte gehofft, die Beschaffung dieser Todesmaschinen hinauszögern und die Bemühungen des Potentaten boykottieren zu können.

„Technische Geräte?", fragte er.

„Injektoren für die Implantation der Biochips. Und natürlich brauchen wir Geräte, um die Loyalität sicherzustellen."

Geräte, um die Loyalität sicherzustellen? Warum nennt man sie nicht einfach ‚Kopfabschläger'? „Guillotinen, meinen Sie?"

Dieses Wort ließ sie zusammenzucken. „Direktor, bitte. Das klingt so nach 18. Jahrhundert, und Sie verstehen sicher, dass wir alle Ausdrücke meiden, die mit Gewalt zu tun haben oder Bilder vom Kopfabschlagen oder Ähnlichem heraufbeschwören."

Und Ähnlichem? „Verzeihung, Madam, aber gehen wir nicht davon aus, dass die Leute die Guillotinen oder Loyalitätssicherstellungsgeräte als das erkennen, was sie sind? Wozu sollten sie denn sonst verwendet werden? Um Kohlköpfe zu halbieren?"

„Ich finde das überhaupt nicht lustig."

„Ich auch nicht, aber wir sollten eine Klinge doch eine Klinge nennen. Die Leute sehen eine schwere, rasiermesserscharfe Klinge, die darauf wartet, von einem hohen Gestell mit einem kopfförmigen Joch über einem Auffangkorb heruntergelassen zu werden, und ich schätze, sie werden erkennen, worum es geht."

Miss Ivins rutschte unruhig auf ihrem Stuhl herum, hakte auf ihrer Liste einen weiteren Punkt ab und sagte: „Ich würde das nicht so krass ausdrücken, aber ich schätze, nein, ich bin davon überzeugt, dass diese Geräte kaum, falls überhaupt, zum Einsatz kommen werden."

„Wirklich?"

„Absolut. Sie sollen nur als greifbares Symbol für die Ernsthaftigkeit dieser Aufforderung dienen."

„Mit anderen Worten: Zeigt bereitwillig eure Loyalität, sonst werden wir euch den Kopf abschlagen."

„Es wird keine Notwendigkeit bestehen, dies auszusprechen."

„Vermutlich nicht."

„Aber Mr Hassid, ich schätze, dass es nur in ein paar wenigen Fällen, so wenig, dass sie wegen ihrer Einzigartigkeit berichtenswert sind, zum Vollzug der Strafmaßnahmen kommen wird."

Ich würde nur ungern einen unvollständigen Vollzug der Strafmaßnahmen sehen. „Dann sind Sie also zuversichtlich, dass die Opposition ausgelöscht wurde?"

„Natürlich", erwiderte sie. „Welcher vernünftig denkende Mensch könnte die Auferstehung eines Toten miterleben und ihn nicht für einen Gott halten?"

Rayford bekam nicht den Empfang, den er erwartet hatte. Chloe beeilte sich, ihm die bedrückte Stimmung zu erklären. Die Nachricht von Annies Tod traf ihn schwer. Betrübt setzten sie sich hin, und die meisten mieden, wie es schien, den Blickkontakt mit Hattie.

„Was gibt's Neues von David?", fragte Rayford. „Wie trägt er es?"

„Mac hat uns darüber informiert", erklärte Buck. „David hatte einen Hitzschlag erlitten und war zusammengebrochen, deshalb hat er erst jetzt von Annies Tod erfahren."

Rayford schüttelte den Kopf. Er wusste, dies würde immer häufiger geschehen, aber trotzdem war es sehr schwer.

„Nicht alle kennen jeden hier", sagte er schließlich und stellte die Anwesenden einander vor.

„'tschuldigung", sagte Zeke, „aber ist es in Ordnung, wenn ich eine dumme Frage stelle?"

„Natürlich", erwiderte Rayford.

„Das soll keine Beleidigung sein", sagte er an Hattie gewandt, „aber ich hatte nicht damit gerechnet, ein Zeichen an Ihrer Stirn zu sehen."

Tsion erhob sich mit zitternden Lippen. „Ist das wahr, meine Liebe?", fragte er und legte ihr die Hände auf die Schultern. „Lassen Sie sich ansehen."

Hattie nickte, und ihr Blick wanderte zu Buck und Chloe, die sie mit großen Augen anstarrten.

Tsion umarmte sie gerührt. „Preis sei Gott, Preis sei Gott“, sagte er. „Herr, du nimmst einen Menschen weg und schickst dafür einen neuen.“ Er öffnete die Augen. „Erzählen Sie. Wann? Wie? Was ist passiert?“

„Vor nicht ganz 24 Stunden“, erklärte sie. „Es gab nicht nur einen Grund dafür. Es waren auch Ihre liebevolle Fürsorge, Ihre Zuneigung, Ihr Flehen, Ihr Beten. Wenn Sie Albies Geschichte noch nicht gehört haben, sollten Sie sie sich unbedingt anhören.“

Sie beugte sich vor und flüsterte Tsion etwas ins Ohr.

„Gewiss“, sagte er. „Chaim, Zeke, Albie, Lea, wir wollen unsere neue Schwester einen Augenblick mit der Familie Steele allein lassen, ja? Wir werden noch Zeit genug haben, uns kennen zu lernen.“

Die anderen erhoben sich und folgten Tsion, als würden sie verstehen, was vorging. Nur Zeke wirkte etwas verwirrt. Als sie allein waren, blieb nur Hattie stehen, während sich Rayford, Buck und Chloe hinsetzten.

„Ich freue mich so für Sie“, sagte Chloe, „und das meine ich ernst, wenn ich auch etwas verblüfft bin. Ich wünschte, Sie hätten es mir am Telefon gesagt, bevor ich auf Sie losgegangen bin.“

„Nein, Chloe, das hatte ich verdient. Und ich mache keinem von Ihnen einen Vorwurf, dass Sie schockiert sind. Ich bin selbst etwas schockiert. Aber ich muss so vieles erklären. Na ja, nicht erklären, denn wer kann Schlechtigkeit schon erklären? Aber ich möchte mich dafür entschuldigen. Ich habe mich Ihnen gegenüber so schrecklich benommen, jedem Einzelnen gegenüber zu unterschiedlichen Zeiten. Ich weiß nicht, ob Sie mir je verzeihen können.“

„Hattie“, erwiderte Chloe, „das ist schon in Ordnung. Sie brauchen nicht –“

„Doch, ich muss. Und Chloe, Sie sollen wissen, dass ich etwas, das Sie mir vor langer Zeit einmal gesagt haben, nie vergessen habe. Ich konnte es einfach nicht aus meinen Gedanken verbannen, obwohl ich es immer wieder versucht habe. Das war, als ich Sie in Lorettas Haus besucht und Ihnen vorgeworfen habe, Sie wollten bloß meine Meinung zur Abtreibung ändern, und Sie würden mich nur richtig lieben, wenn ich Ihnen die ganze Sache abnehmen und mit allem übereinstimmen würde, was Sie sagen. Erinnern Sie sich noch?"

Chloe nickte.

Hattie fuhr fort: „Obwohl Sie so viel jünger waren als ich, haben Sie mir gesagt, Sie wollten nichts anderes, als mich so zu lieben, wie Gott mich liebte, ob ich nun mit Ihnen einer Meinung wäre oder nicht. Egal, was ich tun oder beschließen würde, Sie würden mich lieben, weil auch Gott Sie liebte, selbst als Sie durch Ihre Sünden noch von ihm getrennt waren."

„Ich kann mich gar nicht erinnern, so offen gewesen zu sein", meinte Chloe. Tränen traten ihr in die Augen.

„Nun", sagte Hattie, „Sie hatten recht. Gott liebte mich schon, als ich noch ganz unten war. Und wenn ich daran denke, dass ich mich beinahe selbst umgebracht hätte, bevor ich es endlich kapiert habe!"

„Die anderen kennen diese Geschichte noch gar nicht", erinnerte Rayford sie. Daraufhin erzählte sie alles von dem Zeitpunkt an, als die Soldaten der Weltgemeinschaft sie in Colorado gefangen genommen hatten.

„Ich hatte solche Angst, dass Sie mir vielleicht nicht verzeihen würden", schloss sie.

Chloe erhob sich und umarmte sie. Dann nahm Buck sie in den Arm. „Sie haben mir noch nicht verziehen, dass ich etwas Schlimmeres gemacht habe, als Sie sich je hätten ausdenken können, Hattie."

„Was denn?"

„Ich habe Sie Nicolai Carpathia vorgestellt."

Sie nickte und lächelte unter Tränen. „Das war wirklich ziemlich schlimm", gestand sie. „Aber woher sollten Sie das wissen? Zu Anfang hat er fast jedem etwas vorgemacht. Ich wünschte, ich hätte ihn nie zu Gesicht bekommen, aber ich möchte auch nichts in meinem Leben missen. Alles hat mich in die Richtung geführt, die ich nun endlich eingeschlagen habe."

David war unruhig. Er wollte, dass Viv Ivins ging, damit er mit seiner eigentlichen Arbeit beginnen konnte. Doch sie ließ sich weiter über Fortunato aus.

„Er wird in Peter Mathews altes Büro umziehen, aber natürlich wird dort alles verändert. Es gibt keinen Enigma-Babylon-Welteinheitsglauben mehr. Wir wissen, wen wir jetzt anbeten sollen, nicht wahr, Mr Hassid?"

„Allerdings wissen wir das", erwiderte er.

„So", fuhr sie fort, „ich habe noch einen weiteren Punkt. Sie haben neulich eine Mitarbeiterin verloren?" Sie schlug eine Seite auf ihrem Block um und las: „‚Allein stehend, weiß, weiblich, 22, fast 23, Angel Rich Christopher.' Rich ist offensichtlich ein Familienname."

David hielt den Atem an und nickte.

„Sie war Opfer des Blitzschlags", fügte Viv hinzu. „Eines von mehreren."

„Das wusste ich, ja."

„Ich möchte Ihnen nur sagen, dass ich Ihnen davon abraten würde, eine Trauerfeier für sie abzuhalten, falls Sie das geplant haben."

„Wie bitte?"

„Wir haben einfach zu viele Mitarbeiter verloren, um für jeden eine Trauerfeier zu veranstalten."

David fühlte sich verletzt, vor allem für Annie. „Ich, äh, habe andere solcher Veranstaltungen besucht. Sie waren kurz, aber angemessen."

„Nun, diese würde nicht angemessen sein. Verstanden?"

„Nein."

„Nein?"

„Es tut mir leid, ich verstehe Sie nicht. Warum wäre es nicht angemessen, eine Trauerzeremonie für eine Mitarbeiterin abzuhalten, die –"

„Wenn Sie nur einen Augenblick darüber nachdenken, werden Sie es schon verstehen."

„Ersparen Sie mir bitte die Zeit."

„Nun, Mr Hassid, Miss Christopher wurde offensichtlich von einem Blitzschlag getötet, als der jetzige Hohe Priester Fortunato Feuer vom Himmel rief auf jene, die sich weigerten, Seine Exzellenz, den Potentaten, als den wahren und lebendigen Gott anzubeten."

„Sie wollen sagen, ihr Tod würde beweisen, dass sie ein subversives Element war? Dass Fortunato sie getötet hat?"

„Gott hat sie getötet, Direktor. Nennen Sie es subversiv oder wie immer Sie wollen – für alle Anwesenden ist offensichtlich, dass nur Skeptiker an diesem Tag für ihren Unglauben gelitten haben. Sie waren doch dabei und haben es miterlebt."

David kräuselte die Lippen und kratzte sich am Kopf. „Wenn wir nur für die Angestellten keine Trauerzeremonie veranstalten, die Nicolai Carpathia nicht als Gottheit anerkennen, dann verstehe ich das und bin einverstanden."

„Das dachte ich mir." Sie erhob sich und wartete darauf, dass David ihr die Tür aufhielt. „Guten Tag, Direktor. Sie wissen, ich stehe Ihnen immer zur Verfügung, falls Sie etwas brauchen sollten."

„Da gibt es tatsächlich etwas."

„Sprechen Sie es aus."

„Die Biochip-Injektoren, von denen Sie gesprochen haben. Sind sie mit denen vergleichbar, die dazu verwendet werden, Biochips bei Haustieren zu implantieren?"

„Ich denke schon, mit bestimmten Änderungen."

„Eine der Schwestern, die mich versorgte, erwähnte zufällig, dass sie als Tierarzthelferin gearbeitet hat. Ich frage mich, ob sie Erfahrungen mit dieser Art der Technologie hat, die für uns hilfreich sein könnten."

„Gut mitgedacht. Geben Sie mir ihren Namen und ich werde das überprüfen."

„Ich erinnere mich nicht an den Namen", sagte er. „Aber das ist bestimmt leicht herauszufinden. Ich werde Ihnen telefonisch Bescheid geben."

Sobald Viv gegangen war, rief David Hannah an. „Ich werde Ihren Namen an Viv Ivins weitergeben. Rechnen Sie mit einem Anruf."

Er erzählte ihr von dem Verbot auch nur einer Schweigeminute für Annie in seiner Abteilung.

„Das ist wunderbar", erwiderte sie. „David, sie würde das wie ein Ehrenzeichen tragen. Wenn eine Ehrung darauf schließen lassen würde, dass sie Carpathia loyal ergeben war, würden Sie sich eines Tages im Himmel vor ihr verantworten müssen."

11

Während der folgenden Tage beobachtete Rayford im Stillen die Gruppendynamik und machte sich Notizen. Tsion und Chaim verbrachten die meiste Zeit des Tages mit dem Bibelstudium. Die Zusammenarbeit mit Chloe bei der internationalen Handelsgesellschaft schien Lea zu langweilen, und während sie sich mit Hattie anfreundete, ging diese allen anderen auf die Nerven. Allen außer Zeke. Er hielt sich meistens für sich und schien sich von persönlichen Neigungen nicht beeindrucken zu lassen.

Rayford bat Tsion, täglich eine kurze Andacht zu halten, danach beteten sie miteinander. Von allen wurde erwartet, dass sie Tsions tägliche Internetbotschaft lasen. Alle halfen mit, die nach außen gelegenen Fenster mit Farbe zu besprühen, bis alle Stockwerke, die sie bewohnten, verdunkelt waren, sodass sie sogar Licht einschalten konnten, ohne Angst haben zu müssen, entdeckt zu werden.

Eine Woche, nachdem Rayford Hattie ins Versteck gebracht hatte, berief er ein Treffen ein, um Chaim, Zeke, Albie und Hattie offiziell in die *Tribulation Force* aufzunehmen. Sie verfolgten die Nachrichten im Fernsehen und im Internet, um Näheres über die Einführung des Loyalitätszeichens zu erfahren. Buck arbeitete wieder mit voller Energie an seiner Internetzeitung „Die Wahrheit". Dank seiner internationalen Kontakte und seiner Fähigkeit, Artikel zu schreiben, die Authentizität bewahrten, ohne die Gläubigen zu verraten, die an höchster Stelle tätig waren, wurde Bucks Zeitung zusammen mit Tsions Botschaften im Internet besonders gern gelesen. Durch Kontakte, die Chloe über die Handelsgesellschaft herstellte, fand Buck Drucker, die bereit waren, ihr Leben aufs Spiel zu setzen, um „Die Wahrheit" und Tsions Botschaften zu drucken und an diejenigen zu verteilen, die keinen Zugang zu einem Computer hatten.

Hattie entwickelte sich von einem zögernden Neuling zu einem lebhaften, aufgeregten Christen, wie sie es bereits an jenem ersten Morgen in Bozeman gewesen war. Rayford freute sich an ihrer Energie und Tsion scheinbar auch. Die anderen blickten sich bedeutungsvoll an, wenn sie sich über etwas Neues begeistert ausließ. Die Mitglieder der *Tribulation Force* hatten zwar sehr viel Platz und Privatsphäre, doch selbst in dem riesigen Wolkenkratzer fühlten sie sich eingesperrt.

Frischluft zu bekommen stellte ein Problem dar. Das Belüftungssystem des Gebäudes funktionierte einwandfrei, doch sie konnten nur gelegentlich ein Fenster einen Spaltbreit öffnen, und alle sehnten sich nach der frischen, kühlen Herbstbrise und einem Spaziergang bei Tageslicht. Zu riskant, meinte Rayford, und selbst Kenny Bruce wurde nur nach Einbruch der Dunkelheit nach draußen gebracht.

Einer nach dem anderen kam zu Rayford und alle hatten ähnliche Bitten. Jeder wollte eine Aufgabe, einen Auftrag außerhalb des Verstecks. Sie wollten aktiv werden, nicht darauf warten, dass Nicolai und die Weltgemeinschaft in die Offensive gingen.

Alle außer Zeke, der scheinbar mit seinem Los zufrieden war. Er listete die Instrumente und Utensilien auf, die er für seine Fälscherarbeit brauchte. „Ich bin nicht der Typ, der gerne ein Buch liest", erklärte er Rayford, „aber ich kann mir denken, was kommen wird."

„Tatsächlich?"

Zeke nickte. „Dr. Ben-Judah lehrt Chaim, oder wie immer er heißt, damit er nach Israel zurückgeht. Das bedeutet, ich muss eine neue Identität für ihn beschaffen, und nicht nur auf dem Papier. Er muss sein Aussehen vollständig verändern, weil er in der ganzen Welt bekannt ist."

Rayford nickte.

„Größe und Gewicht eines Menschen können nicht verändert werden und ich bin auch kein plastischer Chirurg. Aber es gibt andere Möglichkeiten. Im Augenblick sehen seine Haare so wild aus wie die von Einstein und er rasiert sich. Ich würde ihn kahl scheren und seine Augenbrauen dunkel färben. Dann müsste er sich einen dichten Bart und vielleicht Koteletten wachsen lassen. Diese müssten auch dunkel gefärbt werden. Das wird ihn jünger aussehen lassen und man wird ihn nicht wiedererkennen. Auch müssten wir die Brille verschwinden lassen oder ihm eine ganz andere verpassen. Vielleicht sogar gefärbte Kontaktlinsen. Wenn er ohne nicht auskommt, ich habe eine große Auswahl, aus der er auswählen kann."

„Aha", erwiderte Rayford. „Zeke, wie kommst du darauf, dass er nach Israel zurückkehrt?"

„Oh, fährt er nicht? Nun, dann habe ich mich geirrt. Ich dachte nur."

„Ich sage ja nicht, dass du Unrecht hast. Ich frage mich nur, wie du auf diese Idee kommst."

„Ach, ich weiß auch nicht. Jemand muss hin und Sie wollen ja bestimmt nicht Dr. Ben-Judah schicken."

„Jemand muss nach Israel? Warum?"

Zeke zog die Stirn kraus. „Ich weiß nicht. Sie können es mir sagen, wenn ich mich irre, weil das meistens der Fall ist, aber Dad sagt, man könnte sich auf meine Intuition verlassen. Ich versuche, jeden Tag Tsions Botschaften zu lesen, aber wie ich schon sagte, Lesen ist nicht mein Ding. Ich glaube nicht, dass ich jemals ein Buch ganz durchgelesen habe, außer vielleicht ein Handbuch, und dann brauchte ich bestimmt sechs Jahre dazu. Aber Tsions Botschaften sind eigentlich recht verständlich für einen so klugen Mann. Er ist klug, nicht ich. Wenn kluge Männer etwas erklären, sind sie meistens die Einzigen, die es verstehen. Sie wissen, was ich meine?"

„Sicher."

„Also, so viel habe ich von Tsion mitbekommen, dass Carpathia etwas vorhat. Und das hat mit Jerusalem zu tun. Tsion sagt, in der Bibel würde stehen, dass der Antichrist sich nicht nur gegen die Juden wendet, sondern dass er damit auch noch in ihrem eigenen Tempel prahlen und ihn entweihen würde. Er würde sein Versprechen brechen."

„Ich denke, das hast du sehr gut verstanden, Zeke. Und welche Rolle spielt Chaim dabei?"

„Tsion sagt, Gott würde für die Juden einen sicheren Ort bereithalten, wohin sie sich flüchten könnten, aber sie müssen einen Führer haben. Tsion kann sie über das Internet führen, doch sie brauchen jemanden vor Ort, jemanden, den sie sehen können. Und er muss ein Jude sein. Er muss ein Christ sein. Er muss bekannt sein oder zumindest die Fähigkeit besitzen, die Menschen dazu zu bringen, ihm zu folgen. Und er muss über ein großes Wissen verfügen. Der Einzige, der sehr bald mehr wissen wird als Tsion, ist vermutlich Chaim. Und natürlich ist es ausgeschlossen, dass Tsion hinüberfährt."

„Aber für Chaim ist es doch genauso gefährlich, oder, Zeke?"

„Na ja, ich weiß nicht, wer in Carpathias Augen schlimmer ist, der Mann, der der Welt erzählt, er sei der Teufel selbst, oder der Mann, der ihm ein Schwert durchs Gehirn gestoßen hat. Aber Tatsache ist, wir – ich meine uns Gläubige – könnten vermutlich ohne Chaim auskommen, wenn wir müssten. Aber ohne Tsion stecken wir in Schwierigkeiten." Zeke wirkte traurig, weil er so etwas gesagt hatte.

Rayford erhob sich und lief herum. „Zeke, dein Dad hatte recht mit deiner Intuition. Du hast den Nagel auf den Kopf getroffen."

„Dann werde ich also mithelfen können, ihn hinüberzuschicken als … Wie lautet sein neuer Name?"

„Tobias Rogoff."

„Okay. Unter diesem Namen also?"

„Ja."

„Denken Sie nicht, dass viele Menschen seine Stimme und seinen Körperbau erkennen werden? Auch die Hände fallen den Leuten auf. Vielleicht muss ich daran was tun."

„Ja, viele Menschen werden sofort wissen, wer er ist. Und wenn David recht hat, existiert eine Videoaufzeichnung, auf der zu sehen ist, wie er Carpathia ermordet. Ich sehe es schon vor mir, wie die Weltgemeinschaft das der Welt präsentiert. Doch Carpathia hat seinem Angreifer bereits vergeben."

„Aber Carpathia sagte auch, er wüsste natürlich nicht, was andere Bürger dem Mann antun könnten, also würde Chaim ständig in Lebensgefahr schweben, meinen Sie nicht?"

„Wenn er sich zusammen mit den Juden an diesen Zufluchtsort retten kann, wird er meiner Meinung nach auf übernatürliche Weise beschützt werden."

„Das wäre cool."

„Du hast gesagt, du seist kein plastischer Chirurg. Gibt es nicht weniger drastische Maßnahmen, um das Aussehen eines Menschen zu verändern?"

Zeke nickte. „Es gibt Zahndingsbumsdinger."

„Spangen."

„Richtig. Ich habe eine für Lea verwendet und ich habe noch viele andere. Durch die Zähne und den Kiefer kann man das Aussehen eines Menschen drastisch verändern."

„Und was ist mit jemandem, dessen Kiefer verdrahtet ist?"

„Noch besser. Lea wird diese Drähte bald herausnehmen. Ich denke, wir können sein Aussehen vollkommen verändern. Dann muss er sich anders kleiden als bisher, sich vielleicht einen anderen Gang angewöhnen. Dabei kann man ihm vielleicht helfen, wenn man einen seiner Schuhe etwas manipuliert. Ich werde so weit sein, wenn er so weit ist."

David verarbeitete seinen Kummer, indem er bis zum Umfallen arbeitete und dann, wenn er sich nicht mehr auf den Beinen halten konnte, in sein Bett sank. Er wies Mac und Abdullah die Aufgabe zu, ihre Flucht nach Hannahs Vorschlag zu planen. In der Zwischenzeit installierte er überall im Palastkomplex Zugangsdaten, die es ihm ermöglichen würden, mit dem richtigen Zugangscode in das System einzudringen und die Vorgänge genauso intensiv zu verfolgen, wie er das jetzt tat – zumindest solange mit dem bestehenden Computersystem gearbeitet wurde.

David fand es überaus interessant, Nicolai, Leon und Hickman zu belauschen, aber gern hörte er auch, was der Sicherheitschef Walter Moon zu sagen hatte. Zwar war es unwahrscheinlich, dass Moon Christ wurde, aber wer konnte das schon mit absoluter Sicherheit sagen? Falls das geschah, musste es sein, bevor er das Zeichen des Tieres annahm, denn laut Tsion war dies eine endgültige Entscheidung, die nicht rückgängig gemacht werden konnte. Aber, wie David hörte, sprach Moon sowohl mit seinem Assistenten als auch mit seinem Vertrauten offen darüber, dass er seiner Meinung nach bei der Einsetzung des Nachfolgers des Supreme Commanders übergangen worden war. Den größten Teil der Zeit verbrachte er damit, ironisch auf einen „Stapel Bibeln" zu schwören, dass er den Job gar nicht angenommen hätte, selbst wenn er ihm angeboten worden wäre. Aber das Gegenteil war so offensichtlich, dass selbst seine Vertrauten die Freiheit hatten, ihm zu sagen: „Natürlich hätten Sie das und er hätte an Sie fallen müssen."

David träumte davon, Moon an seiner Seite zu haben, als Nörgler innerhalb des Palastes, der das Potenzial zur Subversion hatte.

Der neue Direktor des Geheimdienstes, der Nachfolger von Jim Hickman, war ein Pakistani mit dem Namen Suhail Akbar. Als überzeugter Carpathia-Anhänger war er ein Mann, der gern hinter den Kulissen die Fäden zog. Er sprach mit leiser und ruhiger Stimme, aber mit eiserner Entschlossenheit. Er schien seinem ehemaligen Vorgesetzten an Erfahrung und Ausbildung weit überlegen zu sein. Außerdem war er klug genug, um zum Problem zu werden, fürchtete David. *Klug* war ein Adjektiv, das man bei der Beschreibung von Hickman nicht unbedingt verwenden würde.

„Es ist ganz wichtig", schrieb David eines Nachmittags an Mac, nachdem er intensiv Software installiert und sich in Computer gehackt hatte, „dass kein Zweifel an unserer Loyalität der Weltgemeinschaft und vor allem Carpathia gegenüber aufkommt. Ich stelle die Führungsspitze manchmal infrage, um zu verhindern, dass man mir misstraut, denn ich glaube, dass sie denen misstrauen, die sich zu loyal verhalten. Sie sollen sich fragen: Warum würde Hassid uns kritisieren und trotzdem seine ganze Kraft für uns einsetzen?

Mac, wir müssen im Voraus planen und das Problem konstruieren, das uns einen sauberen Abgang und die Weltgemeinschaft einige wertvolle Ausrüstungsgegenstände kosten wird. Ich hätte nichts dagegen, wenn das Flugzeug mit Biochip-Injektoren und vielleicht sogar mit Loyalitätssicherstellungsgeräten im Wert von mehreren Millionen Dollar abstürzen würde. Ich frage mich, ob Guillotinen unter diesem Namen in Katalogen für Kopfabtrennungsutensilien geführt werden. Mein Galgenhumor tut mir leid; das ist wirklich nicht zum Lachen. Gott sei Dank, er kann sogar die Körper von den Heiligen, deren Kopf abgeschlagen wurde, die verbrannt oder von einem Blitzschlag getroffen wurden, wiederherstellen.

Auf die Gefahr hin, Ihre Intelligenz zu beleidigen: Ich muss davor warnen, den Absturz der Phoenix 216 auch nur in Betracht zu ziehen. So gern ich Carpathia mit dem Verlust seines geliebten Flugzeugs auch schaden würde, wir haben viel zu viel in die Abhöranlage investiert, in die ich mich jetzt sogar von außen einschalten kann. Ich kann mir keine bessere Informationsquelle vorstellen, solange Gott uns das Lauschen noch gestattet. Ich habe ein Programm entwickelt, das uns sogar über Satellit die Position des Flugzeugs angibt. Es ist doch immer sehr lustig und erheiternd, wenn Nicolai sich absolut sicher fühlt und er selbst wird, nicht wahr? Das Aufplustern und Zur-Schau-Stellen vor dem Volk ist eine Sache, aber wenn man ihn kichernd vor seinen Assistenten die Dinge eingestehen hört, die er vor allen anderen leugnet, das lohnt sich schon.

Da wir gerade davon sprechen: Er hat eine Sitzung mit Hickman, Moon, Akbar und Fortunato angesetzt, die ich aufzuzeichnen gedenke. Wenn Sie seine Unterredungen mit Leon erheiternd finden, dann warten Sie, bis Sie das hören. Ich werde es Ihnen mailen. Denken Sie an den Sicherheitscode für alle diese vertraulichen Mitteilungen. Sollte jemand, Sie eingeschlossen, versuchen, diese Daten unter einem falschen Code zu öffnen, habe ich einen Virus programmiert, der so bösartig ist, dass er schon den Namen Monster verdient. Dieses Programm ignoriert die Software und macht sich sofort an die Hardware.

Wenn ich das nicht selbst entwickelt hätte, hätte ich es kaum glauben können. Dieses Ding wird die Impulse, die im Prozessor von Punkt zu Punkt übertragen werden, unterbrechen, sie zur Energiequelle transportieren, sei es Batterie oder Strom, und die Energie ins Motherboard selbst leiten. Wenn dort eine kleine Bombe eingebaut wäre, könnte ich einen Computer buchstäblich in die Luft jagen. Aber da alles nur aus Plastik und Metall besteht, werden nur eine hohe Hitzeentwicklung und Rauch entstehen, und natürlich werden die Plastikteile zu schmelzen beginnen. Auf jeden Fall wird der Computer später nicht mehr zu gebrauchen sein.

Später mehr darüber. Ich freue mich auf konkrete Informationen von Ihnen und Abdullah innerhalb von 48 Stunden. In der Zwischenzeit ist es weniger auffällig, wenn Sie den Kontakt zu Hannah aufrechterhalten. Bei mir könnte das Verdacht erregen. Machen Sie ihr Mut und versichern Sie ihr, dass wir rechtzeitig hier wegkommen und noch viele Jahre zur Verfügung haben werden, in denen wir uns für die Arbeit des Reiches Gottes einsetzen können."

Rayford, der sofort nach Davids Entlassung von der Krankenstation über die neuesten Entwicklungen informiert worden war, machte sich Sorgen über die Zeitabläufe. Er hatte sich den Kopf zerbrochen, um jedem Mitglied der *Tribulation Force* eine sinnvolle Aufgabe zuzuweisen, und die Aussicht auf die plötzliche Erweiterung ihrer Gruppe um vier Mitglieder aus dem Palast hatte sowohl Vor- als auch Nachteile. Mit ihnen würde sich die Operationsbasis in Chicago um zwei Piloten, eine Schwester und eines der größten Computergenies der Welt erweitern. Platz war genug da, aber er fragte sich, ob ihre Fähigkeiten nicht vergeudet würden, wenn sie sich alle an einem Ort aufhielten.

Nicht nur für ihre eigenen Seelen, sondern auch wegen ihres doppelten Missionsauftrags, Carpathia so viele Steine wie möglich in den Weg zu legen und Menschen für das Reich Gottes zu gewinnen, wäre es besser, die Leute überall auf der Welt zu verteilen. Hattie und Lea waren ruhelos und warteten auf eine Aufgabe. Chloe musste bleiben; sie betreute Kenny und leitete die Handelsgesellschaft, aber Buck musste aktiv an den Vorgängen teilnehmen, um seine Internetzeitschrift weiterhin interessant gestalten zu können.

Rayford und Albie brauchten so viele Piloten wie möglich, aber die Flugzeuge waren knapp. Wenn er und der findige Zeke recht hatten mit dem, was Tsion plante, dann würden Tausende von Piloten und Flugzeugen gebraucht werden, um die jüdischen Gläubigen in Sicherheit zu bringen. Erfahrene Piloten wie Mac und Abdullah würden ihren Beitrag dazu leisten können.

Rayford ging davon aus, dass er noch zwei Wochen zur Verfügung hatte, um zu überlegen und zu planen, wie ihnen die Leute in Neu-Babylon von Nutzen sein konnten. Doch eines Nachts wurde ihm klar, dass er schnell handeln musste. Zeit war ein Luxusgut, von dem nie genug zur Verfügung stand. Ein Notfall brachte alles in Bewegung.

Rayfords Telefon läutete, aber niemand meldete sich. Er überprüfte sein Display. Eine Nachricht von Laslo Miklos. „Sind entdeckt worden", stand dort zu lesen. „Pastor und meine Frau gefangen genommen, und andere. Bitte betet. Bitte helft."

Die Untergrundgemeinde in Ptolemais war die größte in Griechenland und vermutlich in den Vereinigten Carpathiatischen Staaten überhaupt. Bisher war dort die Präsenz der Weltgemeinschaft nie ein Problem gewesen. Die griechischen Gläubigen waren vorsichtig, das wusste Rayford aus persönlicher Erfahrung, aber sie befürchteten auch, dass die Sicherheits- und Geheimdienstkräfte der Weltgemeinschaft nicht mehr länger wegsehen konnten. Ein Grund für die relative Ruhe, die sie erlebt hatten, war die Überzeugung der örtlichen Führung, es sei Carpathias Wunsch, dass die Region, die seinen Namen trug, unter den zehn weltweiten Supernationen die niedrigste offizielle Widerstandsrate aufweisen sollte.

Welche Rücksicht Carpathia vor seiner Ermordung auch auf die öffentliche Meinung genommen hatte, seit seiner Auferstehung ging es nur noch um die Durchsetzung seiner Politik. Offensichtlich wollte der neue Carpathia die Opposition innerhalb seiner Region lieber auslöschen, statt sie einfach zu übersehen. Rayford würde David bitten, die Situation zu überprüfen und zu sehen, was eine Abordnung der *Tribulation Force* eventuell dort erreichen konnte.

Rayford hatte Mrs Miklos als eine stille, tiefgläubige Frau kennen gelernt. Aber Laslo hatte ihm erzählt, sie sei schrecklich eigensinnig und tapfer. Auf keinen Fall würde sie nachgeben, wenn die Behörden sie aufforderten, ihren Glauben aufzugeben. Rayford stellte sich vor, wie die Beamten der Weltgemeinschaft eine Versammlung stürmten und Mrs Miklos sich widersetzte, vielleicht sogar handgreiflich wurde, um zu verhindern, dass ihr Pastor Demetrius Demeter in Haft genommen wurde.

Aber Rayford wollte nicht, dass seine Fantasie mit ihm durchging. Er würde so viel wie möglich über David in Erfahrung bringen und vielleicht mit Albie hinüberfliegen. Oder vielleicht auch mit Buck. Denn der Gedanke, die anderen ohne einen Hubschrauberpiloten zurückzulassen, gefiel ihm überhaupt nicht.

David gab gerade den Code ein, um Carpathias Besprechung mit Hickman und den anderen abzuhören, als er einen Anruf von Rayford erhielt. Es ging um das Vorgehen der Weltgemeinschaft gegen die Christen in Griechenland.

„Ich werde Ihnen mitteilen, was ich herausfinde“, antwortete er Rayford. David rief Walter Moon an. Doch bevor Walter sich meldete, wurde David über Lautsprecher ausgerufen und in Hickmans Büro bestellt.

In sein Büro? Hickman teilte doch das Zimmer mit Carpathias Assistentin. Und hatte Hickman nicht bald eine Besprechung mit Carpathia? David legte auf und rief Hickman an.

Sandra, Carpathias Assistentin, meldete sich. „Hier spricht Hassid. Bin ich gerade ausgerufen worden?“

„Ja, Sir. Der Supreme Commander möchte Sie gern im Konferenzraum im 18. Stock sprechen.“

David fand ein Chaos vor. Obwohl der Arbeitstag fast zu Ende war und Sandra gerade ihre Sachen zusammenpackte, um Feierabend zu machen, wimmelte es noch von Arbeitern. Überall lagen Bohrer, Sägen, Presslufthämmer, Staub, Gerüste, Leitern und Baumaterialien herum.

„Sie bekommen während der Umbauphase kein neues Büro zugewiesen?“, fragte David.

„Offensichtlich nicht“, erwiderte Sandra und marschierte davon.

Hickman öffnete die Tür zum Konferenzzimmer, das nicht mehr lange diese Funktion haben würde, und winkte David herein. „Beeilen Sie sich, damit ich diese Tür schließen kann, Hassid. Dann habe ich hier weniger Staub."

Der neue Supreme Commander, eine westliche Ausgabe von Fortunato mit noch weniger Klasse, reichte David voller Enthusiasmus seine fleischige Hand. „Ja, hey, wie geht's? Er ist auferstanden, nicht?"

„Äh, ja", erwiderte David, und als Hickman ihn erwartungsvoll ansah, fügte er hinzu: „Wahrhaftig."

Hickman wirkte nervös und gehetzt. David hoffte, ihm Informationen entlocken zu können, indem er den Begriffsstutzigen spielte. „So, dann ist Ihr Tag jetzt auch vorbei, nicht? Wie ist es denn so, den Raum mit –"

„Ach, lassen wir das", winkte Hickman ab. Er nahm Platz und ließ seinen dicken Bauch durch seine aufgeknöpfte Uniformjacke quellen. „Es steht eine Besprechung mit den hohen Herren an und ich möchte lieber nicht unvorbereitet dort hingehen."

Das wäre was, dachte David. „Wie kann ich Ihnen behilflich sein?", fragte er stattdessen.

„Sind wir auf dem Laufenden, ist alles in Gang gekommen?"

David schüttelte verwirrt den Kopf. „Alles, denke ich. Wovon sprechen wir?"

Hickman griff nach einem Block und blätterte ein paar Seiten durch. „Guillotinen, Spritzen?"

„Sie meinen, Loyalitätssicherstellungsgeräte und Biochip-Injektoren?"

„Ja, danke!", sagte Hickman und machte sich Notizen. „Ich *wusste* doch, dass Viv sich ein paar praktische Namen dafür ausdenken würde. Wissen Sie, Hassid, im Grunde genommen war ich ein Cop. Ich fühle mich geehrt und alles, aber ich muss Seiner Majestät, äh, Seiner Exzellenz, beweisen, dass ich der Aufgabe gewachsen bin. Dass ich damit nicht überfordert bin."

„Fühlen Sie sich überfordert?"

„Ich denke, dass meine Loyalität und meine Zuneigung zum Potentaten jeden Mangel an Erfahrung auf dieser Ebene des

Managements ausgleichen wird. Also, wie steht es mit diesen Dingen? Was kann ich ihm sagen?"

„Dass alles seinen Gang geht, dass wir im Zeitplan sind."

„Gut. Dann kann ich mich also auf Sie verlassen?"

„Oh, das können Sie ganz bestimmt, J–, äh, Supreme Commander."

„Ach, nennen Sie mich ‚Commander', wenn wir allein sind. In der Öffentlichkeit sollten Sie sich natürlich an die Etikette halten."

„Natürlich."

„Ach, übrigens, sind Sie auch für die Viehbeschaffung zuständig?"

„Sie meinen Lebensmittel? Nein, das ist die Aufgabe der Lebensmittelbeschaffung."

„Nein, ich brauche keine Nahrungsmittel, ich brauche ein lebendiges Tier."

„Nicht mein Zuständigkeitsbereich, fürchte ich. Alles, was rollt, Luftfahrt, Computer, Kommunikationshardware, das ist mein Job."

„Wer kann mir ein Schwein besorgen?"

„Ein Schwein, Sir?"

„Groß und lebendig, Hassid."

„Ich habe keine Ahnung."

Hickman starrte ihn an. Offensichtlich wollte er diese Antwort nicht akzeptieren.

„Ich könnte mal nachsehen", meinte David schließlich. „Aber –"

„Ich wusste, dass ich mich auf Sie verlassen kann, David. Guter Mann. Sagen Sie mir gleich morgen früh Bescheid, denn ich habe läuten hören, dass der große Mann mir genau das heute auftragen wird."

„Oh, Sie haben diesen Auftrag noch gar nicht von ihm bekommen?"

„Nein, dies ist, wie man sagen würde, ein Tipp von einem Kollegen, der mir freundlich gesonnen ist."

„Tatsächlich?"

„Oh ja. Menschen wie ich schaffen sich in verschiedenen Ebenen der Organisation Freunde. Mein Kumpel hat mir heute gesagt, dass er eine Besprechung mit Fortunato und Carp–, oh, verzeihen Sie! Ich weiß es doch besser. Ich darf diese Namen niemals aussprechen, vor allem nicht vor einem Untergebenen. Als Ihr Vorgesetzter weise ich Sie hiermit an, dies nicht zu beachten, Hassid."

„Die Jury wird es nicht beachten, Sir."

„Ja, gut. Also, dieser Kumpel hatte eine Besprechung mit Seiner Exzellenz und dem Hohen Priester, und er sagt, sie seien aufgebracht – Sie wissen, was das bedeutet? Aufgeregt würden Sie vermutlich sagen."

„Ich verstehe schon, Commander."

„Sie sind aufgebracht, stinksauer, wie immer man das nennen will, auf die Judahiten."

„Ich habe von ihnen gehört."

„Das weiß ich. Ihr oberster Boss, den die Friedenstruppen meinten, ausgeschaltet zu haben, taucht jetzt woanders wieder auf – wir wissen nicht, wo, was Carpa–, dem Potentaten überhaupt nicht gefällt, falls Sie wissen, was ich meine. Und dieser Ben-Judah zeigt sich immer mehr Anti-Carpath–, äh, na ja, ja, in diesem Zusammenhang ist es okay. Also, dieser Bursche verbreitet immer mehr Anti-Carpathia-Zeug. Er behauptet, in der Bibel stünde, dass der Antichrist, so nennt er Seine Exzellenz – man stelle sich das vor – den Tempel entweihen und auf dem heiligen Altar ein Schwein opfern würde."

„Was Sie nicht sagen!"

„Doch, das ist wahr! Zwar war ich nicht dabei, aber mein Kumpel hat mir gesagt, der Potentat sei schrecklich wütend; ich will sagen, er platzt beinahe vor Wut."

„Das kann ich mir vorstellen."

„Ich auch. Er sagte zum Hohen Priester etwa Folgendes: ‚Oh ja, nun, vielleicht werde ich es ihnen zeigen.' Sie wissen ja, wie er spricht, man kann sich darauf verlassen."

„Ich weiß."

„So, und dies ist das Genie von Nicolai Carpathia, wenn Sie mir diese vertraute Anrede verzeihen wollen. Er wird diese Prophezeiung *erfüllen* – die aus der Bibel und die von Ben-Judahite oder, äh –"

„Tsion Ben-Judah."

„Genau! Er wird auf dem Altar im Tempel in Jerusalem ein Schwein schlachten, weil dieser Bursche und die heilige Bibel das vorhersagen. Ihnen sozusagen einen Schlag ins Gesicht verpassen, meinen Sie nicht auch?"

„Allerdings." *Und in Gottes Gesicht.*

„Also, offiziell weiß ich das noch nicht, können Sie mir folgen?"

„Sicher. Eine geheime Information von Ihrem Kumpel."

„Genau. Aber wenn er, Sie wissen schon, wer, mich fragt, ob ich ihm ein Schwein beschaffen kann, dann will ich ihm sagen können: ‚Kein Problem.' Kann ich ihm das sagen? Sie werden das mit, mit, äh, mit Ihren Leuten oder wem auch immer klären und ich werde ihm dieses Schwein besorgen, richtig?"

„Ich werde mein Bestes tun, Sir."

„Ich wusste es. Hotdog, Sie sind gut."

„Das haben Sie mit Absicht gesagt, nicht, Sir?"

„Was denn?"

„Sie sprechen von einem Schwein und sagen ‚Hotdog'."

Hickman brach in schallendes Gelächter aus, dann gab er vor, dies tatsächlich mit Absicht gesagt zu haben. Nachdem er sich beruhigt hatte, entgegnete er: „Wissen Sie, was ich möchte, Hassid?"

„Sagen Sie es mir."

„Dieses Schwein, sind Sie bereit –?"

„Ich bin bereit."

„– soll groß genug sein, dass Seine Exzellenz darauf reiten kann."

„Wie bitte?"

„Sie haben richtig verstanden. Ich möchte das größte Schwein, das Sie je in Ihrem Leben gesehen haben. So groß wie ein Pony. Groß genug, um einen Sattel darauf zu legen, natürlich nicht wörtlich gemeint, aber Sie wissen, was ich meine."

„Ich bin nicht sicher, Commander."

„Ich versuche, ein paar Punkte zu machen, verstehen Sie, Direktor? So wie Sie es machen, ohne dass Sie sich darum bemühen, einfach weil Sie gut sind. Aber ich möchte Seiner Exzellenz vorschlagen können, dass er, wenn er die Handschuhe auszieht und seinem schlimmsten Feind gegenübersteht, ihm eins auswischen soll."

„Noch mehr?"

„Er sollte auf diesem Schwein in den Tempel reiten!"

„Oh." David konnte sich nicht vorstellen, dass Carpathia sich so weit erniedrigte und etwas Derartiges machen würde.

„‚Oh' ist richtig, Hassid. Lesen Sie in der Bibel?"

„Jemals?"

„Ja."

„Manchmal."

„Nun, gibt es nicht eine Geschichte, in der davon berichtet wird, dass Jesus auf einem Esel nach Jerusalem geritten ist und die Menschen gesungen und Palmwedel geschwungen haben?"

„Ich wurde als Jude erzogen."

„Also war das Neue Testament nichts für Sie. Na ja, wie auch immer, es gibt eine solche Geschichte, da bin ich ziemlich sicher. Stellen Sie sich nur vor, welchen Spaß Seine Exzellenz dabei haben würde. Auf einem Schwein zu reiten und bezahlte Leute, die dazu singen und Palmwedel schwingen."

Herr, bitte! „Das kann ich mir nicht vorstellen."

„Ich kann diesen Vorschlag doch machen, nicht, Hassid?"

„Sicher, Sir."

„Hey, ich denke, ich begebe mich jetzt besser da hinein. Besorgen Sie mir dieses Schwein, ja? Ich werde ihm sagen, dass es so gut wie besorgt ist."

„Ich werde Ihnen Bescheid geben."

David war auf dem Weg zur Tür, als Hickman ihn zurückrief. „Ich habe vergessen, Ihnen zu sagen", begann er und blätterte erneut die Seiten in seinem Notizbuch um, „da gibt es ein Mädchen im Krankenhaus, eine Schwester. Hier ist es. Sie hat früher bei einem Tierarzt gearbeitet oder so etwas und Hunden und Katzen Biochips eingesetzt."

„Was Sie nicht sagen", meinte David.

„Sie sollten sie vielleicht überprüfen, sehen, ob wir ihren Sachverstand irgendwie nutzen können. Sie wissen schon, Leute auf diesem Gebiet ausbilden."

„Ich werde sie überprüfen. Wie heißt sie?"

„Ich glaube nicht, dass ich den Namen zur Hand habe, Hassid. Irgendein seltsamer Name. Sie werden sie sicher ausfindig machen können."

„Ich werde nach der Schwester mit dem seltsamen Namen fragen, Sir."

12

Rayford konnte nicht schlafen. Nachdem er durch die verschiedenen Stockwerke gelaufen war, kam er zufällig an Chaims Zimmer vorbei. Die Tür stand weit offen und in der Dunkelheit konnte er die Umrisse des alten Mannes erkennen. Chaim saß reglos auf dem Bett, obwohl Rayford wusste, dass er ihn im Flur sehen und hören musste. Rayford steckte den Kopf zur Tür herein.

„Geht es Ihnen gut, Dr. Rosenzweig?"

Ein lauter Seufzer entrang sich dem alten Mann. „Ich weiß nicht, mein Freund."

„Möchten Sie reden?"

Ein leises Lachen. „Sie kennen doch die Leute aus meinem Kulturkreis. Wir reden nur. Kommen Sie herein, wenn Sie Zeit haben. Ich freue mich über Ihren Besuch."

Rayford zog sich einen Stuhl heran und setzte sich in der Dunkelheit Chaim gegenüber. Der Botaniker schien keine Eile zu haben. Schließlich sagte er: „Die junge Frau holt mir morgen die Drähte aus dem Kiefer."

„Lea, ja. Sie wollen mir doch nicht erzählen, dass Sie sich deswegen Sorgen machen."

„Ich kann es kaum erwarten."

„Aber irgendetwas beschäftigt Sie doch."

Chaim schwieg wieder, doch schon bald begann er zu keuchen, dann barg er den Kopf in seinem Kissen und fing an zu schluchzen. Rayford zog den Stuhl näher heran und legte ihm die Hand auf die Schulter. „Reden Sie mit mir."

„Ich habe so viel verloren!", jammerte Chaim, und Rayford musste sich Mühe geben, um ihn zu verstehen. „Meine Familie! Meine Angestellten! Und das ist alles meine Schuld!"

„Nur weniges ist noch unsere Schuld, Sir. Carpathia hat jetzt alles unter Kontrolle."

„Aber ich war so stolz! So skeptisch! Tsion, Cameron, Chloe, Sie und alle anderen, die mich geliebt, mich gewarnt, versucht haben, mich zu überzeugen. Aber nein, ich war zu intellektuell. Ich wusste es besser!"

„Aber Sie sind doch zu Gott gekommen, Chaim. Wir dürfen nicht in der Vergangenheit verweilen, wenn alles neu geworden ist."

„Aber sehen Sie, wo ich noch vor nicht allzu langer Zeit gewesen bin! Tsion freut sich trotz allem, er ist so glücklich, macht mir so viel Mut. Ich wage nicht, ihm zu sagen, woran ich denke."

„Woran denn?"

„Ich bin schuldig, Captain Steele! Ich könnte tun, was Sie sagen, die Vergangenheit hinter mir lassen, wenn es nur um meinen Stolz und meine Unwissenheit ginge. Aber das hat mich auf Wege geführt, die ich, wie ich glaubte, nie beschreiten würde. Meine liebsten, vertrauenswürdigsten Freunde sind tot, in meinem Haus niedergemetzelt. Und das ist meine Schuld."

Rayford vermied es, irgendwelche platten Trostworte zu sagen. „Wir alle haben viel verloren", flüsterte er. „Ich zwei Frauen und einen Sohn, viele Freunde – zu viele, um darüber nachzudenken, sonst würde ich verrückt werden."

Chaim setzte sich wieder auf und fuhr sich mit beiden Händen durch das Gesicht. „Genau das ist mein Problem, Rayford. Ich bin vor Trauer beinahe verrückt geworden, aber vor allem vor Reue. Ich habe einen Mann ermordet! Ich weiß, er ist der Antichrist, und er sollte sterben und wiederauferstehen, aber als ich die Tat beging, wusste ich das noch nicht. Ein Mord! Denken Sie nur! Ich war ein geachteter Staatsmann und doch habe ich mich herabgelassen, einen Mord zu begehen."

„Ich weiß, wie das ist, wenn man zornig ist, Chaim. Ich wollte Carpathia selbst ermorden, und ich wusste genau, wer er war und dass er nicht tot bleiben würde."

„Aber ich habe es vorher genau durchdacht, Monate im Voraus geplant, die Waffe buchstäblich selbst erfunden und hergestellt, einen Schlaganfall vorgetäuscht, nur damit ich, ohne Verdacht zu erregen, in seiner Nähe sein konnte. Dann habe ich die Aufgabe genau so erledigt, wie ich es geplant hatte. Ich bin ein Mörder."

Rayford beugte sich vor und stützte die Ellbogen auf den Knien auf, barg den Kopf in den Händen. „Wissen Sie, dass ich Ihnen die Arbeit beinahe abgenommen hätte?"

„Ich verstehe nicht."

„Sie haben vor Ihrem Angriff auf Carpathia einen Schuss gehört, nicht wahr?"

„Ja."

„Das war meine Pistole."

„Das glaube ich Ihnen nicht."

Rayford erzählte ihm von seinem Zorn, der Veränderung seiner Persönlichkeit, seinem Planen, dem Kauf der Waffe, seiner Entschlossenheit, diesen Mord zu begehen.

Chaim schüttelte den Kopf. „Ich kann kaum glauben, dass zwei Menschen, die es wagten, Nicolai anzugreifen, jetzt im selben Zimmer sitzen. Aber Sie haben es dann doch nicht über sich gebracht. Ich habe es mit Begeisterung getan, und bis zu dem Zeitpunkt, als ich erkannte, dass ich Gott brauchte, war ich froh darüber. Aber jetzt empfinde ich ein so großes Bedauern und so große Scham, dass ich kaum Luft bekomme."

„Können Sie nicht Trost in der Tatsache finden, dass dies vorherbestimmt war und dass Sie nicht des Mordes an einem Mann schuldig sein können, der am Leben ist?"

„Trost? Ich würde alles hingeben für einen Augenblick des Friedens. Nicht die Tatsache, *wem* ich das angetan habe, quält mich, sondern *dass* ich es überhaupt getan habe. Ich wusste nicht, wie schlecht ich bin."

„Und doch hat Gott Sie erlöst."

„Sagen Sie mir, gibt es das Gefühl, Vergebung erlangt zu haben?"

„Das ist eine gute Frage. Ich stand vor demselben Dilemma. Ich glaube fest daran, dass Gott die Macht hat, uns zu vergeben und zu vergessen, was wir getan haben – uns von unseren Sünden zu trennen, so weit der Osten vom Westen entfernt ist. Aber ich bin auch nur ein Mensch. Ich vergesse nicht, und darum nehme ich die Vergebung, die Gott für uns bereithält, häufig nicht an. Doch unsere Schuldgefühle bedeuten nicht, dass Gott nicht die Macht hat, uns seine Vergebung zuzusprechen."

„Aber Tsion sagt, mir wäre vielleicht ein größeres Schicksal bestimmt, ich wäre vielleicht der Mann, der meine gläubigen Landsleute vor dem Antichrist in Sicherheit bringen könnte. Wie kann er so etwas sagen und wie könnte ich angesichts meiner Gefühle so etwas tun?"

Rayford erhob sich. „Vielleicht liegt der Trugschluss in der Annahme, Sie wären derjenige, der dies tun sollte?"

„Ich wäre gern frei von dieser Last, aber wie Tsion sagt, wer sonst? Er selbst kann es nicht riskieren."

„Ich will damit sagen, dass Gott dies tun wird, durch Sie."

„Aber wer bin ich schon? Ein Wissenschaftler. Ich bin nicht redegewandt. Ich kenne das Wort Gottes nicht. Ich kenne Gott kaum. Bis vor kurzem war ich nicht einmal ein religiöser Jude."

„Und doch haben Sie als Kind die Thora gelesen."

„Natürlich."

„Wenn Tsion recht hat, und nicht einmal er ist sich dessen sicher, könnte dies Ihre Erfahrung mit dem brennenden Dornbusch werden."

„Niemand wird mich jemals als Mose sehen."

„Sind Sie bereit, sich von Gott gebrauchen zu lassen? Denn falls Tsion recht hat und Sie tun, was Sie seiner Meinung nach tun sollten, wären Sie ein moderner Mose."

„Ach was!"

„Sie könnten sich von Gott gebrauchen lassen, um Ihrem Volk zu helfen, dem bösen Herrscher zu entkommen, und es an einen sicheren Zufluchtsort zu bringen."

Chaim stöhnte und legte sich wieder nieder.

„Mose hat dasselbe gesagt wie Sie", fuhr Rayford fort. „Die Frage ist, ob Sie bereit sind."

„Ich weiß."

„Sie haben recht. Sie waren schlecht. Das waren wir alle, bis

Christus uns erlöst hat. Gott kann aus Ihrem Leben ein Wunder machen."

Chaim murmelte leise vor sich hin.

„Wie bitte?", fragte Rayford.

„Ich sagte, ich möchte bereit sein. Ich bin bereit, bereit zu sein."

„Das ist doch schon ein Anfang."

„Aber Gott wird noch viel an mir arbeiten müssen."

„Das hat er bereits."

„Noch mehr. Im Augenblick könnte ich diese Aufgabe genauso wenig übernehmen, wie ich ein Flugzeug steuern könnte. Der Mensch, der diese Aufgabe übernimmt, muss ein reines Gewissen haben, ein Vertrauen, das nur von Gott kommt, und Kommunikationsfähigkeiten, die weit über das hinausgehen, was ich je besessen habe. Ich könnte eine Unterrichtsstunde halten, aber vor Tausenden von Menschen sprechen, wie Tsion es getan hat, sich öffentlich dem Antichristen entgegenzustellen, die Massen dazu zu bringen zu tun, was richtig ist? Das könnte ich nicht!"

„Aber Sie sind bereit, Gott zu vertrauen, dass er es tun kann?"

„Er ist meine einzige Hoffnung. Ich bin am Ende."

Zur Mittagszeit verließ David in Neu-Babylon zum ersten Mal seit Tagen den Palast. Um zwei Uhr nachmittags sollten die Fäden gezogen werden, und er freute sich darauf, Hannah Palemoon wiederzusehen, auch wenn sie sich in einer sterilen Umgebung treffen würden, wo sie nicht ungehindert miteinander sprechen konnten.

Die Hitze erinnerte David an den Tag von Nicolais Auferstehung. Es erschien ihm nicht richtig, ohne Annie über das Gelände des pompösen Palastes zu laufen. Sein Schmerz war so groß und tief. Seine Kopfwunde war nichts dagegen. Hannah hatte ihn gewarnt, das Abnehmen des Verbandes würde schlimmer sein als das Ziehen der Fäden. Seine Uniformkappe schützte die Wunde vor der Sonne, aber Davids Körper begann sich in der Uniform aufzuheizen, und die Erinnerungen an sein Trauma kehrten zurück.

Die Dezimierung der Weltbevölkerung spiegelte sich in der Zahl der Mitarbeiter im Hauptquartier der Weltgemeinschaft wider. Die ehemals geschäftige Metropole war nun nichts weiter als eine leere Hülle. Die Mengen, die sich einst aus begeisterten Angestellten zusammengesetzt hatten, bestanden nun aus Touristen und Pilgern, die sich schier den Hals verrenkten, um ein bekanntes Gesicht zu entdecken.

Einige Meter entfernt entdeckte David einige Besucher, die sich um einen der TV-Monitore im Außenbereich geschart hatten, über den 24 Stunden am Tag Nachrichten der Weltgemeinschaft ausgestrahlt wurden. Er trat unbemerkt näher und blieb im Hintergrund stehen. Der neue Hohe Priester des Carpathianismus, Leon Fortunato, hielt von seinem neuen Büro aus eine Ansprache.

David konnte nur den Kopf schütteln. Leon stand vor einem kanzelähnlichen Rednerpult, aber seine Größe schien sich verändert zu haben. Leon war knapp ein Meter achtzig groß und trug ein langes, weites, blauburgunderfarbenes Gewand. Wenn der verstorbene Peter Mathews, der mehrere Zentimeter größer gewesen war als Leon, in einem weiten, prächtigen Gewand auf dieser Kanzel gestanden hatte, hatte er kleiner gewirkt als Leon. Scheinbar stand Leon auf einer Kiste oder etwas Ähnlichem!

Das neue geistliche Oberhaupt berichtete von dem weltweiten Wettstreit der Gemeinden und Kommunen bei der Fertigstellung der Statue von Carpathia. Natürlich hatten die Vereinigten Carpathiatischen Staaten einen großen Vorsprung, aber die anderen Staaten wetteiferten um den zweiten Platz.

In dem Bericht waren Ausschnitte aus der ganzen Welt zu sehen, in denen gezeigt wurde, wie viele Gemeinden versucht hatten, ihre Statue zu einer einzigartigen Version zu verschönern. Nach der Vorschrift sollten die Statuen mindestens Lebensgröße haben und einfarbig sein, aber keine durfte so groß sein wie das Original. Darüber hinaus durften die Kommunen ihrer Kreativität freien Lauf lassen. Die meisten Statuen waren schwarz, viele aber auch aus Gold, einige aus Kristall oder Fiberglas, eine war grün, eine orange, und mehrere hatten doppelte Lebensgröße (waren also halb so groß wie das Original).

Von einigen schien Fortunato besonders beeindruckt, und er kündigte an, dass er die Werkstätten persönlich besuchen würde.

„Im Interesse der umfassenden Berichterstattung muss ich Ihnen mitteilen, dass in israelischen Städten wie Haifa und Tel Aviv zwar an den Statuen gearbeitet wird, dass Jerusalem mit ihrer jedoch noch nicht begonnen hat." Leon sprach mit ernster, tiefer Stimme. „Auf der Grundlage der mir vom auferstandenen Potentaten verliehenen Autorität sage ich: Wehe! Wehe und Vorsicht den Feinden des Herrn dieser Welt, die sich dem Allerhöchsten widersetzen!"

Jetzt wechselte er zum Onkelton über und sprach wie ein fürsorglicher Verwandter, der eine Gutenachtgeschichte vorlas. „Aber Sie wissen, dass ich zwar mit Macht aus der Höhe ausgestattet worden bin, um alle die Wunder zu tun, die unser geliebter Führer tut, und obwohl ich diese Macht bereits gezeigt habe, indem ich Feuer vom Himmel beschwor, um die Illoyalen zu vernichten, ist euer Herr, Seine Exzellenz, die Verkörperung der Liebe, Vergebung und Geduld. Gegen meinen Rat und besseres Wissen, obwohl ich mich seiner göttlichen Weisheit beuge, hat der Supreme Potentat mich gebeten zu verkünden, er wisse, dass er treue Anhänger in der Hauptstadt des Heiligen Landes habe. Unser liebender Herr wird diese loyalen Pilger nicht vergessen, die unter der Unvernunft und Subversion der Führer leiden, die die Verantwortung für das geistliche Wohlergehen ihrer Seelen übernommen haben.

In einer Woche von heute an wird Seine Exzellenz, den wir alle anbeten, persönlich seine Kinder in Jerusalem besuchen. Er wird nicht nur mit denen abrechnen, die sich ihm widersetzen – denn er ist nicht nur ein liebender, sondern auch ein gerechter Gott –, er wird auch segnen und Anbetung und Lobpreis von den Bürgern entgegennehmen, die sonst keine Stimme haben.

Als ihr Hirte möchte ich die zahllosen unterdrückten Carpathianisten, die unter der Herrschaft der irregeführten Rebellen in Jerusalem leben, aufrufen, dem Einen, der unserer Ehrerbietung und Verherrlichung würdig ist, mutig ihre Unterstützung zu zeigen, wenn er in ihrer Heimatstadt ankommt. Möge es ein triumphaler Einzug sein, wie es keinen zuvor gegeben hat. Lassen Sie mich in seinem Namen persönlich für Ihre Sicherheit und Ihren Schutz vor jeder Form der Vergeltung garantieren, die Sie vielleicht zu erwarten haben, weil Sie unter den Augen einer mächtigen Opposition das Richtige getan haben.

Wir wissen, dass die dortige Führung aus einer kleinen Mehrheit von Judahiten und orthodoxen Juden besteht, die die Rache ihres Gottes riskieren, wenn sie in ihrer selbstmörderischen Unvernunft verharren. Wenn sie ihren Irrtum nicht einsehen, auf die Knie fallen und ihren Herrn um Vergebung bitten, wird eine neue Regierung an der Macht sein, bevor Seine Exzellenz diese große Stadt wieder verlässt.

Und diejenigen, die sagen, der Tempel sei für den Potentaten verboten, warne ich: Wagt nicht, euch der Armee des Herrn der Heerscharen zu nähern. Er ist ein Gott des Friedens und der Versöhnung, aber ihr sollt keine anderen Götter neben ihm haben. Auf diesem Planeten soll kein Haus der Anbetung errichtet werden oder geduldet sein, in dem nicht Seine Exzellenz allein angebetet wird. Nicolai Carpathia, der Potentat, ist auferstanden!"

Die um den Monitor versammelte Menge rief die vorgeschriebene Antwort und David murmelte leise vor sich hin: „Jesus, der Christus, ist wahrhaftig auferstanden."

Fortunato erinnerte die Welt daran, dass innerhalb von zwei Tagen alle Statuen fertig gestellt sein und zur Anbetung bereitstehen sollten. „Und wie Sie wissen, werden die ersten Hundert Städte mit einer fertigen und genehmigten Statue als Erste mit einem Zentrum belohnt werden, in dem das Loyalitätszeichen verteilt werden soll."

Leon ließ von einem Assistenten einen großen Kartenständer bringen und in der Nähe seiner Kanzel aufstellen. David fiel auf, dass er neben dieser Karte fast zwei Meter groß wirkte. Mit einem Zeigestock zeigte Fortunato die Skizze einer Standardeinrichtung zur Verteilung des Loyalitätszeichens. Sie bestand aus einem großen freien Bereich, auf dem mehrere Tausend Menschen Platz fanden und mit Reden von Carpathia oder Fortunato unterhalten werden würden. Alle vier Minuten würde eine

Aufzeichnung der Ereignisse während der Beerdigungsfeierlichkeiten gezeigt werden, in denen Fortunato Feuer vom Himmel auf Dissidenten herabbeschwor; außerdem Carpathias Auferstehung. Er ließ das Band ablaufen und David musste sich abwenden. Die Touristen jubelten und klatschten.

Fortunato kehrte zu seiner Skizze zurück. Die Bürger würden in einem oder – je nach Größe der Stadt – auch zwei Dutzend offener Räume über die Form und Größe ihres Zeichens entscheiden können und ob sie es an ihrer Stirn oder auf dem Rücken ihrer rechten Hand tragen wollten.

„Noch eine freundliche Erinnerung", meinte Fortunato grinsend. „Sollten Sie mit Ihrer Entscheidung zögern oder sie vor Aufregung vergessen, wird die Standardinjektion an Ihrer rechten Hand vorgenommen werden. Neben der kleinen Narbe von der Injektion des Biochips wird die Kennziffer Ihrer Region stehen.

Wiederholt sind wir gefragt worden, wie wir die Fälschung des Zeichens verhindern wollen. Zwar ist es selbst für überaus fähige und geübte Beobachter schwer, ein gefälschtes von einem echten Zeichen zu unterscheiden, doch die Biochip-Scanner werden sich nicht täuschen lassen. Wir sind so von der hundertprozentigen Verlässlichkeit dieser Technologie überzeugt, dass jeder, dessen Biochip von einem Scanner nicht erkannt wird, ohne Anhörung exekutiert werden wird. Ein lesbarer, implantierter Chip wird Voraussetzung für den normalen Handel sein.

Und ja, neben jedem Zentrum, in dem die Implantation der Chips durchgeführt wird, wird ebenfalls ein Loyalitätssicherstellungsgerät stehen."

Zu Davids Verblüffung wurde diese Ankündigung von dem Bild einer großen, funkelnden Guillotine begleitet und Fortunato kommentierte dies mit einem herzlichen Lachen. „Ich kann mir nicht vorstellen, dass ein Bürger der Weltgemeinschaft sich vor einem solchen Gerät fürchten muss, es sei denn, er gehört zur Sekte der Judahiten oder der orthodoxen Juden. Offen gesagt, nur die Blinden oder diejenigen, die kein Fernsehen haben, haben die Auferstehung unseres Gottes und Herrschers noch nicht gesehen. Ich kann mir also nicht vorstellen, dass es außerhalb von Jerusalem noch Skeptiker gibt. Und nun", sagte er und lachte erneut, „werden diese nicht mehr lange unter uns sein, wie Sie sehen können."

Daraufhin holte Fortunato einen großen Stapel Briefe und Computerausdrucke hervor. „Dies, meine Freunde, sind Anträge von Menschen, die als Erste Seiner Exzellenz ihre Loyalität beweisen wollen, indem sie stolz ihr Zeichen hier in Neu-Babylon in Empfang nehmen. Jeder Bürger jeder Region kann sich sein Zeichen hier implantieren lassen, wenn auch die Codenummer die des Heimatlandes sein wird. Die Anzahl der Gäste ist natürlich begrenzt. Stellen Sie also schnell Ihren Antrag oder lassen Sie sich Ihr Zeichen in Ihrem Heimatland geben.

Ist die Implantation mit Schmerzen verbunden? Nein. Mithilfe der modernen Technik und örtlicher Betäubung werden Sie nur den Druck des Biochip-Injektors spüren. Darüber hinaus wird die örtliche Betäubung noch eine Weile nachwirken, sodass Sie keinerlei Schmerzen haben werden.

Gesegnet seid Ihr, meine Freunde, im Namen unseres auferstandenen Herrn, Seiner Exzellenz, des Potentaten Nicolai Carpathia."

Rayford kehrte müde in sein Bett zurück, doch er konnte dennoch nicht schlafen. Über eine Stunde lang dachte er über die *Tribulation Force* nach, und er kam schließlich zu dem Schluss, dass Albie und Buck nach Griechenland fliegen sollten. Er musste hierbleiben, um die anderen bei Laune zu halten. Und Buck musste unbedingt über die Vorgehensweise des Carpathia-Regimes Bericht erstatten.

Nachdem er diese Entscheidung getroffen hatte, schlief Rayford ein. Zeke sollte am nächsten Tag noch einen falschen Ausweis für Buck herstellen und David sollte ihnen von Neu-Babylon aus ein wenig den Weg ebnen.

David informierte den Leiter der Abteilung Nahrungsmittelbeschaffung darüber, dass Commander Hickman für Carpathias Israelbesuch das größte Schwein benötige, das aufzutreiben sei.

Anschließend ging er in sein Büro, um vor seiner Verabredung mit Hannah in seinem Computer nachzusehen, ob Nachrichten für ihn angekommen wären. Er fand eine dringende E-Mail von Ming Toy.

„Ich wusste nicht, an wen ich mich sonst wenden sollte. Tieftraurig habe ich von Ihrem Verlust erfahren, und ich kann nur beten, dass Gott Ihnen Kraft gibt. Ihr Schmerz muss sehr groß sein.

Mr Hassid, haben Sie seit meiner Abreise aus Neu-Babylon meine Familie gesehen? Sie haben mir von keinem weiteren Treffen mit Ihnen berichtet. Ich mache mir große Sorgen. Ihnen wurde freie Unterbringung gewährt, bis Chang seine Arbeit zugewiesen bekommt, und mein Vater ist darüber hocherfreut. Mutter schweigt wie immer, aber ich habe mit Chang gesprochen. Er ist verzweifelt. Er sagt, auf keinen Fall wolle er für die Weltgemeinschaft arbeiten, doch mein Vater besteht darauf. Dass sein Sohn Carpathia dient, ist die größte Ehre, die er sich vorstellen kann.

Chang hat gehört, dass alle Angestellten das Zeichen innerhalb der nächsten Wochen erhalten sollen, aber es gibt Gerüchte, die neuen Angestellten sollten sie als Erste bekommen. Stimmt das? Kann es wahr sein? Irgendwie wäre es logisch. Warum sollten sie jemanden einstellen, ohne ganz sicher zu wissen, dass er loyal ist? Und außerdem erspart es ihnen den Verlust von Arbeitszeit, den sie später hätten, wenn sie in den Schlangen stünden.

Vater besteht darauf, dass Chang sich sofort in der Personalabteilung bewirbt, und er möchte, dass er zu den Ersten gehört, die das Zeichen erhalten. Außerdem möchte er es gern persönlich miterleben. Chang ist bereit, meinem Vater gegenüber einzugestehen, dass er an Jesus Christus glaubt und ja, sogar ein Judahit genannt werden könnte, aber vor zwei Dingen hat er Angst. Zum einen, dass Vater ihn verraten könnte, und zum anderen, dass er auch die Wahrheit über mich erfahren würde. Glauben Sie mir, Mr Hassid, ich kenne meinen Vater. Er würde uns beide an die Weltgemeinschaft verraten, um Carpathia seine Loyalität zu beweisen.

Ich flehe meinen Bruder an, meinem Vater gegenüber nichts von seinem Glauben verlauten zu lassen, und doch weiß ich nicht, wie lange er diesen letzten Test noch aufschieben kann. Der einzige Weg, sich um eine offizielle Bewerbung zu drücken, ist, davonzulaufen oder meinem Vater die Wahrheit zu sagen. Können Sie irgendwie helfen? Es tut mir leid, Sie hiermit zu behelligen, während Sie so Schweres durchmachen.

Seien Sie versichert, dass ich für Sie bete. Bestimmt wissen Sie dies, aber Lea berichtet, dass Ihre Gefährten im Versteck ebenfalls jeden Tag an Sie denken.

Mit freundlichen Grüßen, Ihre Schwester in Christus, Ming Toy."

David rief in der Personalabteilung an. „Können Sie mir den Status eines gewissen Chang Wong nennen?"

„Jawohl, Sir. Beeindruckende Unterlagen. Wurde von Carpathia öffentlich erwähnt, zumindest vor der Führungsspitze. Ein kluger Bursche. Er wird hier arbeiten, sobald seine Unterlagen vollständig sind. Die einzige Frage ist, wo. Ich nehme an, Sie wollen ihn; alle anderen wollen ihn auch."

„Das kann ich noch nicht sagen. Ich wollte mich nur nach ihm erkundigen."

„Ihr Bereich würde den meisten Sinn machen. Sie würden ihn doch nicht abweisen, oder?"

„Es ist noch zu früh, dazu etwas zu sagen, aber ich bin kein Mitläufer. Nur weil alle ihn wollen, bedeutet das nicht, dass ich ihn ebenfalls möchte."

„Das stimmt. Aber er wäre wirklich eine Bereicherung."

„Was kommt als Nächstes?"

„Keine Ahnung. Wir hatten ihn eigentlich gestern erwartet. Es liegt an ihm. Er erledigt den Papierkram, reicht eine offizielle Bewerbung ein und wir machen ihm ein Angebot."

„Und wenn er akzeptiert?"

„Dann ist er dabei."

„Er hat doch noch nicht einmal die Highschool abgeschlossen."

„Wir haben einen Lehrer für ihn. Übrigens ist er so klug, dass er selbst an der Highschool unterrichten könnte."

„Wann würde er anfangen?"

„In ein paar Tagen. Verzögern könnte sich das höchstens durch den neuen Stopp. Sie haben davon doch bereits Kenntnis, nicht wahr?"

„Nein."

„Müsste eigentlich per E-Mail gekommen sein."

David wollte nicht zu interessiert wirken. „Das werde ich schon finden. Danke."

„Wollen Sie diesen Jungen, falls wir ihn bekommen?"

David musste schnell nachdenken. Wenn er seiner Abteilung zugeteilt wurde und David und die anderen verschwanden, konnte er als Staatsfeind entlarvt werden. Aber wenn ihr Verschwinden wie ein Unfall wirkte, würde kein Verdacht auf sie oder andere Mitarbeiter fallen. Auf der anderen Seite, falls die Implantation des Zeichens Voraussetzung für die Einstellung war, dann war das Thema erledigt. Der Junge würde sich weigern, der Vater würde ihn verraten, Ende der Geschichte. David würde nicht in Verdacht geraten, weil er ihn angefordert oder Zeit mit ihm verbracht hatte.

„Könnte ich denn vorher mal mit ihm reden?"

„Ihn ausfragen? Hmm. Gehört zwar nicht zum Protokoll, aber ich sehe nicht, was das schaden könnte."

„Wo wohnt er?"

„Vier null fünf vier."

So nah bei Hannah. Ob sie das wohl weiß? „Danke."

David eilte zum Krankenhaus. Hannah begrüßte ihn zurückhaltend und stellte die üblichen Fragen in Bezug auf Blutungen, Übelkeit und Schmerzen. Dann bat sie ihn in ein Behandlungszimmer, um die Fäden zu ziehen.

„Sie sehen ganz gut, wenn auch ein wenig zerstreut aus", bemerkte sie, während sie seinen Kopf mit einem Desinfektionsmittel besprühte, um den Verband zu lösen.

„Kann mir gar nicht vorstellen, woher das kommt", brummte er.

„Sarkasmus? Sie wissen doch, ich stehe auf Ihrer Seite."

„Wussten Sie, dass die Wongs auf Ihrem Flur untergebracht sind?"

„Wer sind die Wongs?"

David schlug sich an die Stirn.

„Wunderbar", stöhnte sie. „So viel zur Sterilität. Schließen Sie die Augen." Er gehorchte und sie sprühte ihn noch einmal ein.

„Also, wer sind die Wongs?"

Er erzählte ihr die Geschichte.

„Was werden Sie tun?", fragte sie.

„Ihr Zimmer abhören."

„Das können Sie?"

„Ich kann alles."

„Das begreife ich allmählich. Aber wie?"

„Ich werde es Ihnen erzählen, aber dann –"

„Ja, ich weiß, Sie müssten mich umbringen." Sie wirkte verlegen, weil sie das gesagt hatte, nachdem er gerade erst seine Verlobte verloren hatte. „Es tut mir leid", flüsterte sie.

„Mein Fehler", erwiderte er. „Ich habe damit angefangen."

Sie zog vorsichtig an dem Verband. Tränen traten ihm in die Augen. „Haben Sie Geduld mit mir", entschuldigte sie sich und sprühte noch mehr Flüssigkeit.

„Soll das Zeug die ganze Sache erleichtern?", fragte er.

„Das reden wir uns jedenfalls ein", erwiderte sie. „Zum Glück hatten Sie einen guten Chirurgen. Oh ja, ich war das. Ich habe genügend Haare wegrasiert, dass wir es hier nur mit der Kopfhaut, der Wunde und den Stichen zu tun haben. Stellen Sie sich vor, wenn auch noch Haare da wären."

„Ich will gar nicht darüber nachdenken."

„Denken Sie an etwas anderes und ich beeile mich."

„Sie können es nicht einfach abreißen?"

„Nicht bei den Fäden. Die müssen in einem gezogen werden. Wenn ich einen zusammen mit dem Verband abreiße, gehen Sie an die Decke. Und jetzt versuchen Sie, an etwas anderes zu denken."

„Was denn zum Beispiel?"

Sie hielt inne und stützte die Hände in die Hüften, wobei sie sorgfältig darauf achtete, nichts zu berühren. „David, ich kenne Sie kaum. Woher sollte ich wissen, an was Sie denken können?"

Er zuckte die Achseln.

„Denken Sie über die Freiheit nach", sagte sie. „Darüber, wie es sein wird, wenn Sie nicht mehr hier sind."

„Sie nennen das Freiheit? Es ist nur eine andere Form von Gefängnis."

„Das habe ich auch schon gedacht", meinte sie. „Es werden bestimmt weniger Spannungen herrschen, meinen Sie nicht?"

„Andere, nehme ich an. Autsch!"

„Tut mir leid. Seien Sie tapfer. Erzählen Sie mir mehr."

„Nun, wir werden uns auf jeden Fall keine Gedanken darüber machen müssen, ob jemand zusieht oder zuhört und ob meine sicheren E-Mail- und Telefonleitungen aufgeflogen sind. Wir werden uns keine Gedanken darüber machen müssen, ob wir bereits entdeckt wurden und vielleicht nur noch geduldet werden, damit wir sie vor unserer Verhaftung auch noch zu den anderen führen."

„Das denke ich auch", meinte sie.

„Aber wir werden nie wieder frei sein. Wir werden Flüchtlinge sein."

„Dann haben Sie meine Idee also bereits begraben?"

„Nein, warum? Ich habe sie an Mac und Abdullah weitergegeben."

„Denn wenn es funktioniert, wird niemand auch nur nach uns suchen. Wir bekommen eine neue Identität, verändern unser Aussehen und fangen noch einmal von vorne an."

„Allerdings ohne das Loyalitätszeichen."

Sie zögerte. „Nun, ja, das stimmt allerdings. Einen Augenblick noch. So, da haben wir es." Sie zeigte ihm den langen Verband, den sie mit einer Chirurgenschere festhielt. Er war nicht nur desinfiziert, sondern auch blutig und wies den Abdruck seiner Wunde auf.

„Kann ich Sie etwas fragen?", sagte er. „Zu einem anderen Thema?"

„Sie meinen: darf ich?"

„Ach, das schon wieder. Sie wollen doch nur mit Ihrer Bildung angeben?"

„Tut mir leid. Ich bin da unheilbar."

„Ich nehme an, wir werden im Versteck jemanden brauchen,

der unsere Grammatik überwacht, für den Fall, dass Tsion und Buck einmal nicht da sind. Aber wie auch immer, warum denken Sie Schwestern immer, wir wollten das Zeug sehen? Den blutigen Verband, meine ich."

„Blutig?" Sie verfiel in Babysprache. „Will der Kleine diesen blutigen Verband nicht sehen?"

„Ärzte und Schwestern tun wohl immer, was Sie da gerade machen. Entfernen Sie ihn doch einfach und werfen Sie ihn weg. Glauben Sie, ich würde nicht zahlen, wenn ich ihn nicht sähe?"

Sie zuckte die Achseln.

„Anscheinend liebt ihr dieses Zeug", meinte er. „Anders kann ich mir das nicht erklären. Übrigens, von Klammern haben Sie nichts gesagt."

„Sie haben gerade Ihre eigene Frage beantwortet."

„Ich verstehe nicht."

„Ich habe Ihnen den Verband gezeigt, damit Sie wissen, was als Nächstes kommt. Die Fäden sind einzeln, sie können einzeln herausgezogen werden. Ich brauche sie nicht aufzuschneiden oder aufzuknoten. Es wird nicht wehtun, aber es sind mehrere Fäden. Und die beiden Klammern müssen bleiben, bis die Fäden gezogen sind, nur für den Fall, um alles zusammenzuhalten. Wenn die Fäden weg sind, weiß ich, ob die Narbe Ihr großes Gehirn halten kann. Dann muss ich mit einer Drahtschere unter jede dieser beiden Klammern gehen."

„Sie machen Witze."

„Nein, Sir. Ich schneide die Klammer durch –"

„Autsch."

„Nicht, wenn Sie still halten."

„Sie sind diejenige, die besser still hält."

„Ich bin gut. Ich verspreche es. Dann greife ich die Enden und ziehe sie langsam heraus."

„Das wird sicher wehtun."

Sie zögerte.

„Hier hätte ich ein schnelles ‚Überhaupt nicht' erwartet."

„Ich gestehe, Sie werden mehr spüren als beim Fädenziehen. Es ist eine größere Sache."

„Eine größere Sache? Sie haben wirklich Nerven."

„Was soll ich denn sonst sagen? Die große, blutige Klammer hat mehr Gewebe verdrängt als die kleinen, winzigen Stiche. Wenn Narbengewebe am Metall hängen bleibt, haben Sie vielleicht das Gefühl, dass es nachgibt."

„Mir gefällt der Ausdruck ‚nachgeben' nicht."

„Machen Sie doch keinen Aufstand! Es wird nicht einmal bluten. Und wenn ich das Gefühl habe, dass es zu früh ist und bei Ihnen ein Schock zu befürchten ist, werden wir es verschieben."

„Dann müssen Sie mich erst umbringen. Ich meine es ernst, Hannah. Ich will das endlich los sein."

„Sie wollen nur keinen Grund haben, noch einmal zurückkommen und mit mir reden zu müssen."

„Das ist es nicht."

„Nein", meinte sie ausweichend. Sie tat so, als sei sie beleidigt. „Ich kann das verkraften. Ich kenne keinen anderen Christen, der Grund hätte vorbeizukommen, aber das ist schon in Ordnung. Überlassen Sie mich nur meinem Elend."

„Nun machen Sie schon."

„Halten Sie den Mund, dann tue ich es. Und jetzt denken Sie an etwas anderes."

„Können Sie während der Arbeit sprechen?"

„Oh sicher. Ich habe Ihnen doch gesagt, dass ich gut bin."

„Dann erzählen Sie mir Ihre Geschichte."

„Die Geschichte ist länger als diese Prozedur, David."

„Dann nehmen Sie sich die Zeit."

„Also, das war aber nun wirklich nett."

13

Hannah Palemoons Geschichte lenkte David tatsächlich von dem ab, was sie tat. Und sie nahm sich wirklich Zeit, hielt zwischen jedem Stich inne. Sie neckte ihn, indem sie ihm den ersten Faden zeigte, doch sein entnervter Blick brachte sie zur Vernunft.

Sie war in einem Cherokee-Reservat in den jetzigen Vereinigten Nordamerikanischen Staaten aufgewachsen. „Unfassbar, was für Vorstellungen andere Leute von den amerikanischen Ureinwohnern haben", sagte sie.

„Ich bin nie in den Staaten gewesen, nicht einmal, als es noch die Vereinigten Staaten von Amerika waren. Aber ich habe darüber gelesen. Wegen Kolumbus' Irrtum wurden Sie ‚Indianer' genannt."

„Genau, er glaubte, er sei in Westindien gelandet, also mussten wir Indianer sein. Und jetzt heißt es, Indianer hier, Indianer dort. Indianerstämme. Cowboys und Indianer. Indianervolk. Indianerreservat. Das Indianer-Problem. Amerikanische Indianer – das war mein Lieblingsausdruck. Und natürlich nahm jeder, der noch nie in einem Reservat gewesen war, an, wir würden in Indianerzelten wohnen."

„Das hatte ich auch gedacht", erwiderte David. „Wegen der Fotos."

„Diese Fotos werden bei typischen Touristenorten aufgenommen. Die Touristen wollen die alte amerikanische Kultur sehen; und wir zeigen sie nur zu gerne. Ziehen die alten Kleider an, tanzen die alten Tänze, verkaufen alle möglichen, aus bunten Perlen hergestellten Gegenstände. Unsere richtigen Häuser wollen sie gar nicht sehen."

„Keine Tipis, nehme ich an."

„Wie an allen Orten, an denen die Leute nicht viel Geld haben. Mehrfamilienhäuser, kleine Häuser, Wohnwagen. Und die Touristen interessiert es überhaupt nicht, dass mein Dad Mechaniker war und meine Mutter im Büro einer Klempnerfirma arbeitete. Sie würden lieber glauben, dass wir Überfälle auf arme Weiße planen, Feuerwasser trinken oder in einem Kasino arbeiten."

„Und das haben Ihre Eltern nicht getan?"

„Meine Mutter hat gern am Spielautomat ihr Glück versucht. Dad hat eines Abends beim Blackjack einen ganzen Wochenlohn verloren. Danach hat er nie wieder gespielt."

„Und Sie haben als Tierärztin gearbeitet."

„Als Tierarzthelferin. Mein Onkel, der Bruder meiner Mutter, hatte sich sein Wissen selbst angeeignet. Er brauchte keine Urkunde oder Zulassung oder so etwas. Das brauchte man nur, wenn man außerhalb des Reservats arbeiten wollte, und das wollte er nicht. Und er hat auch bei den komischen Sachen nicht mitgemacht. Touristen haben ihn gefragt, ob er tanzen, singen und tote Tiere wieder lebendig machen würde. Er war ein großer Bücherfreund und hat alles gelesen, was er über Tiere in die Finger bekam, weil er sie so liebte und weil es so viele davon gab."

„Sie wollten nicht Tierärztin werden?"

„Nein. Ich habe die Bücher über Clara Barton und Florence Nightingale verschlungen. In der Schule kam ich gut zurecht, vor allem in den naturwissenschaftlichen Fächern, und eine Lehrerin machte mir Mut, die Chancen für amerikanische Ureinwohner an der staatlichen Universität wahrzunehmen. Ich ging zur Arizona State und blickte niemals zurück. Das war teurer, weil ich nicht aus Arizona kam, aber ich wollte eine möglichst große Entfernung zwischen mich und das Reservat legen."

„Warum?"

„Ich habe mich nicht geschämt oder so etwas. Ich dachte nur, draußen hätte ich mehr Möglichkeiten. Und so war es auch."

„Und wo haben Sie von Gott gehört?"

„Überall. Es lebten auch Christen im Reservat. Wir waren keine Kirchgänger, aber wir wussten sehr genau, wer dazugehörte. Diese Lehrerin hat häufig mit mir über Jesus gesprochen. Ich war nicht interessiert. Sie nannte das ‚Zeugnis geben', und das klang irgendwie komisch in meinen Ohren. Und dann an der Universität. Sie waren überall. Wo man ging und stand, musste man damit rechnen, auf Jesus angesprochen zu werden."

„Und das hat Sie nie fasziniert?"

„Nicht genug, um irgendwelche Veranstaltungen zu besuchen. Ich hatte Angst, in einer Sekte zu landen oder auf einen Betrug hereinzufallen. Das Wichtigste für diese jungen Leute war, die Menschen dazu zu bringen einzugestehen, dass sie Sünder waren und dass sie nichts gegen ihre Sünde unternehmen konnten. Um ehrlich zu sein, ich fühlte mich nicht als Sünderin. Damals nicht."

„Das war also der falsche Ansatz für Sie."

„Das war nicht ihre Schuld. Natürlich war ich eine Sünderin. Ich habe es nur nicht erkannt."

„Und was hat schließlich Ihre Umkehr bewirkt?"

„Als ich herausfand, wer dem großen Massenverschwinden zum Opfer gefallen war, wurde ich wütend. Diese Kirchgänger kannte ich. Christen von der Universität. Meine Lehrerin an der Highschool."

„Dann hatten Sie also so eine Ahnung?"

„Eine Ahnung? Ich wusste es. Die Leute sagten, Gott sei dafür verantwortlich, und ich glaubte ihnen. Und ich hasste ihn deswegen. Ich dachte an diese Leute und wie aufrichtig und überzeugt sie gewesen waren und wie sehr ich ihnen am Herzen gelegen hatte. Sie hatten mir von Gott erzählt und ich hatte sie deswegen für seltsam gehalten. Ich wollte nicht zu einem Gott gehören, der sie wegnahm und mich hier zurückließ. Ich wollte einen Helden, jemanden, an den ich glauben konnte, aber nicht ihn. Und dann verfolgte ich in den Nachrichten alles über Carpathia. Die Bibel spricht von den vielen, die verführt werden. Ich stand ganz oben auf der Liste. Habe ihm alles abgekauft. Als ich erfuhr, dass er medizinisch geschultes Personal brauchte, sprang ich ins nächste Flugzeug nach New York. Ich war nicht sicher, ob ich in diese schöne gottverlassene Wüste ziehen sollte, aber damals war ich noch loyal.

Ich wurde unruhig, als Carpathia anfing, wie ein Politiker zu reden und alles in das beste Licht zu rücken. Das ganze Chaos und die Verluste schienen ihn nicht zu berühren. Ich war nicht seiner Meinung, als er sagte, all dies würde beweisen, dass Gott nicht das große Massenverschwinden verursacht haben könnte, denn warum sollte ein liebender Gott so etwas tun? Ich war davon überzeugt, dass Gott es getan hatte, und das zeigte nur, dass er gar nicht so liebevoll war."

Hannah entfernte den letzten Faden, zog ihre Gummihandschuhe aus, wusch sich die Hände, trocknete sie ab und zog dann ein frisches Paar Gummihandschuhe an. Sie setzte sich neben David auf einen Stuhl. „Jetzt bleiben noch die Klammern, aber wir beide könnten eine Pause gebrauchen."

„Jemand hat Sie doch zu Gott geführt. Ich kann es kaum erwarten zu erfahren, wo Sie hier einem anderen Christen begegnet sind."

„Ich wusste gar nicht, dass überhaupt einer hier war, bis ich das Zeichen auf Ihrer Stirn sah, als Sie da im Hof lagen. Ich versuchte, es abzuwischen, doch dann war ich außer mir vor Freude, als mir klar wurde, was es war. Ich konnte mein Zeichen nicht sehen und hatte noch nie ein anderes zu Gesicht bekommen, nur darüber gelesen."

„Wo?"

„Erinnern Sie sich daran, als uns gesagt wurde, Tsion Ben-Judahs Website wäre gesetzwidrig?"

„Natürlich."

„Mehr brauchte ich nicht zu hören. Ich war dabei. Für mich waren das alles böhmische Dörfer, bis er das Erdbeben voraussagte. Erstens, es ist passiert. Zweitens, meine ganze Zurückhaltung verschwand. Ich habe alle verloren. Mom, Dad, zwei kleine Brüder, Verwandte. Ich wette, wir gehörten zu den wenigen Orten auf der Welt, in denen es keine Überlebenden gab. Keinen einzigen."

„Wow."

„Sie können sich vorstellen, wie mir zumute war. Am Boden zerstört. Allein. Zornig. Erstaunt darüber, dass der komische Bursche im Internet das richtig vorausgesagt hatte."

„Ich kann mir aber nicht vorstellen, dass das Sie überzeugt hat. Mir scheint, Sie sind nur noch zorniger auf Gott geworden."

„In gewisser Weise stimmt das. Aber mir dämmerte es allmählich in Bezug auf Nicolai. Sie waren doch damals schon hier, oder? Sie haben doch die Gerüchte gehört."

David nickte.

„Die Leute erzählten, er hätte sich den Weg in einen Hubschrauber auf dem Dach des ehemaligen Hauptquartiers rücksichtslos erkämpft – was ich im Grunde verstehen kann. Ich hätte vermutlich dasselbe getan. Selbsterhaltungstrieb, das ist alles. Aber er bat nicht um Hilfe für die übrigen Menschen. Forderte keine Rettungshubschrauber an. Die Leute hingen an den

Kufen seines Hubschraubers und schrien, flehten um ihr Leben. Und er befahl dem Piloten abzuheben. Vermutlich hätte er sowieso niemanden retten können, so wie das Gebäude in sich zusammenstürzte. Aber er hätte es ja wenigstens versuchen können, oder? Ist *das* richtige Führung?

Und dann heuchelte er wieder. Sein Bedauern klang nicht echt. Ich hatte gerade bei ihm angefangen und vergaß meinen Idealismus, aber ich konnte mich einfach nicht von Ben-Judahs Website losreißen. Millionen Menschen lasen sie ebenfalls und viele von ihnen wurden Christen. Ich las von dem Zeichen der versiegelten Gläubigen und wurde neidisch. Ich war nicht sicher, dass ich das schon wollte, aber ich wollte zu irgendeiner Familie gehören.

Und wissen Sie, was mich an Tsion am meisten fasziniert? Da hören Sie nur, ich nenne einen solchen Mann beim Vornamen. Aber das genau ist es. Er gehört ganz eindeutig zu den brillantesten Gelehrten, die jemals gelebt haben. Aber er holte uns da ab, wo wir standen. Ich verstand, was er sagte. Er konnte es gut erklären. Und er war ehrlich. Er hat seine ganze Familie auf schlimmere Weise als ich verloren.

Er war so liebevoll! Man konnte es spüren, es regelrecht durch den Computer hindurch empfinden. Er betete für Menschen, diente ihnen, wie die besten Ärzte es tun."

„Und das hat Sie schließlich überzeugt?"

„Eigentlich nicht. Ich glaubte an seine Aufrichtigkeit und kam zu der Überzeugung, dass er recht hatte. Aber plötzlich ging ich wieder wissenschaftlich vor. Ich wollte es langsam angehen lassen, nichts überstürzen, alles sorgfältig studieren. Und dann sagte er diese Plagen voraus und sie traten ein. Danach hat es nicht mehr lange gedauert. Die Leute litten. Die Plagen waren real. Und er wusste, dass das alles so kommen würde."

„Haben Sie sich je als Sünderin gesehen?"

Sie erhob sich und holte die kleine Drahtschere.

„Oh-oh", stöhnte David.

„Entspannen Sie sich einfach. Hören Sie sich die Geschichte der netten Dame an." Vorsichtig legte sie die Finger auf die beiden Enden der Klammer und ging mit der Drahtschere darunter. Mit beiden Händen drückte sie die Griffe zusammen und mit einem Schnappen brach die Klammer auseinander.

David fuhr zusammen.

„Sind Sie noch bei uns?", fragte sie.

„Ich spüre nichts. Das hat mich nur erschreckt."

„Meine Lebensgeschichte." Sie schnitt die andere Klammer durch und erzählte weiter. „Tsion hat uns gewarnt – Sie wissen das; bestimmt gehören Sie auch zu seinen Lesern."

David nickte. „Ich habe sogar schon mit ihm telefoniert."

„Das ist nicht wahr!"

Er nickte.

„Nicken Sie mit diesen aufgeschnittenen Klammern an Ihrem Kopf lieber nicht. Und wenn Sie mich noch einmal anlügen, werde ich sie in Ihrer Haut umdrehen."

„Ich lüge nicht."

„Das weiß ich. Das macht mich ja so neidisch."

„Sie wissen, dass Sie ihn eines Tages kennen lernen werden."

„Sie bringen am besten einen Mopp und einen Eimer mit. Sie werden mich vom Boden aufwischen und durch den Ausguss spülen können."

„Mich auch."

„Aber Sie kennen ihn doch bereits! Sie sind beste Freunde."

„Nur telefonisch."

Sie äffte ihn nach. „Nur telefonisch. Bla, bla, bla. Ja, wir reden miteinander. Er ruft mich dann und wann an. ‚Wie geht's, Dave? Habe gerade meine Botschaft fertig gestellt.'"

David musste lachen, und sofort wurde ihm klar, dass es das erste Mal war, seit …

„Wie auch immer", fuhr sie fort und zog eine Seite der Klammer vorsichtig aus seiner Kopfhaut. „Sehen Sie? Guter Zeitpunkt, gute Technik. Oh-oh, sehe ich da Ihre Gehirnmasse herausquellen? Nein. Muss wohl leer sein."

David schüttelte den Kopf. „Die Geschichte, Hannah."

„Ach ja. Tsion sagte, dass die Bibel, wenn wir anfangen würden, sie zu lesen, wie ein Spiegel wäre, und uns würde nicht gefallen, was wir sähen. Erinnern Sie sich daran?"

„Und ob."

Die andere Klammer ließ sich genauso mühelos entfernen. Sie hielt sie ihm vor die Nase, doch er winkte ab. „Ich hatte keine Bibel und diese Bücher sieht man ja auch nicht gerade hier herumliegen. Aber Tsion hatte eine Website ins Internet gestellt, über die man die ganze Bibel in der eigenen Muttersprache abrufen konnte. Na ja, nicht gerade Cherokee, aber Sie wissen schon. Also fing ich an, die Bibel in meinen Freistunden zu lesen."

„Und Sie konnten nicht genug davon bekommen?"

„Äh, nein. Ich habe es falsch gemacht. Ich habe seinen kleinen Führer nicht beachtet, wo man anfangen und wonach man suchen sollte. Ich habe also einfach am Anfang angefangen. Die Geschichten aus dem 1. Buch Mose haben mir noch gefallen, aber als ich dann zum 2. und schließlich zum 3. Buch kam … Ihh! Ich fragte mich: Wo ist der Spiegel? Mir gefiel nicht, was ich sah, das stimmte schon, aber es war kein Spiegel. Doch schließlich stieß ich auf die Website, auf der man Fragen stellen konnte. Nur eine Million Leute am Tag tun das. Ich rechnete natürlich nicht damit, dass er persönlich antworten würde, und das tat er auch nicht. Vermutlich telefonierte er gerade mit seinem Kumpel Dave. Aber jemand wies mich auf diesen Führer durch die Bibel hin. Ich begann mit dem Johannes-Evangelium, dann las ich den Römer-Brief und schließlich das Matthäus-Evangelium. Ich konnte nicht genug bekommen und ich erkannte mich selbst. Meine Sünde, so wie Tsion sie beschrieb, war der Stolz. Ich war mein eigener Gott. Der Kapitän meines eigenen Schicksals. Ich kam an die ‚Römerstraße', erkannte, dass ich in Sünde geboren war, getrennt von Gott, von seinem Geschenk des ewigen Lebens … Mann, ich war angekommen. Blieb die ganze Nacht auf und spürte keinerlei Müdigkeit, obwohl ich den ganzen Tag gearbeitet hatte und auch am Morgen wieder arbeiten musste. Ich verspürte den Drang, es allen zu erzählen, andererseits wollte ich aber auch am Leben bleiben."

Hannah besprühte Davids Kopf mit einem Desinfektionsmittel und tupfte ihn mit einem sauberen Tuch trocken. „Ich werde Ihnen jetzt ein Pflaster verpassen, mein Freund, dann sehen Sie nicht mehr aus wie ein Stinktier mit einem Querstreifen. Und dann verschwinden wir besser hier, bevor sie einen Suchtrupp losschicken."

„Noch eine Minute."

„Hmm?" Sie tupfte noch immer seinen Kopf ab.

„Ich wollte Ihnen noch danken. Ich musste das hören. Diese Geschichten werden niemals langweilig."

„Vielen Dank, David. Können Sie sich vorstellen, wie lange ich mich danach gesehnt habe, das jemandem zu erzählen? Ach, eins noch."

„Ja?"

„Werden Sie Tsion von mir grüßen?"

„Das kann nicht sein!", rief Buck.

„Aber es stimmt!", beharrte Zeke. „Kommen Sie mit und sehen Sie es sich selbst an."

Buck folgte ihm in sein Zimmer. Er drehte sich noch einmal um und warf Rayford und Chloe einen ungläubigen Blick zu. Aber genau wie Zeke behauptet hatte, hingen in seinem Schrank vier verschmutzte, zerknitterte Uniformen der Weltgemeinschaft. „Wo um alles in der Welt hast du die her?"

„Nach dieser Sache mit den Reitern", berichtete Zeke. „Erinnern Sie sich noch?" Buck nickte. „Überall lagen Tote herum. Dad hat mich mitten in der Nacht herumgescheucht, um den Rettungsmannschaften zuvorzukommen. Mir gefiel es gar nicht, den Toten die Kleider vom Leib zu reißen, aber Dad und ich hielten sie für ein Geschenk Gottes. Ich nahm ihre Ausweise und alles andere, aber Sie können nicht die zu den Uniformen passenden Namen verwenden."

„Warum nicht?"

Zeke seufzte. „Diese Kerle sind doch vermisst gemeldet. Wenn nicht irgendjemand ihren nackten Körper identifiziert hat, werden sie als vermisst geführt. Wenn Sie mit ihrem Namen, Rang und der Personalnummer auftauchen, was meinen Sie wohl, wem die einen Mord anhängen? Oder zumindest einen Uniformdiebstahl?"

„Okay, das leuchtet ein."

„Tatsächlich?"

„Und, was willst du machen? Einen neuen Namen erfinden? Einen neuen Ausweis herstellen?“

„Ja, ich werde das zusammenstellen. Also, zuerst mal suchen wir eine, die Ihnen passt. Die hier ist die größte, die ich habe.“

„Ich sehe bereits, dass sie zu kurz sein wird.“

„Aber sehen Sie sich doch die Ärmel des Hemdes, die Hose und die Jacke an. Da kann man einiges aus dem Saum herauslassen. Bestimmt hat nicht jeder eine maßgeschneiderte Uniform.“

„Erledigst du auch Schneiderarbeiten, Zeke?“

„Nicht vor anderen und ich prahle auch nicht damit, aber ja, ich mache alles. Umfassender Service.“

Die Hose war Buck etwa zwei Zentimeter zu kurz und in der Taille etwas zu eng. Das Hemd passte, nur die Ärmel mussten etwas herausgelassen werden. Dasselbe galt für die Jacke. Die Mütze jedoch war viel zu klein. Buck schüttelte den Kopf, als Zeke seinen Nähkasten hervorholte. Er musste sich bemühen, nicht laut loszulachen, als der Junge ein halbes Dutzend Stecknadeln in den Mund nahm und sich vor ihn kniete, um die Hose abzustecken.

„Was meinst du mit ‚zusammenstellen‘?“

„Also“, sagte Zeke mit den Nadeln im Mund, „Ihr Ausweis stammt vermutlich von einem toten Zivilisten. Ihr Gesicht ist bereits verändert, zwar nicht mit Absicht, aber so ist es nun mal. Ich werde Ihre Haare dunkel färben, Sie werden dunkle Kontaktlinsen bekommen und dann machen wir ein Foto für die neuen Papiere. Sie suchen jemanden, dem Sie ähnlich sehen? Sie haben meine Akten ja bereits gesehen und Greg North aus dem Stapel herausgezogen. Suchen Sie noch ein paar andere. Wählen Sie jemanden, der genauso groß ist wie Sie und so weiter. Je weniger ich zu ändern habe, desto besser.“

„Kannst du mir einen Rang geben, der noch höher ist als der von Albie?“

„Nein, das geht nicht“, meinte Zeke. „Sehen Sie die Schultern und den Kragen an der Jacke? Sie sind ein normales Mitglied der Friedenstruppe. Wenn Ihren Kragen ein weiterer Streifen zieren würde, oder sogar zwei, und wenn er hoch stehen würde, anstatt flach aufzuliegen, dann könnten wir aus Ihnen einen Commander machen."

„Und das geht nicht?"

„Das wäre ein ziemlich großer Aufwand. Ich würde Ihnen das Doppelte berechnen müssen."

Buck lächelte, aber Zeke brach in schallendes Gelächter aus. „Haben Sie denn in Ihrer Brieftasche nachgesehen, ob Sie sich das leisten können?"

„So gerade eben."

„Und mein Vater sagte, *ich* sei ein Witzbold." Zeke verstummte plötzlich.

„Hast du mittlerweile herausbekommen, wo dein Vater ist?"

Zeke schüttelte den Kopf. „Aber mir gefällt nicht, was ich im Fernsehen gesehen habe. Man sprach davon, dass die Leute, die bereits hinter Gittern sitzen, dieses Zeichen als Erste bekommen sollen. Sozusagen als Testpersonen." Er schüttelte den Kopf.

„Dein Vater wird das Zeichen nicht annehmen."

„Oh, das weiß ich. Auf keinen Fall. Niemals. Was bedeutet, dass ich ihn vermutlich nie wiedersehen werde."

„So was darfst du nicht denken, Zeke. Es gibt immer Hoffnung."

„Na ja, vielleicht, und ich bete auch dafür. Aber ich werde Ihnen sagen, wann es keine Hoffnung mehr gibt: wenn diese Leute in der Schlange stehen, um das Zeichen zu erhalten. Sie haben doch Entscheidungsfreiheit, oder?"

„So habe ich es jedenfalls verstanden."

„Dad wird nicht einmal daran denken. Er hat bereits ein Zeichen. Ich habe seines gesehen und er meines – daher wissen wir das. Und er wird sich nicht fragen, ob er beide bekommen und am Leben bleiben kann. Er wird niemals etwas tun, das darauf schließen lässt, dass er ein Carpathia-Anhänger sei. Er wird sagen: ‚Nein, danke', und sie werden ihn noch im Gefängnis umbringen. Ich weiß nicht, ob sie diese Guillotinen haben oder ihn einfach nur erschießen werden. Aber so wird Dad aus dem Gefängnis herauskommen: in einer Kiste."

Auf dem Weg zu seinem Büro fühlte sich David seltsam erwärmt und ermutigt. Er mochte Hannahs Art und ihre Ausdrucksweise.

Sie würde eine gute Freundin sein. Natürlich war sie älter als er, aber das merkte man nicht. Er hatte begonnen, sich zu fragen, ob es wohl überall eine Oase des Wohlbefindens gab.

David fuhr seinen Computer hoch und schaltete die Abhöranlage von Zimmer 4054 ein. Er setzte die Kopfhörer auf und befand sich sogleich inmitten einer hitzigen Auseinandersetzung. Er hörte das Geräusch eines Fernsehgeräts und Mrs Wong bat: „Schscht! Fernsehen! Schsch! Fernsehen!“

Ihr Mann fuhr sie auf Chinesisch an. David wusste, dass es viele Dialekte gab, aber er verstand nicht einen einzigen. Schon bald wurde deutlich, dass Vater und Sohn stritten und die Mutter fernsehen wollte. David verstand nur gelegentlich die Worte *Weltgemeinschaft* und *Carpathia*. Der Sohn brach schon bald in Tränen aus und der Vater redete weiter auf ihn ein.

David zeichnete das Gespräch für den unwahrscheinlichen Fall auf, dass er sich eine stimmengesteuerte Software beschaffen konnte, die nicht nur die Sprache und den Dialekt erkennen konnte, sondern sie auch in Englisch oder Hebräisch umwandeln würde, die beiden Sprachen, die er beherrschte.

Der Vater wurde plötzlich noch strenger, der Sohn flehte und – so klang es zumindest – brach in Tränen aus. Die Mutter bat erneut um Ruhe, der Vater fuhr sie an, und dann klang es so, als würde jemand den Telefonhörer nehmen und eine Nummer wählen. Endlich sprach jemand Englisch!

„Mister Akbar, Sie sprechen Chinesisch? … Pakistanisch? Ich nicht. Englisch okay, okay? … Ja, Wong! Fragen an Sie. Neue Arbeiter bekommen Loyalitätszeichen sofort, ja? … Okay! … Nicht vorher? … Vielleicht früher, okay! Mrs Wong und ich auch? Okay? Sohn, Chang Wong will Erster sein mit Zeichen.“

Der Junge rief etwas auf Chinesisch, und es klang so, als würde Mr Wong das Telefon abdecken, bevor er ihn anschrie. Jemand verließ den Raum und knallte die Tür hinter sich zu. David nahm an, dass es Chang war.

„Mister Akbar, Sie geben Zeichen Jungen, Mutter, Vater? … Sie nicht? Wer? … Moon? Walter Moon? … Nicht Moon selbst? … Moons Leute, okay! Sohn zuerst! Bild! Bild machen von Sohn! … Wann? … Ja. Ich reden mit Moon-Leuten. Wiedersehen.“

David hörte, wie Mr Wong mit etwas ruhigerer Stimme etwas rief, dann vernahm er die gedämpfte Antwort von Chang. Der Vater wurde wieder zornig und hatte das letzte Wort. Dann flüsterte er seiner Frau etwas auf Chinesisch zu. Sie erwiderte etwas, das sehr resigniert klang.

David fragte sich, ob Chang seinem Vater erzählt hatte, warum er sich weigerte, das Zeichen anzunehmen, oder ob er einfach nur nein gesagt hatte. Als es im Zimmer still wurde und man nur noch das Fernsehgerät hörte, sicherte David die Datei und schickte sie an Ming Toy weiter. „Wenn es Ihnen nicht zu viel Mühe macht oder zu schmerzlich für Sie ist, würde es mir helfen zu erfahren, was gesagt wurde. Ich schätze, Ihr Vater drängt Chang, sich zu bewerben und zu den Ersten zu gehören, die das Zeichen annehmen. Ich werde versuchen, in Erfahrung zu bringen, wann sie anfangen, das Zeichen zu verteilen. Aber helfen Sie mir doch, sobald es Ihnen möglich ist. Es tut mir leid, dass ich lauschen muss, aber ich bin sicher, Sie möchten auch alles tun, um eine Katastrophe zu vermeiden."

David wählte die 4054. Mr Wong meldete sich. „Chang, bitte."

„Sie möchten Chang Wong sprechen?"

„Ja, bitte."

„Mit ihm über Job bei Weltgemeinschaft sprechen?"

„Ja, Sir."

„Sie Mr Moon?"

„Nein. David Hassid. Wir haben uns in der letzten Woche kennen gelernt."

„Ja! Mr Hassid! Chang für Sie arbeiten?"

„Ich weiß es noch nicht. Darüber möchte ich ja mit ihm sprechen."

„Er hier. Sie sprechen mit ihm. Sie bei Computer, nicht?"

„Zu meinem Bereich gehören auch Computer, ja."

„Er der Beste. Er Ihnen helfen! Für Sie arbeiten. Sie sprechen mit ihm. Warten … Chang!" Er wechselte ins Chinesisch über und der Junge widersprach ihm. Schließlich kam er ans Telefon.

„Hallo", meldete er sich mit einer Stimme, die so traurig klang, als habe er seinen besten Freund verloren.

„Chang, hier spricht David. Hör mir einfach nur zu. Deine

Schwester hat mir gesagt, was los ist. Ich möchte versuchen, dir zu helfen. Wenn du mit einem Direktor sprichst, wird das deinen Vater besänftigen, oder?"

„Ja."

„Das wird uns Zeit geben. Mach dir keine Sorgen, okay?"

„Ich versuche es."

„Sag kein Wort, aber vielleicht finden wir sogar einen Weg, dich hier wegzubringen."

„Vor dem Zeichen?"

„Sag so etwas nicht, Chang. Spiel im Augenblick einfach mit. Verstanden?"

„Ja, David."

„Nenn mich ‚Mr Hassid', okay? Wir dürfen nicht den Anschein erwecken, als seien wir Freunde, und ganz bestimmt wollen wir doch nicht wie Brüder klingen, weil wir beide Christen sind, nicht wahr?"

„Richtig, Mr Hassid."

„Prima, wir dürfen keinen Fehler machen. Du rufst morgen meine Sekretärin an und vereinbarst einen Termin. Ich werde Tiffany Bescheid sagen, dass du anrufen wirst. In Ordnung?"

„Ja, Sir."

„Alles wird gut werden, Chang."

„Ich hoffe es."

„Du kannst mir vertrauen."

„Ja, Mr Hassid."

14

Tsion lud Rayford und die anderen ein zuzuhören, während er seinen früheren Professor und Mentor zur Geschichte des auserwählten Volkes Gottes befragte. Chaim, dem Hannah endlich die Drähte aus dem Kiefer entfernt hatte, bewegte diesen vorsichtig hin und her und fuhr sich sichtlich erleichtert durch das Gesicht. Er war jedoch nicht so lebhaft wie sonst, und so sehr sich Tsion auch bemühte, Chaim wirkte noch immer sehr betrübt wegen der Dinge, über die er ein paar Tage zuvor mit Rayford gesprochen hatte.

„Kommen Sie, Chaim!", sagte Tsion. „Das sind aufregende, dramatische, wundersame Dinge. Die großartigste Geschichte, die je erzählt wurde! Ich weiß, dass Gott eine Zufluchtsstätte für seine Kinder bereitet hat, aber ich werde nicht mit Ihnen darüber sprechen, bis Sie bereit sind. Sie müssen vorbereitet sein für den Fall, dass Gott Sie auffordert, in den Kampf einzutreten, sich auf eine Schlacht der Worte und des Verstandes einzulassen. Ihr Wissen würde Ihnen weiterhelfen, aber Gott würde Ihre Kraft sein. Ich glaube, in Ihrem Herzen hat er Ihnen bereits gesagt, dass Sie sein Werkzeug sein sollen. Er wird Ihnen übernatürliche Fähigkeiten geben, die satanischen Wunder des Antichristen zu bekämpfen. Können Sie sich den Sieg vorstellen, mein Freund? Wie sehr wünschte ich, ich könnte gehen!"

„Wie sehr wünschte ich das ebenfalls", meinte Chaim.

„Nein, nein! Wenn Sie Gottes Mann sind, dürfen Sie sich dieser heiligen Pflicht und Berufung nicht entziehen! Die Geschichte dieses Landes zeugt von einem vorherbestimmten Schicksal. Nun, mein Bruder, falls jemals ein Volk ein solches vorherbestimmtes Schicksal gehabt hat, dann unser Volk! Ihres und meines! Und jetzt schließen wir auch unsere nichtjüdischen Brüder und Schwestern mit ein, die in den Zweig eingepfropft worden sind, weil sie an den Messias glauben und daran, was er für uns getan hat. Jesus ist der Messias! Jesus ist der Christus! Er ist auferstanden!"

„Er ist wahrhaftig auferstanden", erwiderte Chaim, klang aber längst nicht so begeistert wie Tsion.

„Hören Sie sich?" Tsion imitierte Chaim und murmelte: „Er ist wahrhaftig auferstanden. Nein! *Er ist auferstanden, wahrhaftig!* Amen! Preist den Herrn! Sie könnten nach Jerusalem gehen, als Führer der Menschen, als Eroberer! Sie würden sich gegen den großen Lügner, den Feind des allerhöchsten Gottes, erheben. Sie würden der Welt zeigen, dass der Antichrist ein böser, vom Satan besessener Mensch ist, und die überzeugten Gläubigen in ihrer Ablehnung des Zeichen des Tieres vereinen!

Oh Chaim, Sie lernen so viel. Dieses alte Gehirn ist noch immer gut, rege, aufnahmefähig. Sie begreifen das – ich weiß, dass es so ist! Wenn Sie nicht gehen, wer soll es dann tun? Sie scheinen mir auf einzigartige Weise qualifiziert, aber so sehr ich mir das auch erhoffe, ich kann mir nicht anmaßen, Ihnen diesen Auftrag zu erteilen. Wie sehr wünschte ich, ich könnte persönlich dort sein, um das mitzuerleben! Wenn Sie es sind, werde ich jede Einzelheit wissen wollen. Sollten die Mächte des Bösen sich gegen Sie wenden und Sie von der Macht des Feindes überwältigt werden, wird Gott Ihnen einen Ausweg zeigen, einen Zufluchtsort, und Sie, Sie, mein Freund, werden das Volk zu diesem Ort führen. Und Gott selbst wird Sie beschützen und für Sie sorgen. Erkennen Sie, Chaim, dass Gott versprochen hat, es würde wieder so sein wie zu Anfang? Denken Sie doch nur darüber nach. Auch wenn sie schwach, zerbrechlich und böse, untreu, unwissend und ungeduldig waren und andere Götter angebetet haben, der Gott des Universums sorgte für die Kinder Israels.

Verstehen Sie, was das bedeutet? Sie könnten Ihr Volk, *sein* Volk zu einem Ort führen, in den hinein- oder herauszukommen fast unmöglich sein wird. Und was werden Sie dort essen? Welche Kleider werden sie tragen? Die Bibel sagt, dass Gott selbst für sein Volk sorgen wird, wie er es in alter Zeit getan hat! Er wird Nahrung schicken, köstliches, nahrhaftes und wohlschmeckendes Essen! Manna aus dem Himmel! Und wissen Sie, was mit den Kleidern wird?"

„Nein, Tsion", erwiderte Chaim müde und mit einem Anflug von Spott in der Stimme, „was immer Sie tun, versäumen Sie es nicht, mich über meine Kleider aufzuklären."

„Das werde ich nicht! Und Sie werden dankbar sein, um nicht zu sagen *verblüfft*. Wenn ich Sie verblüffe, werden Sie es eingestehen?"

„Ich werde es eingestehen."

„Versprechen Sie es mir."

„Mein Wort ist bindend, mein aufgeregter junger Freund. Verblüffen Sie mich und ich werde es Ihnen sagen."

„Ihre Kleider werden nicht verschleißen!" Tsion strahlte ihn an.

„Tatsächlich nicht?"

„Sind Sie verblüfft?"

„Vielleicht. Erzählen Sie mir mehr."

„Jetzt wollen Sie es hören?"

„Natürlich will ich davon hören. Ich habe das alles nur gar nicht verdient, habe eine Todesangst, bin unqualifiziert und unvorbereitet."

„Wenn Gott Sie beruft, werden Sie nichts von alledem sein! Sie werden wie Mose sein! Der Gott Abrahams, Isaaks und Jakobs würde vor Ihnen hergehen und seine Herrlichkeit würde Sie von hinten abschirmen."

„Ich würde jemanden brauchen, der mich von hinten abschirmt? Wer sollte mich denn verfolgen?"

„Natürlich nicht die Armee des Pharaos, das versichere ich Ihnen. Aber wenn es so wäre, würde Gott für Sie einen Fluchtweg vorbereiten. Carpathias Armeen würden Sie verfolgen. Und trotz all seines Geredes von Frieden und Abrüstung, wer hat denn Zugang zu den Waffen, die es noch gibt und die freiwillig dem vermeintlichen Verfechter des Friedens zur Verfügung gestellt wurden? Aber wenn es nötig werden würde, dass das Rote Meer sich teilt, würde Gott dies tun! Und warum?"

„Hmm?"

„Hmm? Nicht *hmm*, Chaim! Erzählen Sie uns, was Sie noch über die großen Geschichten, die Wunder aus der Thora wissen."

„Dass sie nicht nur Geschichten, nur Beispiele und Mythen zu unserer Ermutigung waren."

„Ausgezeichnet. Aber was sind sie dann?"

„Die Wahrheit."

„Die Wahrheit! Ja!"

„Sie sind tatsächlich passiert."

„Ja, Chaim! Sie sind passiert, weil Gott allmächtig ist. Er sagt, sie sollten geschehen, und sie geschahen. Und wenn er sagt, er wird das wieder tun, was dann?"

„Dann wird er es auch."

„Ja, das wird er! Überwinden Sie Ihre Ängste. Überwinden Sie Ihre Zweifel. Geben Sie sie an Gott ab. Zeigen Sie sich ihm in all

Ihrer Schwäche, weil wir in unserer Schwäche Kraft bekommen werden. Mose war schwach. Mose war ein Niemand. Mose hatte einen Sprachfehler! Chaim! Mose, einer der großen Männer in der Bibel, hatte noch weniger anzubieten als Sie!"

„Er war kein Mörder."

„Das war er doch! Sie scheinen zu vergessen! Hat er nicht einen Mann erschlagen? Chaim, denken Sie doch nach! Ihr Verstand, Ihr Gewissen, Ihr Herz sagen Ihnen, dass Gott Ihnen nicht vergeben kann. Ich weiß, diese Schuld ist noch frisch. Sie ist schmerzlich. Aber tief in Ihrem Inneren wissen Sie, dass Gottes Gnade größer ist als Ihre Vergehen. Sie muss es sein! Denn sonst würden wir alle umsonst leben! Ist für Gott etwas zu schwierig? Ist irgendetwas zu groß für ihn? Irgendeine Verfehlung zu groß für ihn, dass er sie nicht vergeben kann? Es wäre Gotteslästerung, so etwas zu behaupten. Wenn Sie etwas tun können, das Gott nicht vergeben kann, dann würden Sie ja über Gott stehen. So können wir uns in unserer Schlechtigkeit suhlen und uns der Sünde des Stolzes schuldig machen. Für wen halten wir uns denn, für die Einzigen, die Gott mit seiner Liebe nicht erreichen kann?

Er hat Sie gefunden, Chaim! Er hat Sie aus dem Schlamm gezogen! Demütigen Sie sich vor dem Herrn und er wird Sie erheben!"

„Zurück zu meinen Kleidern", meinte Chaim. „Ich könnte meine Kleider tragen, bis Jesus wiederkommt, und sie würden nicht verschleißen?"

Tsion lehnte sich zurück und winkte ab. „Chaim, wenn er Sie und mich, alle Menschen, retten, uns unsere Vergehen vergeben und uns aus dem geistlichen Tod zurückholen kann, dann ist diese Sache mit den Kleidern eines seiner kleineren Wunder. Vergessen Sie zusätzliche Knöpfe, Flicken und Zwirn. Wenn Sie dorthin fahren, ziehen Sie etwas an, das Sie mögen, denn Sie werden es noch immer tragen, wenn alles vorbei ist."

David hatte bis zum Umfallen gearbeitet, um das ganze Gelände so zu präparieren, dass er es von außen überwachen konnte. Er sprach ein Dankgebet, weil Gott ihm die Kraft gab, sich trotz seines Kummers auf seine Arbeit zu konzentrieren. Mac und Abdullah wollten ihn in einer Stunde besuchen, um den Fluchtplan durchzusprechen. Alle vier kamen überein, dass sie aufmerksam nach weiteren Gläubigen Ausschau halten wollten. Es war bereits offensichtlich, dass der intelligente Teenager Chang Wong vermutlich mitkommen würde. David musste sich nur noch überlegen, wie er das würde bewerkstelligen können.

Während er auf eine Nachricht von Ming Toy wartete, überprüfte David seine Archive nach Besprechungen, die er aufgezeichnet, aber noch nicht abgehört hatte. In seiner Carpathia-Akte war eine Besprechung mit Suhail Akbar, Walter Moon, Leon Fortunato und Jim Hickman. Dieses Gespräch hatte an dem Tag stattgefunden, an dem er zu Hickman gerufen worden war. David lief es kalt den Rücken herunter, als er sich bereitmachte, dieses Gespräch abzuhören. Schnell sah er sich in seiner Abteilung um, um sicherzustellen, dass alle Feierabend gemacht hatten. Zwar konnte er mit einem einzigen Tastendruck das Programm schließen, aber trotzdem wollte er nicht von der falschen Person überrascht werden.

Hannah hatte ihm ein paar Tage zuvor eine Frage gestellt, die ihn noch immer beschäftigte. „Woher wissen Sie, dass jemand, der technisch genauso gut drauf ist wie Sie, nicht genau dasselbe macht wie Sie?"

„Zum Beispiel?", hatte er gefragt.

„Sie zum Beispiel überwachen und abhören."

Er hatte das abgetan. Seine Schutzprogramme gegen Hacker waren gut. Er hatte sie selbst entwickelt. Überall hatte er elektronische „Ohren" installiert, und er meinte, hören zu können, falls jemand auch nur ein Wort hauchte. Es war doch unmöglich, oder nicht? Vermutlich würden die obersten Bonzen nicht so offen reden, wenn sie befürchteten, abgehört zu werden. Und falls sie ihm auf die Schliche gekommen waren, dann hätten sie ihn doch schon lange ausgeschaltet.

David war davon überzeugt, dass die Sicherheitschips, die er in seine Telefone und E-Mail-Programme eingebaut hatte, unüberwindlich waren, und das hatte er Hannah zu erklären versucht.

„Ich will gar nicht so tun, als hätte ich Ahnung von diesen Dingen, David. Vielleicht sind Sie ja das größte Computergenie auf dieser Welt, aber sollten Sie nicht sehr vorsichtig sein?"

„Oh, das bin ich doch."

„Tatsächlich?"

„Darauf können Sie wetten."

„Aber Sie erzählen mir von Telefonanrufen und E-Mails zwischen Ihnen und Ihren Gefährten in den Staaten."

„Die sind nicht zurückzuverfolgen. Nicht abhörbar."

„Aber Sie hören andere ab."

„Ich bin gut."

„Sie leben am Abgrund."

„Anders können wir nicht leben."

Hannah hatte das Thema achselzuckend fallen gelassen. Er war überzeugt, dass sie es nur aus Zuneigung angesprochen hatte, und in Bezug auf Technologie war sie Laie. Aber er wünschte beinahe, sie hätte nicht die Saat des Misstrauens in ihn gesät. Bei jeder Botschaft, jeder Übermittlung, jedem Telefonanruf hatte er nun das nagende Gefühl, dass ihm irgendjemand irgendwo vielleicht über die Schulter sah. Sein Verstand sagte ihm, dass das nicht möglich war, aber seine Gefühle konnte man nicht kontrollieren. Er überprüfte seine Programme, suchte nach Eindringlingen. Bisher gab es nichts, aber Hannah hatte ihn unruhig gemacht. Auf jeden Fall half ihm das, wachsam zu bleiben.

David hatte mit der Aufzeichnung des Gesprächs begonnen, bevor er zu Hickman gegangen war, darum hielt sich Carpathia einige Minuten lang allein in seinem Büro auf. Das letzte Mal, als das geschehen war, hatte David mit angehört, wie Nicolai zu Luzifer gebetet hatte. Jetzt war Nicolai Luzifer. Betete Satan zu sich selbst?

Nein, aber er redete mit sich selbst. David war erstaunt über die gute Klangqualität. Er hatte ein einfaches System installiert, das sowohl übermittelte als auch empfing, aber es funktionierte besser, als er gehofft hatte. Er hörte Nicolai seufzen, sich räuspern, sogar summen.

Das war wirklich sehr seltsam. Er war ein Mann, der scheinbar nicht schlief. Und doch schien er vor Energie überzusprudeln, selbst wenn er allein war. David hörte Bewegung, Schritte, Dinge wurden verrückt. Im Hintergrund hörte er die Arbeiter vor Carpathias Büro.

„Hmm“, meinte Carpathia leise, als würde er nachdenken. „Spiegel. Ich brauche Spiegel.“ Er lachte leise. „Warum soll ich mich des Anblicks berauben, an dem andere sich erfreuen? Sie können mich ansehen, wann immer sie wollen.“

Er drückte den Knopf der Gegensprechanlage und seine Sekretärin meldete sich sofort. „Exzellenz?“, fragte Sandra.

„Ist der Vorarbeiter noch draußen?“

„Ja, Euer Exzellenz. Möchten Sie gern mit ihm sprechen?“

„Nein, teilen Sie ihm nur etwas mit. Noch besser, kommen Sie doch einen Augenblick herein.“

„Gern“, erwiderte sie mit einer Begeisterung, als wäre es ihr vollkommen ernst mit diesen Worten. Sandra hatte auf David immer so kühl und gelangweilt gewirkt. Er wunderte sich, wie sie auf Carpathia reagierte. Sie war mehr als 20 Jahre älter als er. David hörte, wie der Stuhl quietschte, so als habe Carpathia Platz genommen.

Gleichzeitig ertönte ein leises Klopfen, die Tür öffnete sich und wurde wieder geschlossen.

„Euer Exzellenz“, sagte sie. Irgendetwas raschelte.

„Sandra“, sagte Carpathia, „Sie brauchen nicht jedes Mal niederzuknien, wenn Sie –“

„Verzeihen Sie, Sir“, unterbrach sie ihn, „aber ich bitte Sie, mich nicht dieses Privilegs zu berauben.“

„Nun, natürlich nicht, wenn Sie es wünschen, aber –“

„Ich weiß, dass Sie das nicht erwarten, Sir, aber für mich ist es ein Privileg, Sie anzubeten.“

Er seufzte ohne eine Spur von Ungeduld, fand David.

„Was für eine schöne Empfindung“, sagte er schließlich. „Ich nehme Ihre Zuneigung mit tiefer Zufriedenheit entgegen.“

„Was kann ich für Sie tun, mein Herr?“, fragte sie. „Erweisen Sie mir die Ehre, alles von mir zu erbitten.“

„Ich möchte nur, dass große Spiegel in meinem neuen Büro aufgehängt werden. Ich werde es den Verantwortlichen überlassen, den geeigneten Platz auszuwählen, aber ich denke, das würde sich gut machen."

„Da muss ich Ihnen zustimmen, Sir. Ich erzittere bei dem Gedanken, in diesem Raum vielfältige Bilder von Ihnen hier zu sehen."

„Oh, vielen Dank. Gehen Sie nun und geben Sie diese Information weiter."

„Sofort, Sir."

„Und dann können Sie für heute Feierabend machen."

„Aber Ihre Besprechung –"

„Ich werde die anderen schon in Empfang nehmen. Sie brauchen sich nicht verpflichtet zu fühlen, hierzubleiben."

„Wie Sie wünschen, Sir, aber Sie wissen, ich würde auch gern –"

„Ich weiß."

Die Tür wurde geöffnet und geschlossen, und es klang so, als würde sich Carpathia erneut erheben. Gerade so laut, dass David es verstehen konnte, sagte er: „Auch ich erzittere bei dem Gedanken an die vielfältigen Bilder von mir, du hässliches altes Weib. Aber du verstehst es, einem Mann Verehrung zu zeigen."

David hatte den Eindruck, als würde er Stühle zurechtrücken. „Akbar, Fortunato, Hickman, Moon. Nein, Moon, Akbar, ach … Leon soll sich darüber Gedanken machen, wer neben ihm sitzt. Das wird ihn auf Trab halten. Hickman braucht Bestätigung. Also gut."

Er ging zur Gegensprechanlage. „Sind Sie noch da, Sandra?"

„Ja, Sir."

„Bevor Sie gehen, holen Sie mir doch bitte Mr McCullum ans Telefon."

David erstarrte, dann riss er sich zusammen. Es war ihm egal, dass Nicolai mit Mac sprach. Wenn David Mac nicht trauen konnte, dann konnte er niemandem trauen.

„Captain McCullum", sagte Carpathia kurz darauf, „wie schön, mit Ihnen zu sprechen. Sie wissen sicher, dass 10 Prozent aller Kriegswaffen der Weltgemeinschaft übereignet wurden, als wir noch die Vereinten Nationen waren? … Der Rest wurde zerstört, und ich höre mit Zufriedenheit, dass das auch tatsächlich so ausgeführt worden ist. Falls noch Munition übrig geblieben ist, dann sehr wenig und vermutlich in den Händen von Splitterparteien, die so klein sind, dass sie keine Bedrohung darstellen. Meine Frage an Sie ist, wissen Sie, wo wir die erhaltenen Waffen gelagert haben? ... Sie hatten damit nichts zu tun? ... Nun, ja, natürlich weiß ich das, Captain! Die Frage ist doch nur von nebensächlicher Bedeutung. Sie haben früher dem Militär angehört, Sie sind Pilot und Sie kommen herum. Ich möchte wissen, ob durchgesickert ist, wo wir unsere Waffen lagern ... Gut. Das ist alles."

Offensichtlich hatte Mac Nicolai erzählt, er habe keine Ahnung, wo die Waffen sich befänden. Soweit David wusste, war das die Wahrheit. Aber es musste eine große Operation gewesen sein, und wie konnte so etwas durchgezogen werden, ohne dass etwas durchgesickert war? Und was hatte Carpathia nun wohl vor?

„Meine Herren!", sagte Carpathia wenige Minuten später, als er seine vier Besucher begrüßte. „Bitte, kommen Sie herein."

„Gestatten Sie mir, als Erster vor Ihnen niederzuknien", sagte Leon, „und Ihre Hände zu küssen."

„Vielen Dank, Ehrwürden, aber Sie sind wohl kaum der Erste."

„Ich meinte bei dieser Besprechung", jammerte Fortunato.

„Und er wird auch nicht der Letzte sein!", sagte Hickman und David hörte das Schmatzen seiner Lippen.

„Vielen Dank, Supreme Commander. Danke. Chief Akbar? Danke. Chief Moon? Meinen Dank. Oh, Ehrwürden, nein, bitte. Mir wäre es lieber, wenn Sie hier sitzen würden."

„Hier?", fragte Leon sichtlich überrascht.

„Ist das ein Problem?"

„Ich setze mich natürlich überall hin, wo Seine Exzellenz wünschen. Ich würde sogar stehen bleiben, wenn Sie mich darum bitten würden."

„Ich würde während der ganzen Zeit knien", sagte Hickman.

„Genau hier, mein Freund", forderte Carpathia ihn auf. Er verwendete sehr viel Zeit und Energie darauf, die Leute genau so zu platzieren, wie er es wollte.

„Sir?", begann Leon, nachdem alle Platz genommen hatten. „Haben Sie schlafen können, sich ausruhen können?"

„Machen Sie sich Sorgen um mich, Ehrwürden?"
„Natürlich, Exzellenz."
„Nur Sterbliche brauchen Schlaf, mein Freund."
„Das stimmt, Sir."
„Ich bin ganz bestimmt ein Sterblicher, Jungs, äh, meine Herren", meldete sich Hickman zu Wort. „Habe gestern Nacht wie ein Stein geschlafen. Bin nicht so ganz in Form, nehme ich an. Muss unbedingt etwas wegen dieses Bauches unternehmen."
Eine unbehagliche Stille folgte.
„Können wir anfangen?", fragte Carpathia. Hickman murmelte eine Entschuldigung, aber Nicolai hatte sich bereits dem Chef des Geheimdienstes, Akbar, zugewandt. „Suhail, ich habe mich davon überzeugen können, dass der Ort, an dem unsere Waffen lagern, geheim geblieben ist. Würden Sie dem zustimmen?"
„Das würde ich, Sir, obwohl ich gestehen muss, dass mich das erstaunt."
„Erstaunt ist richtig!", fiel Hickman ein. „An dieser Aktion waren doch Hunderte von Leuten beteiligt und – oh, Entschuldigung, es tut mir leid. Ich werde warten, bis ich an der Reihe bin."
David konnte sich vorstellen, was für einen Blick Carpathia Hickman zugeworfen hatte. Er hatte scheinbar gewusst, was er tat, als er Hickman mit dieser Position betraute. Dass Hickman mit Sandra zusammensaß und kaum mehr als ein Botenjunge mit einem großen Titel war, zeigte, dass dies ein bewusster Schachzug Carpathias gewesen war.
„Sind die Friedenstruppen bereit, in die Offensive zu gehen, Chief Moon?"
„Ja, Sir. Bereit loszuschlagen, jederzeit und überall. Wir können jeden Widerstand niederschlagen."
„Der neueste Stand, Ehrwürden?"
„Über das Loyalitätszeichen, Jerusalem, Religion?"
„Natürlich Jerusalem", erwiderte Carpathia sarkastisch.
Leon war offensichtlich verletzt. „Wir sind überall auf dem Laufenden, Exzellenz", erläuterte er. „Das Programm steht, die Loyalisten stehen bereit, es sollte im wahrsten Sinne des Wortes ein triumphaler Einzug werden."
„Commander Hickman", sagte Carpathia herablassend, „Sie

können Ihre Hand herunternehmen. Sie brauchen hier nicht um das Wort zu bitten."

„Ich kann also einfach dazwischenreden?"

„Nein, Sie können nicht einfach *dazwischenreden*. Sie sind hierhergebeten worden, weil ich mich über die neuesten Entwicklungen in Ihrem Bereich informieren möchte."

„Nun, ich bin bereit. Darüber kann ich Auskunft geben. Ich –"

„Und wenn ich Ihren Beitrag hören möchte, werde ich es Ihnen sagen. Verstanden?"

„Ja, Sir, tut mir leid, Sir."

„Sie brauchen sich nicht zu entschuldigen."

„Tut mir leid."

„Suhail oder Walter, mit welcher Art des Widerstandes haben wir in Jerusalem zu rechnen?"

Es entstand eine Pause, in der, wie David annahm, die beiden sich ansahen, um zu vermeiden, den jeweils anderen zu unterbrechen.

„Kommen Sie, meine Herren", sagte Carpathia. „Ich muss einen Planeten regieren." Er lachte, als würde er einen Scherz machen, doch David fand das gar nicht lustig.

Akbar begann langsam und deutlich. David dachte, dass er in einer anderen Umgebung sicher ein guter Geheimdienstchef gewesen wäre. „Offen gestanden, Potentat, ich glaube nicht, dass die Judahiten sich zeigen werden. Ich unterschätze nicht die Effektivität ihrer Bewegung. Sie scheinen noch immer sehr zahlreich zu sein, aber sie sind eine Untergrundbewegung, stehen über Computer miteinander in Verbindung. Sie werden vermutlich nicht die Massen versammelt sehen wie damals im Kolleck-Stadion, als Tsion B –"

„Ich erinnere mich sehr gut daran, Akbar. Sagen Sie mir, könnte es sein, dass wir von ihrer Seite keine Schwierigkeiten in Jerusalem zu erwarten haben, weil sich ihre Reihen gelichtet haben, nachdem sie eine *richtige* Auferstehung gesehen haben – eine, bei der kein blinder Glaube notwendig ist?"

Stille, abgesehen davon, dass sich jemand räusperte. David nahm an, dass es Suhail war.

„Nicht?"

„Erstaunlicherweise nicht, Sir. Mich hätte dies bestimmt von Ihrer Gottheit überzeugt, abgesehen davon, dass ich das bereits war."

„Ich auch!", warf Hickman ein. „Tut mir leid."

„Natürlich", meldete sich nun Fortunato zu Wort, „ich hatte eine persönliche Erfahrung, die es bewies. Und jetzt – nun, ich bin noch nicht an der Reihe, nicht?"

„Die Wahrheit ist, Exzellenz", fuhr Akbar vorsichtig fort, „unsere Überwachung der Website der Judahiten zeigt, dass sie umso entschlossener ihren Weg gehen. Sie glauben, äh, dass Ihre Auferstehung genau das Gegenteil von dem beweist, was für vernünftig denkende Menschen so offensichtlich ist."

David zuckte zusammen, als er den lauten Schlag auf den Tisch hörte und dann das Zurücksetzen eines Stuhles und einen Schwall Flüche von Carpathia vernahm. Das war neu. Bislang hatte Nicolai immer die Fassung bewahrt.

„Verzeihen Sie mir, Eure Heiligkeit", sagte Akbar. „Sie verstehen, dass ich nur berichte, was meine besten Analytiker –"

„Ja, das weiß ich", gab Carpathia zurück. „Ich verstehe nur nicht, was diese Leute noch brauchen, um zu erkennen, wer ihrer Anbetung würdig ist!" Er fluchte erneut, und die anderen schienen sich verpflichtet zu fühlen, ebenfalls über die Verrücktheit der Skeptiker zu schimpfen. „Also gut!", fuhr Carpathia schließlich dazwischen. „Sie denken, sie könnten uns aus der Sicherheit ihres Verstecks heraus eine lange Nase zeigen."

„Genau."

„Das ist sehr unangenehm. Ich hatte so gehofft, es ihnen beweisen zu können. Irgendwelche Bestätigungen, dass Rosenzweig bei ihnen Unterschlupf gefunden hat?"

David hielt den Atem an.

„Ich gestehe, wir sind getäuscht worden", sagte Walter Moon. „Wir haben ein paar Spuren verfolgt. Einige glaubten, gesehen zu haben, wie er davongerannt ist, ein Taxi genommen hat und so weiter. Mit Bestimmtheit wissen wir nur, dass der Schlaganfall vorgetäuscht war."

„Sagen Sie das noch mal", forderte Nicolai.

„Dieser alte Schurke!", warf Hickman ein. „Tut mir leid."

„Er hat mich getäuscht“, fügte Nicolai hinzu. „Das muss man ihm lassen.“

„Äh, Sir“, fuhr Moon fort. „Ich, äh, ich möchte Ihnen nicht vorgreifen, aber …“

„Bitte, Walter.“

„Nun, Sie haben Ihrem Angreifer verziehen, vielleicht bevor Sie wussten, wer er war.“

Carpathia brach in schallendes Gelächter aus. „Sie glauben nicht, dass ich wusste, wer mich ermordete? Ich hob seinen lahmen Arm, und wenige Sekunden später springe ich zur Seite, weil ich einen Schuss höre, er rammt mir mit seinem Höllenstuhl die Füße unter dem Körper weg, und als Nächstes liege ich im Schoß eines Verrückten. Nun, ich wusste sofort, was passierte, obwohl ich nicht sagen kann, wieso ich das wusste. Aber er war durchaus kein kranker alter Mann. Er hatte keinen lahmen Arm und keinen steifen Arm; er war kein gebrechlicher älterer Mitbürger. Er rammte dieses Schwert in mich hinein, und ich konnte hören, wie es meinen Schädel durchbohrte. Der Mann war bärenstark und zu allem entschlossen.“

„Vielleicht sollten wir eine weltweite Fahndung nach ihm auslösen und alle unsere Informanten anzapfen, um ihn zu schnappen“, schlug Hickman vor. „Wir haben die Szene doch auf Video aufgenommen! Wir zeigen das der Welt!“

„Zu gegebener Zeit.“ Carpathia hatte sich etwas beruhigt, und David hatte den Eindruck, als ob er sich wieder zu den anderen gesetzt hatte. „Ich habe ihm verziehen, weil ich wusste, dass eine Welt voller loyaler Untertanen mich nur zu gern rächen würde, sollte er jemals wieder sein Gesicht zeigen. Zwecklos zu sagen, dass wir, sollte das eintreten, natürlich keine strafrechtlichen Maßnahmen gegen den Täter einleiten werden.“

„Natürlich nicht“, bestätigte Hickman.

„Und“, fuhr Carpathia fort, „was ist mit dem Komplizen?“

„Der Kerl mit der Pistole?“, fragte Moon. „Wir glauben nicht, dass er aus dem Mittleren Osten stammt. Wir haben seine Verkleidung und seine Waffe gefunden. Passt genau zu der Kugel. Keine Spuren. Keine Hinweise. Sie sind davon überzeugt, dass sie zusammengearbeitet haben?“

Carpathia schien genervt zu sein. „Überzeugt? Ich bin hier nicht der Experte, aber das Timing dieser beiden Angriffe war zu genau abgestimmt, als dass es ein Zufall sein könnte, meinen Sie nicht?"

„Ich schon", ging Hickman dazwischen. „Ich habe den Fall bearbeitet, und –"

„Fahren Sie fort", forderte Nicolai ihn auf.

„Ich denke, sie wollten nichts riskieren. Falls einer der beiden Sie nicht traf, war noch immer der andere da. Der Kerl mit der Waffe hätte auch ein Ablenkungsmanöver sein können, aber er kann froh sein, dass er niemanden getötet hat."

Akbar räusperte sich. „Sie wissen, dass eine Verbindung zwischen Ben-Judah und Rosenzweig besteht?"

„Schießen Sie los", sagte Nicolai.

„Ben-Judah war früher Student bei Rosenzweig."

„Was Sie nicht sagen", staunte Nicolai, und seiner Stimme konnte man entnehmen, dass er tatsächlich unangenehm überrascht war. „Hmm. Finden wir Ben-Judah, dann finden wir auch Rosenzweig."

„Genau das habe ich auch gedacht", meinte Hickman.

„Ich würde jetzt gern Ihren Bericht hören, James."

„Ich? Meinen? Tatsächlich? Oh ja, Sir. Äh, alles läuft bestens. Die Injektionsdinger, Köpfmaschinen, äh, hm, einen Augenblick. Viv, äh, Miss Ivins hat mir die korrekte Terminologie genannt, einen Augenblick. Loyalitätssicherstellungsgeräte. Ich habe sie bestellt oder verschickt, je nachdem. Sie sind auf dem Weg zu den unterschiedlichen Orten, an denen sie gebraucht werden. Natürlich nicht alle. Einige befinden sich noch im Produktionsprozess, aber wir sind im Zeitplan. Ich habe eine Krankenschwester aufgetrieben, die Erfahrung damit hat, Biochips in … na ja … Hunde, nehme ich an, zu schießen. Aber sie wird helfen, die Leute darin auszubilden. Und ich habe die Spur Ihres Schweines aufgenommen."

„Mein Schwein?"

„Oh! Wenn Sie kein Schwein brauchen, dann werden wir es hier schlachten und verbrauchen. Aber für den Fall, dass Sie ein Schwein brauchen, haben wir ein großes bestellt."

„Wozu sollte ich ein Schwein brauchen, James?"

„Nicht, dass ich etwas gehört hätte … oder wüsste … ich meine … dass Sie tatsächlich ein Schwein für irgendetwas brauchten, wirklich. Aber falls Sie je eins brauchen, dann lassen Sie es mich wissen, in Ordnung? Brauchen Sie eins? Für irgendetwas?"

„Mit wem haben Sie gesprochen, Commander?"

„Äh, wie bitte?"

„Sie haben mich genau verstanden."

„Mit wem gesprochen?"

Carpathia begann plötzlich wieder, zu schreien und zu fluchen. „Mr Hickman, was in diesen Besprechungen in meinem Büro gesagt wird, ist vertraulich. Verstehen Sie?"

„Ja, Sir. Ich würde nie –"

„Absolut vertraulich! Die Sicherheit der Weltgemeinschaft hängt von der Vertrauenswürdigkeit der Beteiligten ab und davon, dass alles, was hier drin gesprochen wird, vertraulich behandelt wird. Haben Sie schon einmal das englische Sprichwort gehört: ‚Lose Lippen versenken Schiffe'?"

„Ja, habe ich. Ich weiß, was Sie meinen."

„Jemand hat Ihnen erzählt, dass es ein Gespräch in meinem Büro gegeben hat, in dem von einem Schwein die Rede war."

„Nun, ich würde lieber nicht –"

„Oh doch, Sie werden, Mr Hickman! Das geheiligte Vertrauen des Potentaten der Weltgemeinschaft zu verletzten ist ein Kapitalverbrechen, nicht wahr, Mr Moon?"

„Ja, Sir, das ist es."

„Also, James, als Nächstes möchte ich aus Ihrem Mund den Namen des Schuldigen hören, sonst werden Sie den Preis für dieses Vergehen zahlen. Ich warte."

David hörte Hickman jammern.

„Den Namen, Commander. Wenn ich von Ihnen höre, dass er Ihr Freund ist oder dass Sie lieber gar nichts sagen wollen oder einen falschen Namen nennen, dann sind Sie ein toter Mann."

Hickman kämpfte noch immer mit sich.

„Sie haben noch zehn Sekunden, Sir."

Hickman schnappte nach Luft und hustete.

„Und jetzt noch fünf."

„Es ist – es ist – äh –"

„Mr Moon, sind Sie bereit, Mr Hickman in Haft zu nehmen, um ihn zu exekutieren –"

„Ramon Santiago!", brach es aus Hickman hervor. „Aber ich bitte Sie, Sir, nicht –"

„Mr Moon."

„Bitte! Nein!"

David hörte, wie Moon in sein Handy sprach. „Moon hier. Hören Sie, nehmen Sie Santiago in Haft ... Richtig, der von den Friedenstruppen ... sofort ... ja. Bis ich komme."

„Überlassen Sie mir die Sache, Walter?"

„Wie Sie wünschen."

„Nein! Bitte!"

„James, wenn morgen verkündet wird, dass ein Deputy Commander der Friedenstruppen zu Tode gebracht worden ist, weil er Vertrauliches weitergegeben hat, dann werden zumindest Sie die Bedeutung der Regeln verstehen, nicht wahr?"

David hörte, dass Hickman unter Schluchzen eine Zustimmung murmelte. Offensichtlich reichte das Carpathia nicht aus.

„Nicht wahr, *Supreme* Commander?"

„Ja!"

„Das dachte ich mir. Und ja, ich brauche tatsächlich ein Schwein. Ein großes, fettes, fleischiges Biest mit riesigen Nasenlöchern, das so überfüttert ist, dass es zu faul ist, mich abzuwerfen, sollte ich mich dafür entscheiden, darauf durch die Via Dolorosa in die Heilige Stadt zu reiten. Erzählen Sie mir von meinem Schwein, Hickman."

„Ich habe es noch nicht gesehen", erwiderte Hickman mühsam, „aber –"

„Aber Sie haben meinen Befehl verstanden."

„Ja." Seine Stimme zitterte.

„Groß, dick und hässlich?"

„Ja."

„Ich habe Sie nicht verstanden, James. Stinkend? Kann ich ein stinkendes Schwein bekommen?"

„Ja."

„Was immer ich möchte?“

„Ja!“

„Sind Sie zornig auf mich, mein loyaler Diener?“

„Uh-huh.“

„Nun, vielen Dank für Ihre Ehrlichkeit. Haben Sie begriffen, dass ich ein Schwein haben möchte, in dessen Nasenloch meine Faust passen muss?“

David fuhr zusammen, als es an der Tür klopfte. Mac und Abdullah waren gekommen.

15

Als er in Kozani aus dem Flugzeug stieg, spürte Buck sein Alter, und es war ihm peinlich, dass ihm der Jetlag so zu schaffen machte. Albie, der deutlich älter war als er, schien es nichts auszumachen, und dabei hatte er die ganze Zeit das Flugzeug gesteuert.

„Nutzen Sie das zu Ihrem Vorteil“, riet ihm Albie.

„Wie das?“

„Es sollte Sie griesgrämig machen.“

„Ich bin aber eigentlich ein ziemlich ausgeglichener Mensch.“

„Das müssen Sie ablegen. Sie sind nur höflich. Ihr natürlicher Charakter, wenn Sie lieber im Bett liegen würden, ist anmaßend, kurz angebunden, leicht erregbar. Geben Sie dem nach. Die Angehörigen der Friedenstruppen sind Machos, überheblich. Sie bilden sich etwas ein.“

„Das habe ich bemerkt.“

„Fragen Sie nicht – entschuldigen Sie sich nicht. Sie sind ein viel beschäftigter Mann und haben einen Auftrag und diverse Dinge zu erledigen.“

„Verstanden.“

„Wirklich?“

„Ich denke schon.“

„Das klingt aber gar nicht machomäßig.“

„Muss ich mich auch Ihnen gegenüber so verhalten?"

„Zumindest können Sie üben, Buck. Ihr Amerikaner, also wirklich. Ich musste schon Ihren Schwiegervater antreiben, seine Führerrolle auszuüben, und er ist der geborene Führer. Sie sind Journalist und können nicht ein wenig schauspielern?"

„Ich denke schon, dass ich das kann."

„Nun, dann zeigen Sie es mir. Wie haben Sie die großen Storys gekriegt, sich Zugang verschafft zu den interessanten Interviewpartnern?"

„Ich habe die Macht meiner Position eingesetzt."

„Genau."

„Aber ich habe für den ‚Global Weekly' gearbeitet."

„Mehr als das. Sie waren Buck Williams, *der* Buck Williams vom ‚Global Weekly'. Es mögen Ihr Talent und Ihre Artikel gewesen sein, die Sie zu *dem* Buck Williams gemacht haben, aber nachdem Sie das waren, haben Sie Selbstvertrauen ausgestrahlt, oder?"

„Ich denke schon."

„Ich denke schon", spottete Albie. „Kommen Sie, Buck! Sie sind großspurig aufgetreten!"

„Ich soll großspurig auftreten?"

„Sie werden uns ein Fahrzeug beschaffen, mit dem wir zu der Haftanstalt fahren können, in der Pastor Demeter und Mrs Miklos und die anderen Christen aus ihrer Gemeinde gefangen gehalten werden."

„Aber würde Ihnen das nicht leichter fallen?"

„Warum?"

„Sie sind der vorgesetzte Offizier. Sie stehen höher im Rang als jeder, dem wir begegnen werden."

„Dann nutzen Sie das. Ich werde derjenige sein, den alle sehen, den aber niemand anspricht. Sie werden nur salutieren. Sie sprechen mit Autorität. Und Sie tragen diese wundervolle bei ‚Chez Zeke' angefertigte Uniform."

„Ich werde es versuchen."

„Sie sind ein hoffnungsloser Fall."

„Ich schaffe das."

„Sie strahlen nicht gerade Selbstvertrauen aus."

„Passen Sie nur auf."

„Genau davor habe ich ja Angst. Ich werde zusehen, wie Sie entlarvt werden. Zeigen Sie mir, dass ich falsch liege, Buck."

„Aus dem Weg, Alter."

„Na, Sie können es doch!"

„Werden Sie denen den Auftrag erteilen, die Maschine aufzutanken, während wir in Ptolemais sind?"

„Nein, Buck, Sie werden das tun."

„Kommen Sie. Ich weiß doch über Flugzeuge gar nicht Bescheid."

„Tun Sie es einfach. Von diesem Zeitpunkt an bin ich ein zorniger, unter Jetlag leidender, schlecht gelaunter Deputy Commander und ich habe keine Lust zu reden."

„Dann hängt also alles an mir?"

„Fragen Sie mich nicht. Ich bin stumm."

„Meinen Sie das ernst?"

Aber Albie antwortete nicht. Das Zwinkern verschwand aus seinen Augen, und er runzelte die Stirn, als sie sich auf den Weg vom Jet zum Terminal machten. Der Flugplatz lag etwa 25 Meilen von ihrem Ziel entfernt.

Buck sprach den ersten Korporal an, der ihnen begegnete. „Englisch?", fragte er den jungen Mann.

„'türlich. Was ist?"

„Bringen Sie für mich dieses Flugzeug in den Hangar und tanken Sie es auf, während mein vorgesetzter Offizier und ich unseren Auftrag erledigen."

„Ach ja? Nun, Sie können mir die Stiefel putzen, während ich schlafe."

„Das werde ich überhören, Sohn."

„Ja, gut, ich auch."

Er wandte sich zum Gehen, doch Buck hielt ihn an der Schulter fest. „Tun Sie, was ich gesagt habe."

„Denken Sie, ich wüsste, wie man ein Flugzeug bewegt? Ich gehöre zu den Bodentruppen, Kumpel. Suchen Sie sich einen anderen Lakaien dafür."

„Ich habe es Ihnen aufgetragen. Suchen Sie sich jemanden, der das kann, und sehen Sie zu, dass es erledigt ist, wenn wir zurückkommen, sonst werden Sie die Konsequenzen zu tragen haben."

„Sie machen wohl Witze!"

Albie hatte ihnen die ganze Zeit den Rücken zugewandt, und Buck war davon überzeugt, dass er nur mühsam sein Lachen unterdrückte.

„Haben Sie das verstanden, Sohn?", fragte Buck.

„Ich verschwinde hier. Ich werde das Risiko eingehen. Sie kennen nicht einmal meinen Namen."

„Nun, aber ich", mischte Albie sich ein. Er drehte sich zu dem Jungen um, der plötzlich aschfahl wurde. „Und Sie werden tun, was Ihnen aufgetragen wurde, oder Sie werden in Zivilkleidung in Ihre Heimatstadt zurückkehren."

„Jawohl, Sir", sagte der Junge und salutierte. „Sofort, Sir."

„Enttäuschen Sie mich nicht, Junge", rief Albie ihm hinterher.

Buck warf Albie einen Blick zu. „Ich dachte, Sie wären stumm."

„Jemand musste Sie ja raushauen."

„Er hatte denselben Rang wie ich!"

„Darum sollten Sie ja auch auf mich verweisen. Ich habe den Rang, aber Sie müssen ihn nutzen. Versuchen Sie es noch mal."

„Was nun?"

„Das habe ich Ihnen doch gesagt. Wir brauchen ein Fahrzeug."

„Oh."

Buck marschierte in den Terminal, in dem es von Angehörigen der Weltgemeinschaft wimmelte. Nachdem die Untergrund-Gemeinde aufgeflogen war, würde es hier eine Weile ausgesprochen unruhig sein.

„Geben Sie mir Ihre Papiere", forderte Buck Albie auf.

„Wozu?"

„Tun Sie es einfach! Geben Sie sie mir!"

„Jetzt haben Sie es raus."

Buck zwängte sich durch die Reihe der Friedenstruppen hindurch. „Hey!", rief der Erste in der Reihe.

„Selber hey", gab Buck zurück. „Sind Sie Deputy Commander oder in Begleitung von einem? Wenn das nicht der Fall ist, dann würde ich es zu schätzen wissen, wenn Sie zurücktreten würden."

„Jawohl, Sir."

Buck zog die Augenbrauen hoch und sprach dann den Offizier am Schalter an. „Korporal Jack Jensen für Deputy Commander Marcus Elbaz, im Auftrag der USNA. Wir brauchen ein Fahrzeug für eine Fahrt nach Ptolemais."

„Ja, Sie und eintausend andere Jungs ebenfalls", erwiderte der Offizier und sah sich träge die Ausweise an. „Im Ernst, Sie sind etwa der Zweihundertste auf der Warteliste."

„Mir scheint, wir stehen doch eher ganz oben, wenn Sie verzeihen."

„Wie kommt es, dass Ihr vorgesetzter Offizier der USNA angehört? Er sieht so aus, als käme er aus dem Mittleren Osten."

„Ich verteile die Zugehörigkeiten nicht, Kumpel. Und ich würde Ihnen nicht empfehlen, sich mit ihm anzulegen. Oder vielleicht doch. Das wäre bestimmt ausgesprochen amüsant. Sagen Sie ihm, er sähe aus, als käme er aus dem Mittleren Osten und dass Sie seine Operationsbasis infrage stellen. Na los. Tun Sie es."

Der Offizier kräuselte die Lippen und schob die Ausweise unter dem Schalter hindurch. „Ein einfacher Wagen reicht?"

„Ja, durchaus. Wir wollen nur hin und wieder zurück. Nun, um ehrlich zu sein, Elbaz ist heute so ungemütlich gewesen, dass er keine bequeme Fahrt verdient hat. Wir nehmen, was Sie haben."

Der Offizier schob Buck einen an einem Zettel befestigten Schlüsselbund unter dem Schalter hindurch. „Zeigen Sie das dem Verantwortlichen für den Fuhrpark hinter dem Ausgang."

Auf dem Weg dorthin machte Albie Buck nach. „‚Er ist heute so ungemütlich gewesen, dass er keine bequeme Fahrt verdient hat.' Ich sollte Sie zum Pfadfinder degradieren."

„Wenn Sie das tun, dann werden Sie in Zivilkleidung nach Hause zurückkehren."

„Carpathia hat irgendetwas vor", sagte Mac, als er neben Abdullah in Davids Büro Platz nahm.

„Ich bin so froh, wenn wir uns endlich von diesem Ort verabschieden können", meinte Abdullah.

David rutschte nervös auf seinem Stuhl herum. „Erzählen Sie mir davon."

„Na, wollen Sie denn nicht hier weg?"

„Tut mir leid, Smitty", entschuldigte sich David. „Ich hatte Mac gemeint."

„Oh! Ich bitte tausendmal um Verzeihung."

„Sehen Sie ihn sich an", neckte Mac. „Und schon schmollt er."

„Ich schmolle nicht! Jetzt hören Sie auf, sich über mich lustig zu machen!"

Mac versetzte Abdullah einen Stoß in die Rippen und der Jordanier lächelte. „Wie auch immer", sagte Mac und wandte sich David wieder zu, „Carpathia hat mich vor einer Weile angerufen und mich gefragt, ob ich weiß, wo seine Waffen lagern. Natürlich weiß ich das nicht, aber ich wüsste es nur zu gern. Ich sage euch etwas, Jungs, die Leute können über den wundersamen Wiederaufbau, den Carpathia in der ganzen Welt bewerkstelligt hat, reden, was sie wollen. Aber es ist wirklich außergewöhnlich, dass er die Nationen dazu gebracht hat, 90 Prozent ihrer Waffen zu zerstören und die restlichen 10 Prozent ihm zu überlassen. Er bringt sie irgendwo unter, und niemand, aber auch wirklich niemand, spricht darüber."

„Lose Lippen versenken Schiffe", wiederholte David.

„Sie meinen, die Leute wissen es, sagen aber nichts?"

„Ganz offensichtlich?"

„Wie kann er ein Geheimnis wahren, das so viele Menschen kennen?"

„Ich glaube, ich habe gerade gehört, wie er das macht", erklärte David und erzählte Mac und Abdullah kurz, was er gerade miterlebt hatte.

Abdullah schüttelte den Kopf. „Nicolai Carpathia ist ein schlechter Mensch."

Mac sah zuerst Abdullah, dann David an. „Na ja! Ich meine, kommen Sie, Smitty. Sind Sie gerade erst zu dieser Erkenntnis gekommen oder haben Sie das die ganze Zeit gewusst und uns vorenthalten?"

„Ich weiß, dass Sie sich über mich lustig machen", erwiderte Abdullah. „Warten Sie nur, bis ich Ihre Sprache gut genug spreche."

„Sie werden gefährlich sein; das ist eine Tatsache."

Davids Handy klingelte. Er öffnete es und hob entschuldigend den Finger. „Es ist Ming", erklärte er.

„Sollen wir gehen?", fragte Mac.

David schüttelte den Kopf.

„Sie hatten ganz recht mit Ihrer Vermutung", berichtete sie. „Mein Vater möchte, dass Chang sofort bei der Weltgemeinschaft anfängt und als Erster das Zeichen bekommt. Chang schwört, er werde das Zeichen nie annehmen."

„Hat er Ihrem Vater den Grund verraten?"

„Nein, und mir wird allmählich klar, dass er das niemals wird, es sei denn, mein Vater wird selbst Christ. Ich habe den Glauben noch nicht verloren und bete weiter, aber bis das passiert, kann Chang es ihm nicht sagen. Er würde uns verraten."

„Weiß Ihre Mutter Bescheid?"

„Nein! Sie würde es meinem Vater schließlich doch erzählen. Ich fürchte, sie ist so eingeschüchtert, dass sie sich ihm gegenüber nicht würde behaupten können. David, Sie dürfen nicht zulassen, dass Chang einen Job bekommt, vor allem, wenn die neuen Angestellten tatsächlich als Erste das Zeichen bekommen sollen."

„Ich glaube, die Gefangenen werden es als Erste bekommen, aber ja, sofort danach die neuen Angestellten. Nach dem Einstellungsdatum. Und selbst wir anderen innerhalb von wenigen Wochen."

„Was werden Sie tun, David? Sie und Ihre Freunde?"

„Wir sprechen gerade darüber. Entweder wir laufen davon oder wir sterben."

„Können Sie Chang mitnehmen?"

„Ihn entführen?"

Ming schwieg. Dann: „David, haben Sie gehört, was Sie gesagt haben? Sie wollen Chang zurücklassen, damit er das Zeichen annimmt oder geköpft wird, weil er sich weigert, damit Sie nicht das Risiko eingehen müssen, ihn zu entführen? Bitte! Entführen Sie ihn. Aber vermutlich wird er freiwillig mitgehen."

„Keine Sorge, ich werde morgen ein Einstellungsgespräch mit ihm führen."

„Dann finden Sie entweder einen Weg, ihn zu eliminieren, als möglichen Angestellten zu diskreditieren, oder sagen Sie ihm, wo er Sie treffen kann, wenn Sie fliehen."

„Letzteres ist wahrscheinlicher. Was könnte ihn schon disqualifizieren? Er scheint für jede Abteilung eine Goldmine zu sein, vor allem für meine."

„Dann erfinden Sie irgendetwas. Sagen Sie, er hätte Aids."

„Damit Ihr Vater ihn dann selbst umbringt?"

„Nun, wie wäre es mit einem genetischen Defekt?"

„Hat er einen?"

„Nein! Aber machen Sie es mir doch nicht so schwer!"

„Ich bin kein Arzt, Ming. Das würde die Dinge nur verzögern."

„Es ist doch besser als gar nichts."

„Nicht, wenn es mich in Verdacht bringt. Wir hoffen, von hier fliehen zu können, ohne in den Verdacht zu geraten, Subversive zu sein."

„Gute Idee. Sagen Sie ihnen, Sie wollten Chang mitnehmen, um ihn zu testen, bevor Sie ihn einstellen. Und dann ist er eben mit von der Partie, was immer Ihnen zustößt. Er ist frei und kann Ihnen helfen, wohin Sie auch immer gehen."

„Vielleicht."

„Es muss funktionieren, David. Welche andere Möglichkeit gibt es denn?"

„Und wenn sie nicht darauf reinfallen? Wenn sie nein sagen, ihn einstellen, ihm das Zeichen verpassen und ihm dann erst einen Auftrag erteilen?"

„Sie müssen es versuchen. Er ist brillant, aber er ist noch ein Kind. Er kann nicht selbst für sich eintreten. Er kann sich nicht einmal gegen meinen Vater durchsetzen."

„Ich werde mein Bestes tun, Ming."

„Das klingt wie eine Entschuldigung, nachdem alles fehlgeschlagen ist."

„Tut mir leid, aber mehr als mein Bestes kann ich nicht tun."

„David, er ist mein Bruder! Ich weiß, er ist nicht mit Ihnen verwandt, aber können Sie denn nicht so tun? Wenn es Annie wäre, würden Sie dann auch nur Ihr Bestes tun? Oder würden Sie tun, was Sie können, um sie zu retten?"

David brachte kein Wort heraus.

„Oh David, verzeihen Sie mir! Das war falsch von mir! Bitte! Es war grausam!"

„Nein. Ich –"

„David, bitte schreiben Sie das meiner Angst und meiner Situation zu."

„Es ist schon in Ordnung, M–"

„Bitte sagen Sie mir, dass Sie mir verzeihen. Ich habe das nicht so gemeint."

„Ming, es ist in Ordnung. Sie haben recht. Ich verstehe. Sie haben alles für mich in die richtige Perspektive gerückt. Zählen Sie auf mich. Ich werde tun, was ich tun muss, um Chang zu schützen. In Ordnung?"

„David, nehmen Sie meine Entschuldigung an?"

„Natürlich."

„Danke. Ich werde für Sie beten."

Als David auflegte, sagte Mac: „Was um alles in der Welt hat sie gesagt? Sie waren ja tief erschüttert."

David erzählte es ihm.

„Ich sage Ihnen was", meinte Mac, „und Smitty, Sie sprechen für sich selbst, aber wenn dieser Junge ein Christ ist und das Zeichen als Beweis hat, dann ist er dabei. Und jeder andere auch, den wir finden können, bevor wir hier verschwinden. Richtig, Smitty?"

„Richtig, denke ich. Falls ich richtig verstanden habe. Andere Gläubige kommen mit uns, ja. Natürlich. Richtig?"

„Genau das haben wir gesagt."

„Mac, eine Frage, wer sonst würde für mich sprechen?"

Auf der Fahrt nach Norden telefonierte Buck über ein abhörsicheres Handy mit Laslo Miklos. Dieser war am Boden zerstört. „Vielen Dank, dass Sie gekommen sind, aber Sie können nichts tun. Bestimmt haben Sie keine Waffen mitgebracht."

„Nein."

„Sie wären sowieso hoffnungslos unterlegen; Sie würden nie lebendig davonkommen. Wozu also die Reise? Was können Sie tun?"

„Ich wollte es mit eigenen Augen sehen, in ‚Die Wahrheit'

darüber berichten und die Weltöffentlichkeit darüber informieren."

„Nun, verzeihen Sie mir, Bruder Williams. Ich mag Ihre Zeitung und ich lese sie beinahe genauso aufmerksam wie Dr. Ben-Judahs Botschaften. Aber Sie setzen sich dieser Gefahr aus, nehmen Zeit und Kosten in Kauf, um einen Artikel zu schreiben? Wussten Sie, dass die Guillotinen eingetroffen sind?"

„Wie bitte?"

„Es stimmt. Ich würde das als Gerücht abtun, wenn die anderen Christen hier es mir nicht erzählt hätten. Die Weltgemeinschaft fährt sie auf offenen Lastwagen durch die Stadt, damit die Leute sehen können, welche Konsequenzen selbstständiges Denken haben wird. Wir gehören zu den Vereinigten Carpathiatischen Staaten, ein Name, auf den ich spucke, wenn ich ihn ausspreche. Nicolai wird an uns ein Exempel statuieren. Und Sie sind hier, um einen Artikel zu schreiben?!"

„Bruder Miklos, hören Sie. Sie wussten, dass wir nichts tun können. Wir würden alles nur noch schlimmer machen, wenn wir versuchen würden, Ihre Frau, den Pastor und die anderen Christen zu befreien. Aber ich dachte, Sie würden vielleicht wollen, dass wir zu Ihnen kommen. Falls wir zu den Gefangenen hineinkommen, könnten wir Ihnen über die Zustände berichten und Ihnen erzählen, wie es den Gefangenen geht. Und eventuell könnten wir ihnen eine Nachricht von Ihnen überbringen."

Stille. Dann hörte Buck Laslo weinen.

„Sind Sie in Ordnung, mein Freund?"

„Ja. Ich verstehe. Verzeihen Sie mir. Ich bin aufgebracht. Im Fernsehen wurde berichtet, dass die Guillotinen zuerst in den Gefängnissen aufgestellt werden, dann in den Zentren, in denen die Zeichen verteilt werden. Uns bleiben nur noch ein paar Tage. Aber den Gefangenen vielleicht nur noch ein paar Stunden. Bitte richten Sie meiner Frau aus, dass ich sie liebe, für sie bete und es kaum erwarten kann, sie wiederzusehen. Und sagen Sie ihr, dass wir uns im Himmel treffen werden, wenn wir uns in diesem Leben nicht mehr sehen. Sagen Sie ihr", jetzt begann er laut zu schluchzen, „dass sie die beste Frau war, die ein

Mann haben konnte, und dass ich sie von ganzem Herzen liebe."

„Das werde ich ihr sagen, Laslo, und ich werde Ihnen ebenfalls eine Nachricht von ihr überbringen."

„Vielen Dank, mein Bruder. Ich bin wirklich dankbar, dass Sie gekommen sind."

„Wissen Sie, wo sie und die anderen Christen hingebracht wurden?"

„Wir haben so eine Ahnung, wagen aber nicht, das zu überprüfen, damit nicht auch noch wir alle gefangen genommen werden. Sie wissen, dass unsere Gemeinde aus vielen Kleingruppen besteht, die mittlerweile so klein gar nicht mehr sind. Als die Weltgemeinschaft die Hauptgruppe überfiel, haben sie meine Frau und Pastor D. und etwa 70 andere gefangen genommen, aber die mehr als 90 anderen *Gruppen* haben sie nicht geschnappt."

„Wow."

„Das ist die gute Nachricht. Die schlimme ist, dass einige Mitglieder der Gruppe, die gefangen genommen wurden, unter der Belastung scheinbar zusammengebrochen sind. Ganz bestimmt nicht meine Frau oder mein Pastor, aber irgendjemand wurde gefoltert oder bedroht oder getäuscht, damit er die anderen Gruppen verrät. Sie haben mit weiteren Razzien begonnen, und jetzt trauen meine Brüder und Schwestern sich gar nicht mehr, sich zu treffen. Es ist ein Wunder, dass ich nicht zusammen mit meiner Frau bei der Versammlung war. Aber wenn sie zur Märtyrerin wird, werde ich mir wünschen, bei ihr gewesen zu sein, um mit ihr zu sterben."

„Wir haben eine Frage beziehungsweise einen Vorschlag, David, und Smitty war übrigens sehr hilfreich dabei", sagte Mac. „Wir necken ihn, weil er unsere Sprache noch nicht sehr gut spricht, aber er ist ein sehr kluger Kopf. Das ist ein Kompliment, Abdullah."

„Also, das weiß ich auch so!"

„Die Frage lautet: Wollen wir bis zum Ende mitspielen, für den Fall, dass wir das genaue Datum erfahren, wann die Angestellten das Zeichen bekommen? Oder wollen wir einen Zeitpuffer haben?"

David dachte eine Weile nach. „Es geht hier nicht nur um einen zeitlichen Puffer, Mac. Es geht um den Eindruck. Wenn wir bis zur letzten Sekunde warten und wenn es dann aussehen soll, als wären wir getötet worden, dann wird allein der Zeitpunkt uns verdächtig machen."

„Das habe ich doch gesagt!", rief Abdullah. „Habe ich das nicht gesagt, Mac? Ich habe es gesagt."

„Genau das hat er gesagt. Ein gutes Argument. Okay, also wenn wir die Sache früher durchziehen wollen, dann stehen uns jede Menge Möglichkeiten offen. Die Friedenstruppen haben gerade damit begonnen, die ersten Ladungen von – wie nennen sie diese Dinger jetzt? Loyalitätsirgendwas."

„Nennen Sie sie bei ihrem richtigen Namen", meinte David.

„Okay, also, die ersten Guillotinen wurden gestern Abend nach Griechenland gebracht."

„Aber nicht von hier aus", meinte David. „Das wüsste ich."

„Nein, sie wurden in Istanbul hergestellt und mit Lastwagen hingebracht. Schon bald werden sie hierhin und dorthin geflogen, und Sie wissen, dass wir zum Dienst gezwungen werden können. Sie sollten sich einen strategisch wichtigen Ort aussuchen, den Sie sich ansehen wollen, oder eine Ladung, die Sie unbedingt überwachen müssen. Suchen Sie einfach einen Grund, warum Sie Hannah und Chang Wie-immer-er-heißt mitnehmen, und ich werde dann eine Quasi Two anfordern."

„Eine Two? Wie wollen Sie das rechtfertigen? Wir wollen doch jegliches Misstrauen vermeiden. Man kann doch zwei Piloten und drei Passagiere in einem billigeren Flugzeug unterbringen. Dazu brauchen wir keine Maschine, die 15 Millionen Dollar kostet."

„Ja, aber angenommen, wir wollten eine große Ladung Guillotinen und Kisten voller Biochips und Injektoren mitnehmen ..."

„Ich bin ganz Ohr. Wir brauchen trotzdem einen triftigeren Grund, um eine Quasi Two zu rechtfertigen."

„Nun, sagen wir, es wäre ein Ort, wo der heilige Nick auch hin möchte."

„Sagen Sie ihm, wer sich das ausgedacht hat“, forderte Abdullah.

„Ich glaube, Sie waren das, Großmaul.“

„Großmaul?“

„War doch nur Spaß, Smitty. Zügeln Sie Ihr Kamel etwas.“

David legte den Kopf zur Seite. „Denken Sie, was ich glaube, dass Sie denken?“

„Ist das ein Spiel?“, fragte Abdullah.

„Das tun wir“, bestätigte Mac. „Jerusalem.“

David überdachte die Möglichkeiten. „Ich lasse verlauten, dass wir dort sein und die Injektionsspezialistin und meinen neuen besten Computerexperten mitbringen wollen. Wir wollen die größte Ladung in einem Flugzeug transportieren, das den Potentaten gut dastehen lässt. Seinem Ego schmeichelt.“

„Denken Sie, dass ihm so etwas wichtig ist?“, fragte Mac in gespieltem Ernst.

David lächelte.

„Macht er schon wieder Witze?“, fragte Abdullah. „In Jordanien gibt es nicht genügend Tuch, um einen Turban für Nicolais Kopf zu binden.“

Mac warf den Kopf in den Nacken und lachte.

David war noch immer tief in Gedanken versunken. „Und die Quasi Two kann ferngesteuert werden.“

„Wie fast jedes andere Flugzeug heutzutage, aber ich habe viel Erfahrung mit diesen Maschinen.“

„Machen wir also irgendwo auf unserem Weg dorthin eine Zwischenlandung. Und dann lassen Sie das teure Flugzeug mit der wertvollen Ladung – natürlich ohne uns – mitten in eines der tiefsten Meere stürzen, die wir finden können.“

„Während die Leute zusehen.“

„Wie bitte?“

„Sie sollen ruhig zusehen! Wir sollten uns doch einen logischen Grund für den Absturz ausdenken. Nun, verzeihen Sie das schmerzliche Thema, aber wir haben doch kürzlich die Leiterin unserer Transportabteilung verloren. Sie hätte nicht erlaubt, dass das Flugzeug so schwer beladen wird, aber da ich ein alter Hase bin, dachte ich, das würde schon gehen. Während ich es über Fernsteuerung lenke, fange ich an, über eine Ladungsverschiebung zu schimpfen, die Ladung löst sich, die Maschine gerät außer Kontrolle, Mayday, auf Wiedersehen, grausame Welt."

„Ihr Burschen seid einfach klasse."

„Vielen Dank."

„Wir beide", sagte Abdullah. „Richtig?"

„Natürlich", bestätigte David.

„Ich habe noch eine gute Idee", sagte Abdullah.

„Jetzt mal langsam, Smitty", erwiderte Mac. „Kenne ich sie schon?"

„Keine Angst, Sie wird Ihnen gefallen. Die Leute sollen es sehen? Wie wäre es mit Tel Aviv? Carpathia wird dort landen. Wir werden für ihn und die Massen eine Flugshow veranstalten. Im Mittelmeer abstürzen, so tief, dass sie wissen, wir sind tot, und dass das Flugzeug zu tief liegt, als dass es geborgen werden könnte."

„Und von wo aus sollen wir das veranstalten?", fragte Mac. „Es wird ziemlich schwierig sein, sich in Tel Aviv zu verstecken, wenn Carpathia und seine Leute die Stadt bevölkern."

„Wir starten nicht von Tel Aviv aus. Wir kommen von hier, nur dass wir einen Zwischenstopp in Jordanien einlegen, von dem sie nichts wissen werden. Ich kenne mich da aus. Wir können irgendwo landen, wo niemand uns sieht. Dann schicken wir das Flugzeug nach Tel Aviv, veranstalten die Show, Absturz."

„Wie weit reicht die Fernsteuerung für das Flugzeug, Smitty?"

„Nicht ganz so weit. Wir starten über Fernsteuerung, doch Flugplan, Tricks, alles wird im Computer einprogrammiert sein."

Mac sah erst Abdullah an, dann David. „Das ist gut."

„Wirklich?", fragte David. „Sie können so etwas einprogrammieren?"

„Es würde eine Weile dauern."

„Dann fangen Sie an."

„Überraschung, Überraschung", meldete sich Abdullah zu Wort. „Kameljockey hat noch eine Idee."

Davids Handy klingelte. „Auf dem Display steht ‚dringend'. Es ist Hannah."

„Nehmen Sie den Anruf entgegen."

„Hey, was ist?", meldete sich David.

„Ist diese Leitung auch bestimmt sicher?", fragte Hannah.

„Absolut. Geht es Ihnen gut?"

„Ich stecke in einem Besenschrank. Wussten Sie, dass Carpathia heute ein Mitglied der Friedenstruppe exekutieren ließ?"

„Ja, das wusste ich. Santiago?"

„Danke, dass Sie mir Bescheid gesagt haben. Ich musste den Leichnam gerade abholen."

„Ich hatte keine Zeit, Ihnen das zu sagen. Außerdem, woher sollte ich wissen, dass diese Aufgabe Ihnen zufallen würde?"

„Es war schrecklich. Ich habe immerzu mit dem Tod zu tun, aber ihm wurde aus blanker Wut zwischen die Augen geschossen. Und sie tun nicht einmal so, als gäbe es einen anderen Grund dafür. Er ist von Carpathia selbst exekutiert worden! Und wissen Sie, weshalb? Natürlich wissen Sie das. Sie wissen alles."

„Ich habe gehört, er hätte zu viel geredet."

„Klingt für mich nicht sehr logisch, David, aber das habe ich auch gehört. Offensichtlich hat er jemandem etwas weitererzählt, das Carpathia in einer privaten Besprechung gesagt hat."

„Es tut mir leid, dass Sie da mit hineingezogen wurden, Hannah."

„Ich glaube, ich weiß, wer ihn in diesen Schlamassel hineingeritten hat."

„Wirklich?"

„Wissen Sie es?", fragte sie.

„Ja, ich weiß es."

„David, wie können Sie damit leben?"

„Glauben Sie nicht, dass es leicht ist."

„Also, wer hat ihn verraten? Wer ist dafür verantwortlich, dass Santiago exekutiert wurde?"

„Sie sagten, Sie wüssten es, Hannah."

„Werden Sie es mir bestätigen, wenn ich recht habe?"

„Sicher."

„Hickman."

„Woher wissen Sie das?"

„Habe ich recht, David?"

„Ja."

„Er wurde gerade in die Leichenhalle eingeliefert. Jemand fand ihn in seinem Büro mit einer selbst beigebrachten Schusswunde an der Schläfe."

16

Buck und Albie trafen immer wieder auf eine Kolonne von Fahrzeugen der Weltgemeinschaft, die sich durch die Ruinen von Ptolemais schlängelte.

„Sehen Sie sich das nur an", sagte Albie und deutete auf offene Lastwagen, auf denen die Guillotinen transportiert wurden. „Sie sind hässlich, aber es ist wirklich nicht viel an ihnen dran, oder?"

Buck schüttelte den Kopf. „Ich werde unter anderem auch darüber berichten, wie leicht sie sich zusammenbauen lassen. Es sind einfache Geräte aus vorgefertigten Teilen. Jeder Apparat besteht zum größten Teil aus Holz, Nägeln, Klinge, Feder und Seil. Darum war es auch für die Weltgemeinschaft so leicht, die Bauanleitung zu versenden, und jedem, der sich bereit erklärte, sie zu bauen, die notwendigen Materialien zur Verfügung zu stellen. Man hat riesige Fabriken für die Massenproduktion eröffnet, die mit Amateurhandwerkern konkurrieren."

„Und das alles für etwas, das nach Aussage der Weltgemeinschaft als – wie nennen sie es noch offiziell?"

„Visuelles Abschreckungsmittel. In allen Zentren, in denen das Loyalitätszeichen ausgegeben wird, soll eines aufgestellt werden, damit sich alle fügen."

Albie hielt an einer Kreuzung, an der der Verkehr von einer Beamtin der Friedenstruppen geregelt wurde. Er winkte die junge Frau zu sich. „Sehen Sie nicht, dass ich hier zu tun habe?", fuhr sie ihn an, bis sie die Uniform erkannte. Sie salutierte. „Zu Ihren Diensten, Commander."

„Wir haben einen Auftrag im Hauptgefängnis, aber ich habe

die Unterlagen in meiner Tasche gelassen. Sind wir hier richtig?"

„Das Hauptgefängnis, Sir?"

„Ich glaube, so sagte man es mir."

„Nun, sie liegen alle dicht beieinander, etwa drei Meilen westlich. An der nächsten Kreuzung müssen Sie links abbiegen und dann der ungepflasterten Straße folgen, bis sie wieder auf eine Schnellstraße stößt. Das Hauptgebäude wird sich rechts von Ihnen befinden, am Rand der Stadt. Sie können es gar nicht verfehlen. Massiv, von Stacheldraht eingezäunt und mit jeder Menge Wachpersonal. Sie beeilen sich besser, wenn Sie den Spaß noch mitbekommen wollen. Heute Nacht werden einige Köpfe rollen, wenn sich die Rebellen nicht noch besinnen und ihre Meinung ändern."

„Tatsächlich?"

„Ich habe gehört, dass sie im Augenblick zusammengetrieben und aussortiert werden. Diejenigen, die ihren Kopf behalten, werden morgen, wenn sie in ihre Zellen zurückkehren, eine neue Tätowierung haben."

David war erschöpft. Es war fast 23 Uhr Carpathia-Zeit, als er sich von seinem Büro in sein Quartier schleppte. Er war erstaunt, energische Schritte hinter sich zu vernehmen, und als er sich umdrehte, erkannte er Viv Ivins, die frisch und energiegeladen wirkte. Sie hatte eine Ledertasche bei sich und strahlte David an.

„Guten Abend, Direktor Hassid", rief sie, als sie auf ihn zukam.

„Madam?"

„Tolle Tage, nicht?"

Er wusste nicht, wie lange er die Scharade noch aufrechterhalten konnte. „Auf jeden Fall sehr interessante Tage", meinte er.

Sie blieb stehen. „Ich liebe es, wenn Dinge sich regeln."

„Alles läuft prächtig, nicht wahr?", fragte er.

„Ich habe die hohen Herren gebeten, die Loyalitätssicherstellungsgeräte nicht hier im Palast aufzustellen."

„Ach?"

„Das sähe nicht gut aus."

„Aber sie werden doch in der ganzen Welt aufgestellt."

„Und das ist auch in Ordnung. Damit kann ich leben. Ich bin sogar sehr dafür. Aber vor allem außerhalb der Hauptstadt und des Hauptquartiers wird es gewisse Elemente geben, die eine visuelle Hilfestellung brauchen werden, eine Erinnerung an den Ernst dieses Loyalitätsbeweises. Man muss schon sehr von seiner Sache überzeugt sein, um sich gegen das Zeichen zu entscheiden. Bei der Entscheidung die Konsequenzen vor Augen zu haben, wird die Zögernden überzeugen, die nur einen kleinen Schubs benötigen."

„Aber hier nicht?"

„Das ist nicht nötig. Warum sollte jemand, der dem auferstandenen Potentaten nicht treu ergeben ist, hier arbeiten wollen? Was ich hier sehen möchte, sind fröhliche, glückliche, fügsame Loyalisten. Die Bürger der Weltgemeinschaft sollten Entzücken auf ihren Gesichtern sehen, weil sie der neuen Weltordnung dienen. Hier ist keine gewaltsame Durchsetzung nötig. Wir sind für die Welt ein Beispiel für die Freude, die durch Hingabe entsteht, durch das Gefühl der Erfüllung, wenn man seinen Standpunkt bezogen hat. Können Sie mir folgen?"

„Sicher. Und ich muss sagen, mir gefällt die Idee. Diese hässlichen Dinger hätten die Landschaft hier verschandelt."

„Da kann ich Ihnen nur zustimmen. Wir beginnen morgen mit den neu eingestellten Leuten, und alle sind begeistert, weil sie zu den Ersten gehören, die das Zeichen des Potentaten bekommen werden. Alle haben sich für sein Zeichen auf der Stirn entschieden. Ich habe vor, das kleinere Zeichen zu wählen, aber ich muss sagen, Mr Hassid, es macht Spaß zu sehen, mit welchem Eifer diese jungen Leute den Ereignissen entgegensehen. Sie werden morgen mit einem Anwärter sprechen, habe ich gehört."

„Richtig."

„Der Junge asiatischer Herkunft."

„Genau."

„Was für eine Familie! Sein Vater fleht uns an, dass sein Sohn als Erster das Zeichen bekommt. Dafür ist es natürlich zu spät, da wir mit den politischen Gefangenen beginnen, aber er könnte durchaus der erste Angestellte der Weltgemeinschaft sein."

David erblasste und bewahrte nur mühsam die Fassung. „Aber er ist doch noch gar nicht eingestellt worden."

„Das ist doch nur noch eine Formsache, nicht?"

„Nun, ich muss mich ausführlich mit ihm unterhalten, sehen, ob er geeignet ist, das letzte Jahr der Highschool hier zu absolvieren. Er wird das erste Mal von seinen Eltern getrennt sein, das darf man nicht vergessen. Auf jeden Fall muss ich sehen, in welchen Bereich er am besten hineinpasst …"

„Aber die Möglichkeit, dass wir beschließen, ihn nicht einzustellen, ist doch wirklich sehr gering. Wir könnten ihm zuerst das Zeichen geben, und er könnte dadurch die Genehmigung erhalten, alle Abteilungen zu durchlaufen."

„Das würde ich nicht tun", platzte David heraus.

„Warum nicht?"

„Das widerspricht allen Regeln, an die wir uns doch sonst halten. Lassen Sie die Sache doch ihren Lauf nehmen – machen wir es, wie es richtig ist."

„Oh, Mr Hassid, mal ehrlich. Was könnte das denn schaden?"

Er zuckte die Achseln. „Man sagte mir, der Junge habe eine Todesangst vor Nadeln und würde sich gegen diese Sache wehren."

„Selbst bis zu dem Punkt, dass er vielleicht eine unglaubliche Gelegenheit verpasst? Er wird das Zeichen in den Vereinigten Asiatischen Staaten sowieso annehmen müssen, sonst wird er mehr als einen Job verlieren."

„Vielleicht hat er sich dann bereits an die Vorstellung gewöhnt."

„Ach, Quatsch, Direktor Hassid. Wenn er so brillant ist, dann wird es Zeit für ihn, erwachsen zu werden. Vielleicht wehrt er sich, aber das wird in Sekunden vorüber sein, und er wird sehen, dass er viel Wind um nichts gemacht hat."

„Nun, mein Gespräch mit ihm wird um 9 Uhr stattfinden. Es kann doch auf jeden Fall bis danach warten, oder? Ich würde nur ungern mit ihm sprechen, nachdem er ein Trauma erlebt hat."

„Ein Trauma? Ich habe Ihnen doch gerade gesagt –“

„Aber er wird aufgeregt sein.“

„Ich kann mir nicht vorstellen, dass sie vor 9 Uhr anfangen, die Zeichen zu verteilen.“

In seinem Zimmer überprüfte David den Terminkalender seiner Sekretärin. Entgegen seinen Aussagen hatte sie ihn nicht darüber informiert, wann dieses Gespräch mit Chang stattfinden sollte, und ein schneller Blick auf ihren Terminkalender zeigte den Grund dafür. Das Gespräch war für 14 Uhr angesetzt. Vermutlich würde sie ihm das am Morgen mitteilen.

David änderte den Termin auf ihrem Kalender in 9 Uhr um, dann loggte er sich in den Computer der Personalabteilung ein und änderte ihn dort ebenfalls. Er rief die Zimmernummer 4054 an und hinterließ eine Nachricht, als sich niemand meldete: „Chang, unser morgiges Gespräch ist auf 9 Uhr vorverlegt worden. Bitte geh nicht in die Personalabteilung oder sonst wohin, bevor wir miteinander gesprochen haben. Bis dann.“

Während er gerade seine Nachricht auf Band sprach, zeigte sein Telefon ihm an, dass ein Anruf hereinkam. Er nahm das Gespräch entgegen. Es war Ming. „Sie haben hier angefangen“, rief sie aufgeregt. „Hat es bei Ihnen auch schon begonnen?“

„Beruhigen Sie sich doch, Ming. Was hat angefangen?“

„Die Tätowierung des Zeichens! Heute Morgen sind die notwendigen Utensilien im ‚Buffer‘ angekommen und schon heute Abend wurde damit begonnen.“

„Die Gefangenen bekommen den Chip?“

„Ja! Ich kann mir nicht vorstellen, dass es bei uns Angestellten noch lange dauern wird. Ich werde bald verschwinden müssen, aber ich wollte gern hören, wie es bei Ihnen steht.“

„Gibt es dort Christen? Weigert sich jemand, das Zeichen anzunehmen?“

„Kein Einziger. Sie stellen sich dafür an, als wären sie schon immer loyale Anhänger gewesen. Ich glaube, sie hoffen, sie würden dadurch Pluspunkte sammeln. Doch die Wahrheit ist, sie werden hier verrotten, allerdings mit einem Zeichen auf der Stirn oder der Hand.“

David erzählte ihr von seinem Gespräch mit Viv und was er

unternommen hatte. „Oh nein, nein", stöhnte sie. „Um neun müssen Sie Chang verschwinden lassen. Ihn fortschaffen."

„Unsere Flucht ist noch nicht vorbereitet, Ming."

„Was werden Sie tun?"

„Ich werde mir irgendetwas überlegen müssen, denke ich. Irgendeinen Grund, warum er einfach noch nicht bereit ist. Vielleicht sage ich, ich hätte Hinweise auf Unreife gefunden, ich würde ihn einfach für zu jung halten."

„Sie sind ein Direktor, David. Lassen Sie es überzeugend klingen. Es muss einfach funktionieren!"

„Ich habe die ganze Nacht Zeit, darüber nachzudenken."

„Und ich habe die ganze Nacht, um dafür zu beten."

„Ich nehme alles, was ich kriegen kann, Ming. Hören Sie, ich möchte auch etwas für Sie tun. Ich kann dafür sorgen, dass Sie zur USNA versetzt werden."

„Ehrlich?"

„Natürlich. Ich mache das einfach per Computer, dann wird es niemand infrage stellen. Wenn sie sehen, dass der Befehl von einem Ranghöheren kommt, dann geht das in Ordnung. Wohin wollen Sie denn?"

„Überall in den Staaten gibt es Gefängnisse", erwiderte sie. „Aber ich werde gar nicht mehr bei einem Gefängnis ankommen, richtig?"

„Richtig. Wir werden Sie versetzen, Sie in ein Flugzeug verfrachten, aber dann gehen Sie irgendwo verloren. Sie laufen davon und wir können Sie nirgendwo mehr finden. Doch dann sind Sie auf sich selbst gestellt. Sie müssen versuchen, ins Versteck nach Chicago zu kommen."

„Würde man mich dort denn aufnehmen?"

„Ming! Lea hat mir alles über Sie erzählt. Die anderen können es kaum erwarten, Sie willkommen zu heißen. Sie wissen, dass Sie und Ihr Bruder irgendwann dort auftauchen werden. Wir können Sie beide gebrauchen. Also, wohin in den Staaten soll ich Sie versetzen? Irgendwo in die Nähe von Chicago, damit Sie zum Versteck kommen können, aber nicht so dicht, dass die Leute anfangen, zwei und zwei zusammenzuzählen."

„Ich kenne die Vereinigten Staaten nicht", erklärte sie. „Aber es gibt eine große Haftanstalt in Baltimore, in der immer Personal gebraucht wird."

„Das ist sehr weit von Chicago entfernt. Warten Sie! Können Sie nach Griechenland fliegen?"

„Wann?"

„So bald wie möglich, vielleicht noch heute Abend."

„Ich denke, das liegt an Ihnen. Wenn Sie meiner Versetzung oberste Priorität einräumen und wenn Sie wollen, dass die Weltgemeinschaft hier mich nach Griechenland bringt, dann werden sie es tun müssen. Aber, David, Griechenland ist im Augenblick ein heißes Pflaster. Es wimmelt dort nur so vor Truppen der Weltgemeinschaft, die an den politischen Gefangenen ein Exempel statuieren wollen. Ich möchte nicht dort arbeiten oder mich dort verstecken."

David erzählte ihr, wie sie von Griechenland aus in die Vereinigten Staaten kommen würde, und es würde auch noch so aussehen, als würde sie von der Weltgemeinschaft eskortiert.

„Es gibt doch noch einen Gott", seufzte sie. „Wo werde ich diese Männer treffen?"

„Sehen Sie zu, dass Sie zum Flughafen in Kozani kommen. Sie werden Sie finden."

„Können Sie Chang nicht auch dorthin beordern? Bitte, David, tun Sie es! Holen Sie ihn aus der Wohnung meiner Eltern, geben Sie ihm irgendwo einen Auftrag und lassen Sie einen Ihrer Piloten meinen Bruder nach Griechenland fliegen. Dann können wir zusammen ins Versteck fliehen."

„Ming, bitte. Es muss doch auch logisch sein. Wenn ich so etwas durchziehe, dann werden Ihre Eltern Chang aus den Augen verlieren, und der Verdacht fällt auf mich – ganz zu schweigen von Ihnen! Sie beide werden irgendwohin geschickt und gehen dann gleichzeitig verloren? Denken Sie doch nach, Ming. Ich weiß, dass Sie große Angst um Ihren Bruder haben, aber lassen Sie mich einen Plan ausarbeiten. Auf keinen Fall dürfen wir die Aufmerksamkeit der Weltgemeinschaft auf uns ziehen."

„Ich weiß, David. Ich verstehe. Ich denke mit dem Herzen."

„Das ist nicht verkehrt", meinte er. „Bis wir aufhören, überhaupt zu denken und alles nur noch schlimmer machen."

„Gibt es Probleme?", fragte der in Griechenland stationierte Kommandeur der Friedenstruppen sie in der Haftanstalt, als er sah, dass Buck sich in Begleitung eines Deputy Commanders befand. „Wir halten uns genau an die Vorschriften."

„Hier geht es wirklich zu wie im Irrenhaus", erwiderte Buck und betrachtete den Komplex von fünf recht einfachen Industriegebäuden, die früher vermutlich einmal Fabriken gewesen waren. Die Fenster waren vergittert und um das Gelände war ein Stacheldrahtzaun gezogen worden. Aber überall wimmelte es von Beamten der Weltgemeinschaft mit Computerausdrucken in der Hand, die mithilfe von Taschenlampen nachsahen, wo die Gefangenen untergebracht waren.

„Wir tun, was wir können", erwiderte der Kommandeur. Nervös blickte er zu Albie hinüber.

Buck übernahm auch weiterhin die Gesprächsführung. „Wie viele Gefangene werden hier festgehalten?"

„Etwa 900."

„Sie haben aber viele Beamte hier."

„Na ja, es geht, Sir."

„Was machen sie? Hat jeder seine Aufgabe?"

„Die meisten sind im Zentrum für die Zeichenverteilung im Mittelbau beschäftigt."

„Wer befindet sich in den anderen Gebäuden?"

„Teenager bis Anfang 20 im ersten Gebäude, Männer im Westflügel, Frauen im Ostflügel."

„Einzelzellen?"

„Wohl kaum. Die Gefangenen sind in großen Gemeinschaftszellen untergebracht, die früher die Produktionshallen waren."

„Und in den anderen Gebäuden?"

„Im nächsten die Frauen, in der Mitte niemand, Männer in den letzten beiden."

„Welches sind die häufigsten Vergehen?"

„Vorwiegend Verbrechen, Diebstahl, Raub."

„Irgendwelche Gewaltverbrechen?"

Der Kommandeur nickte über die Schulter zurück. „Mörder, bewaffnete Räuber und Ähnliches gleich dort hinten."

„Politische Gefangene?"

„Vorwiegend im zweiten Gebäude, aber religiöse Dissidenten, zumindest die Männer, sind auch gleich hier." Er deutete erneut auf das letzte Gebäude.

„Sie haben Dissidenten mit Gewaltverbrechern zusammen untergebracht?", fragte Buck und beugte sich vor, als wolle er sich das Namensschild des Mannes genauer ansehen.

„Die Unterbringung fällt nicht in meinen Zuständigkeitsbereich, Sir. Ich koordiniere nur die Verteilung des Loyalitätszeichens. Und ich muss in fünf Minuten im Hauptgebäude sein. Ich möchte mithelfen – eine Gruppe von sechs Leuten zieht von Gebäude zu Gebäude. Sie fangen im Westflügel an und sortieren vor."

„Was heißt das?"

„Sie fragen nach, ob jemand sich weigert, das Zeichen anzunehmen."

„Und wenn das der Fall ist?"

„Dann müssen diese Leute sich sofort melden. Wir werden keine Zeit vergeuden und zulassen, dass die Leute in der Schlange warten, bis sie entschieden haben, ob sie leben oder sterben wollen."

„Und wenn einige in der Schlange ihre Meinung ändern?"

„In der letzten Minute entscheiden, dass sie das Zeichen doch nicht haben wollen? Das glaube ich nicht!"

„Und wenn es doch so ist?"

„Wir werden uns der Sache schnell annehmen. Aber wir möchten gern wissen, woran wir sind, um den Fortgang nicht zu verzögern. Und jetzt, meine Herren, ich habe meine Befehle. Wollen Sie bei der Auslese dabei sein oder nicht?"

„Wird diese gleichzeitig in allen Gebäuden vonstatten gehen?", fragte Buck, der weder den Pastor noch Mrs Miklos verpassen wollte.

„Nein. Wir werden im Westflügel beginnen. Die Gefangenen werden in die Mitte des Gebäudes eskortiert, abgefertigt und wieder zurückgebracht, bevor das nächste Gebäude an die Reihe kommt. Und so weiter."

„Wir werden helfen", entschied Buck.

Der Kommandant rief: „Athenas!" Ein stämmiger Mann mittleren Alters trat vor. Drei Männer und zwei Frauen in Uniform warteten hinter ihm. „Fertig, Alex?“

„Fertig, Sir“, erwiderte Alex mit einer hohen Stimme, die irgendwie gar nicht zu seiner Erscheinung passte.

„Nehmen Sie Jensen und Elbaz mit.“

„Ich habe ausreichend Personal, Sir.“

Der Kommandant senkte den Kopf und starrte Athenas an. „Sie kommen von der USNA, und falls Sie es noch nicht bemerkt haben, A.A., Mr Elbaz ist Deputy Commander.“

„Jawohl, Sir. Möchte Deputy Commander Elbaz gern vorgehen?“

Albie schob die Unterlippe vor und schüttelte den Kopf.

Es war zwei Uhr nachmittags in Chicago. Die verbliebenen Mitglieder der *Tribulation Force* hatten sich vor dem Fernsehgerät versammelt. In der örtlichen Nachrichtensendung der Weltgemeinschaft wurde berichtet, dass mit der Tätowierung des Zeichens in den Gefängnissen und Haftanstalten des Ortes begonnen worden sei.

Zeke saß angespannt vor dem Fernsehgerät, die Hände auf den Mund gepresst. Rayford fragte ihn, ob Chaims Verkleidung für Jerusalem bereits fertig sei. Zeke hielt den Blick starr auf den Fernsehschirm gerichtet und nahm die Hände nur vom Mund, um zu sagen: „Alles, bis auf das Gewand. Das wird heute Abend fertig.“

Tsion hatte die Idee gehabt, Chaims Aussehen genau so zu verändern, wie er es geplant hatte, ihn aber zusätzlich noch mit Sandalen und einem dicken, langen braunen Gewand mit Kapuze auszustatten, die er weit ins Gesicht ziehen konnte. Um die Taille würde er einen geflochtenen Gürtel tragen. Alle stimmten darin überein, dass dies unauffällig sein würde, andererseits würde es auch nicht seine Autorität beeinträchtigen, nachdem die Massen ihn erst einmal als den Verantwortlichen anerkannt hatten.

Chaim gewöhnte sich allmählich an die Vorstellung. Dabei war ihm ganz wichtig, dass er sich hinter seinem Gewand verstecken konnte. „Ich sage trotzdem, dass Tsion fahren sollte.“

„Ich kann Ihnen versprechen, mein Freund", entgegnete dieser, „gestatten Sie Gott, Sie zu gebrauchen, um sein Volk in Sicherheit zu bringen. Dann werde ich kommen und persönlich zu ihm sprechen."

Im Fernsehen verkündete der Berichterstatter gerade, die Kommunalregierung der Weltgemeinschaft habe nicht damit gerechnet, das Loyalitätssicherstellungsgerät einsetzen zu müssen, doch ein Gefangener habe sich geweigert, das Zeichen anzunehmen und sei exekutiert worden. „Dies geschah im früheren DuPage-Bezirksgefängnis. Die Exekutierung des Gefangenen wurde vor weniger als 90 Minuten durchgeführt. Der Rebell, der wegen Schwarzmarkthandels mit Benzin eine lebenslängliche Haftstrafe verbüßte, wurde als der 54-jährige Gustav Zuckermandel aus Des Plaines identifiziert."

Zeke barg sein Gesicht in den Händen und ließ sich zur Seite sinken. Leise weinte er vor sich hin. Die Mitglieder der *Tribulation Force* kamen einer nach dem anderen zu ihm, legten ihm die Hand auf die Schulter und weinten mit ihm. Tsion, Chaim, Rayford, Lea und Chloe standen um ihn herum. Tsion begann zu beten.

„Vater, wieder einmal müssen wir den Verlust eines Freundes beklagen. Schenke Zeke ewige Hoffnung, und erinnere uns alle daran, dass wir eines Tages diesen tapferen Menschen wiedersehen werden."

Nachdem Tsion das Gebet beendet hatte, fuhr sich Zeke mit dem Ärmel über sein tränennasses Gesicht und erhob sich.

„Bist du in Ordnung, Junge?", fragte Rayford.

„Ich habe noch zu arbeiten", erwiderte Zeke und wandte den Blick ab. Dann schlurfte er zurück in sein Zimmer.

Buck hatte einen bitteren Geschmack im Mund. Er war schon früher in solchen Situationen gewesen, hatte genug Verderbtheit und Elend gesehen, dass es für ein ganzes Leben ausreichte. Aber er wünschte, er und Albie hätten Schnellfeuerwaffen mitgebracht, damit sie zumindest einen Rettungsversuch unternehmen könnten. Wie gern würde er zusehen, wie sich die tödlichen Projektile in die hektisch herumeilenden Männer der

Weltgemeinschaft bohrten. Wie gern wäre er in die Gefängnishallen gestürmt, hätte nach Menschen mit dem Zeichen Christi gesucht und sie in Sicherheit gebracht.

Aber das war hier unmöglich. Wieder einmal ging die Prophezeiung vor ihren Augen in Erfüllung und er würde sich nicht abwenden können. Im Westflügel wurden die acht Mitglieder der Gruppe überprüft und zuerst durch das Tor im Zaun und danach erst durch den Haupteingang eingelassen.

Als sie das Gebäude betreten hatten, schlug Buck ein unerträglicher Gestank entgegen. In einer großen, käfigartigen Zelle schlenderten mehr als 100 männliche Teenager herum. Einige wirkten ausgesprochen abgebrüht, andere zu Tode erschrocken. Die Zelle war an jeder Seite von vier bis fünf bewaffneten Wachen umstellt, die rauchten, Zeitschriften lasen und gelangweilt wirkten.

Die Teenager sprangen, jubelten und applaudierten, als die Gruppe eintrat. „Freiheit!“, rief einer, während die anderen lachten. „Sie sind gekommen, um uns zu befreien!“ Die anderen jubelten und spotteten.

Athenas löste sich von den anderen und hob beide Hände, um sie zum Schweigen zu bringen. Buck trat auf einen der Wachposten zu, der seine Zeitschrift sinken ließ und Haltung annahm.

„Was riecht hier so, Soldat?“

„Die Eimer, Sir. In den Ecken, sehen Sie?“

Buck entdeckte in den vier Ecken der Zelle große Fässer. Vor jedem stand eine kleine Stufenleiter und sie waren mit schlecht passenden Toilettensitzen abgedeckt. „Gibt es in diesem Gebäude denn keine Toiletten?“

„Nur für uns“, meinte der Wachposten. „Den Gang hinunter.“

Buck schüttelte den Kopf. „Können die Jugendlichen denn nicht von Zeit zu Zeit dorthin geführt werden?“

„Wir haben nicht genügend Personal, um das riskieren zu können.“

Alex Athenas hatte sich endlich die Aufmerksamkeit der Gefangenen gesichert. „Ihr habt das Vorrecht, als Erste eure Loyalität und Zuneigung zu Seiner Exzellenz, dem auferstandenen Potentaten der Weltgemeinschaft, Nicolai Carpathia, zu zeigen!"

Zu Bucks Erstaunen wurde diese Ankündigung mit begeistertem Applaus aufgenommen. Einige Teens begannen, Loblieder auf Carpathia zu singen.

Athenas brachte sie wieder zum Schweigen. „Gleich werdet ihr ins Hauptgebäude geführt, wo ihr den Wachen sagen werdet, ob ihr das Zeichen an der Stirn oder an eurer rechten Hand haben wollt. Der gewählte Bereich wird mit einer Alkohollösung desinfiziert werden. Wenn ihr an der Reihe seid, werdet ihr eine Kabine betreten. Dort könnt ihr euch hinsetzen und bekommt einen Biochip injiziert und die Zahlen 216 tätowiert, die euch als Bürger der Vereinigten Carpathiatischen Staaten ausweisen. Diese Tätowierung wird nur Sekunden dauern. In dem Desinfektionsmittel wird ebenfalls ein Mittel zur örtlichen Betäubung enthalten sein, sodass ihr keine Schmerzen haben werdet.

Jedes Fehlverhalten wird sofort geahndet. Für euch Dummköpfe bedeutet das, ihr wärt tot, bevor ihr auf dem Boden aufschlagt."

Die Jugendlichen reagierten auf diese Drohung mit Buhrufen und Schreien. Buck starrte auf einen Jungen in der Menge. Er hatte schwarzes, lockiges Haar, war dünn und schmächtig und trug eine Brille, in der ein Glas zu fehlen schien. Der Junge wirkte kaum alt genug, um an einem solchen Ort zu sein, aber Bucks Blick hing an einem Schatten auf der Stirn. War es nur Dreck? Oder das Siegel Gottes?

„Entschuldigen Sie, Officer!", sagte Buck und marschierte an Athenas vorbei. Er spähte in die Zelle. Die Buhrufe brachen ab und die Gefangenen starrten ihn an. „Du da! Ja, du! Tritt vor!"

Der junge Mann drängte sich durch die Menge zum Eingang der Zelle, wo er zitternd stehen blieb. „Macht die Tür auf!", bellte Buck. Niemand rührte sich. Er wirbelte herum und sah den Wachposten an, mit dem er gesprochen hatte. Dieser trat nervös von einem Bein auf das andere und blickte Athenas fragend an.

„Ihr anderen zurück", befahl Athenas. Dann nickte er dem Wachposten zu, der die Zellentür aufschloss.

Buck marschierte hinein und packte den Jungen am Arm. Er zerrte ihn aus der Zelle, an Athenas und den anderen Wachen vorbei. „Du verspottest die Friedenstruppen der Weltgemeinschaft, junger Mann? Du wirst Respekt lernen."

„Nein, Sir, bitte – ich, ich –"

„Halt den Mund und beweg dich!"

Buck zerrte ihn an den Wachen vorbei zum Eingang. „Warten Sie! Wer ist das? Wir müssen ihn eintragen!", riefen die Wachposten hinter ihm her.

„Später", gab Buck zurück.

„Wohin gehen wir?", fragte der Junge mit griechischem Akzent.

„Nach Hause", flüsterte Buck.

„Aber meine Eltern sind hier."

„Nenne mir ihre Namen", sagte Buck. Er schrieb sie sich auf. „Ich kann nicht dafür garantieren, dass sie rauskommen. Aber du wirst heute Abend nicht sterben."

„Sie sind Christ?"

Buck nickte und brachte ihn zum Schweigen.

Sie stürmten an den Wachposten am äußeren Tor vorbei. Buck schob ihn zu ihrem Jeep auf der anderen Straßenseite. An den Lichtern vorbei und in den Schatten und nur wenige hatten ihnen überhaupt Beachtung geschenkt. „Setz dich auf den Beifahrersitz", befahl Buck. „Noch andere Gläubige in der Zelle?"

Der Junge schüttelte den Kopf. „Habe keinen gesehen."

„Nenne mir den Namen von irgendeinem Jungen in deiner Zelle, nur einen."

„Von wem?"

„Ist egal. Nenn mir nur einen Namen."

„Äh, Paulo Ganter."

„Verstanden. Jetzt hör zu. Du wirst hier sitzen bleiben, genau hier in diesem Jeep, bis ich zurückkomme. Auf keinen Fall darfst du – hörst du zu? – dich umsehen, ob du vielleicht unbeobachtet bist. Denn wenn du das feststellst, könntest du in Versuchung geraten, davonzulaufen und nicht anzuhalten, bis du irgendwo in Sicherheit bist. Dann würde ich später zum Wagen zurückkommen und mich fragen, was aus meinem Gefangenen geworden ist. Verstanden?"

„Ich glaube schon. Sie wollen nicht, dass ich das tue?"

„Natürlich nicht. Ich weiß nicht, was ich wegen eines Flüchtlings unternehmen sollte. Du?"

Der Junge brachte ein schwaches Lächeln zustande.

„Weißt du was?", fragte Buck. „Ich glaube nicht, dass im Augenblick jemand hersieht." Er fühlte sich wie Anis, der geheimnisvolle Grenzbeamte, der Tsion damals unter dem Sitz des Busses entdeckt hatte. Buck legte dem Jungen die Hand auf die Schulter, die andere auf den Kopf. „Und nun segne dich der Herr. Möge der Herr sein Angesicht leuchten lassen über dir und dir Frieden geben. Gott mit dir, Junge."

Buck schlenderte zum Tor zurück, und als er über die Schulter zurücksah, war der Junge fort.

Die Torwache ließ Buck wieder durch und die Beamten im Gebäude fragten: „Wer war das?"

„Ganter, Paulo", erwiderte er. „In den Gewahrsam der Vereinigten Nordamerikanischen Staaten überstellt." Die Männer suchten auf ihren Computerausdrucken den Namen und Buck eilte schnell wieder hinein.

Alex Athenas kam gerade zum Schluss. „Gibt es jemand, der sich weigern will, das Loyalitätszeichen anzunehmen?"

Die Gruppe lachte und deutete höhnisch auf ihn.

„Keiner? Niemand? Kein Einziger?"

Die Gefangenen sahen sich an und wurden ruhig. Buck wartete, ob der Junge sich vielleicht geirrt hatte und doch noch Gläubige hier waren, die einen Standpunkt bezogen.

„Und wenn wir uns weigern?", fragte ein vorlauter Jugendlicher provozierend.

„Ihr kennt die Konsequenzen", erwiderte Alex. Der Junge fuhr sich mit dem Finger über den Hals. „Genau", bestätigte Alex. „Noch irgendwelche Fragen?"

„Hier gibt's keine Rebellen!", rief jemand. „Wir alle sind loyale, aufrechte Bürger!"

„Genau das wollte ich hören. Keine Fragen?"

„Können wir entscheiden, welches Bild wir wollen?"

„Nein, das könnt ihr nicht. Ihr bekommt nur den Basischip und die Nummer."

Die Gefangenen murrten hörbar, und Athenas bedeutete seiner Gruppe und den anderen bewaffneten Beamten, ihre Plätze einzunehmen. „Das wird geordnet über die Bühne gehen“, rief er. „Sonst werdet ihr wünschen, ihr hättet euch gegen das Zeichen entschieden.“

17

Rayford ging bei Zeke vorbei, um zu sehen, wie es diesem ging. Er arbeitete an Chaims Gewand und erklärte ihm: „Ich habe genügend Stoff. Ich denke, ich mache zwei für ihn.“

„Du hast doch gehört, was Tsion über die Kleider gesagt hat.“

Zeke nickte. „Vielleicht möchte er auch mal Abwechslung haben. Und Tsion hat nichts darüber gesagt, ob die Kleider schmutzig werden.“

Rayford zuckte die Achseln. „Ich habe deinen Dad bewundert, Zeke. Weißt du das?“

Zeke nickte.

„Er war sehr mutig, bis zum Schluss.“

„Das hat mich nicht erstaunt“, meinte Zeke. „Ich habe Ihnen ja gesagt, dass er das tun würde, oder?“

„Du hast ihn genau richtig eingeschätzt. Ich bete, dass wir alle solchen Mut haben werden, wenn es soweit ist.“

Zeke blickte auf und schüttelte den Kopf. Sein Blick war in die Ferne gerichtet. „Ich wünschte, er wäre nicht geschnappt worden. Es war ein schlechter Zeitpunkt. Er hätte noch viel mehr für die Christen tun können. Wie ich es tun werde.“

„Ich bewundere auch dich, Zeke. Wir alle.“

Zeke nickte erneut.

„Vergiss aber auch nicht zu trauern, weißt du. Das ist wichtig und keineswegs verkehrt.“

„Ich komme nicht dagegen an. Ich vermisse ihn bereits.“

„Ich will nur sagen, tu nicht so, als ob alles in Ordnung sei – du brauchst vor uns nicht zu versuchen, stark zu sein. Wir alle haben schreckliche Verluste erlitten, und selbst wenn Gott uns hindurchhilft, heißt das nicht, dass wir keine Schwierigkeiten damit haben. In der Bibel steht nicht, wir sollten nicht trauern. Da steht nur, wir sollten nicht trauern wie die Menschen, die keine Hoffnung haben. Trauere, so viel du kannst, Zeke, weil wir eine Hoffnung haben. Wir wissen, dass wir unsere Familien und Freunde wiedersehen werden."

Zeke erhob sich plötzlich und hielt Rayford seine Hand hin. „Ich vermute, ich kann es nicht wagen, seinen Leichnam zu holen."

Rayford schüttelte den Kopf. „Als Erstes werden sie wissen wollen, in welcher Verbindung du zu ihm stehst. Und als Zweites ..."

„Ob ich das Zeichen akzeptiere."

„Der Tod deines Vaters hat uns tief getroffen, Zeke. Ich weiß nicht, was wir tun würden, wenn wir dich auch noch verlieren würden."

„Ich will nur nicht daran denken, was sie mit ihm tun werden. Ich versuche, nicht daran zu denken ... Sie wissen ... dass sein Kopf ... Sie wissen ..."

„Ich weiß. Aber egal, was sie mit dem Körper deines Vaters tun, Gott weiß es. Er kümmert sich um deinen Vater. Seine Seele ist jetzt im Himmel und sein Körper wird irgendwann auch dort sein, neu und heil. Wenn Gott einen eingeäscherten Körper auferwecken kann – du weißt, was das heißt?"

„Verbrannt, ja."

„Dann kann er jeden auferwecken. Denk daran, immerhin hat er uns aus dem Staub der Erde erschaffen."

„Vielen Dank, Captain Steele. So schlimm das auch ist, nirgendwo wäre ich lieber hingegangen als zu Ihnen, als ich davon hörte. Ich mag Sie alle sehr."

„Und wir mögen dich, Zeke."

Rayford verließ das Zimmer und schloss die Tür hinter sich. Tsion stand unmittelbar davor, mit verschränkten Armen gegen die Wand gelehnt.

„Entschuldigen Sie", sagte Dr. Ben-Judah. „Ich wollte nicht lauschen. Ich wusste nicht, dass Sie da waren. Sie hatten anscheinend denselben Gedanken wie ich."

„Es ist alles in Ordnung."

„Ich bin froh, das zu hören, Rayford. Gott hat Sie wieder als Führer eingesetzt. Sie haben genau das getan, was er von Ihnen erwartet hat. Und Sie haben es gut gemacht."

„Danke, Tsion. Gott ist viel geduldiger mit mir, als ich es verdiene."

„Gilt das nicht für uns alle?"

Sie gingen zurück zum Aufenthaltsbereich. „Ich habe gerade mit Chloe gesprochen", sagte Tsion. „Ich hoffe, das ist Ihnen recht und ich habe Ihnen nicht vorgegriffen?"

„Natürlich ist es mir recht, Doc. Und Sie können mir gar nicht vorgreifen. Worum ging es denn?"

„Ich wollte nur hören, wie weit sie mit dem Auftrag ist, den Sie ihr gegeben haben. Er interessiert mich sehr."

„Den Aufruf nach Piloten und Flugzeugen? Das will ich meinen! Also, Sie können mir ein Gespräch ersparen. Wie läuft es?"

„Sie konnte es kaum erwarten, mir davon zu erzählen. Sie hat also alle Mitglieder der Handelsgesellschaft aufgerufen, ihre Flugzeuge, Wagen, Benzin und Zeit unserer Sache in Jerusalem zur Verfügung zu stellen – und sie hat ihnen gesagt, sie würden schon bald gebraucht. Die Reaktion muss überwältigend gewesen sein. Das Element der Gefahr scheint diese Männer und Frauen zusammenzuschweißen. Sie sind wohl mehr als bereit, jegliche Vorsicht für diese Sache über Bord zu werfen. Sie sind mit mehr Enthusiasmus dabei als bei den Routineflügen für die Handelsgesellschaft."

Kenny Bruce kam um die Ecke gewatschelt, gefolgt von Lea. Er schien in dem Glauben zu sein, er sei ihr entwischt, obwohl er ihre Umarmungen und ihr Necken mochte.

„Opa!", quietschte er und streckte Rayford die Arme entgegen. Doch im letzten Augenblick änderte er die Richtung und sprang dem Rabbi in die Arme. „Unca Zone!"

Lea lachte und griff nach ihm. „Dieser alte Mann kann dich nicht halten!", sagte sie, aber er barg den Kopf an Tsions Brust.

„Alter Mann?", empörte sich Tsion. „Miss Lea, Sie haben mich verletzt!"

Tsion brachte Kenny zu seiner Mutter, doch Lea blieb zurück.

„Rayford, ich habe wirklich das Gefühl, ich kann mich hier nützlich machen. Chloe ist übrigens unglaublich. Dieses Mädchen könnte eine Firma jeder Größe führen. Und es macht mir sehr viel Spaß, bei der Versorgung dieses süßen Kindes zu helfen."

„Aber –?"

„Sie wissen, was kommen wird."

Er nickte. „Ich bin noch dabei, die Aufgaben zu verteilen", erklärte er. „Aber ich denke, Sie werden eine Weile von hier fortgehen."

„Oh, vielen Dank, Ray. Ich möchte nicht selbstsüchtig sein, und ich weiß, dass Chloe genauso unruhig ist wie ich."

„Sie hat ihre Pflichten hier. Mehr als Sie."

„Das wird ihr ungerecht erscheinen."

„Aber sie nimmt ihre Rolle ernst, und ich denke, sie tut es gern."

„Na ja", meinte Lea, „ich kann nicht für sie sprechen, aber ich würde mich irgendwie eingesperrt fühlen."

„Gefangen durch die Mutterschaft?"

Lea lächelte. „So spricht ein Mann. Als jemand, der hier gewesen ist, möchte ich Ihnen sagen, dass man von Zeit zu Zeit eine Abwechslung braucht. Es muss ja nicht lange sein, und erfahrungsgemäß kann man es schon bald nicht mehr erwarten, wieder zurückzukommen. Aber, na ja, das ist nicht meine Sache. Doch wenn Sie etwas für sie finden, eine kleine Aufgabe, dann würde ich sie sehr gern vertreten."

„Sie können ihre Aufgaben übernehmen? Die Handelsgesellschaft und das Kind?"

„Sicher. Nur die Männer hier können das nicht." Rayford blickte sie fragend an. „Ich mache Spaß, Ray. Aber sagen Sie mir, werde ich nach Israel fliegen?"

„Wollen Sie denn dorthin?"

„Das letzte Mal bin ich in Belgien hängen geblieben. All die interessanten Dinge spielen sich in Jerusalem ab."

„Die gefährlichen Dinge."

„Und was meinen Sie?"

Er legte den Kopf zur Seite. „Oh ja, Sie leben dafür."

„Ich lebe, um zu dienen, Ray. Ich prahle nicht. Das ist es, was ich tue. Das habe ich auch schon gemacht, bevor ich Christ wurde. Ich möchte der Sache dienen. Ich bin nicht einmal verdächtig. Niemand dort draußen ist auf der Suche nach mir. Mit dieser komischen Zahnspange, und wenn Zeke mich das Haar aufstecken lässt, bin ich unsichtbar."

„Um aus Ihnen eine Frau aus dem Mittleren Osten zu machen, braucht es aber mehr."

„Vielleicht kann dieser David mich ja bei der Weltgemeinschaft einschleusen. Geben Sie mir einen Grund, dort drüben zu sein."

Rayford zog die Augenbrauen in die Höhe. „Vielleicht", vertröstete er sie. „Man kann nie wissen."

Buck und Albie standen mit den anderen in der Halle für die Mädchen. Buck konnte es kaum glauben, dass die Zustände genau dieselben waren wie bei den Jungen. Es gab zwei weibliche Wachposten, aber der Rest waren Männer. Die Mädchen waren nicht so laut und grölten auch nicht so wie die Jungen. Scheinbar gab es unangenehme Mädchen und offensichtliche Opfer, aber alle waren neugierig.

Buck suchte die Gruppe ab. Eine große Brünette starrte ihn an. Er war davon überzeugt, dass sie ihre Zeichen gleichzeitig entdeckt hatten. Ihre Augen wurden groß, und er versuchte ihr mit den Augen klarzumachen, dass sie ihn nicht verraten sollte. Während Alex Athenas seine Erklärung verlas, rückte Buck unauffällig näher an Albie heran.

„Ich sollte mein Glück lieber nicht überstrapazieren. Meinen Sie, Sie könnten eine hier rausholen?"

„Vielleicht", erwiderte Albie. „Sie haben doch nicht etwa vor, das in jedem Gebäude durchzuziehen?"

„Ich kann es nicht ertragen, gar nichts zu machen."

„Ich auch nicht, aber wir werden uns selbst in Gefahr bringen. Und was ist, wenn wir es mit einer ganzen Gruppe zu tun haben?"

„Ich kann mir immer nur um einen Gedanken machen."

Albie seufzte. „Wo ist sie?" Buck machte ihn auf sie aufmerksam. „Beobachte und lerne, Kumpel", flüsterte Albie.

Albie eilte schreiend zu der Zelle. Alex wurde still und beobachtete zusammen mit den anderen, wie Albie vor den Gitterstäben auf und ab schritt, den Blick fest auf seine Beute gerichtet. „Du da! Du kommst aus den Nordamerikanischen Staaten?“

Das Mädchen erstarrte. Ihr Blick flog zu Buck, der leicht nickte, dann wieder zurück zu Albie. „Nein“, erwiderte sie mühsam. „Ich komme –“

„Lüg mich nicht an, du Dreckstück! Dich würde ich überall erkennen.“ Albie wirbelte herum. Er wirkte so zornig, dass er beinahe sogar Buck überzeugte. „Alex, sorgen Sie dafür, dass jemand diese Zelle öffnet.“ Er drehte sich wieder um und deutete auf das Mädchen. „Komm zur Tür! Sofort! Die Hände hinter den Kopf.“

Zitternd und steifbeinig kam sie näher. Die Tür wurde aufgeschlossen.

Albie packte sie und zerrte sie heraus. „Handschellen“, forderte er und einer der Beamten warf ihm ein Paar zu. „Die Schlüssel auch“, bellte er. „Ich werde sie zurückbringen.“ Er stieß sie gegen die Gitter und nahm ihre Hände herunter, um sie in Handschellen zu legen. Nachdem er den Schlüssel in die Tasche gesteckt hatte, führte er sie hinaus.

„Viel Spaß“, flüsterte ein Beamter ihm zu, als sie an ihm vorbeikamen.

Albie drehte sich zu ihm um, packte ihn an der Jacke und stieß ihn gegen die Wand. „Was haben Sie gesagt, Soldat?“

„Tut mir leid, Sir. Das war unangebracht.“

Albie ließ ihn los und wandte sich um und zerrte das Mädchen hinter sich her. Ein paar Minuten später kehrte er zurück und gab dem Beamten die Handschellen und die Schlüssel zurück.

Wenig später vernahm Buck schockiert, dass ein Mädchen mit einem sehr starken griechischen Akzent Athenas Frage nach der Annahme des Zeichens mit einem Nein beantwortete. Die anderen Mädchen drehten sich zu ihr herum, und Buck beugte sich vor, um zu sehen, ob er ein Zeichen auf ihrer Stirn entdecken konnte. Es war keines da.

„Sie weigern sich, das Loyalitätszeichen der Weltgemeinschaft anzunehmen?“, fragte Alex.

„Nun, ich würde gern darüber nachdenken", erwiderte sie. „Mir scheint das ein entscheidender Schritt zu sein, nicht etwas, das man so ohne Weiteres tun sollte."

„Sie wissen über die Konsequenzen Bescheid?"

„Ich würde nur gern darüber nachdenken."

„Das ist in Ordnung. Sonst noch jemand?" Niemand. „Junge Dame, da Sie die Einzige in dieser Einrichtung sind, werden Sie die Möglichkeit bekommen, darüber nachzudenken, während Sie in der Warteschlange stehen. Die Jungen sind schon beinahe fertig damit, und Ihr Platz in der Schlange wird darüber entscheiden, wie viel Zeit zur Entscheidung Sie haben werden. Wenn Sie dann schließlich gefragt werden, wo das Zeichen angebracht werden soll, ist das Ihre letzte Chance, sich dagegen zu entscheiden."

„Und dann?"

„Dann werden Sie zum Loyalitätssicher-"

„Weißt du, was das ist, Mädchen?", rief eine Mitgefangene.

„Du bist tot!"

„Guillotine! Kopf ab!"

Die Mädchen wurden still und Athenas blickte sie an. „Wollen Sie noch immer darüber nachdenken?"

„Was? Ist das ernst gemeint? Sie werden mir den Kopf abschlagen, weil ich darüber nachdenken möchte?"

„Nicht, weil Sie darüber nachdenken, Miss. Nur wenn Sie sich dagegen entscheiden. Wenn Sie sich dafür entscheiden, können Sie sagen, wo Sie das Zeichen hinhaben möchten."

„Also habe ich eigentlich gar keine Wahl."

„Wo bist du denn in den letzten Tagen gewesen?", fragte eines der Mädchen, die anderen fielen ein.

„Natürlich haben Sie die Wahl", meinte Alex. „Ich denke, das habe ich klargemacht. Entscheiden Sie sich für das Zeichen oder für die Alternative."

„Das Zeichen oder der Tod, wollen Sie sagen?"

„Wollen Sie immer noch darüber nachdenken?"

Sie schüttelte den Kopf.

Eines der Mädchen sagte: „Du hast es dir schwerer gemacht, als nötig war."

„Nun, ich wusste nicht, dass ich eigentlich gar keine Wahl hatte."

Bevor sie zum Frauenblock weitergingen, folgten Buck und Albie den Mädchen zum Hauptgebäude. Es wurde sehr effizient gearbeitet. Die Reihe der Gefangenen bewegte sich stetig weiter. Diese hatten sich für die Stirn oder die Hand entschieden und das Desinfektions-/Betäubungsmittel war schnell aufgesprüht. Die Injektoren surrten wie elektrische Heftmaschinen, und obwohl einige zusammenzuckten, schien niemand einen Schmerz zu verspüren.

Fast alle Jungen ließen sich das Zeichen auf die Stirn tätowieren und einer der letzten in der Schlange hob beide Arme und rief: „Lang lebe Carpathia!" Das steckte schließlich auch die Frauen an, die das Zeichen fast ausschließlich auf der Hand haben wollten.

Buck starrte diese Menschen an. Er wünschte, er könnte ihnen die Wahrheit sagen. Sie hatten ihre Entscheidung getroffen, sicher, aber wussten sie eigentlich ganz genau, wofür sie sich entschieden hatten? Hier ging es nicht um Loyalität oder Tod; hier ging es um Himmel oder Hölle, ewiges Leben oder ewige Verdammnis.

Sein Herz klopfte laut, als die jungen Frauen fertig waren und wieder zurückgebracht wurden. Im nächsten Gebäude rechnete er damit, Mrs Miklos zu sehen. Wie viele ihrer Freunde würden bei ihr sein?

Die Halle der Frauen wirkte surreal, es gab keine Zelle. Die Wachen, wieder überwiegend Männer, schienen nicht mit Schwierigkeiten zu rechnen. Die Frauen saßen fast alle passiv auf dem Boden, unterhielten sich leise, doch ihr neugieriger Blick wanderte zu der Gruppe um Athenas.

Buck schlenderte um die Gruppe von Frauen herum auf der Suche nach Laslos Frau. Schließlich entdeckte er eine Gruppe von etwa 20 Frauen in einer Ecke, die auf den Knien lagen. Mitten in der Gruppe kniete auch Mrs Miklos und betete.

„Haltet den Mund und hört zu!", rief ein Wachposten und die meisten Frauen schwiegen. „Das hier ist Officer Athenas und er hat eine Ankündigung zu machen."

Alex begann, doch die Frauen im Hintergrund, von denen Buck annahm, dass es Mrs Miklos und ihre gläubigen Freundinnen waren, achteten nicht darauf und beteten weiter. Einige hatten ihren Blick zum Himmel gerichtet. Buck entdeckte das Zeichen auf ihren Stirnen. Andere spähten zu Alex hinüber, und Buck bemerkte, dass einige von ihnen kein Zeichen hatten. Scheinbar hatte Laslos Frau versucht, Menschen für den Glauben zu gewinnen.

Athenas verlor mit den knienden Frauen im Hintergrund die Geduld. „Meine Damen, bitte!", sagte er, doch sie ignorierten ihn. Er nickte einer seiner Assistentinnen zu, die ihre Waffe an ihre Kollegin weiterreichte, ihren Schlagstock herauszog und sich durch die dicht gedrängt stehenden Frauen zwängte. Sie hielt den drohenden Blicken stand, da sie wusste, dass ihre Kollegen sie deckten.

„Wie ich gerade sagte", nahm Alex den Faden wieder auf, doch er brach sofort wieder ab, als die Aufmerksamkeit der Frauen sich auf die kniende Gruppe und die Beamtin richtete.

„Meine Damen!", rief die Beamtin. „Sie werden sofort aufhören, nach vorne sehen und Officer Athenas Ihre volle Aufmerksamkeit schenken."

Viele kamen dieser Aufforderung nach. Einige erhoben sich und entfernten sich von der Gruppe. Andere blieben auf den Knien, sahen aber nach vorn. Wieder andere hielten ihre Köpfe gesenkt, die Augen geschlossen und ihre Lippen bewegten sich im Gebet. Mrs Miklos, die der Beamtin den Rücken zuwandte, ließ die Hände gefaltet, den Kopf gesenkt, die Augen geschlossen und betete still weiter.

Die Beamtin stieß sie mit dem Stock an und sie verlor beinahe das Gleichgewicht. Als Mrs Miklos sich umdrehte und sie ansah, beugte sich die Beamtin vor und rief: „Haben Sie mich verstanden?"

Mrs Miklos lächelte scheu, richtete sich wieder auf und betete weiter. Die Beamtin, offensichtlich sehr aufgebracht, legte beide Hände um das Ende des Schlagstocks, richtete sich auf, holte aus und schlug zu.

Buck konnte sich kaum beherrschen, und Albie musste ihn festhalten, als der Schlagstock auf Mrs Miklos' Kopf krachte.

Blut spritzte auf die neben ihr knienden Frauen, als Laslos Frau nach vorne fiel. Mehrere Frauen schrien. Viele der knienden Frauen, sogar diejenigen mit einem Zeichen auf der Stirn, erhoben sich und stellten sich schleunigst zu den anderen. Eine Frau fiel auf die Knie, um nach der verletzten Freundin zu sehen, und die Beamtin traf sie mit ihrem zweiten Schlag dicht unterhalb der Nase.

Buck hörte, wie Zähne abbrachen, und sie schrie auf, als sie mit dem Hinterkopf auf dem Boden aufschlug. Mit den Händen schützte sie ihr Gesicht.

Als die Beamtin den Rückweg antrat, wichen die Frauen zur Seite. Erstaunlicherweise richtete sich Mrs Miklos langsam und majestätisch wieder auf. Sie blieb auf den Knien liegen und hielt die Hände gefaltet. Da sie den anderen den Rücken zuwandte, konnten alle die große Wunde und das Blut sehen, das auf ihren Pullover tropfte. Die meisten wandten den Blick ab, doch Buck starrte ihre Wunde an. Ihr Schädel war zertrümmert und Knochensplitter waren sehr wahrscheinlich in ihr Gehirn eingedrungen. Und doch kniete sie da und betete still weiter.

Die andere Frau drehte sich auf den Bauch und richtete sich ebenfalls langsam auf. Sie spuckte die Zähne aus, Blut lief ihr das Gesicht hinunter, doch trotzdem begann auch sie wieder zu beten. Buck lief es kalt den Rücken hinunter, wenn er an die Schmerzen dachte, die beide haben mussten.

Mit einem zufriedenen Blick nahm die Beamtin ihre Waffe wieder in Empfang. Die Menge war beeindruckt und Alex sagte: „Wir werden sehen, wer stark genug ist, sich in der Schlange vor dem Loyalitätssicherstellungsgerät anzustellen."

Als Alex endlich zu der entscheidenden Frage kam, klopfte Bucks Herz zum Zerspringen, und er wagte kaum, Luft zu holen. „Und darum möchten wir gern wissen", sagte er, „wie viele sich weigern, das Loyalitätszeichen anzunehmen, und sich für die Alternative entscheiden."

Mrs Miklos erhob sich und drehte sich zu ihm um. Ihr Gesicht war totenbleich, die Augenlider flatterten. Ihre Brust hob und senkte sich schwer, sie schien Mühe beim Atmen zu haben. Aus ihrer hässlichen Wunde tropfte das Blut auf die Erde. Sie zitterte, als würde sie an der Parkinsonkrankheit im fortgeschrittenen Stadium leiden, doch hob sie beide Hände. Ein überirdisches Lächeln lag auf ihrem Gesicht.

„Sie entscheiden sich für die Exekution durch die Guillotine, anstatt das Zeichen anzunehmen?“, stellte Alex klar.

Die Frau neben ihr erhob sich ebenfalls und hob beide Hände. Ihr Gesicht war geschwollen, die Nase rot und einige Zähne im Oberkiefer fehlten.

„Dann also zwei?“

Aber es gab noch mehr, und nun erhoben sich alle Frauen, nur um zu sehen, wer sich gegen das Zeichen entschied. Von den knienden Frauen standen nun sechs mit erhobenen Händen da. „Sie alle wollen heute Abend sterben?“, rief Alex, als wäre das das Lächerlichste, das er je gehört hatte. „Ich zähle acht. Sie acht wollen – jetzt sind es neun –, werden also – in Ordnung, jetzt sind es zehn –, werden also heute Abend zur – okay, Sie können die Hände runternehmen. Noch zwei. In Ordnung. Zwölf. Sie brauchen die Hände nicht erhoben halten.“

Ein paar Frauen in den ersten Reihen sahen sich an und gingen nach hinten. Als sie die Hände hoben, zeigte sich das Zeichen der Gläubigen auf ihrer Stirn.

„In Ordnung“, sagte Alex. „Diejenigen, die sich für das Zeichen entscheiden, halten sich links, wenn wir das Hauptgebäude betreten. Die Selbstmörderinnen halten sich rechts.“ Und während er das sagte, stellten sich noch drei weitere hinter die blutenden Frauen.

Buck musste gegen die Tränen ankämpfen. Er konnte seinen Gefühlen nachgeben und noch an diesem Abend zum Märtyrer werden. In diesem Augenblick erschien ihm das gar keine schlechte Entscheidung zu sein. Aber er hatte eine Frau und ein Kind und Gesinnungsgenossen, die auf ihn zählten. Blinzelnd und keuchend versuchte er, die Fassung zu behalten. Diese Frauen waren Glaubensheldinnen. Sie würden zu den Großen gezählt werden, die buchstäblich ihren Leib als lebendiges Opfer dargebracht hatten. Schon bald würden sie den Märtyrertod sterben und in den schneeweißen Gewändern der Gerechtigkeit vor Gott erscheinen. Er konnte nicht anders, er beneidete sie!

Während die Frauen hinausgeführt wurden, rief Alex: „Sie können Ihre Meinung noch ändern! Wenn Sie diese lächerliche Entscheidung zurücknehmen wollen, können Sie sich einfach in die andere Schlange stellen!"

Doch während die Mutigen an Buck vorbeizogen, sah er das Zeichen auf ihrer Stirn, und er wusste, sie würden nicht umkehren, nicht eine von ihnen. Er trat neben die Beamtin, die die Verurteilten zur Warteschlange vor der Guillotine führte. Diese Frauen wurden von den anderen neugierig betrachtet, während sie sich überlegten, an welcher Stelle sie das Zeichen Nicolais tragen wollten.

Als die Beamtin an den Frauen vorbei zu den beiden Männern ging, die die Todesmaschine bedienen würden, näherte sich Buck Mrs Miklos. Er tat so, als würde er sie befragen. „Laslo hat mir aufgetragen, Ihnen zu sagen, dass er Sie von ganzem Herzen liebt und Sie im Himmel wiedersehen wird."

Ruckartig wandte sie sich ihm zu. Das Blut tropfte noch immer auf ihren Rücken. Sie starrte die Uniform an, dann Bucks Stirn. Schließlich sein Gesicht. „Ich kenne Sie", sagte sie. Er nickte.

„Mrs Demeter haben Sie noch nicht kennen gelernt", stellte sie vor.

Buck war verblüfft. Es war die Frau des Pastors, die den Schlag ins Gesicht bekommen hatte. „Ich würde Ihnen gern die Hand schütteln", flüsterte sie mit ihren aufgeplatzten Lippen. „Aber dann wären Sie einer von uns."

Mrs Miklos beugte sich zu Buck hinüber. „Sagen Sie Laslo, ich danke ihm, dass er mich zu Jesus geführt hat. Ich sehe ihn. Ich sehe ihn. Ich sehe meinen Erlöser und kann es kaum erwarten, bei ihm zu sein!"

Ihre Knie gaben unter ihr nach. Buck fing sie auf. Die Beamtin kehrte zurück und packte sie. „Nein, auf keinen Fall, Lady!", fuhr sie sie an. „Sie haben sich dafür entschieden und jetzt werden Sie die Sache auch aufrecht stehend durchziehen." Buck musste an sich halten, um der Frau nicht ins Gesicht zu schlagen. Sie wandte sich ihm zu und fragte: „Was sollen wir mit all den Leichen anfangen? Auf so etwas waren wir nicht vorbereitet."

Buck zog sich wieder zurück zur Wand, wo alle anderen Wachposten standen. Dies waren die ersten Hinrichtungen, die sie miterlebten, und ganz eindeutig wollte keiner von ihnen sie verpassen. Albie stellte sich neben ihn. Er war sichtlich bewegt.

„Die Frau bei Mrs Miklos ist Pastor D.'s Frau."

Albie schüttelte den Kopf. „Sie sind wirklich Kämpferinnen. Ich weiß nicht, ob ich das mit ansehen kann."

„Wir wollen hier verschwinden."

„Vielleicht sollten wir bei ihnen bleiben."

„Wir werden nun mit den Durchsetzungsmaßnahmen beginnen", verkündete Alex Athenas. „Jeder, der die Reihe wechseln möchte, kann dies jederzeit tun. Meine Damen, wenn Sie in dem Gerät festgeschnallt sind, ist es zu spät. Dann können Sie Ihre Meinung nicht mehr ändern. Sie müssen dies vorher tun oder die Konsequenzen tragen."

Buck stand wie gelähmt, als Mrs Miklos zu dem hässlichen Gerät gebracht wurde. „Ist es getestet worden?", rief Athenas. „Ich möchte keine Fehlfunktionen!"

„Jawohl!", antwortete der Assistent, der sich mit dem Henker abwechseln würde.

„Dann los!"

Buck stand etwa zehn Meter entfernt. Er konnte die Worte des Henkers von dessen Lippen ablesen. „Das ist Ihre letzte Gelegenheit, Madam."

Laslos Frau kniete nieder und der Assistent schnallte sie fest.

„Dreht sie um!", rief jemand. „Wir wollen sehen, wie es passiert!"

Albie drehte sich zu dem Mann um. „Halten Sie den Mund! Dies wird nicht zu Ihrem Vergnügen veranstaltet!"

Es wurde totenstill im Raum. In der Stille hörte Buck Mrs Miklos' leise Stimme. „Jesus, ich liebe dich, ich weiß, du bist bei mir."

Ein Schluchzen stieg ihm in die Kehle. Mit einer schnellen Bewegung befestigte der Assistent den Bügel und trat sofort zurück. Er hob beide Hände, um anzudeuten, dass er aus der Reichweite des Fallbeils war. Sein Partner zog an dem kurzen Seil. Das schwere Fallbeil sauste herab. Buck drängte sich an den anderen vorbei nach draußen. Der Jubel und Applaus widerten ihn an.

Er war froh, dass er sich übergeben und endlich ungehindert schluchzen konnte. Bei dem Gedanken an die Kälte der Menschen, die die Köpfe und Körper der Getöteten wegräumen würden, um Platz für den Nächsten und Nächsten und Nächsten zu machen, liefen ihm die Tränen über das Gesicht.

Während er würgend im kühlen Gras stand, hielt er sich die Ohren zu, um den gedämpften Jubel und den Beifall nicht hören zu müssen. Albie trat zu ihm und legte ihm die Hand auf die Schulter. Seine Stimme war rau, als er sich über ihn beugte und ihm die Hände von den Ohren nahm.

„Wenn ich in den Himmel komme", flüsterte er, „möchte ich nach Jesus als Erstes diese Frauen sehen."

18

Chaim lief unruhig im Gebäude umher und murmelte vor sich hin. Gewöhnlich hatte er seine Bibel bei sich, aber manchmal auch einen Kommentar oder seine Notizen.

Rayford erschien er überhaupt nicht redegewandt, überzeugend oder zuversichtlich. Es war, als hätte er Mühe, die Grundlagen zu verstehen und selbst zu begreifen, worüber er da sprach. Er wirkte so elend, dass Rayford gern mit ihm über seine Stellung vor Gott gesprochen hätte, aber er fühlte sich für ein Gespräch mit Chaim nicht qualifiziert. Offensichtlich betrachtete Chaim Tsion nicht als persönlichen Mentor, sondern nur als Lehrer und nie ermüdenden Motivator.

Rayford fiel auf, dass sie nach ihrer Umkehr scheinbar alle dieselben Zweifel und Ängste erlebt hatten. Sie hatten die Wahrheit nicht erkannt, und danach wurden sie von der Frage gequält, ob sie sich nur zu Gott gehalten hatten, um der Hölle zu entkommen. War ihre Umkehr gültig? In der Bibel hieß es, sie seien eine neue Kreatur, das Alte sei vergangen und alles neu geworden. Rayford war es sehr schwergefallen, die Tatsache zu akzeptieren, dass Gott ihn jetzt im Wesentlichen *durch* seinen sündlosen Sohn Jesus Christus sah.

Aber es war fast unmöglich gewesen. Er war ein neuer Mensch, ja. Vom geistlichen Standpunkt wusste er, dass das stimmte. Aber in vielerlei Hinsicht hatte er noch mit seinem alten Ich zu kämpfen. Und obwohl Gottes Wahrheit eigentlich mehr Gewicht haben sollte als seine endlichen Gefühle, machten sie sich doch lautstark Tag für Tag in seinem Gewissen bemerkbar. Wer war er, dass er Chaim Rosenzweig sagen konnte, er solle einfach Glauben haben und darauf vertrauen, dass Gott ihn besser verstand, als Chaim es selbst tat?

Aber falls es jemanden gab, der gesünder und lebhafter als sonst war, so war dies Hattie. Die Ironie des Ganzen blieb Rayford nicht verborgen. Weniger als 24 Stunden, bevor sie Christ wurde, hatte sie einen Selbstmordversuch verübt. Monate zuvor hatte sie jedem Mitglied der *Tribulation Force*, das die Geduld hatte, sich mit ihr auseinanderzusetzen, gesagt, sie begriffe alles und glaube alles, was sie ihr über Jesus sagten. Sie hatte nur einfach beschlossen, es bewusst abzulehnen. Denn auch wenn es Gott anscheinend nicht interessieren würde, dass sie es nicht verdient hatte, sie wisse es und könne dieses Gefühl der Unwürdigkeit nicht überwinden. Sie hatte gesagt, Gott könne ihr zwar unverdient die Vergebung ihrer Schuld anbieten, aber sie brauche sie ja nicht anzunehmen.

Doch nachdem sie dieses Geschenk endlich angenommen hatte, verschwand auch ihre Beharrlichkeit. In vielerlei Hinsicht war sie wieder dieselbe geradlinige Frau, die sie zuvor gewesen war, als Christ genauso nervig wie als Zögernde. Doch natürlich freuten sich alle, dass sie die Wahrheit endlich erkannt hatte.

Chaim war zumindest von ihr amüsiert, wenn Rayford seinen Gesichtsausdruck richtig deutete. Er war der Zweite, der gerade erst zum Glauben gefunden hatte, darum identifizierte er sich vielleicht mit ihr. Doch Chaim reagierte ganz anders als sie. War es ein gesunder Neid, der ihn von ihrem Geplapper fasziniert sein ließ? Fragte er sich vielleicht, warum er nicht auch so überströmend auf die Wahrheit reagierte?

Rayford wollte nicht vorgreifen, wollte Tsions Komplimente darüber, dass er die Führung wieder in die Hand genommen hatte, nicht zu wörtlich nehmen. Aber manchmal konnte ein Überraschungsangriff sehr effektiv sein. Sollte er … Wagte er es, Hattie zu dem Versuch zu überreden, Dr. Rosenzweig einen kleinen Schubs zu versetzen? Tsion war davon überzeugt, dass Chaim Gottes Mann für diese Aufgabe war, und Rayford hatte gelernt, der Intuition des Rabbis zu vertrauen. Aber Chaim blieb so wenig Zeit, um das Gefäß zu werden, das Tsion sich vorstellte.

Hattie hatte Kenny gefüttert und wickelte ihn gerade, als Rayford auf sie zutrat. Wie gut für Kenny, dass er so viele Elternfiguren hatte! Die Männer liebten ihn, und sogar Zeke, obwohl sehr zurückhaltend, ging sehr sanft und liebevoll mit ihm um. Die Frauen schienen intuitiv zu wissen, wann sie sich ablösen sollten, doch natürlich blieb der größte Teil der Verantwortung bei Chloe.

„Haben Sie eine Minute Zeit?", fragte Rayford Hattie, die sich den frisch gepuderten und gewickelten Jungen an die Schulter legte und ihn wiegte.

„Wenn dieses Kind müde ist, habe ich alle Zeit der Welt, die nach Aussage unseres geliebten Rabbis nur noch weniger als dreieinhalb Jahre umfasst."

Hattie ist gar nicht so lustig, wie sie sich selbst sieht, dachte Rayford, *aber darin konsequent.*

„Dürfte ich Sie um einen Gefallen bitten?", fragte Rayford.

„Natürlich."

„Sagen Sie nicht vorschnell ja, Hattie."

„Ich meine es ernst. Jederzeit. Wenn es Ihnen hilft, dann tue ich es."

„Nun, wenn Sie Erfolg haben, dann wird dies der Sache dienen."

„Sagen Sie nichts mehr. Ich bin dabei."

„Es hat mit Chaim zu tun."

„Ist er nicht der Beste?"

„Er ist großartig. Aber er braucht etwas, das Tsion und ich ihm anscheinend nicht geben können."

„Rayford! Er ist doppelt so alt wie ich!"

Um keinen Verdacht zu erregen, schlug Buck vor, er und Albie sollten sich direkt zur nächsten Gruppe im Gebäude östlich des Hauptgebäudes begeben. Dort waren nach Aussage des Organisationsleiters die Männer mit den geringeren Vergehen untergebracht. Andererseits hatte er auch erklärt, die religiösen Dissidenten seien zusammen mit den schlimmsten Verbrechern im hintersten Gebäude untergebracht.

Die beiden gingen auf die Wachposten bei Gebäude 4 zu. „Bereit für uns?", fragte einer mit Cockney-Akzent.

„Bald", erwiderte Buck. „Sie kommen als Nächste."

„Habe Beifall und Jubelrufe gehört. Hat sich jemand für das Fallbeil entschieden?"

Buck nickte, versuchte aber klarzumachen, dass er nicht darüber sprechen wollte.

„Mehr als eine?", fragte der Mann weiter.

Buck nickte erneut. „War kein schöner Anblick."

„Ja? Ich wünschte, ich hätte es sehen können. Habe so etwas noch nie miterlebt. Sie haben zugesehen, ja?"

„Ich habe doch gesagt, es war kein schöner Anblick."

„Tut mir leid! Ich frage ja nur. Wie viele haben Sie denn gesehen?"

„Nur die eine."

„Aber es waren noch mehr? Was ist mit Ihnen, Commander? Haben Sie sich die ganze Show angesehen?"

„Jetzt reicht es, Korporal", fuhr Albie ihn an. „Mehrere Frauen haben sich dazu entschlossen und mehr Mut gezeigt als jeder Mann, den ich je gesehen habe."

„Das mag schon sein. Aber sie haben dem Potentaten ihre Loyalität verweigert, oder?"

„Sie haben an ihren Überzeugungen festgehalten", erwiderte Albie.

„Überzeugungen und Urteile, das klingt für mich irgendwie gleich, Kamerad."

„Würden Sie den Tod wählen, wenn Sie das so tief empfinden würden?"

„Ich empfinde das so tief, Leute. Nur stehe ich auf der anderen Seite, oder? Ich wähle das, was Sinn macht. Ein Mensch steht von den Toten wieder auf? *Das* ist mein Mann."

Bewaffnete Wachposten führten die bedrückten Überlebenden wieder in das Frauengebäude, während Athenas Gruppe sich zu Albie und Buck gesellte. Buck fiel auf, dass Alex' Leute genauso bedrückt zu sein schienen wie die weiblichen Gefangenen. Aber deren Bewacher wirkten belebt.

„Lasst uns das Ganze über die Bühne bringen", sagte Athenas und setzte sich an die Spitze der Gruppe.

Ganz eindeutig handelte es sich bei den Männern um gebildete Kriminelle oder kleine Fische. Keine leeren Prahlereien, keine Drohungen, überhaupt kein Lärm. Sie hörten zu, niemand entschied sich für die Guillotine, und ruhig stellten sie sich an, um hinausgeführt zu werden. Buck war angewidert von dem Blutgeruch, der im Hauptgebäude hing. Unter den Männern verbreitete sich die Nachricht, dass mehrere Frauen genau in diesem Raum geköpft worden waren. Daraufhin wurden die Männer noch schweigsamer. Die Helfer bei der Guillotine schienen über die Unterbrechung erfreut zu sein.

Buck beobachtete die Prozedur und war traurig über die Menschen, die so unwissend ihr Schicksal besiegelten. Die Arbeiter wussten mittlerweile, wie die Apparaturen funktionierten, und wurden immer schneller. Aufrücken, entscheiden, besprühen, hinsetzen, Injektion, zurück in die Reihe und wieder hinaus. Ironischerweise blühte das wirkliche Leben an dem Punkt des blutigen Todes. Aber die Männer, die, wie es aussah, ein harmloses Zeichen empfingen, das sie ihrer Meinung nach am Leben erhalten würde, unterschrieben damit ihr eigenes Todesurteil. Vom Tod zum Leben. Vom Leben zum Tod.

Buck konnte es kaum erwarten, Pastor Demeter kennen zu lernen, von dem Rayford ihm schon so viel erzählt hatte. Und doch fürchtete er die Konfrontation mit den Verbrechern im Gebäude 5, da er wusste, dass viele der gläubigen Männer sich für das richtige, aber hässliche Schicksal entscheiden würden.

Sein Telefon vibrierte. Auf dem Display stand zu lesen: „Oberste Priorität, Treffen in Kozani nicht früher als 1 Uhr mit Offizier der Weltgemeinschaft, versetzt von ‚Buffer' zur USNA. Dringend. In ihren Papieren wird Zielort angegeben sein. Ende 20, dunkles Haar, Ming Toy. Versiegelt."

„Wir werden heute Abend Gesellschaft bekommen", erzählte Buck Albie. „Es wird schön sein, eine von uns an Bord zu haben, die mich nicht, wann immer ich sie ansehe, an diesen Ort erinnert."

„Ich verstehe", meinte Albie. „Ich hätte auch ohne diese Erfahrung hier gut leben können. Ich hätte bestimmt nichts vermisst."

Im Versteck war es mittlerweile Spätnachmittag und alle außer Rayford waren beschäftigt. Zeke nähte. Tsion schrieb. Chloe arbeitete am Computer. Lea kopierte. Chaim büffelte. Kenny schlief. Mit einem Augenzwinkern zu Rayford ging Hattie auf Chaim zu.

Der alte Mann sah von seinen Unterlagen auf. Rayford ließ sich mit einem Buch in ihrer Nähe nieder.

„Sind Sie bereit für eine Unterbrechung?", fragte sie. „Weil ich mich nicht davon abbringen lassen werde." Sie setzte sich zu seinen Füßen auf den Boden.

„Da ich anscheinend keine Wahl habe, Miss Durham: Ich könnte tatsächlich eine Ablenkung gebrauchen. Haben Sie etwas auf dem Herzen?"

„Sie sind doch auch ganz neu dabei", meinte sie, „aber mir ist aufgefallen, dass Sie nicht herumlaufen und darüber reden."

„Ich habe einen Auftrag. Muss viel studieren. Sicher erinnern Sie sich noch, wie es im College war."

„Habe es nicht zu Ende gemacht. Wollte die Welt sehen. Aber, hey, Sie werden doch nicht etwa zulassen, dass dieses Studieren Ihnen die Freude raubt, oder? Das muss doch mehr sein als Unterrichtsstoff, denn sonst ginge doch der Spaß verloren."

„Spaß ist kein Begriff, den ich benutzen würde, um es zu beschreiben. Wie Sie kam auch ich gerade erst zum Glauben, aber wir leben in der schlimmsten Zeit der Geschichte, darum können wir uns nicht so vorbehaltlos daran freuen. Jetzt geht es ums Überleben. Die Freude kommt später. Wenn wir vor der Entrückung zum Glauben gekommen wären, hätte ich meine Freude sicher auch deutlicher zeigen können."

Sie runzelte die Stirn. „Ich meine ja auch nicht normalen Spaß. Aber wir können es doch an uns heranlassen, nicht wahr? Im Inneren? Davon gepackt werden?"

Er legte den Kopf zur Seite. „Ich denke schon."

„Tatsächlich? Ihr Blick und Ihre Körpersprache sagen mir, dass das nicht so ist."

„Oh, täuschen Sie sich nicht. Ich bin dabei. Ich glaube. Ich habe den Glauben."

„Aber Sie haben die Freude nicht."

„Ich habe Ihnen doch meine Meinung über die Freude gesagt."

„Ich kann einem so klugen Mann wie Ihnen nicht widersprechen, aber ich gebe nicht so leicht auf. Mir ist es egal, wenn Sie zehnmal gebildeter sind als ich – ich möchte gern, dass Sie das begreifen."

„Ich werde es versuchen", sagte er. „Was soll ich denn begreifen?"

„Nur, dass wir für so vieles dankbar sein können."

„Oh, da stimme ich mit Ihnen überein."

„Aber es muss Sie begeistern!"

„Auf seine Weise tut es das auch. Oder vielleicht sollte ich sagen, auf meine Weise."

Hattie sackte in sich zusammen und seufzte. „Das begreife ich nicht. Ich kann Sie nicht überzeugen. Aber ich freue mich so, dass Sie mein Bruder sind, und ich bin gespannt, was Gott durch Sie tun möchte."

„Sehen Sie, Miss Durham, in diesem Punkt sind wir unterschiedlicher Meinung. Ich habe eingesehen, dass Tsion recht hat. Ich bin in der einzigartigen Position, die strategische Leitung zu übernehmen. Ich habe mich mit der Tatsache abgefunden, dass dies unausweichlich ist und ich mich dem nicht entziehen kann. Aber ich kann mich für diese Aufgabe nicht erwärmen, freue mich nicht darauf."

„Ich schon."

„Hören Sie mir doch zu, Miss Durham."

„Tut mir leid."

„Ich nehme diese Aufgabe an, doch mein Herz ist dabei schwer. Ich bemühe mich, kein Feigling zu sein und nicht zu zögern oder mich zu widersetzen. So etwas sollte man nicht übereifrig angehen, weil es eine Ehre oder eine Leistung ist. Verstehen Sie?"

Sie nickte. „Sie haben recht; ich bin sicher, dass Sie recht haben. Aber beschämt es Sie nicht, dass Gott ausgerechnet Sie für eine solche Aufgabe auswählt?"

„Oh, es beschämt mich tatsächlich. Aber es gibt Zeiten, da kann ich mich mit dem Messias identifizieren, als er betete und seinen Vater bat, wenn es möglich wäre, sollte er den Kelch an ihm vorübergehen lassen."

Hattie nickte. „Aber er fügte auch hinzu: ‚Nicht mein Wille, sondern dein Wille geschehe.'"

„Allerdings", erwiderte Chaim. „Beten Sie für mich, dass ich dasselbe Maß an Zerbrochenheit und Bereitschaft erreiche."

„Nun", sagte sie und erhob sich, „ich wollte Ihnen nur sagen, ich weiß, dass Gott große Dinge durch Sie tun wird. Ich werde jeden Ihrer Schritte betend begleiten."

Chaim brachte kein Wort heraus. Schließlich füllten sich seine Augen mit Tränen und er sagte mit rauer Stimme: „Vielen Dank. Das bedeutet mir mehr, als ich sagen kann."

Als Buck mit den anderen zum nächsten Gebäude hinüberging, lief er unerwartet neben Alex Athenas her, der seine Notizen durchging.

„Hässliche Arbeit", bemerkte Buck.

Alex brummte. „Hässlicher, als ich gedacht hatte. Wer hätte damit gerechnet, dass diese Frauen eine solche Entschlossenheit zeigen würden? Hier werden wir einigen ihrer Männer begegnen. Mal sehen, wer zäher ist."

„Mir fällt es schwer zu glauben, dass Sie religiöse Dissidenten zusammen mit hartgesottenen Verbrechern untergebracht haben."

„Das ist nicht meine Aufgabe. Ich habe hier nur einen Job zu erledigen."

„Ich würde das nicht wollen."

„Ich habe nicht darum gebeten."

„Finden Sie die Mischung in diesem Gebäude nicht auch seltsam?"

Alex blieb stehen und sah Buck mit einem Blick an, der ihm Unbehagen bereitete. „Ich möchte Ihnen eine Frage stellen, Jensen. Haben Sie je mit Nicolai Carpathia gesprochen?"

Buck erstarrte. Wie kam er darauf? „Das ist schon lange her", erwiderte Buck.

„Nun, ich habe es. Und er betrachtet Dissidenten als ebenso gefährlich wie die Verbrecher. Nun, sie sind beide Verbrecher."

„Mörder und Leute, die an ihrem Glauben festhalten?"

„Leute, die den falschen Glauben haben, einen trennenden Glauben, einen intoleranten Glauben."

Buck trat näher. „Alex, hören Sie doch, was Sie sagen. Sie haben gerade mehr als ein Dutzend Frauen in den Tod geschickt, weil sie nicht Nicolai Carpathias Glauben teilen. Und Sie nennen *sie* intolerant?"

Alex starrte ihn an. „Ich hätte große Lust, Sie zu melden. Ich frage mich, wie es mit Ihrer Loyalität steht."

„Vielleicht frage ich mich das ja selbst. Was ist nur mit der Freiheit passiert?"

„Wir leben noch immer in Freiheit, Jack", gab Alex zurück. „Diese Menschen können selbst entscheiden, ob sie leben oder sterben wollen."

Buck folgte ihm ins Gebäude. Männer aller Altersgruppen liefen herum, unterhielten sich. Buck bemerkte mindestens zwei Dutzend Männer mit dem Zeichen Gottes auf der Stirn und sie schienen alle ernsthaft im Gespräch mit anderen Männern zu sein. Seltsamerweise hörten die anderen zu.

Buck fing Albies Blick auf. „Haben Sie sie gesehen?", fragte er mit den Lippen. Albie nickte traurig. Es war schön, so viele Gläubige zu sehen, aber das bedeutete gleichzeitig mehr Blutvergießen. Buck fragte sich, ob er Pastor Demeter erkennen würde, ohne ihn aufzurufen.

Er fragte einen Wachposten: „Wer ist der Führer der Dissidenten?"

„Der Judahiten hier am Ort?"

Buck zuckte die Achseln. „So werden sie hier genannt?"

Der Wachtposten nickte und deutete auf einen großen, dunkelhaarigen Mann, der von mindestens einem Dutzend weiterer Männer umringt war. Er sprach eindringlich und schnell. Rayford hatte gesagt, dieser Mann habe die Gabe der Evangelisation, und er übte sie, wie es schien, mit großer Verzweiflung aus. Buck trat näher an ihn heran.

„Aber Gott zeigt seine Liebe zu uns darin, dass Christus für uns gestorben ist, als wir noch getrennt von ihm lebten. Sie und ich. Ich flehe Sie an, das Zeichen nicht zu nehmen. Nehmen Sie Christus an, lassen Sie sich Ihre Schuld vergeben und halten Sie sich an den Gott des Universums."

„Das könnte uns das Leben kosten", meinte einer.

„Es wird Sie das Leben kosten, Freund. Denken Sie, ich wüsste nicht, dass das schwer ist? Fragen Sie sich: ‚Möchte ich noch heute Abend bei Gott im Himmel sein, oder möchte ich Satan meine Loyalität geloben und nie mehr die Möglichkeit haben, meine Meinung zu ändern?' Heute Abend werden Sie einen Augenblick lang tot sein und dann in der Gegenwart Gottes. Oder Sie können noch ein paar Jahre leben und die Ewigkeit in der Hölle verbringen. Sie haben die Wahl."

„Ich möchte Gott", sagte ein Mann.

„Sie wissen um die Konsequenzen?"

„Ja, beeilen Sie sich."

„Beten Sie mit mir." Sie knieten sich hin.

„Alle aufstehen!", rief Alex.

„Gott, ich weiß, dass ich bislang mein Leben ohne dich gelebt habe", begann Pastor D. und der Mann wiederholte es.

„Ich sagte: Aufstehen!"

„Vergib mir meine Schuld, komm in mein Leben und errette mich."

„Lassen Sie es nicht darauf ankommen, dass ich einen Beamten schicke, der Ihnen den Schädel einschlägt."

„Vielen Dank, dass dein Sohn für mich am Kreuz gestorben ist."

„Also gut, rein da!“

„Ich nehme dein Geschenk an und vertraue dir mein Leben an.“

„Sagen Sie nicht, ich hätte Sie nicht gewarnt!“

Buck fiel auf, dass auch andere Männer das Gebet sprachen, obwohl sie die Augen geöffnet hielten und aufrecht standen.

„Amen.“

Gerade als der Beamte Pastor D. erreichte, erhob dieser sich und zog auch den anderen Mann hoch.

„Sie beide, hören Sie jetzt zu!“

Als der Beamte ging, hörte Buck einen Mann flüstern: „Beten Sie das noch einmal.“

Pastor D. begann erneut, leise, und er gab sich den Anschein, als würde er Alex zuhören, der seine Informationen weitergab. Überall in der Zelle beteten auch andere und führten Menschen zu Christus. Das Murmeln drang zu den Wachen, aber es war schwer, eine bestimmte Person auszumachen.

„Ich möchte wissen, ob jemand von Ihnen das Loyalitätszeichen verweigern wird, damit wir Sie in die richtige Reihe einordnen können!“

„Merken Sie mich für die andere Reihe vor!“, rief Pastor D.

„Sie weigern sich?“

„Ja, Sir!“

„Sie kennen die Konsequenzen?“

„Ja. Ich akzeptiere nicht die Autorität des Herrschers dieser Welt und möchte –“

„Ich habe Sie nicht nach Ihrer Philosophie gefragt, Mister. Stellen Sie sich einfach in die Reihe zu meiner Rechten, wenn –“

„Ich möchte mein Bündnis mit dem wahren und lebendigen Gott bezeugen und mit seinem Sohn Jesus Christus!“

„Ich sagte: Ruhe!“

„Er ist derjenige, der das Geschenk der Erlösung jedem anbietet, der an ihn glaubt!“

„Bringen Sie diesen Mann zum Schweigen!“

„Was wollen Sie denn tun, mich zweimal töten? Ich wünschte, ich könnte zweimal für meinen Gott sterben!“

„Sonst noch jemand?“

„Ich!

„Ich auch!“

„Ich bin auch dabei!“

„Ich auch!“

Einer nach dem anderen riefen die Männer die Gründe, warum sie ihren Tod wählten.

„Ich bin erst heute Abend Christ geworden, genau hier! Tut es, Männer! Es stimmt! Gott liebt euch!“

„Ruhe!“

„Ich wurde verhaftet, weil ich mich mit diesen Christen zu Gott bekannt habe! Er wird euch niemals im Stich lassen oder verlassen!“

„Wachen!“

Die Wachen folgten Alex’ Männern in die Zelle, warfen die Männer zu Boden und traten gegen ihre Köpfe und in ihre Gesichter.

„Wehrt euch nicht!“, rief Pastor D. „Wir alle werden bald von unserem Elend befreit sein! Ich bete dafür, dass die Männer, die uns schlagen, unsere Worte hören, bevor es für sie zu spät ist!“

Er bekam einen Schlag auf den Kopf und sank zu Boden. Ein Gefangener, der, wie Buck bemerkte, nicht das Zeichen Gottes auf der Stirn hatte, packte den Wachposten von hinten am Hals und warf ihn zu Boden.

„Widersetzt euch nicht, Brüder!“, rief einer der Christen. „Sprecht nur die Wahrheit!“

Aber die Ungläubigen waren in Aufruhr. „Ich werde Carpathias Zeichen nehmen!“, schrie einer. „Aber hört auf, diese Männer zu verletzen! Ich bin ein Feigling, aber sie sind mutig! Ob ihr nun mit ihnen übereinstimmt oder nicht, sie haben mehr Mut als jeder von uns!“

Ein Beamter sprang ihn an, legte die Arme um den Kopf des Mannes, eine Hand an sein Kinn. Dann riss er ihm den Kopf herum, bis sein Genick brach. Der Mann sank tot zu Boden.

Alex, der vor der Zelle stehen geblieben war und auf die Waffen seiner Männer aufpasste, nahm eine Pistole und feuerte in die Luft. Das dämpfte den Mut der meisten Ungläubigen ein wenig. „Ich werde meinen Leuten die Erlaubnis geben zu schießen!“, verkündete er. „Und jetzt alle, die das Loyalitätszeichen der Weltgemeinschaft und unseres auferstandenen Potentaten annehmen, nach links, und nach rechts, wenn –“

„Es gibt nur einen Gott und einen Mittler zwischen Gott und den Menschen: Jesus Christus!“

„Bringt diesen Mann zum Schweigen!“

Die Gläubigen halfen Pastor D. auf, doch er konnte nicht allein stehen. Sie trugen ihn zu der Reihe auf der rechten Seite und Dutzende anderer stellten sich hinter ihn. Plötzlich begannen sie zu singen: *„Allein deine Gnade genügt, die in meiner Schwachheit Stärke mir gibt.“*

„Bringt sie raus! Und bringt sie zum Schweigen! Die Guillotinenanwärter zuerst! Bewegt euch! Bewegt euch!“

„Ich geb dir mein Leben und was mich bewegt. Allein deine Gnade genügt!“

Als die Reihe an Buck vorbeikam, packte er Pastor D. am Hemd, zog ihn hoch, als wolle er ihn zwingen zu laufen. Verzweifelt flüsterte er ihm ins Ohr: „Jesus ist auferstanden!“

Demetrius Demeter murmelte mit schwerer Zunge: „Christus ist wahrhaftig auferstanden!“

Buck sah der taumelnden Gruppe nach, wie sie in den Todesraum liefen. Jeder von ihnen trug das Siegel Gottes auf der Stirn. Er konnte ihnen nicht hineinfolgen, weil er wusste, er würde es nicht ertragen können, den Tod dieser Menschen mit anzusehen. Seine Augen füllten sich mit Tränen. Albie stand mitten in der Menge und nickte ihm zu, er solle ihm folgen. Schnell eilten sie zum Jeep, doch sie kamen nicht früh genug weg. Sie konnten dem Zischen des Fallbeils und dem Jubel der blutrünstigen Menge nicht entgehen.

Buck schaltete den Motor an, um die Geräusche auszuschließen, und raste in die Nacht davon. Auf dem Weg zum Flughafen von Kozani sprachen er und Albie kein einziges Wort. Beim Parkplatz angekommen, trat Buck heftig auf die Bremse, sprang heraus und stürmte durch das Tor.

„Steckt der Schlüssel?“, rief jemand und Buck nickte. Er traute seiner Stimme nicht.

Als er und Albie über das Flugfeld zum Hangar marschierten,

wo ihr aufgetankter Jet stand, entdeckte Buck eine zierliche Asiatin. Sie saß neben einem großen Koffer und einer kleineren Tasche auf einer Bank unter einem Laternenpfahl. In ihrer roten Uniform sah sie aus wie ein Engel.

Sie wirkte misstrauisch, als sie die beiden entdeckte, und erhob sich, zog ihre Papiere aus der Tasche. Sie war ein Stück Realität, eine Verbindung zum Leben, zur Sicherheit, ein Becher kalten Wassers in einer Wüste der Verzweiflung.

„Sagen Sie mir, dass Sie Ming Toy sind“, begann Buck brüsk.

„Das bin ich. Mr Williams?“

Buck nickte.

„Und Mr Albie?“

„Jensen und Elbaz, bis wir an Bord sind, Madam, bitte“, erwiderte Albie, und Buck spürte, dass er emotional genauso mitgenommen war wie er selbst.

„Zeigen Sie mir Ihre Papiere“, sagte Buck und nahm ihren Koffer, während Albie sich ihrer Tasche annahm. „Lassen Sie mich auch etwas tragen, meine Herren. Sie haben keine Ahnung, wie sehr ich das zu schätzen weiß.“

„Bis wir in diesem Flugzeug sind, Miss Toy“, erklärte Albie, „folgen wir nur Befehlen und bringen eine Angestellte von einem Aufgabenbereich zum nächsten.“

„Ich verstehe.“

„Erst wenn wir an Bord sind, können wir frei und offen miteinander reden.“

Buck warf ihren Koffer hinter den Rücksitz, dann half er ihr an Bord und wies auf einen Sitz. Während sie sich anschnallte, setzte sich Albie auf den Pilotensitz. Buck nahm neben ihm Platz, schnallte sich aber nicht an. Er drehte sich so, dass seine Knie sich zwischen seinem und Albies Sitz befanden, und nahm ein Klemmbrett zur Hand.

Er wandte sich zu der schweigsamen Frau hinter sich um. „Miss Toy“, begann er. „Wir müssen die Checkliste vor dem Flug durchgehen und auf die Starterlaubnis warten.“ Sie sah ihn an, wie sie es vermutlich bei den Gefangenen im „Buffer“ getan hatte. Wahrscheinlich fragte sie sich, was mit diesem Mann los war. „Aber wenn wir erst in der Luft sind“, brachte er mühsam heraus, „werden wir Ihnen sagen, was Sie für ein Wunder sind und warum wir Sie heute Nacht so dringend in diesem Flugzeug brauchen." Er atmete tief durch und fügte hinzu: „Und wir werden Ihnen eine Geschichte erzählen, die Sie kaum glauben werden."

19

David erwachte in der Nacht mehrfach und sah auf die Uhr. Schließlich wälzte er sich um 6 Uhr aus dem Bett, joggte fünf Meilen, frühstückte, duschte und zog sich an. Gegen 7 Uhr 30 war er im Büro.

„Sie haben diesen Termin geändert?", fragte seine Sekretärin.

„Ja, tut mir leid, Tiff. Macht das Probleme?"

„Nein, ich war nur neugierig."

David rief Zimmer 4054 an, um sicherzugehen, dass Chang noch da war und sich um 9 Uhr bei ihm einfinden würde. Als David sich vorstellte, erwiderte Mrs Wong: „Mister Wong im Augenblick nicht da. Ich sage ihm, er soll zurückrufen, okay?"

„Ist Chang da?"

„Nein. Chang mit Vater."

„Wissen Sie, wo sie sind?"

„Bei Mister Moon."

„Sie sind im Augenblick bei Mr Moon?"

„Ich werde ihm sagen, er soll zurückrufen."

„Madam, Mrs Wong, sind Ihr Mann und Ihr Sohn im Augenblick bei Mr Moon?"

„Ich nicht verstehen. Rufen Mister Moon an."

David rief in Moons Büro an und erhielt die Information, Walter befinde sich gerade in der Personalabteilung, die Direktoren hätten eine Besprechung. „Können Sie mir sagen, ob bereits damit begonnen wurde, den neu eingestellten Leuten das Zeichen zu geben?"

„Nicht, dass ich wüsste, aber damit soll heute begonnen werden, und darum geht es auch bei der Besprechung."

„Können Sie mir sagen, ob einer meiner Bewerber da ist, Chang Wong?"

„Ich glaube, ich habe ihn und seinen Vater heute Morgen hier zusammen mit Mr Moon gesehen."

„Wo sind sie jetzt?"

„Ich habe keine Ahnung. Möchten Sie ihre Zimmernummer? Sie wohnen in –"

„Nein, vielen Dank. Ich muss wirklich mit Moon sprechen."

„Ich habe Ihnen doch gesagt, er hat eine Besprechung mit den Leitern der Personalabteilung."

„Es ist ein Notfall."

„Das sagen Sie."

„Madam, ich bin Direktor. Würden Sie bitte diese Besprechung unterbrechen und Mr Moon sagen, dass ich sofort mit ihm sprechen muss?"

„Nein."

„Wie bitte?"

„Wegen so etwas habe ich schon einmal Ärger bekommen. Wenn es so wichtig ist, können Sie gern selbst die Besprechung unterbrechen."

David knallte den Hörer auf und lief zur Personalabteilung. Er fand das Konferenzzimmer leer vor. Er wandte sich an die Empfangsdame. Sie hob die Hand und bat um Geduld, bis sie einen Anruf erledigt hatte.

„Unterbrechen Sie einen Augenblick", forderte er. „Das hier ist wichtig."

„Moment, bitte."

„Vielen Dank! Und jetzt –"

„Ich habe diesen Anruf nicht unterbrochen, um Ihnen weiterzuhelfen, sondern um Sie zu bitten abzuwarten, bis Sie an der Reihe sind."

„Aber ich –"

Sie hob erneut die Hand und holte sich den Anruf wieder zurück. Als sie das Telefonat gerade beendet hatte, läutete ein anderes Telefon, und sie nahm sofort den Hörer ab. David beugte sich über ihren Schreibtisch und unterbrach die Verbindung.

„Direktor Hassid! Das werde ich melden!"

„Sie sehen besser zu, dass ich gefeuert werde, bevor ich Sie feuern lasse", drohte er. „Also, wo findet diese Besprechung statt?"

„Ich weiß es nicht."

„Hier nicht; also wo?"

„Offensichtlich außerhalb."

„Wo?"

„Ich weiß das wirklich nicht, aber ich schätze, im Keller von Gebäude D."

„Das ist eine Viertelmeile von hier entfernt! Warum haben Sie mir das nicht gesagt?"

„Ich wusste nicht, dass Sie wirklich kommen würden."

Ihr Telefon läutete erneut.

„Gehen Sie nicht dran."

„Das ist mein Job."

„Wenn Sie drangehen, dann hatten Sie diesen Job die längste Zeit. Warum sollte die Besprechung in D stattfinden?"

„Ich weiß ja gar nicht, ob das so ist. Ich sagte, ich könne es mir vorstellen."

„Warum gerade dort?"

„Weil dort das Loyalitätszeichen verteilt werden wird." Daraufhin nahm sie den Hörer ab.

David schlug auf ihren Schreibtisch, sodass sie zusammenfuhr und sich sofort bei dem Anrufer entschuldigte. Als er durch die Tür stürmte, rief sie hinter ihm her: „Oh, Direktor Hassid! Vielleicht möchten Sie diesen Anruf entgegennehmen. Es ist Ihre Sekretärin."

Mit einem herablassenden Blick eilte er zurück. „Als ob ich Sie mein Telefon benutzen lassen würde." Sie deutete auf ein Telefon im Wartebereich.

„Hier spricht David."

„Hallo. Ich habe gerade einen Anruf von Walter Moon bekommen."

„Wo ist er?"

„Tut mir leid. Er hat nichts gesagt und ich habe nicht daran gedacht zu fragen. Soll ich ihn suchen?"

„Was wollte er?"

„Er sagte, er würde Ihren Gesprächspartner persönlich vorbeibringen und er und der Vater des Bewerbers seien überaus erfreut über Ihr Interesse, Sie wissen schon."

„Was macht er denn heute Morgen bei Moon?"

„Keine Ahnung, Sir, aber ich werde es herausfinden, wenn Sie wollen."

„Suchen Sie Moon und rufen Sie mich auf meinem Handy an."

David eilte in das Gebäude D. Der Keller war abgesperrt. Er musste alle seine Beziehungen spielen lassen, um an den Sicherheitskräften vorbeizukommen. Als er schließlich einen Blick durch die Doppeltüren werfen konnte, die in einen großen Konferenzsaal führten, sah er zum ersten Mal die Vorrichtungen für die Verteilung des Zeichens. Absperrungen führten die Leute zu den einzelnen Stationen und schließlich zu den Kabinen, in denen die letzten Injektionspistolen überprüft und betriebsbereit gemacht wurden.

„Wozu das alles?", fragte David eine Frau, die Stühle stellte.

„Ach, kommen Sie, das wissen Sie doch."

„Aber warum in so großem Rahmen? Ich dachte, zuerst würden die neu eingestellten Leute an die Reihe kommen."

Sie zuckte die Achseln. „Danach kommen wir doch dran. Da kann doch gleich alles an Ort und Stelle und überprüft werden, nicht? Ich kann es kaum erwarten. Das ist der Traum meines Lebens."

„Haben Sie Sicherheitschef Moon heute Morgen schon gesehen?"

„Er war tatsächlich vor einer Weile hier."

„In Begleitung?"

„Könnte Ihnen nicht sagen, mit wem. Ein paar Leute von der Personalabteilung, die ich schon mal im Vorbeigehen gesehen habe."

„Sonst noch jemand?"

Sie nickte. „Allerdings habe ich nicht so genau hingesehen."

„Haben Sie eine Ahnung, wo er jetzt ist?"

Sie schüttelte den Kopf. „Ich nehme an, Sie haben die Gerüchte bereits gehört."

„Sagen Sie es mir."

Sie lächelte. „Ihr armen Direktoren bekommt den Klatsch gar nicht mit, nicht?"

„Manchmal schon."

„Ich schätze, Sie haben das in Gang gebracht oder zumindest Ihre letzten Entscheidungen."

„Also, was erzählt man sich?"

„Dass Moon Supreme Commander werden soll."

„Was Sie nicht sagen!"

„Ich mag ihn. Ich denke, er wird seine Arbeit gut machen."

Der Vibrationsalarm von Davids Handy ging los und er entschuldigte sich. „Moons Leute sagen, er sei jetzt bei Carpathia", informierte Tiffany ihn.

„Allein?"

„David, tut mir leid. Danach habe ich nicht gefragt. Ich werde in Erfahrung bringen, was immer Sie wissen wollen, aber ich muss im Voraus wissen, wonach ich suche."

„Meine Schuld. Haben sie zufällig gesagt, ob es dabei bleibt, dass Walter Chang um 9 Uhr vorbeibringt?"

„Ja! Endlich weiß ich etwas! Ja."

„Wirklich?"

„Ehrlich."

„Ist Chang bei ihm und Carpathia?"

„Tut mir leid. Keine Ahnung."

„Ich komme jetzt zurück."

Unterwegs rief David noch einmal in Changs Apartment an. Dieses Mal meldete sich Mr Wong. Hoffnungsvoll fragte David nach Chang. „Er im Augenblick nicht können. Er Sie um neun sehen, ja?"

„Das ist richtig. Ist er in Ordnung?"

„Besser als in Ordnung! Sehr aufgeregt! Mister Moon wird uns zu Ihnen bringen."

„Sie kommen mit?"

„Wenn das in Ordnung ist. Darf ich?"

David seufzte. „Warum nicht?"

„Nein?"

„Ja, sicher."

Als er wieder in seinem Büro war, hatte er noch 15 Minuten Zeit und schaltete sich in Carpathias Büro ein. Als Erstes hörte er Nicolais Stimme. „Hickman war ein Trottel. Ohne ihn bin ich besser dran. Ich weiß auch nicht, was Leon sich dabei gedacht hat."

„Vielleicht war er auf Ihren Job aus und Jim war leicht zu handhaben."

Carpathia lachte. „Sie können Menschen gut einschätzen, Walter. Sie und Suhail standen zur Auswahl. Er hat eine eindrucksvolle Beurteilung, aber er ist noch so neu in seiner gegenwärtigen Position."

„Und Sie können einem Pakistani trauen? Ich begreife diese Typen nicht."

„Wem kann man heutzutage schon trauen, Walter? Hören Sie, ich weiß zwar nicht, was Sie von Pomp und Show halten, aber ich möchte keine große Sache daraus machen. Sie werden ein angemessenes Büro bekommen und es mit niemandem teilen müssen, aber ich möchte gern Ihre Ernennung ohne großartige Zeremonien verkünden."

„Wunderbar", erwiderte Walter. „Ich möchte die Aufmerksamkeit nicht von Ihnen ablenken, Sir."

David hatte den Eindruck, dass Walter unaufrichtig und ausgesprochen enttäuscht klang. Allerdings tat er gut daran, Carpathias Ego zu schmeicheln.

„Walter", fuhr Carpathia fort, „wie steht es mit den GCMM?"

Moon wirkte überrascht. „Sir, die Moralüberwacher sind schon lange an Ort und Stelle, und ich weiß, dass Suhail sich auf ihre Berichte verlässt."

Carpathia wurde ungeduldig. „Mr Moon, bestimmt haben Sie doch verstanden, was ich meinte, als ich neulich davon sprach, aus jedem Stamm und jedem Volk eine große Durchsetzungsmacht zu mobilisieren, die –"

„Natürlich, Potentat. Ich arbeite in dieser Sache mit Chief Akbar zusammen, um –"

„Ich kann es nicht glauben! Sie haben es nicht begriffen! Walter, ich bin entschlossen, mich mit Menschen zu umgeben, die wissen, was ich will, ohne dass ich es sagen muss!"

„Es tut mir leid, Exzellenz. Ich –"

„Trotz all seiner Schwächen und Eigenarten ist Leon ein Mann, der mit mir Schritt hält, meine Bedürfnisse, Wünsche und Strategien vorausahnt. Wissen Sie –"

„Ein solcher Untergebener möchte ich s–"

„Unterbrechen Sie mich bitte nicht!"

„Es tut mir leid."

„Wissen Sie, wo Leon sich im Augenblick aufhält?"

„Ich habe gehört, er sei in die Vereinigten Europäischen Staaten ver–"

„Er befindet sich in der Vatikanstadt, Walter! Er hat die zehn Regionalpotentaten zusammengerufen und jeden gebeten, in die ehemals größte Bastion des christlichen Glaubens ihren vertrauenswürdigsten und loyalsten geistlichen Führer mitzubringen."

„Ich verstehe nicht –"

„Natürlich nicht! Denken Sie doch nach, Mann! In diesem Augenblick wird sich der Hohe Priester Fortunato in der Sixtinischen Kapelle aufhalten, und die Subpotentaten und die geistlichen Führer aus jeder Region, die den Carpathianismus der ganzen Welt repräsentieren, werden ihm die Hände auflegen und ihn für die große vor ihm liegende Aufgabe ausrüsten."

„Ich wäre gern dabei gewesen, Exzellenz."

„Sie sind mein Sicherheitschef und wussten nicht einmal davon! Ich werde Sie dennoch zum Supreme Commander machen, aber Sie werden auf dem Laufenden sein müssen!"

„Ich werde mein Bestes tun."

„Leon hat mich heute Morgen angerufen und mir mit großer Freude erzählt, er habe den Befehl gegeben, jedes Relikt aus vatikanischer Zeit zu zerstören, jede Ikone, jedes Kunstwerk, mit dem der ohnmächtige Gott der Bibel verehrt wird. Unter den Potentaten und sogar unter den Carpathianisten gab es Leute, die vorschlugen, diese so genannten kostbaren Schätze sollten zumindest hier in den Palast gebracht werden, um ihren Wert zu erhalten und uns an die Geschichte zu erinnern. Geschichte! Ich kann nicht sagen, wann ich je stolzer auf Leon gewesen bin. Wenn er zurückkehrt, werden im Vatikan keinerlei Spuren mehr von irgendeiner Art der Verehrung eines Gottes zu finden sein außer von dem, den mein Volk berühren und hören kann."

„Amen, Euer Heiligkeit. Sie sind wahrhaftig auferstanden."

„Natürlich, und die ganze Welt hat dabei zugesehen! Als ich vor kurzem von einer Menge Überwacher gesprochen habe, hätten Sie begreifen sollen, dass ich das Kernstück meiner loyalen Truppen meinte, die GCMM. Sie sind bereits bewaffnet. Ich möchte, dass sie Unterstützung bekommen! Sie sollen voll ausgestattet werden! Sie sollen bis an die Zähne bewaffnet sein. Sie sollten respektiert und verehrt werden bis zu dem Punkt, dass die Leute Angst vor ihnen haben."

„Sie möchten, dass die Bürger Angst haben, Sir?"

„Walter! Niemand braucht mich zu fürchten, der mich liebt und mich anbetet. Das wissen Sie."

„Das tue ich, Sir."

„Wenn ein Mann, eine Frau, ein Jugendlicher oder ein Kind Schuldgefühle bekommt, wenn er einem Mitglied der ‚Global Community Morale Monitoring Force' begegnet, ja, dann sollen ihm die Knie schlottern!"

„Ich verstehe, Exzellenz."

„Tatsächlich, Walter? Das muss ich wissen."

„Absolut, Sir."

„Mir ist egal, wen Sie als Ihren Nachfolger einsetzen. Sie sollen nur wissen, dass ich Sie persönlich für die Ausführung meiner Wünsche verantwortlich machen werde."

„Um der GCMM mehr Schlagkraft zu geben."

„Die Untertreibung des Jahrhunderts."

„Steht mir dafür ein Budget zur Verfügung?"

„Walter, Sie sind mir persönlich unterstellt. Ich kontrolliere die Welt politisch, militärisch, geistlich und wirtschaftlich. Mir stehen unbegrenzte Mittel zur Verfügung. Sie brauchen bei der Ausstattung der GCMM nicht zu sparen. Es soll die mächtigste Truppe werden, die die Welt je gesehen hat."

„Jawohl, Sir!"

„Viel Spaß dabei! Aber verzögern Sie es nicht. Ich möchte ein ganzes Truppenkontingent, mindestens 100 000 voll ausgestattete Leute in Israel, wenn ich dort im Triumph einziehe."

„Sir, das ist doch schon in ein paar Tagen."
„Haben wir denn nicht das nötige Personal?"
„Doch."
„Haben wir denn die nötigen Waffen nicht?"
„Doch. Wollen Sie das Verbot der Demonstration von militärischer Stärke in Form von Panzern, Jagdflugzeugen, Bombern und so weiter aufheben?"
„Langsam begreifen Sie, Walter. Ich möchte den Widerstand in Israel zerschlagen, bevor er überhaupt entsteht. Von wem hätte ich Widerstand zu erwarten?"
„Den Judahiten und –"
„Sie haben mir bereits gesagt, dass diese sich vermutlich nicht zeigen werden. Sie schießen aus der Deckung des Internets. Von wem sollte ich Widerstand in Fleisch und Blut in Jerusalem selbst erwarten? Sie kennen meine Pläne."
„Nicht umfassend, Sir."
„Sie wissen genug, um sagen zu können, wer außer sich vor Zorn sein wird."
„Die orthodoxen Juden, Sir. Die überzeugten religiösen Juden."
David hörte das Knarren von Stühlen. Carpathia war offensichtlich aufgestanden und Moon war seinem Beispiel gefolgt. „Und jetzt frage ich Sie, Walter: Wie gefährlich werden diese seltsam aussehenden Männer mit ihren Bärten, Locken und Käppis sein, wenn sie erst einmal die 100 000 schwer bewaffneten Soldaten gesehen haben, die dort sind, um mich und diejenigen, die mich anbeten, zu beschützen?"
„Nicht sehr, Exzellenz."
„Bestimmt nicht sehr, Walter. Guten Tag."
Walter hatte noch genügend Zeit, ihre Verabredung einzuhalten. Davids Ziel war es, Walter zu umgarnen, Mr Wong zu schmeicheln und sie irgendwie loszuwerden, damit er zusammen mit Chang ihre Flucht planen konnte. Er hatte die Kopfhörer noch auf und wollte gerade seinen Computer abschalten, als er Carpathia summen und schließlich singen hörte, so als komponiere er ein Lied. David lauschte wie gebannt.
Endlich schien er fertig zu sein. Zu einer militärisch klingenden Melodie sang Carpathia leise:

„Heil dir, Carpathia, unser Herr und auferstandener König;
Heil dir, Carpathia, Herrscher über alles.
Wir beten ihn an, solange wir leben;
er ist unser geliebter Nicolai.
Heil dir, Carpathia, unser Herr und auferstandener König."

Kurz vor Mitternacht waren nur noch Rayford und Tsion wach. Alle freuten sich auf die erwartete Rückkehr von Buck, Albie und ihrem neuen Mitglied Ming Toy. Chloe und Lea hatten darum gebeten, geweckt zu werden, sobald sie eintrafen.

Tsion hatte den ganzen Tag über an einer neuen, wenn auch kurzen Botschaft gearbeitet. „Ich will sie gerade losschicken", sagte er Rayford. „Mir wäre es lieb, wenn Sie sie sich ansehen würden. Es ist eine interessante Studie, aber nicht für Menschen, die gerade erst zum Glauben gekommen sind. Hunderttausende neuer Christen schließen sich uns täglich an, aber ich muss auch daran denken, die Reiferen unter uns anzusprechen und sie darin zu unterstützen, im Glauben zu wachsen. Vielleicht wird der Tag kommen, an dem jemand wie Chaim es übernehmen kann, die Neuen zu lehren."

Gern nahm Rayford die Blätter entgegen. Für ihn war es immer ein Vorrecht, als Erster den Text lesen zu können, von dem so viele Menschen profitieren würden.

Meine lieben Freunde,
euren Briefen entnehme ich Fragen, die ihr zu bestimmten Bibelstellen und Lehren habt. Eine davon möchte ich heute ansprechen. Ich freue mich, dass ihr lest, studiert, neugierig seid und in eurem Glauben an Christus wachsen wollt. Wenn ihr euer Vertrauen auf die Errettung durch den Glauben allein auf Christus gesetzt habt, seid ihr wahre Heilige der Trübsalszeit.
Zwar freuen wir uns alle an unserer neuen Stellung vor Gott, wir sind vom Alten zum Neuen übergegangen, vom Tod zum Leben, von der Dunkelheit ins Licht getreten, doch zweifellos fühlen sich alle durch die Erkenntnis ernüchtert, dass sich unsere Zeit hier auf der Erde dem Ende nähert.
Immer wieder höre ich, dass viele von euch gerne die Wieder-

kehr Christi noch erleben möchten. Und das gilt auch für mich. Aber ich möchte euch daran erinnern, dass dies nicht unser Lebensziel ist. Der Apostel Paulus hat gesagt, sein Leben sei Christus und Sterben sein Gewinn. Zwar muss es unglaublich faszinierend sein, den triumphierenden Einzug Jesu Christi auf diese Erde zu sehen und mitzuerleben, wie er seine tausendjährige Herrschaft aufrichtet, doch ich denke, ich könnte auch lernen, mich damit abzufinden, falls ich vorher in den Himmel abgerufen werde und es aus dieser Perspektive miterlebe.

Unser wichtigstes Ziel hier auf der Erde ist nicht einmal, die Bosheiten des Antichristen abzuwehren, obwohl ich mich Tag für Tag darum bemühe. Ich möchte ihn verwirren, verunglimpfen, verärgern, frustrieren und auf jede erdenkliche Weise seine Pläne durchkreuzen. Seine primären Ziele sind, sich selbst zum Gott zu erheben, die Anbetung seiner Person und der Tod und die Vernichtung von jedem, der dem entgegentritt.

So wertvoll und würdig die Absicht auch ist, gegen den Bösen anzukämpfen, meiner Meinung nach können wir dies am effektivsten dadurch tun, dass wir die Unentschlossenen einladen, zum Glauben zu kommen. Da wir wissen, dass jeder Tag unser letzter sein könnte, dass wir entdeckt und zu einem der Zentren geschleppt werden könnten, in denen wir entscheiden müssen, ob wir das Zeichen annehmen oder lieber sterben wollen, müssen wir unsere Aufgabe noch eifriger wahrnehmen als zuvor.

Viele haben von ihrer Angst geschrieben, haben bekannt, sie würden nicht glauben, dass sie den Mut oder die Standfestigkeit haben würden, sich im Angesicht der Guillotine für den Tod zu entscheiden. Als Mitpilger auf dieser Glaubensreise möchte ich sagen, dass ich auch das verstehe. Auch ich bin schwach. Ich möchte leben. Ich habe Angst vor dem Tod, aber noch mehr vor dem Sterben. Allein der Gedanke daran, dass mein Kopf abgetrennt werden könnte, macht mir genauso viel Angst wie euch. In meinem schlimmsten Albtraum sehe ich mich als einen Schwächling vor den Henkern der Weltgemeinschaft stehen, als ein zitterndes Häufchen Elend, das um sein Leben fleht. Ich stelle mir vor, was geschieht, wenn ich meinen wahren Herrn verleugne. Einfach entsetzlich!

In meiner verhassten Vorstellung versage ich in der Stunde der Prüfung und nehme das Loyalitätszeichen an – das, wie wir alle wissen, das Zeichen des Tieres ist –, weil ich mein eigenes Leben so sehr liebe.

Geht es euch genauso? Fühlt ihr euch sicher, solange ihr euch versteckt haltet und ihr irgendwie überleben könnt? Habt ihr Vorahnungen in Bezug auf den Tag, an dem ihr gezwungen sein werdet, öffentlich zu eurem Glauben zu stehen oder Gott zu verleugnen?

Ich habe gute Nachrichten für euch: In der Bibel steht, dass jemand, der entweder von Gott als sein Kind versiegelt wurde oder das Zeichen des Antichristen annimmt, seine Entscheidung ein für alle Male getroffen hat. Mit anderen Worten: Wenn ihr euch für Christus entschieden habt und das Zeichen Gottes auf eurer Stirn zu sehen ist, dann könnt ihr eure Meinung nicht mehr ändern!

Das zeigt mir, dass Gott uns, wenn wir vor der letzten Prüfung stehen, auf wundersame Weise die Kraft und den Mut geben wird, trotz unserer Angst die richtige Entscheidung zu treffen. Ich denke, dass wir einfach nicht in der Lage sein werden, Jesus zu verleugnen, dass wir uns einfach nicht für das Zeichen werden entscheiden können, das vorübergehend unser Leben retten würde.

Ist das nicht ein schöner Gedanke? Aus meiner eigenen Kraft heraus könnte ich das genauso wenig wie den Pazifik schwimmend überqueren. Ich habe Geschichten von Gläubigen aus den vergangenen Jahrhunderten gehört, die, das Gewehr vor Augen, aufgefordert wurden, ihren Glauben zu verleugnen, und doch nicht wankelmütig geworden sind. Sie waren lieber bereit zu sterben. Ich selbst hätte mir niemals vorstellen können, selbst eine solche Stärke zu besitzen.

Seit meiner letzten Botschaft an euch habe ich die Geschichte von einem Mann gehört, der als einer der Ersten diese Prüfung durchzustehen hatte. Wir haben keine Augenzeugenberichte, niemand, der uns erzählt, wie sich diese Szene abgespielt hat. Doch wir wissen, dass von all den Menschen, die sich bereits für das Zeichen entschieden haben, einer sich dagegen ent-

schieden hat. Er kannte die Konsequenzen, und er beschloss, lieber zu sterben, als Jesus Christus zu verleugnen.
Ich trauere mit seinen Angehörigen. Welch ein schmerzlicher Verlust! Und wie schön ist es zu wissen, dass Gott treu gewesen ist! In der dunkelsten Stunde war er da. Und dieser Mensch gehört nun zu den Märtyrern, die, wie es im Buch der Offenbarung berichtet wird, in den schneeweißen Gewändern vor dem Altar Gottes stehen.
Während der Antichrist und der falsche Prophet ihre Lügen, ihren Hass und ihre falsche Lehren auf der ganzen Welt verbreiten und Millionen zwingen, Satan anzubeten, indem sie drohen, diejenigen zu enthaupten, die sich weigern, sollten wir einen Vers aus der Offenbarung des Johannes auswendig lernen. In Kapitel 20, Vers 4 heißt es:
‚Dann sah ich Throne, und denen, die darauf Platz nahmen, wurde das Gericht übertragen. Ich sah die Seelen aller, die enthauptet worden waren, weil sie an dem Zeugnis Jesu und am Wort Gottes festgehalten hatten. Sie hatten das Tier und sein Standbild nicht angebetet, und sie hatten das Kennzeichen nicht auf ihrer Stirn und auf ihrer Hand anbringen lassen. Sie gelangten zum Leben und zur Herrschaft mit Christus für tausend Jahre.‘
Unsere Brüder und Schwestern, die, wie die Welt es nennen würde, ein schmachvolles und unehrenhaftes Ende genommen haben, werden mit Christus bei seiner Wiederkunft auf die Erde zurückkehren! Sie werden leben und mit ihm eintausend Jahre regieren!
Und was uns betrifft: Vielleicht gehören wir ja dazu? Oh, wäre das nicht ein Vorrecht?
Offenbarung, Kapitel 14, Verse 12 bis 13: ‚Hier muss sich die Standhaftigkeit der Heiligen bewähren, die an den Geboten Gottes und an der Treue zu Jesus festhalten. Und ich hörte eine Stimme vom Himmel her rufen: Schreibe! Selig die Toten, die im Herrn sterben, von jetzt an; ja, spricht der Geist, sie sollen ausruhen von ihren Mühen; denn ihre Werke begleiten sie.‘
Und was ist mit denen, sie sich für eine gewisse Zeit der Gunst des Herrschers dieser Welt erfreuen? Was ist mit denen, die der

Guillotine entgehen und reich zu werden scheinen? So mitreißend die Bibel für diejenigen sein kann, die sich dafür entscheiden, Gottes Vergebung anzunehmen und ihm ihr Leben anzuvertrauen, so Angst machend kann sie für diejenigen sein, die beschließen, ihren eigenen Weg zu gehen. In Offenbarung, Kapitel 14, in den Versen 9 bis 11 zitiert Johannes einen Engel, der mit großer Stimme sprach: ‚Wer das Tier und sein Standbild anbetet und wer das Kennzeichen auf seiner Stirn oder seiner Hand annimmt, der muss den Wein des Zornes Gottes trinken, der unverdünnt im Becher seines Zorns gemischt ist. Und er wird mit Feuer und Schwefel gequält vor den Augen der heiligen Engel und des Lammes. Der Rauch von ihrer Peinigung steigt auf in alle Ewigkeit, und alle, die das Tier und sein Standbild anbeten und die seinen Namen als Kennzeichen annehmen, werden bei Tag und Nacht keine Ruhe haben.‘

Man muss kein Bibelgelehrter sein, um das zu verstehen.

Und nun, meine Brüder und Schwestern, lasst mich versuchen, euch einige Stellen zu erklären, die euch noch unklar sind. In Psalm 69, Vers 29 bittet der Psalmist Gott in Bezug auf seine Feinde: ‚Sie seien aus dem Buch des Lebens getilgt und nicht bei den Gerechten verzeichnet.‘

In Exodus, Kapitel 32, Vers 33 heißt es: ‚Der Herr antwortete Mose: Nur den, der gegen mich gesündigt hat, streiche ich aus meinem Buch.‘

Aufgrund dieser Bibelstellen fürchten einige, sie könnten die Erlösung verlieren. Aber ich verstehe diese Stellen so, dass mit dem hier angesprochenen Buch das Buch von Gott dem Vater gemeint ist, in das er die Namen aller Menschen schreibt, die er jemals geschaffen hat. Im Neuen Testament ist die Rede vom Buch des Lebens des Lammes, und wir wissen, dass das Lamm Jesus ist, denn von ihm spricht Johannes der Täufer (Johannes 1,29), als er sagte: ‚Seht, das Lamm Gottes, das die Sünde der Welt hinwegnimmt.‘

Jesus Christus ist in die Welt gekommen, um Sünder zu erlösen, und darum ist das Buch, in das die Namen derjenigen eingetragen werden, die sein Geschenk des ewigen Lebens angenommen haben, das Buch des Lebens des Lammes.

Der wichtigste Unterschied zwischen diesen beiden Büchern ist, dass der Name eines Menschen aus dem Buch des Lebens getilgt werden kann. Aber in Offenbarung, Kapitel 3, Vers 5 verspricht Jesus: ‚Wer siegt, wird ebenso mit weißen Gewändern bekleidet werden. Nie werde ich seinen Namen aus dem Buch des Lebens streichen, sondern ich werde mich vor meinem Vater und vor seinen Engeln zu ihm bekennen.'
Den Siegreichen, von denen er spricht, diejenigen, die die weißen Gewänder Christi tragen, verspricht er, dass ihre Namen nicht aus dem Buch des Lebens des Lammes ausgetilgt werden.
Für mich ist das Buch des Lebens ein Symbol für die Gnade Gottes. Es ist, als würde er in liebevoller Erwartung unserer Erlösung den Namen eines jeden Menschen in dieses Buch schreiben. Wenn jemand stirbt, ohne durch den Glauben an Christus erlöst worden zu sein, wird sein Name ausgelöscht, weil er nicht mehr zu den Lebenden gehört. Aber diejenigen, die sich Christus anvertraut haben, sind im Buch des Lebens des Lammes eingetragen, sodass sie, wenn sie körperlich sterben, geistlich am Leben bleiben und niemals aus dem Buch ausgelöscht werden können.

Rayford musste zugeben, dass auch er Angst gehabt hatte, wie er sich wohl, die Guillotine vor Augen, entscheiden würde. Er wollte dem Einen, der für ihn gestorben war, treu sein, und er wollte seine Familie wiedersehen. Aber er hatte Angst, er könnte seine Stellung vor Gott verlieren, wenn er versagte und sich als Feigling entpuppte.

„Tsion", sagte er, „ich würde kein einziges Wort ändern. Dies wird viele Menschen trösten und ihnen Kraft geben. Mir hat es ganz bestimmt geholfen."

20

David konnte nicht still sitzen. Wie sollte er das Gespräch durchziehen? Vielleicht sollte er sein Desinteresse an Chang als Mitarbeiter zeigen? Würde jemand darauf hereinfallen? Er erhob sich und lief herum, richtete seine Krawatte und knöpfte seine Uniformjacke zu.

Als Walter Moon, Mr Wong und Chang endlich eintraten, war David über Changs Aussehen beunruhigt. Dieser war ein schmächtiger, hellhäutiger, 17-jähriger Junge und mit Kakihosen, einem Hemd und einer leichten Jacke bekleidet, deren Reißverschluss er bis zum Hals hochgezogen hatte. Seine rote Baseballkappe hatte er sich tief in die Stirn gedrückt. Es war offensichtlich, dass er verärgert war, aber er wagte es nicht, David anzublicken.

Moon und Mr Wong waren in Hochstimmung. Sie lachten und unterhielten sich laut. „Haben Sie jemals gesehen, dass ein Junge solche Angst hat?", fragte Mr Wong.

„Nein, kann ich nicht sagen!"

Tiffany brachte sie ins Büro, und David schüttelte ihnen die Hand, zuerst Walter, dann Mr Wong, der sagte: „Zieh deine Mütze ab, Chang."

Zum ersten Mal, seit er sie bei der Beisetzung Carpathias kennen gelernt hatte, erlebte David mit, dass Chang seinen Vater ignorierte. Der ältere Mann errötete, und sein Lächeln verschwand, doch dann setzte er ein falsches Lächeln auf und schüttelte David die Hand. „Habe dafür gesorgt, dass Mütze runter für Bild."

Moon lachte bei dem Gedanken daran, was immer es gewesen war.

David streckte Chang die Hand hin, doch dieser ignorierte sie. Mit gesenktem Blick blieb er reglos stehen. Sein Vater explodierte beinahe. „Gib Boss die Hand, Chang!"

Widerstrebend hielt der Junge sie ihm hin, aber er drückte sie nicht, als David seine ergriff. Es war, als hielte er einen Fisch in der Hand. David meinte, eine Träne auf der Wange des Jungen zu entdecken. Vielleicht war das ja ganz gut. Falls David ihn innerhalb von wenigen Tagen aus dem Palast schaffen sollte, dann wäre es vermutlich besser, wenn sie nicht miteinander auskamen.

Walter Moon sagte: „Er ist auferstanden."

Mr Wong und David erwiderten: „Er ist wahrhaftig auferstanden." David war verblüfft, als er Chang murmeln hörte: „Christus ist wahrhaftig auferstanden."

Chang betrachtete dies vielleicht als göttlichen Mut, aber für David war es einfach die für Teenager so typische Unachtsamkeit. Niemand schien seine Erwiderung jedoch gehört zu haben.

„Bitte, nehmen Sie Platz, meine Herren", forderte David sie auf. „Ich würde gern allein mit dem Bewerber reden, aber vermutlich macht es nichts, wenn Sie dabei sind, Chief Moon und Mr Wong. Ich habe mir das Personalhandbuch angesehen, und um ehrlich zu sein, ich sehe keine Möglichkeit, das Altersproblem zu umgehen."

„Das Altersproblem?", fragte Mr Wong verwirrt. „Was ist das?"

„Gut", sagte Chang und erhob sich, um zu gehen.

„Hinsetzen! Wo sind Manieren! Du Gast hier und Gespräch für Stellung!"

Langsam ließ sich Chang wieder auf seinem Stuhl nieder. Er sank in sich zusammen und schlug die Beine übereinander.

Moon tat Davids Einwand mit einer Handbewegung ab. „Seine Exzellenz hat bereits darauf verzichtet, und –"

„Diese Politik lässt keine Ausnahme zu", beharrte David.

„David", sagte Walter langsam und in demselben Ton, mit dem Carpathia gerade erst zu ihm gesprochen hatte, „der Potentat *ist* die Politik. Wenn er beschließt, dass dieser junge Mann, sein außergewöhnlicher Verstand und seine Computerkenntnisse für die Weltgemeinschaft wertvoll sein werden, dann ist das eine beschlossene Sache."

David atmete durch und beschloss, in die Offensive zu gehen.

Aber Moon war noch nicht fertig. „Sie wissen, Potentat Carpathia hat bereits seine Einwilligung gegeben, dass Chang sein letztes Highschool-Jahr hier absolviert, und natürlich werden wir ihm auch eine Collegeausbildung anbieten."

„Ich hatte den Eindruck, die Schule hier sei für die Kinder der Angestellten gedacht", wandte David ein.

„Ich glaube nicht, dass die Lehrer an den Eltern der Schüler interessiert sind. Erzählen Sie Mr Wong, was Sie sich für Chang vorstellen, David."

Mr Wong beugte sich grinsend vor, um seine Worte in sich aufzunehmen.

Hier läuft gar nichts, dachte David. „Ich stelle mir vor, dass er die Highschool in China absolviert und seine berufliche Laufbahn woanders beginnt, nicht hier."

Mr Wongs Lächeln verschwand. „Wie bitte?", fragte er an Moon gewandt.

„David!", entsetzte sich Walter. „Was um –"

„Sehen Sie sich ihn doch an", sagte David, und beide Männer wandten sich Chang zu, der, die Hände in die Taschen gesteckt, auf den Boden starrte.

„Setz dich aufrecht hin, Junge. Du weißt es doch besser. Du mich beschämen."

Chang machte einen halbherzigen Versuch, sich aufzurichten und das Kinn einen Zentimeter hochzunehmen, aber trotzdem wirkte er wie ein Häufchen Elend. Sein Vater zerrte an seiner Jacke, doch Chang entwand sich ihm. Mr Wong funkelte ihn an.

„Er möchte nicht hier arbeiten", fuhr David fort. „Er ist jung, unreif, einfach noch nicht bereit dazu. Ich zweifle seine Eignung oder das Potenzial, das in ihm steckt, nicht an, aber lassen Sie ihn doch für jemand anderen arbeiten."

„Jetzt wollen wir aber nicht gemein werden, David", wandte Moon ein. „Der Junge hat gerade ein Trauma erlebt. Er hatte Angst, aber er hat es über sich ergehen lassen, und ganz offensichtlich ist er noch etwas erschüttert."

David legte den Kopf zur Seite, als sei er bereit, die Entschuldigung zu akzeptieren. „Tatsächlich?"

„Ja", erklärte Mr Wong. „Er aufgeregt. Angst vor Nadel. Wollte

Injektion nicht. Schreit. Weint. Versucht sich loszureißen, aber wir ihn festgehalten. Er mir eines Tages dankbar sein. Vielleicht morgen schon."

„Und wozu brauchte er eine Injektion?"

„Biochip!", verkündetet Mr Wong stolz. „Einer der Ersten. Sehen Sie?"

Er griff nach der Kappe des Jungen, aber Chang erhob sich erneut und wandte seinem Vater den Rücken zu. David hatte Mühe, die Fassung zu bewahren. Und was nun? Wie hatte er so etwas zulassen können?

„Wann denn?", platzte er heraus. „Wie?"

„Heute Morgen", erklärte Walter. „Ich hatte gehofft, die Leute im Gebäude D seien bereits so weit, dass sie ihn drannehmen könnten. Hatte alles dabei. Aber die Geräte waren noch nicht getestet. Wir wollten warten, doch sie erkannten, wie wichtig uns das war, darum zogen sie den Jungen vor, sobald das erste Gerät getestet und funktionsbereit war. Allerdings bin ich nicht sicher, dass das Zeichen gut geworden ist. Chang war nicht gerade sehr begeistert."

David sagte: „Nun, das ist … äh … das ist –"

„Großartig, nicht wahr?", warf Walter ein. „Ich glaube, der Junge ist froh, dass er es hinter sich hat, und wenn er ehrlich ist, muss er zugeben, dass es kein bisschen wehgetan hat."

„Ich stolz! Sohn auch bald sein. Aber er jetzt bereit für Arbeit. Kein Altersproblem. Kein Schulproblem. Das ist Platz für ihn."

„Die Weltgemeinschaft vielleicht", erwiderte David mit hohler Stimme. Wie sollte er das Ming erklären? „Aber nicht meine Abteilung."

„Machen Sie sich doch nicht lächerlich. Wir haben seine Haltung doch gerade erklärt. Wir beide wissen, dass es keinen besseren Platz für ihn gibt."

„Dann nehmen Sie ihn doch. Ich möchte ihn nicht. Ich habe nicht die Energie für den Versuch, ihn für uns zu gewinnen, während ich ihn ausbilde."

„Ich überlege tatsächlich, ihn zu nehmen, David. Er wird jeden anderen wie ein Genie dastehen lassen. Dann kann genauso gut ich das Genie sein."

David erhob sich und breitete die Arme aus. „Gut, dann wäre das ja geklärt."

Chang wollte sich erheben, aber sein Vater legte ihm die Hand auf den Arm. Er sah zu Walter hinüber. „David, setzen Sie sich", sagte Moon. „Wir geben Ihnen ein paar Minuten mit Chang, damit Sie ihn überzeugen können."

„In den Vereinigten Asiatischen Staaten gibt es nicht genügend Blumen oder Süßigkeiten, um das zu schaffen."

„Finden Sie heraus, was ihn beunruhigt. Wenn es nur das Trauma der Prozedur ist, dann verdient er eine andere Einstellung. Was meinen Sie?"

„Vermutlich rennen Sie zum Potentaten, wenn ich nicht einverstanden bin."

Moon erhob sich und bedeutete David, dasselbe zu tun. Er packte ihn über den Schreibtisch hinweg am Revers seiner Jacke und zog ihn näher zu sich heran. „So sollten wir vor Außenstehenden nicht miteinander umgehen, vor allem nicht vor einem patriotischen Anhänger der Weltgemeinschaft wie Mr Wong. Sie hatten recht, ich werde das nach oben weitergeben. Sie wissen, dass Carp – Seine Exzellenz diesen Jungen an Bord haben will, also akzeptieren Sie das gefälligst." Er ließ David los und wandte sich an Mr Wong. „Wir geben ihnen ein paar Minuten, um sich kennen zu lernen."

Mr Wong beugte sich zu seinem Sohn hinüber. „Du mich stolz machen, ich damit rechnen." Aber Chang wandte den Blick ab.

Sobald die Tür geschlossen war, erhob er sich und ging zu David hinüber. Er behielt seine trotzige Haltung bei. David setzte sich und stützte einen Ellbogen auf den Schreibtisch auf. Er starrte Chang an, der seinen Blick beharrlich mied. „Sind die Rollos hinter mir geöffnet?", murmelte der Junge.

„Ja."

„Schließen Sie sie."

„Das würde ein falsches Signal aussenden, Chang. Wenn sie uns beobachten, dann sollen sie sehen, dass ich dich nicht besonders mag, was im Augenblick genau meinen Gefühlen entspricht."

„Sind sie noch draußen?"

„Ja."

„Dann schließen Sie entweder die Rollos oder sagen Sie mir, wenn sie fort sind."

„Sie gehen gerade."

„Okay, dann warten Sie, bis sie außer Sicht sind, damit Sie die Rollos schließen können, ohne das falsche Signal auszusenden. Ich möchte nicht, dass jemand vorbeikommt und hereinsieht. Ihre Sekretärin zum Beispiel."

„Assistentin."

„Was auch immer. Tiffany, richtig?"

„Genau."

„Mir entgeht nichts, zum Beispiel nicht die Tatsache, dass sie keine Christin ist."

„Ich überlege schon die ganze Zeit, was ich dagegen unternehmen kann."

Chang saß provozierend teilnahmslos und zusammengesunken auf seinem Stuhl. „Sie können nicht offen mit ihr über Ihren Standpunkt reden aus Angst, dass sie Sie verrät."

„Natürlich."

„Könnten Sie bitte die Rollos schließen?"

„Nicht, bis du mir gesagt hast, was du vorhast."

„Ich werde warten", erwiderte Chang.

David erhob sich und schloss die Rollos. „Was sollte ich denn tun, Sohn? Ich wusste nicht –"

Chang richtete sich abrupt auf. „Nennen Sie mich nicht Sohn. Ich hasse das."

Er riss sich die Kappe vom Kopf. „Sehen Sie mich an! Sehen Sie nur, was die mir angetan haben!"

David beugte sich über den Schreibtisch, um sich Changs Loyalitätszeichen anzusehen. Als Zeichnung hatte er es bereits zu Gesicht bekommen, aber noch nicht an der Stirn eines Menschen. „Das ist seltsam", meinte er.

„Als ob das etwas Neues für mich wäre."

„Nein, ich meine, es sieht ganz anders aus. Ich sehe beide Zeichen. Das Siegel Gottes ist noch immer da, Chang." David konnte den Blick kaum von der kleinen schwarzen Tätowierung wenden, eine 30 und eine kleine, einen halben Zentimeter lange rosafarbene Narbe, die in ein paar Tagen dunkler werden würde. „Ich habe die Bedeutung der Präfixe noch immer nicht begriffen", fügte David hinzu.

„Im Ernst?"

„Natürlich."

„Sie wissen wirklich nicht, warum Carpathia von der 216 so besessen ist?"

„Natürlich weiß ich das", erwiderte David. „Das war ja ausgesprochen durchschaubar."

„Die Zahlen haben dieselbe logische Grundlage. Zehn verschiedene Regionen oder Sub-Potentatenschaften, wie Carpathia sie gern bezeichnet. Wir kennen sie als Königreiche. Zehn verschiedene Präfixe, die alle im Zusammenhang mit Carpathia stehen. Ich meine, die Tatsache, dass eines davon die 216 ist, hätte Ihr erster Hinweis sein müssen."

„Das brauchst du mir nicht zu sagen, Chang. Ich habe es verstanden."

„Das sollten Sie mittlerweile auch."

„Hör auf, so mit mir zu reden. Ich weiß nicht, wie ich das hätte verhindern sollen. Deine kleine Scharade hat auch nicht gerade dazu beigetragen. Deine Schwester wird mich umbringen. Und angenommen, du willst genauso gern hier verschwinden wie wir anderen vier und wie Ming dich hier weghaben will, dann war das auch nicht gerade dienlich."

„Können Sie sich vorstellen, dass mein Vater und dieser Moon dachten, ich hätte mich so angestellt, weil ich Angst vor Spritzen habe?"

„Ich bin froh, dass du nicht gleich hinausgebrüllt hast, dass du Christ bist."

„Nun, und was bin ich jetzt, Hassid?"

„Du möchtest nicht ‚Sohn' genannt werden – dann nenn mich bitte nicht ‚Hassid'."

„Tut mir leid. Was soll's denn sein?"

„‚Mr Hassid' oder ‚Direktor Hassid', solange wir noch hier sind. Wenn wir fort sind, reicht ‚Mr' oder ‚Bruder'."

„Sie klingen wie ein alter Mann."

„Weil du ein junger Mann bist. Aber mit deinen beiden Zeichen bist du bestimmt in eine ganz besondere Kategorie einzuordnen."

„Aber all das, worüber Dr. Ben-Judah schreibt, dass man wählen müsste zwischen dem Siegel Gottes und dem Zeichen des Tieres? Ich habe mich entschieden und trotzdem beide Zeichen bekommen. Und was nun?"

David schüttelte den Kopf. Chang legte den Kopf zur Seite und kräuselte die Lippen. „Nicht, dass ich das wirklich nicht wüsste, *Mr* Hassid. Ich will Sie nur auf die Probe stellen. Sind Sie vielleicht gar nicht so klug, wie die anderen denken, oder haben Sie nur einfach zu wenig Schlaf bekommen? Sie wissen mit den Präfixen nichts anzufangen, wissen nicht –"

„Erstens, ich bin tatsächlich nicht so klug, wie alle denken, aber vielleicht wirst du noch eine Überraschung erleben."

„Ich will ja nicht respektlos sein, Sir. Wirklich nicht. Aber Sie haben mich bereits überrascht, weil Sie so lange brauchen, um durchzublicken."

„Seit Monaten stehe ich unter ungewöhnlichem Druck, besonders in den letzten Wochen."

„Ja, das mit Ihrer, äh, Verlobten, tut mir leid. Waren Sie verlobt?"

„Im Geheimen, ja. Danke."

„Das würde jeden eine Zeit lang aus der Bahn werfen. Es ist verständlich."

„Du bist also wütend, weil du das Zeichen bekommen hast, aber du siehst bereits einen gewissen Sinn darin?"

Chang lehnte sich zurück und schlug die Beine übereinander. „Sie kennen Ben-Judah persönlich, nicht?"

„Ich habe ihn noch nicht kennen gelernt, aber wir arbeiten zusammen."

„Haben Sie seine Telefonnummer?"

„Natürlich."

„Nun, vielleicht möchten Sie ihn anrufen, oder geben Sie mir doch die Nummer, dann kann ich selbst mit ihm reden …"

„Ich denke nicht, dass ich das tun werde."

„Okay. Dann rufen Sie ihn an und hören Sie, ob ich recht habe. Ich bin Christ. Das hat sich nicht geändert. In der Bibel steht, dass nichts uns von der Liebe Christi scheiden kann, und dazu gehören auch wir selbst. Und Gott sagt, nichts könnte uns aus seiner Hand reißen. Ich habe mich nicht für das Zeichen entschieden. Es wurde mir aufgezwungen. Ich sehe nur Vorteile darin."

„Und warum dann diese Szene?"

„Mir war es auch nicht sofort klar. Ganz bestimmt wollte ich das Zeichen nicht. Ich habe mich dagegen gewehrt, sodass sie mich festhalten mussten. Mir braucht das nicht zu gefallen, aber was geschehen ist, ist geschehen, und ein cleverer Kerl wie Sie sollte doch die Vorteile darin erkennen können."

„Nenn sie mir, du Intelligenzbestie."

„Sie wollen sich also über mich lustig machen. Vergessen Sie's. Ich hätte gar nicht davon anfangen sollen."

David erhob sich und setzte sich vor Chang auf den Schreibtisch. „Also gut, hör zu. Ganz offensichtlich bist du ein Wunderkind. Ich habe gehört, dass du gern Bibelstellen auswendig lernst, weil du Angst hast, mit einer Bibel in der Hand erwischt zu werden. Und das hast du alles aus dem Internet?"

Chang nickte.

David fuhr fort. „Ich bin nicht tief beeindruckt, mich mit so einem klugen Kopf in einem Zimmer zu befinden. Das war früher anders, vor allem, als ich in deinem Alter war. Mir hat es nicht nur gefallen, ältere Leute mit meinem Verstand zu beeindrucken, ich wollte ihnen auch zeigen, wer der Größte war. Soll ich vor dir niederknien und dir die Füße küssen? In Ordnung. Du bist der Größte. Du bist klüger als ich. Im Vergleich zu dir bin ich ein Nichts. Das wolltest du doch hören? Mich beunruhigt nicht, dass du mir ein paar Schritte voraus bist – wirklich nicht. Mich beunruhigt nur, dass du denkst, es würde mir etwas ausmachen, weil es dir etwas ausmachen würde, wenn es umgekehrt wäre. Dann gehe ich in die Defensive, versuche zu zeigen, dass es mir nichts ausmacht, was nur zeigt, dass es mir doch etwas ausmacht. Kannst du mir folgen?"

Chang lächelte. „Ja, ich verstehe."

„Also klär mich auf, und hör auf, darauf herumzuhacken. Wie willst du diesen ‚Vorteil' deiner Bi-Loyalität nutzen? Und inwiefern kann dein aufmüpfiges Verhalten mir gegenüber dieser Sache dienen, was immer sie sein mag?"

„Ich bin froh, dass Sie fragen. Kann ich von vorne anfangen?"

David nickte.

„Erst mal, mir gefällt der Ausdruck biloyal. So sieht es aus. Diese Stirn wird anderen Gläubigen sehr zu schaffen machen. Sie können nur annehmen, dass das Siegelzeichen gefälscht ist, weil niemand das Zeichen des Tieres fälschen würde. Sie werden alle ihre Überredungskünste aufbieten müssen, und wenn ich sie wäre, würde ich mir vermutlich nie trauen.

Aber die Carpathia-Anhänger ... sie können das Zeichen Gottes nicht sehen, und sie haben keinen Grund anzunehmen, das Loyalitätszeichen sei etwas anderes als das, wonach es aussieht. Darum kann ich frei unter ihnen leben –, kaufen und verkaufen, kommen und gehen, sogar hier arbeiten –, ohne Misstrauen zu erregen, und, wenn ich vorsichtig bin, auch ohne Risiko."

„Du bist gut, Chang. Aber du denkst wie ein typischer Teenager."

Chang schien darüber nachzudenken, dann nickte er zustimmend. „Vielleicht. Zu schade, dass kein Älterer wie Sie in meiner Nähe sein wird, um mich daran zu hindern, zu voreilig und impulsiv zu handeln."

„Allmählich fühle ich mich uralt."

„Das sind Sie auch, Direktor. Denken Sie doch nur daran, wie viele Jahre uns auf dieser Erde noch bleiben."

„Sehr lustig."

„Die Frage ist, wie wollen Sie und Ihre drei Freunde hier verschwinden und wie bekomme ich Ihren Job?"

„Du wirst meinen Job nicht bekommen."

„Ich könnte es schaffen."

„Vielleicht könntest du es schaffen, aber nicht einmal Carpathia ist so dumm, das zu riskieren. Du wirst dich hocharbeiten müssen, und ich habe schon so eine Ahnung, wer meinen Platz einnehmen wird. Du würdest dann für ihn arbeiten."

„Das wäre schade – wenn Sie recht hätten."

„Ich habe recht. Du bist so klug, du wirst doch wohl auch über etwas gesunden Menschenverstand verfügen. Er wird keinem Teenager den Posten eines Direktors geben. Das geht einfach nicht. Denk doch mal nach. Ich bin im Augenblick der jüngste Direktor."

„Gratuliere."

„Darum geht es doch nicht. Wenn du hierbleiben und ein besserer Maulwurf sein willst, als ich es war, weil das Zeichen dir unbestrittene Glaubwürdigkeit verleiht, dann musst du strategisch handeln. Nimm Gelegenheiten wahr. Tu, was du kannst."

„Und das wäre Ihrer Meinung nach?"

„Bevor ich gehe, kann ich dir alles beibringen, was ich weiß."

Ein Lächeln umspielte Changs Lippen.

„Was ist?", fragte David. „Du willst doch unbedingt etwas sagen."

„Nur, dass das vermutlich nicht viel Zeit in Anspruch nehmen wird. Aber das ist ein Witz. Kommen Sie."

„Witzbold. Also, ich bin vielleicht beschränkt, aber ich denke, du wirst erstaunt sein über das, was ich hier gemacht und installiert habe. Meine größte Sorge ist, dass mein Fernzugang nur für das gegenwärtige Computersystem reicht."

„Darüber brauchen Sie sich keine Gedanken mehr zu machen", beruhigte ihn Chang.

„Warum?"

„Ich bin ja hier."

„Aber du wirst kein Direktor sein. Du wirst keinerlei Einfluss darauf haben, ob sie das System ändern oder beibehalten."

„Aber ich kann Ihre Installationen auf ein neues System übertragen."

„Vermutlich schon."

„Ich weiß, dass ich es könnte."

David legte die Hand auf den Mund und dachte nach. Warum war er nicht selbst auf diese Möglichkeit gekommen? „Dein Selbstvertrauen ist einerseits anziehend, aber auch sehr abstoßend."

„Das meiste davon ist gespielt."

„Wirklich?"

„Sicher. Das Ganze hier war gespielt. Meine Provokation war nur zum Spaß. Ich wollte Ihnen nur zeigen, wie ich hier hineinpasse. Ein wenig sarkastisch sein, herablassend. Denken Sie, man hätte mich im Verdacht, ein Judahit zu sein?"

„Ich frage mich nur, was wirklich in dir vorgeht, Chang."

„Was meinen Sie?"

„Geistlich. Deine Schwester gehört zum Wachpersonal in einem Gefängnis."

„Sie ist mir ebenbürtig."

„Aber sie strahlt eine gewisse geistliche Reife aus."

„Nicht im Umgang mit den Gefangenen."

„Vermutlich nicht. Aber was ist mit dir, Chang? Weißt du, wer du bist und wer du nicht bist? Begreifst du die Tiefe deiner eigenen Fehlerhaftigkeit und erkennst du, dass Gott dich errettet hat, als du, geistlich gesehen, noch tot warst?"

Chang nickte. Er hielt Davids Blick stand. „Ich weiß, ich könnte eine ganze Menge mehr Einsicht vertragen, aber ja, das weiß ich. Und ich weiß es zu schätzen, dass Sie mich daran erinnern."

„Also gut, ich habe einen Plan, Chang."

„Das ist ermutigend. Ich auch. Aber ich hatte etwas mehr Zeit, über meinen nachzudenken, also fangen Sie an."

„Ich fange an, weil ich älter bin, im Rang höher stehe als du und außerdem ein Einstellungsgespräch mit dir führe. Du bist noch nicht einmal hier angestellt."

„Ich beuge mich. Meiner wird sowieso besser sein, also schießen Sie los … Hey, was ist? War doch nur ein Witz!"

„Ich schlage vor, dass du deine Haltung vor den Leuten und deinem Vater beibehältst. Aber lass ihn ein wenig Hoffnung schöpfen, bevor er abreist. Er muss denken, dass du wenigstens damit einverstanden bist, hier zu arbeiten. Sei nicht allzu offen beeindruckt von mir."

„Das wird mir nicht schwerfallen."

„Ist ja schon gut!"

„Ich höre."

„Das wette ich. Du kommst nur widerstrebend zu dem Entschluss, hier arbeiten zu wollen und dass dies die Abteilung ist, in der deine Mitarbeit den meisten Sinn macht, wenn du auch nicht gerade beeindruckt davon bist. Du darfst nicht zu eifrig erscheinen. Alle sind begeistert von dir; das soll auch so bleiben.

Spiel ein wenig den Widerspenstigen. Was mich betrifft, ich werde mich genauso zurückhaltend geben wie vor Moon, und ich werde dich dem Mann zuteilen, der vermutlich meine Nachfolge antreten wird. Nach Feierabend werden wir beide, überwiegend per Telefon und E-Mail, miteinander arbeiten. Ich werde dir zeigen, was ich aufgebaut habe. Tagsüber wirst du mit ihm zusammenarbeiten. Mach ihn dir nicht zum Feind, denn du wirst schnell sein zweiter Mann sein. Vielleicht solltest du dich sogar ein wenig zurückhalten, damit du nicht zu schnell zum Star wirst. Du darfst ihm keine Konkurrenz machen, denn er soll dir vertrauen. Auf diese Weise kannst du unserer Sache am besten dienen. Macht das Sinn?"

„Das ist Ihnen gerade erst eingefallen?" Chang blickte ihn skeptisch an.

„Hey, jetzt ist es aber genug!"

„Ich meine es ernst. Genau das waren meine Gedanken. Und es gibt nichts, was ich mir mehr wünsche, als jedes Talent, das Gott mir geschenkt hat, für die Sache einzusetzen. Werde ich Mitglied der ‚Tribulation Force'? Oder müsste ich dazu im Versteck leben?"

„Ich gelte als Mitglied. Natürlich ist dies das Nervenzentrum, und sie verlassen sich darauf, dass wir hier ihnen den Weg ebnen, damit sie sich ungehindert bewegen können."

„Dann werden sie mich bestimmt bald aufnehmen."

„Das denke ich schon."

„Darf ich Ihnen die Hand schütteln, solange niemand hinsieht?" David streckte ihm die Hand hin und Chang ergriff sie fest. „Nehmen Sie mich nicht allzu ernst. Mir macht's nur Spaß, die Leute an der Nase herumzuführen."

„Und ich nehme an, nur wenige können es mit dir aufnehmen", erwiderte David.

„*Sie* können es auf jeden Fall."

„Du solltest jetzt gehen und ihnen nichts sagen und nichts tun. Sie sollen dich ruhig fragen, wie ich mich entschieden habe. Dann werde ich widerstrebend eingestehen, dass ich dich gebrauchen könnte, wenn darauf bestanden wird. Auf diese Weise ist unsere Beziehung offiziell nicht zu eng."

„Und wenn Sie fliehen, werden die nicht auf den Gedanken kommen, ich hätte irgendwas damit zu tun."

„So ungefähr. Aber eigentlich –"

„Entschuldigen Sie, Mr Hassid, aber haben Sie schon einmal daran gedacht, Ihr Verschwinden anders aussehen zu lassen als eine Flucht vor dem Zeichen?"

David schüttelte den Kopf. „Hast du noch ein paar Minuten Zeit, Chang?"

21

Eine Woche vor der groß angekündigten triumphalen Rückkehr des auferstandenen Nicolai Carpathia nach Jerusalem rief Rayford die Mitglieder der *Tribulation Force* zu einem Treffen zusammen.

In seiner Trauer um den griechischen Pastor, den er kurz kennen gelernt hatte, und um Laslos Frau, war er sehr nervös. Er bemühte sich jedoch, sich dies nicht anmerken zu lassen. Gott hatte ihn wieder als Leiter dieser Gruppe eingesetzt, und er war entschlossen, seine Pflicht zu tun. Während die anderen Platz nahmen, überflog Rayford seine Notizen und räusperte sich. Er hatte nicht damit gerechnet, dass seine Gefühle ihn so überwältigen würden, und er hatte Angst, dass das bei den anderen Zweifel an seinen Leitungsqualitäten hervorrufen würde.

Aber er konnte das Zittern in seiner Stimme einfach nicht unterdrücken.

Elf Mitglieder waren anwesend. Dazu gehörten Rayford, Buck, Chloe, die noch lebenden Mitglieder der ursprünglichen *Tribulation Force*, und Kenny Bruce. Außerdem in der Reihenfolge, in der sie zu ihnen gestoßen waren, Tsion, Lea, Albie, Chaim, Zeke, Hattie und Ming.

„Es ist wichtig", begann Rayford, „dass wir immer an die Mitglieder unserer Familie denken, die nicht hier sind bzw. sein können. In Griechenland ist nur Laslo noch übrig geblieben. In Neu-Babylon haben wir David, Mac, Abdullah, Hannah Palemoon und Chang Wong. Vielleicht früher, als wir denken, werden wir alle beisammen sein. In der Zwischenzeit danke ich Gott für jeden, der sich dieser Gruppe angeschlossen hat."

Rayford bat Tsion zu beten, und alle im Raum erhoben sich spontan oder knieten nieder, als er zu sprechen begann. „Gott, unser Vater, wir kommen zu dir, schwach, zerbrechlich und verwundet. Viele hier haben sehr viel verloren und doch danken wir dir für deine Gnade und dein Erbarmen. Du bist ein guter Gott, voll liebevoller Freundlichkeit. Wir beten für jedes Mitglied unserer Familie und vor allem für deine Führung für uns in den kommenden sieben Tagen.

Wir werden durch das Wissen getröstet, dass du uns mehr liebst, als wir lieben können. Wir freuen uns darauf, dich von Angesicht zu Angesicht zu sehen, und wir bitten dich, schenke uns die Freude, noch mehr Menschen zu dir zu führen. Im Namen Jesu Christi. Amen."

Während alle wieder Platz nahmen, ergriff Rayford erneut das Wort. „Ich habe für jeden von euch bestimmte Aufgaben. Die Folgenden werden während der so genannten Operation ‚Adler' hierbleiben: Chloe und Kenny, Ming, Zeke und Tsion. Ich habe vor, Ming demnächst häufiger einzusetzen, doch im Augenblick gilt sie als vermisst, und deshalb ist es zu gefährlich für sie, sich in der Öffentlichkeit zu zeigen. Die Aufgabe, ihr Aussehen zu verändern, wird Zeke zufallen. Für alle, die es nötig haben, hat er bereits neue Ausweispapiere mit neuen Namen hergestellt und ihr Aussehen entsprechend verändert.

Albie und ich werden morgen das Kampfflugzeug und die Gulfstream zu Mizpe Ramon in den Negev fliegen, um die Fertigstellung des abgelegenen Flugplatzes zu überwachen. Buck und Chaim werden verkleidet und unter falschem Namen mit einem Linienflug nach Jerusalem reisen. Chaim wird sich in dem neu aufgebauten Hotel ‚König David' einmieten und dort auf Carpathia warten. Buck wird nach Tel Aviv weiterreisen und kurz vor Carpathias Ankunft wieder in Jerusalem sein.

Hattie und Lea werden mit einem Linienflug nach Tel Aviv fliegen und die Evakuierung der Gläubigen aus Jerusalem zum Flugplatz in der Negev-Wüste organisieren. Sie werden mit den freiwilligen Fahrern sprechen und alles koordinieren. Sie werden auch Carpathias Ankunft miterleben, und wie Buck wird Hattie in der Menge stehen und sich die Flugshow ansehen, die die Menschen in Neu-Babylon für den Potentaten zu organisieren gedenken. Danach werden sie Carpathia und seinem Gefolge nach Jerusalem folgen.

Lea wird in einem gemieteten Fahrzeug die vier Ankömmlinge aus Neu-Babylon am ehemaligen ‚Queen Alia'-Flughafen abholen, der nun in ‚Auferstehungsflughafen' umbenannt worden ist. Sie wird die vier zum Flugplatz bringen, von wo aus sie dann später mit Albie und mir in die Staaten fliegen werden. Noch Fragen?"

Chaim hob die Hand. „Ich habe nur eintausend Fragen. Aber wäre jetzt nicht der geeignete Zeitpunkt, dass mein Lehrer, der vor mir als dem Älteren Respekt haben sollte, die Stadt nennt, in der wir Zuflucht finden werden?"

Tsion lächelte und sah Rayford an. „Bald müssen alle erfahren, wohin die fliehenden Christen unterwegs sind, nachdem sie den Flugplatz in der Negev-Wüste erreicht haben. Ja, Chaim, Sie haben sich Ihren Studien gewidmet und verdienen es zu erfahren, wohin Sie die Leute führen werden. Es ist eine Stadt, von der Sie schon viele Geschichten gehört haben. Es würde mich nicht erstaunen zu hören, dass Sie sie bereits als Tourist besucht haben. Sie ist eine der berühmtesten Städte im Mittleren Osten. Manche nennen sie die Rose Red City."

Ein Funkeln trat in Chaims Augen. „Petra!", rief er. „Im alten Land Edom!"

„Genau", erwiderte Tsion.

„Ich hätte es wissen müssen. Es wird schon für uns schwer sein hineinzukommen, ganz zu schweigen für eine Armee, die uns verfolgt."

„Gott wird es den Feinden unmöglich machen hineinzukommen. Er hat bestimmte Hindernisse geplant, wie es sie seit den Tagen des ersten Auszugs nicht mehr gegeben hat. Sagen Sie, waren Sie schon einmal in Petra?"

„Zweimal als Kind. Es war unvergesslich. Oh Tsion, das ist ein Geniestreich."

„Das will ich meinen. Ich stimme mit zahllosen Gelehrten überein, die der Meinung sind, Gott hätte diese Stadt von Anfang an für diesen Zweck geplant."

Es war für David sehr schwer, ihre Flucht zu planen, ohne sich mit Hannah besprechen zu können. Eine Begegnung mit Mac und Abdullah war unverdächtig, schließlich waren sie ihm unterstellt. Es gelang David sogar, etwas Zeit mit Chang zu verbringen, ohne dass es zu sehr auffiel. Doch zu gern hätte er sich mit allen zusammengesetzt, um die Flucht bis ins Detail auszuarbeiten. Aber das war nicht möglich und so mussten sie auf sichere Telefonleitungen und E-Mails zurückgreifen.

Chang war besser, als David gedacht hatte. Zwar war er noch jung und impulsiv, doch er war nicht nur ein Computergenie, sondern auch ein guter Schauspieler. Er setzte seine Fähigkeiten für die Abteilung ein und beeindruckte seinen unmittelbaren Vorgesetzten durch seinen Fleiß. Als seine Eltern nach China zurückkehrten, teilte man ihm ein Quartier zu, und er und David planten und installierten dort einen Computer mit einer unüberwindlichen Firewall, der dieselbe Kapazität hatte wie Davids Computer.

Die Mitglieder der *Tribulation Force* würden alles abhören und abrufen können, was im Palast vorging. Aber in erster Linie würde Chang die Flucht überwachen und mit den Computern im Versteck in Chicago verkabelt bleiben können. Alle würden wissen, wo sich jeder aufhielt und wie die Mission fortschritt.

Hannahs praktische Vorschläge erwiesen sich als sehr wertvoll. Keiner von ihnen würde mehr mitnehmen können als das, was sie für eine so kurze Reise brauchen würden. „Widersteht der Versuchung", riet sie, „alles mitzunehmen, was ihr für den Rest eures Lebens braucht." Es durfte kein Verdacht aufkommen, wenn später die Zimmer durchsucht wurden. Von seinen zahlreichen Computern konnte David nur den Laptop mitnehmen.

Alle vier hatten geplant, unerledigte Dinge zurückzulassen, Bilder an den Wänden, persönliche Gegenstände. Sie waren entschlossen, auf alles zu verzichten, was sie nicht auch zurückgelassen hätten, wenn sie ein paar Tage später wiedergekommen wären. Vielleicht sogar in der Küche das Licht brennen oder das Radio spielen lassen, Lieblingskleidungsstücke oder Schuhe bereitstellen. Listen mit Dingen, die noch erledigt werden mussten, Lebensmittel im Kühlschrank, ungelesene Post.

Mac vereinbarte für den zweiten Tag nach seiner geplanten Rückkehr einen Arzttermin, Abdullah gab zwei Uniformen in die Reinigung, die an dem Nachmittag nach seiner Rückkehr fertig sein würden. David vereinbarte Besprechungen und Gespräche mit seinen Angestellten für die ganze Woche nach seiner Rückkehr. Er schickte Memos an Kollegen, in denen Themen angesprochen wurden, die er gern ausführlicher besprechen würde, „wenn unser übervoller Terminplan uns etwas mehr Luft gibt".

Die Ankündigung von Walter Moons Aufstieg zum Supreme Commander ging ohne großen Pomp über die Bühne und wurde kaum zur Kenntnis genommen. Als David ihm das erste Mal Bericht erstattete, fragte er ihn beiläufig, ob seine Pläne in Bezug auf den Israelbesuch angesichts der veränderten Personalsituation in der oberen Führungsebene geändert würden.

„Und was waren diese Pläne, Direktor Hassid?"

„Mac und Abdullah sollten mit der Phoenix 216 nach Tel Aviv fliegen, wo Potentat Carpathia und seine VIPs das erste Zentrum für die Verteilung des Loyalitätszeichens für die Öffentlichkeit einweihen werden. Wie wir hörten, werden dort mehrere Tage lang Besprechungen stattfinden."

„Richtig. Er und der Hohe Priester Fortunato werden ausführliche Gespräche mit den Sub-Potentaten und ihren religiösen Vertretern führen."

„Mac und Abdullah würden nach Neu-Babylon zurückfliegen, in einer der Quasi Two zurückkommen und die junge Frau von der Krankenstation mitbringen, die Erfahrung hat bei der Injektion von Biochips."

„Ich kann Ihnen sagen, David, dass sich daran nichts ändern wird. Seine Exzellenz ist stolz auf dieses Flugzeug, und er liebt es, es den Bürgern zu präsentieren."

„Wir dachten daran, dass Mac eine kleine Flugshow veranstalten könnte, um den Menschen zu zeigen, was die Maschine alles kann."

„Das würde dem Potentaten sicher gefallen", erwiderte Walter. „Ich würde auch gern mitkommen, wenn es Ihnen recht ist."

„Aber sicher. Kommen Sie nur mit."

„Mac kann dieses Ding wirklich zum Singen bringen. Er und sein Erster Offizier sind in der Lage, diese Kunststücke mit der jungen Frau an Bord durchzuführen, zusammen mit der Ausrüstung für das Zentrum. Nach der Landung kann er die Schwester und die Geräte vorstellen, während sich die Leute in einer Schlange anstellen."

„Perfekt. Seine Exzellenz wird dieses Zentrum einweihen, und während es seine Arbeit aufnimmt, werden wir weiter nach Jerusalem fahren, wo er etwas anderes geplant hat."

Am vorgesehenen Tag waren Mac und Abdullah bereits vor Sonnenaufgang auf den Beinen. David überwachte das Beladen der Phoenix 216 für den Flug nach Tel Aviv. Die größte Herausforderung für die Lademannschaft, die erst vor kurzem ihren Chef verloren hatte, war das Verladen eines riesigen Schweins, das in der Nacht zuvor aus Bagdad angekommen war. „Gibt es im Heiligen Land keine Schweine?", wollte Supreme Commander Moon wissen.

Ein junger Russe, der mit Davids Genehmigung zum Lademeister ernannt worden war, erwiderte: „Der verstorbene Mr Hickman bestand auf dem größten, dicksten Schwein, das zu finden war. Und das ist es."

David mochte den Russen, weil er sich genau an die Vorschriften hielt, und das würde ihnen sehr gelegen kommen, wenn Hannah später im Hangar das Beladen der Quasi Two beaufsichtigte. Da sie von David für die Arbeit in Israel eingeteilt worden war, konnte sie, ohne Verdacht zu erregen, in sein Büro kommen.

„Ging alles wie geschmiert", sagte sie. „Sehen Sie sich das an."

Sie schob ihm eine Notiz hinüber, auf der handschriftlich geschrieben stand:

„Nach wiederholten Versuchen des Lademeisters, Miss Palemoon von ihren Plänen abzubringen, die beharrlich behauptete, die Genehmigung von Direktor Hassid zu haben, wurde dieses Flugzeug um mindestens 20 Prozent überladen. Wenn diese Nachricht nicht von besagtem Direktor unterzeichnet wird, wird die Lademannschaft keine Verantwortung für die Flugtauglichkeit der Maschine übernehmen."

„Das gefällt mir", sagte David und unterschrieb. „Wenn wir alle abstürzen, wird die Untersuchung bei unserem russischen Freund anfangen und enden. Er wird der trauernde Held sein, der wünscht, wir hätten auf ihn gehört. Vermutlich wird er in seine Wunschposition aufrücken und wir werden zusammen mit einer Ladung im Wert von vielen Millionen Dollar als ‚menschliches Versagen' abgehakt werden. Mein Versagen."

„Ich bin so stolz auf Sie", lobte Hannah und schüttelte ihm die Hand. „Sie bringen mich bei meinem ersten Auftrag für Sie um." Dann erst fiel ihr ein, welchen Verlust David erlitten hatte.

„Das ist schon in Ordnung, Hannah", beruhigte er sie. „Ich ertappe mich selbst dabei, wie ich immer wieder solche Anspielungen mache, als würde ich selbst nicht an das Unglück denken."

Sie seufzte. „Das ist wirklich ein hervorragender Plan. Ich kann das sagen, weil ich etwas damit zu tun hatte."

„Das finde ich auch", meinte David. „Wenn es funktioniert, verdanken wir dies Mac und Abdullah. Mac hat mir gestanden, dass Abdullah die besten Ideen hatte."

Zwei Tage später gingen Mac und Abdullah vor dem Start die Checkliste durch, während David und Hannah sich an Bord der Quasi Two begaben. Der Russe schüttelte verständnislos den Kopf und versuchte, die Piloten auf seine Seite zu ziehen. Doch Mac entgegnete nur: „Er ist der Boss. Tun Sie, was Sie tun können, aber Sie sollten sich immer ins Gedächtnis rufen, dass Sie der Untergebene sind."

„Ich hoffe, das sagen Sie auch noch, wenn Ihr Flugzeug abstürzt", warnte er.

„Wenn ich der Meinung wäre, dass es hier um Leben oder Tod

ginge, würde ich mich gegen ihn zur Wehr setzen", beruhigte ihn Mac.

„Ich wasche meine Hände in Unschuld", merkte der Russe an. „Es ist Ihre Beerdigung."

Tatsächlich war es so, dass Hannah das Gewicht der Geräte, die ins Flugzeug geladen worden waren, zu hoch angesetzt hatte. Die Ladung war groß und ausladend und hing schwer in den Befestigungen, aber dennoch ausbalanciert. Mac würde bei der Navigation des Flugzeugs keine Schwierigkeiten haben.

Die einzige Ladung, die schwerer war, als sie erschien, waren die Piloten und die Passagiere. Hannah hatte sie daran erinnert, dass es gut wäre, wenn ihre Koffer mit Kleidern, Schuhen, persönlichen Gegenständen und Toilettenartikeln nach dem Absturz an der Wasseroberfläche treiben würden. Jeder hatte einen zusätzlichen Koffer dabei, damit sie Beweisstücke im Wasser zurücklassen konnten und dennoch alles Lebensnotwendige zur Verfügung hatten.

„Passt auf!", rief Mac, während er den schlanken Jet aus dem Hangar und auf die Rollbahn rollen ließ. Bei seiner ersten Kurve steigerte er die Geschwindigkeit gerade so stark, dass die Maschine etwas schwankte. „Jetzt hat der Lademeister etwas, worüber er den Kopf schütteln kann."

Natürlich wurde Mac, während er auf die Starterlaubnis wartete, vom Tower gefragt, ob er wisse, dass der Lademeister in einer Notiz von einer Überladung der Maschine gesprochen hätte. „Das überrascht mich nicht", meinte Mac. „Wir übernehmen die Verantwortung."

„Sie denken hoffentlich daran abzubrechen, falls die Maschine nicht ausreichend beschleunigt."

„Roger."

Mac ließ die Maschine einen Schlenker rollen, während er auf der Startbahn beschleunigte, und nochmals wurde vom Tower eine Warnung ausgesprochen. „Warnung erhalten", kommentierte Mac.

Er nahm Kurs auf Tel Aviv. Als sie sich zwischen Tel Aviv und dem Auferstehungsflughafen in Jordanien befanden, informierte er beide Tower darüber, dass er als Vorsichtsmaßnahme in Jordanien landen würde. „Um sicherzugehen, haben wir veranlasst, dass einige Ausrüstungsgegenstände per Lastwagen nach Tel Aviv gebracht werden."

Lea befand sich im Besitz einer gedruckten Anweisung von David. Sie stand in einem unauffälligen Van auf dem Rollfeld und fuhr nach der Landung neben die Maschine. Die Piloten und Passagiere halfen, zwei Guillotinen und einige Kisten Injektoren in den Van zu heben. Mac schaltete den Computer und den Autopiloten ein. Danach kletterten alle vier Passagiere in den Van und legten sich flach auf den Boden. Lea parkte den Wagen zwischen zwei Hangars, von wo aus Mac unbeobachtet zum Fenster hinaussehen konnte.

Über ein tragbares Funkgerät sprach er mit dem Tower. Per Fernbedienung ließ er die Maschine zur Startbahn rollen und abheben. Während die Quasi Two langsam außer Sichtweite verschwand, informierte Mac über eine bewusst verzerrte Leitung den Tower über seine schlechte Funkverbindung. Er bat darum, den Tower vom Ben-Gurion-Flughafen zu informieren, dass er im Zeitplan sei, seine Flugshow durchziehen werde und es sehr zu schätzen wissen würde, wenn er unmittelbar danach die Landeerlaubnis bekommen könnte. Er deutete auch an, er wünschte, er hätte etwas mehr Ladung von Bord genommen, aber er sei zuversichtlich, den Rest der Strecke problemlos zurücklegen zu können.

„Wir raten Ihnen dazu, die Flugshow abzusagen", erwiderte der Tower.

„Wiederholen Sie."

„Überlegen Sie, die Flugshow abzusagen und unverzüglich zum normalen Landeanflug anzusetzen."

„Nicht verstanden, Tower."

Sie wiederholten ihren Rat, doch Mac stellte das Funkgerät aus. Lea fuhr mit ihren Passagieren nach Mizpe Ramon. „Wir können nur die Daumen drücken, dass es klappt", sagte Mac. „Ich habe schon erlebt, dass diese Quasis erstaunliche Dinge vollbringen können, je nachdem, was der Bordcomputer ihnen sagt. Aber es ist ein langer Flug und ich habe einige sehr interessante Dinge einprogrammiert."

„Die Daumen drücken?“, fragte Hannah. „Nur Gott kann dafür sorgen, dass der Plan funktioniert. Sie sind der Experte, Captain McCullum, aber wenn dieses Ding woanders abstürzt als im tiefen Mittelmeer, dann wird es nicht lange dauern, bis jemand entdeckt, dass niemand an Bord war.“

Buck und Chaim waren am Tag zuvor problemlos in Israel eingereist und mieteten sich im Hotel „König David“ ein. Chaim schien immer noch etwas durcheinander. In seiner Aktentasche hatte er zwei Kommentare versteckt. Buck fand, dass er in seinem Gewand wie ein weiser alter Mönch aussah, aber im Stillen fragte er sich, ob der alte Mann tatsächlich eine große Menschenmenge würde im Zaum halten können.

Schon bei seiner ersten Begegnung mit Dr. Rosenzweig, als er ihn für den *Global Weekly* als „Mann des Jahres“ interviewte, war Buck von dem sanften alten Mann tief beeindruckt gewesen. Er sprach mit einem sehr ausgeprägten israelischen Akzent, obwohl er die englische Sprache ausgezeichnet beherrschte. Aber seine wissenschaftliche Brillanz, seine Lebensfreude und seine Leidenschaft kamen aus einer eindringlichen, sehr ausgeprägten Ausdruckskraft. Würde dies die Autorität vermitteln und den Respekt gebieten, den er brauchte, um seine Aufgabe als „ Mose der Neuzeit“ erfüllen zu können? Konnte dieser schmächtige Mann mit seinem ruhigen Verhalten die Israeliten und die Heiligen der Trübsalszeit ins Verheißene Land führen, wo sie in Sicherheit waren?

Er würde den Herrscher der Welt herausfordern, den Armeen des Antichristen trotzen, in der ersten Schlachtreihe gegen den Satan höchstpersönlich stehen. Sicher, Chaim hatte den Mut besessen, ein Mordkomplott gegen Carpathia durchzuführen, aber wie er selbst eingestand, hatte er zu jener Zeit noch nicht gewusst, mit wem er es zu tun hatte.

Buck behielt seine Vorbehalte jedoch für sich und betete weiter. Er hatte in dieser Stadt schon so viele gefährliche Situationen erlebt, dass die Aussicht, die Erfüllung dieser Prophezeiung sozusagen von einem Logenplatz aus mitzuerleben, ihn begeisterte.

Das ganze Volk schien sich am Ben-Gurion-Flughafen versammelt zu haben, um den Potentaten willkommen zu heißen. Die Spannung stieg. Am darauf folgenden Tag sollte er seine Rede halten. Die Eröffnung des ersten Zentrums für die Verteilung des Loyalitätszeichens an die Öffentlichkeit war eine Sache, aber mitzuerleben, wie der auferstandene Weltherrscher in die Stadt seines Todes zurückkehrte – darauf wartete das ganze Land.

Es hatte Gerüchte gegeben, Seine Exzellenz werde den eigensinnigen Judahiten einen Schlag versetzen, indem er über ihre allerheiligste und traditionsreichste Sehenswürdigkeit, die Via Dolorosa, einziehen würde. Niemand konnte sich das vorstellen. Würde es Opposition geben? Proteste? Die Mehrheit der Bevölkerung würde ihr Idol willkommen heißen und seinen Geniestreich bewundern. Konnte Carpathia bescheiden seinen Platz als Mittelpunkt der Anbetung vieler Gläubiger einnehmen und Jesus, den er als seinen Vorgänger betrachtete, Ehre erweisen?

Und dann sein Plan, aus dem neu erbauten Tempel in Jerusalem heraus zur Welt zu sprechen … Konnte er es riskieren, zwei große Volksgruppen am selben Tag vor den Kopf zu stoßen? Es war kein Geheimnis, dass die Christen und die messianischen und orthodoxen Juden die letzten Festungen gegen den Carpathianismus bildeten. Aber hatten nicht Carpathia selbst und der Hohe Priester Fortunato ihre Macht durch die Auferstehung und Wundertaten bewiesen? Es war eine Sache, von den Mythen und Legenden und von den Augenzeugenberichten einer Auferstehung zu lesen, die Jahrhunderte zuvor stattgefunden hatte. Aber mit eigenen Augen zu sehen, wie ein Mensch von den Toten zurückgekommen war, und mitzuerleben, wie seine rechte Hand übernatürliche Kraft ausübte, nun, das war die Religion der Neuzeit.

Buck, dessen Artikel über die dramatischen Ereignisse des Tages in „Die Wahrheit“ eine riesige Leserschaft sowohl bei den Judahiten als auch bei den Carpathianisten gefunden hatte, hatte viele Reaktionen auf seinen Bericht über die erste Verwendung der Loyalitätssicherstellungsgeräte bekommen. Er schrieb den Bericht einem Augenzeugen zu, ohne sich selbst zu identifizieren. Aus diesem Grund ahnte niemand, wo die undichte Stelle war. Er konnte nur hoffen, dass selbst Carpathia-Anhänger von dieser Unmenschlichkeit schockiert waren.

Es hatte den Anschein, als sei die ganze Welt auf dem Weg ins Heilige Land. Tsion hatte die Gläubigen aufgefordert zu kommen. Chloe hatte über die internationale Handelsgesellschaft Piloten, Flugzeuge, Fahrer und Fahrzeuge beschafft. Fortunato hatte Carpathianisten aus der ganzen Welt zusammengerufen, um die mutige Rückkehr ihres Gottes zum Schauplatz seiner Ermordung mitzuerleben.

Die Stadtväter von Jerusalem hatten die Mittel und das nötige Personal aufgetrieben, um ihre Stadt für den Empfang vorzubereiten. Fahnen und Tafeln waren scheinbar über Nacht aufgehängt worden. Während zehn Prozent der Stadt, die vor kurzem von einem Erdbeben verwüstet worden war, noch in Schutt und Asche lagen, wurden die Blicke der Besucher auf das Neue gelenkt. Wenn man nicht zu genau hinsah, wirkte die Stadt wieder wie der festliche Ort, an dem die große Gala stattgefunden hatte.

Straßenverkäufer und Kioske boten für nur wenige Cents pro Stück Palmenzweige an, mit denen man dem Potentaten winken und die man auf seinen Weg legen konnte. Hüte, Sandalen, Sonnenbrillen, Anstecker mit Nicolais Bild und anderes gab es dort zu kaufen.

Tel Aviv hingegen erstickte im Verkehr. Die Straßen zum Strand und zum großen provisorischen Amphitheater, in dem das Zentrum für die Verteilung des Loyalitätszeichens untergebracht werden sollte, waren überfüllt. Alles war vorbereitet, es gab sogar bestimmte Bereiche mit Sonnenschirmen, in denen man vor den stechenden Strahlen der Sonne Schutz suchen konnte. Jetzt fehlten nur noch die Injektoren, die Loyalitätssicherstellungsgeräte und das Personal. Die Leute stellten sich bereits an; sie konnten es kaum erwarten, Nicolai ihre Loyalität zu schwören. So gern wäre Buck Moishe oder Eli oder sogar Chaim gewesen. Als er seinen Mietwagen mehrere Blocks vom Schauplatz entfernt abstellte, träumte er davon, den Verstand auszuschalten und den Unwissenden zuzurufen: „Tut es nicht! Ihr verkauft dem Teufel eure Seele!“

Er blickte auf die Uhr und beschleunigte seinen Schritt. Er wollte eine gute Sicht auf die Flugshow haben, weil er genau wusste, welch große Show das werden würde. Auf dem Weg zum Strand rief er Rayford an. „Noch vier Minuten bis zum Sichtkontakt“, sagte er. „Ich habe mir gerade so viel Zeit genommen, dass ich mir einen guten Platz sichern konnte.“

„Merke dir jede Einzelheit.“

„Keine Beleidigungen, bitte, Dad. Wie werde ich das jemals vergessen können? Sind sie im Zeitplan?“

„Auf dem Weg. Das Flughafenmanöver war erfolgreich. Sie machen sich Gedanken um das Flugleitsystem, da sie keine Möglichkeit haben, es persönlich zu überwachen. Eine Fehlfunktion und Unschuldige könnten zu Schaden kommen.“

„Ich könnte dazugehören.“

„Das meine ich ja. Mac hat telefonisch mit Moons Leuten gesprochen und ihnen gesagt, wann sie ihn erwarten können. Außerdem hat er ihnen mitgeteilt, dass das Funkgerät nicht funktioniert.“

„Wie läuft es am Treffpunkt?“

„Erstaunlich gut. Diese Leute tauchen hier mit ihren Zubehörteilen auf und bisher ist gar keine Überwachung notwendig. Sie kooperieren, kommen bestens miteinander aus, und die Arbeit geht voran. Albie und ich konnten kaum glauben, wie weit sie bereits waren. Wir sind unserem Zeitplan voraus. Dutzende von Hubschraubern stehen schon bereit. Damit sollen die Kranken und Schwachen nach Petra gebracht werden, dann brauchen sie nicht über den Abgrund abzusteigen. Bisher haben wir den Eindruck, dass wir unentdeckt geblieben sind, aber das wird sicher nicht mehr lange dauern.“

Zeke hatte bei Buck großartige Arbeit geleistet. Buck fuhr jedes Mal erschreckt zusammen, wenn er sein Spiegelbild irgendwo erblickte. Als er sich neben einen Kiosk stellte, hatte er das Gefühl, genauso unsichtbar zu sein wie damals, als er im Gebüsch die Auferweckung von Moishe und Eli miterlebt hatte. Von überall strömten die Menschen in Erwartung von Carpathias Auftritt herbei. Und er enttäuschte seine Anhänger nicht.

Ein halbes Dutzend gepanzerter Fahrzeuge kam angefahren.

Die Weltelite der Truppen stieg aus und eilte unter tosendem Beifall zur Tribüne. Carpathia war in seinem Element. Bescheiden dankte er allen für ihr Kommen und für das herzliche Willkommen, das sie ihm, dem Hohen Priester Fortunato und den zehn Sub-Potentaten und ihren jeweiligen Vertretern des Carpathianismus bereitet hatten. Danach folgte seine übliche Litanei darüber, dass er die Welt verbessern und seine erneuerte Energie nach den „drei Tagen hervorragenden Schlafes" dieser Aufgabe widmen wollte und wie sehr er sich auf seine Zeit in Jerusalem und Tel Aviv freue.

„Und nun", sagte er mit großer Freude, „möchte ich Ihnen, bevor ich noch eine wundervolle Überraschung für Sie habe, das Oberhaupt unserer verbesserten Religion vorstellen, den Ehrwürdigen Leon Fortunato."

Sofort ließ sich Leon auf ein Knie sinken. Er ergriff Nicolais rechte Hand und küsste sie. Als er dann vor dem Rednerpult stand, sagte er: „Erlauben Sie mir, Ihnen eine neue Hymne beizubringen über den, der für uns gestorben ist und nun für uns lebt." In einer erstaunlich angenehmen Baritonstimme sang Leon gefühlvoll, aber gleichzeitig energisch das Lied „Heil dir, Carpathia, unser Herr und auferstandener König".

Buck lief es kalt den Rücken herunter. Er empfand ein vertrautes und erwartungsvolles Prickeln, als er in der Ferne die Quasi Two entdeckte und das Motorengeräusch der Maschine vernahm. Die Menge hatte den Text schnell aufgenommen und sang die einfache, bewegende Melodie mit. Nach ihrem zweiten Versuch ergriff Carpathia das Wort, lobte die fortschrittliche Technologie, sichtbar in der Quasi Two, die „nicht nur für dieses Zentrum benötigte Geräte bringt, sondern auch eine kurze Demonstration ihres Könnens liefern wird, durchgeführt vom Piloten meiner Phoenix 216, Captain Mac McCullum. Ich wünsche Ihnen viel Vergnügen."

Die Menge jubelte, als der eindrucksvolle Jet über die Stadt in Richtung Strand hinwegdonnerte. Buck war überrascht, wie niedrig er flog, aber die Leute stießen erstaunte Rufe aus, vollkommen überzeugt davon, dass dies zur Show dazugehörte. Buck machte sich Sorgen, das Computerprogramm könne aus irgendeinem Grund fehlerhaft sein. Eine Katastrophe wäre dann unausweichlich.

Das Flugzeug flog an der Küstenlinie des in der Sonne funkelnden Mittelmeers entlang. Plötzlich wurde die Maschine schneller, legte sich auf eine Seite, richtete sich dann wieder auf und legte sich auf die andere Seite, bevor sie herabschoss. Buck hatte den Eindruck, dass sie kaum höher als drei Meter über dem Wasser flog. Er konnte sich nicht vorstellen, dass Mac so wenig Raum für einen Irrtum gelassen hatte.

Eine lang gezogene, langsame Kurve brachte die Maschine wieder zurück, unmittelbar über die Würdenträger hinweg, die sich die größte Mühe gaben, die Fassung zu wahren, während sie in den Himmel blinzelten, entschlossen, nicht dem Drang nachzugeben, sich zu ducken. Die Quasi Two flog erneut eine Kurve zum Mittelmeer hin. Sie hielt sich eine Viertelmeile parallel zur Wasseroberfläche, dann stieß sie wieder steil in den Himmel.

Die Menge murmelte, als die Maschine wie eine Rakete in die Luft stieg, und wie Buck fragten sich die Leute vermutlich, wie die Leute an Bord dabei empfinden mussten – obwohl Buck natürlich wusste, dass die Maschine leer war. Jeder aufmerksame Zuschauer hätte bemerken müssen, dass das Flugzeug in Schwierigkeiten geraten war, noch bevor es offensichtlich wurde. Während es abbremste, trieb es rückwärts, bereit für einen Sturzflug in das Wasser. Die Unterseite der Maschine war dem Strand zugewandt.

Aufgeregt redeten die Menschen durcheinander und lachten in Erwartung, dass die Maschine vom Piloten in letzter Sekunde wieder hochgerissen werden würde. Sie wussten, dass die Quasi wieder aufgefangen würde, wenn es den Anschein hatte, dass kein Platz und keine Zeit mehr waren. Dann würde sie aufs Meer hinausfliegen und wieder in einer großen Kurve Kurs auf den Ben-Gurion-Flughafen nehmen.

Nur, dass die Quasi nicht abgefangen wurde. Das Flugzeug stürzte nicht einfach im freien Fall ins Mittelmeer. Nein, das viele Millionen Dollar teure Wunder der Technik beschleunigte noch einmal und zog eine lange Rauchfahne hinter sich her. In einem seltsamen Winkel raste die Maschine auf die Küste zu, etwa eine drei viertel Meile südlich von der Menge.

Die Quasi schlug zusammen mit ihrer zweiköpfigen Besatzung und den beiden Passagieren fast senkrecht auf dem Strand auf. Das Brüllen der Motoren klang den Zuschauern noch in den Ohren, als die Maschine bereits zerborsten war, umhüllt von einer Rauchwolke und züngelnden schwarz- und orangefarbenen Flammen. Eine unheimliche Stille legte sich auf die Zuschauer, gefolgt weniger als eine halbe Sekunde später von dem Übelkeit erregenden Geräusch des Aufschlags, einer donnernden Explosion, begleitet von dem Gebrüll und dem Zischen des wütenden Feuers.

Zuerst schrie ein Zuschauer auf, dann ein weiterer. Niemand rührte sich. Es bestand keine Notwendigkeit zu rennen, weder fort von der Unglücksstelle noch dorthin. Das Flugzeug hatte sich in seiner ganzen Pracht gezeigt, ihre Erwartungen geneckt, bevor es die schlimmsten Befürchtungen erfüllte, und nun war es nichts weiter als zerborstene Einzelteile, die in einem Sandkrater verbrennen würden.

Eine weitere Tragödie in einer Welt voller Schmerz.

Wie betäubt wandten sich die Leute wieder der Tribüne zu. Carpathia war ans Rednerpult zurückgekehrt und sprach so mitfühlend und leise, dass die Leute sich anstrengen mussten zu verstehen, was er sagte: „Friede sei mit euch. Meinen Frieden gebe ich euch. Nicht wie die Welt ihn gibt. Würden Sie bitte leise und ruhig diesen Platz räumen und ihn als geheiligten Ort ehren, an dem vier tapfere Mitarbeiter der Weltgemeinschaft ihr Leben gelassen haben. Ich werde anordnen, dass das Zentrum für die Verteilung des Loyalitätszeichens verlegt wird, und danke Ihnen für Ihre Ehrerbietung während dieser Tragödie."

Er wandte sich um und flüsterte kurz mit Leon, der daraufhin vor das Mikrofon trat und die Hände ausbreitete. Seine weiten Ärmel sahen aus wie Flügel. „Meine Geliebten, zwar wird dieses tragische Unglück den Aktivitäten dieses Tages in Tel Aviv ein vorzeitiges Ende bereiten, doch der Terminplan für morgen bleibt bestehen. Wir freuen uns auf Ihre Anwesenheit in Jerusalem."

Buck eilte zu seinem Wagen und rief Rayford an. „Das Schiff ist an der Küste untergegangen. Niemand hätte darin überleben können. Auf dem Rückweg zur Stimme des Rufers in der Wüste."

Buck war ungewöhnlich aufgewühlt, als er sich auf dem Weg zur alten Stadt in den Verkehr einfädelte. Er fühlte sich, als seien seine Gefährten tatsächlich zusammen mit dem Flugzeug abgestürzt. Buck wusste, dass es leer gewesen war, und doch hatte in dieser Inszenierung eine so dramatische Endgültigkeit gelegen. Er wünschte, er wüsste, ob es das Ende oder der Beginn von etwas war. Konnte er hoffen, dass die Weltgemeinschaft zu beschäftigt war, um sich die Absturzstelle genauer anzusehen? Die Chancen standen gut dafür.

Buck wusste nur, dass das, was sie in den vergangenen dreieinhalb Jahren erlebt hatten, ein Spaziergang war im Vergleich zu dem, was sie noch erwartete.

Auf der Rückfahrt betete er stumm für alle Menschen, die er liebte, und für jedes Mitglied der *Tribulation Force.* Buck zweifelte nicht daran, dass der vom Satan besessene Antichrist nicht zögern würde, jede Möglichkeit zu nutzen, um die Rebellion, die am folgenden Tag gegen ihn ausbrechen würde, bereits im Keim zu ersticken.

Buck war nie besonders ängstlich gewesen, war angesichts tödlicher Gefahren nie zurückgewichen. Aber Nicolai Carpathia war das personifizierte Böse, und am folgenden Tag würde Buck an der vordersten Front stehen, wenn die Schlacht der Jahrhunderte zwischen Gut und Böse um die Seelen der Menschen losbrechen würde, wenn die himmlischen Heerscharen und die Mächte der Hölle gegeneinander antreten würden.

Epilog

„Dann hörte ich, wie eine laute Stimme aus dem Tempel den sieben Engeln zurief: Geht und gießt die sieben Schalen mit dem Zorn Gottes über die Erde!

Der erste ging und goss seine Schale über das Land. Da bildete sich ein böses und schlimmes Geschwür an den Menschen, die das Kennzeichen des Tieres trugen und sein Standbild anbeteten."

Offenbarung 16,1–2